Władysław Stanisław Reymont

La Comédienne
(Komediantka)

WŁADYSŁAW STANISŁAW REYMONT

La Comédienne
(Komediantka)

TRADUIT DU POLONAIS ET ANNOTE
PAR RICHARD WOJNAROWSKI

*Photo de couverture : avec l'aimable autorisation de
Perrine Rouland et Nicolas Wojnarowski*

© *Richard Wojnarowski*

Władysław Stanisław Reymont naît en 1868 à Kobiele Wielkie, dans la Pologne profonde. Il est d'une famille modeste, cultivée, profondément catholique. Son pays, le Royaume du Congrès, issu du démantèlement de la défunte République des Deux Nations, est sous tutelle russe. De formation largement familiale et autodidacte, il se passionne très tôt pour la littérature polonaise et étrangère. Une santé fragile jointe à une imagination débordante ne lui facilite pas son entrée dans la vie active. Tailleur avorté, il exerce plusieurs petits boulots, notamment dans les milieux du chemin de fer et du théâtre, et tâte même des Ordres et du spiritisme.

Ayant rompu avec sa famille, tirant le diable par la queue, il mène pendant quelque temps une vie de marginal à Varsovie, où il est monté pour tenter sa chance en tant que journaliste et écrivain. Son reportage sur un pèlerinage à Częstochowa en 1894 attire l'attention des critiques et marque le véritable début de sa carrière littéraire.

Il publie *La Comédienne* en 1896, et sa suite *Ferments* en 1897. *La Terre promise*, vaste fresque ayant la ville industrielle de Łódź pour toile de fond, paraît en 1899. Il voyage en Europe et accomplit de nombreux séjours en France, notamment à Paris. Il publie *Lili* en 1899.

Une confortable indemnisation lui est reconnue à la suite d'un accident de chemin de fer en 1900 et lui permet d'accéder à une relative aisance matérielle. Il publie son épopée en quatre tomes de la vie paysanne *Les Paysans* entre 1902 et 1909, dont le succès surpasse celui de *La Terre promise*.

Son abondante production littéraire des années suivantes s'inspire de thèmes sociétaux, historiques, patriotiques, psychologiques et parapsychologiques : *Ave Patria* (1907), *L'Orage* (1907), *Le Rêveur* (1908), *Le Vampire* (1911), la trilogie *L'Année 1794* (1913-1918), *La Révolte* (1924).

Il se rend aux Etats-Unis en 1919-1920, et visite la diaspora polonaise, l'incitant à contribuer financièrement à la renaissance d'une Pologne redevenue indépendante.

Il meurt en 1925 à Varsovie, en héros national, auréolé du prix Nobel de Littérature qui lui a été attribué en 1924 pour *Les Paysans*.

*A Lilith,
le traducteur,*

*A Marian Gawalewicz[1],
l'auteur.*

---

[1] Homme de lettres et journaliste polonais (1852-1910), directeur artistique du Théâtre Populaire de Varsovie de 1899 à 1901 ; véritable encyclopédie du théâtre de l'époque, il est l'auteur d'une *Komediantka* publiée en 1887.

I

Bukowiec, station sur la ligne de chemin de fer de Dąbrowa, est située dans un magnifique endroit !... On a dégagé une voie serpentant entre les hauteurs couvertes de hêtres et de pins, et à l'emplacement le plus plat, entre l'énorme mont, dressant au-dessus des bois ses venteuses calvities rocheuses, et la longue et étroite vallée, inondée par les eaux et les boues marécageuses – on a construit la station. La gare, en maçonnerie sans crépi, à un étage, avec les habitations du chef de gare et de son adjoint à l'étage, une maisonnette en bois adjacente pour le télégraphiste et le personnel subalterne, et une autre pareille, juste à côté des derniers aiguillages pour le responsable de la voie, trois postes de contrôle en différents points de l'emprise de la gare, un quai de chargement des marchandises à ciel ouvert, constituaient l'ensemble.

Derrière la gare, il y avait la forêt, et devant la gare, le murmure de la forêt. Un voile de ciel bleuâtre tacheté de nuages grisâtres était étendu dans les hauteurs, comme un dais largement déployé.

Le soleil montait vers le midi, brillait d'une lumière de plus en plus blanche et se faisait de plus en plus chaud ; les pentes roussies de la montagne escarpée, au sommet déchiqueté, raviné par les torrents printaniers, baignaient dans cette lumière.

Il régnait un calme de midi printanier. Les arbres se dressaient immobiles et muets. Les feuilles de hêtre, vertes et dentelées, pendaient comme ensommeillées et gavées de lumière, de chaleur et de silence.

Depuis les bois parvenaient de rares cris d'oiseaux, et seuls retentissaient, venant des marécages, ceux des oiseaux aquatiques, ainsi que le sourd vrombissement des moustiques.

Au-dessus de la longue ligne couleur bleu foncé des rails, qui s'étirait en une interminable chaîne de virages et de lacets, l'air surchauffé virait au violet.

Du bureau du chef de gare sortit un homme de petite taille, carré, à la chevelure blonde, presque couleur de lin. Il était vêtu, ou plutôt boudiné dans un élégant costume, avait le chapeau à la main et endossait un manteau que lui tendait un ouvrier.

Le chef de gare se tenait devant lui, caressant d'un geste automatique sa longue barbe grisonnante et souriant aimablement. Lui aussi était trapu, solidement charpenté et large d'épaules, lui aussi avait des yeux bleus au regard joyeux et brillant sous des sourcils touffus et un front carré, trahissant la détermination et une nature forte et inflexible. Le nez droit, des lèvres bien charnues, et une certaine façon de froncer les sourcils en vous regardant droit dans les yeux comme avec un poignard, caractérisaient un caractère violent.

— Au revoir, à demain !... — dit joyeusement le blond, tendant une grande main pour prendre congé.

— Au revoir ! Allez, faites-moi la bise... Demain nous arroserons cette demande en mariage !

— Je crains un peu ce demain...

— Courage, mon garçon ! N'ayez crainte, moi je vous garantis que ça se passera bien. Je vais mettre tout de suite Jania[2] dans le coup... Vous viendrez chez nous demain pour le dîner, vous vous déclarerez, vous serez accepté, dans un mois le mariage... et nous serons voisins... pas beau ça ?... je vous aime, monsieur André ! J'ai toujours rêvé d'avoir un fils comme vous ; en vain ! tant pis... j'aurai au moins un gendre !...

Ils s'embrassèrent chaleureusement ; le jeune homme monta dans une calèche de montagne qui l'attendait à l'entrée et démarra sur les chapeaux de roue, s'engageant sur une toute petite sente à travers bois. Il se retourna, salua encore une fois avec son chapeau, puis envoya un autre salut, plus bas, en direction des fenêtres du premier étage et disparut dans l'ombre des arbres. Après un moment il sauta à bas de la calèche, ordonna au cocher de continuer, et poursuivit seul hors-piste.

Le chef de gare, dès que l'autre eut disparu de sa vue, rentra dans son bureau et s'occupa à régler sa correspondance administrative.

Il était très content que Grzesikiewicz lui eût demandé la main de sa fille ; il la lui promit, étant sûr et certain qu'elle serait d'accord.

Grzesikiewicz, sans être un Apollon, était très raisonnable et très riche. Les forêts dans lesquelles se trouvait la station et quelques fermes avoisinantes appartenaient à son père.

Le vieux Grzesikiewicz était un paysan pur sucre qui s'était hissé de l'état d'aubergiste à celui de négociant et, grâce aux coupes forestières et au commerce du bétail sur pied, avait acquis une fortune considérable.

Beaucoup de gens dans la région se rappelaient encore que le vieux dans sa jeunesse s'appelait Grzesik[3]. On s'en moquait parfois, mais personne ne lui tenait rigueur de son changement de patronyme, car il ne faisait pas le grand seigneur et devant personne n'étalait sa fortune avec ostentation.

---

[2] *Jania, Janka* : diminutifs de Janina, Jeanne.
[3] Diminutif de Grégoire.

C'était un paysan et, nonobstant tous les changements, était resté pleinement paysan. Son fils avait reçu une éducation soignée et à présent aidait son père. Il y a deux ans il avait fait la connaissance de la fille du chef de gare après qu'elle fut revenue du lycée de Kielce[4], et en tomba follement amoureux. Le vieux n'y faisait pas obstacle, se contentant simplement de lui dire de se marier si telle était sa volonté.

Lui et la demoiselle se voyaient souvent, il en était de plus en plus épris, mais n'avait jamais osé lui parler d'amour. Elle se montrait très aimable avec lui, très contente de le voir, mais en même temps si étrangement simple et directe que toujours l'expression de ses sentiments et aveux lui restait au bord des lèvres.

Il pressentait en elle une espèce de race supérieure de femmes, inaccessible pour des « rustres » comme parfois il se dénommait lui-même ouvertement, mais c'était cette rusticité même qui lui faisait l'aimer encore davantage.

Il avait fini par se décider à en parler au père de la jeune fille.

Orłowski l'avait reçu à bras ouverts et avec tout son égocentrisme lui avait assuré d'un mot que tout irait bien. En ce moment il pensait que Janka elle aussi ne devrait pas lui refuser, qu'elle avait déjà dû en parler avec son père.

— Pourquoi cela ne serait-il pas ! — chuchotait-il.

Il était jeune, riche, et puis — il l'aimait beaucoup.

— Dans un mois le mariage !... — s'empressait-il d'ajouter, et se sentait tellement heureux qu'il volait par la forêt, brisant les branches des arbres, donnant des coups de pied dans les vieux troncs vermoulus, décapitant les champignons de printemps, et sifflotait, souriant d'avance au contentement de sa mère dès qu'elle l'apprendrait, car sa mère souhaitait ardemment ce mariage.

C'était une vieille paysanne qui, en dehors de sa tenue, n'avait rien changé à ses habitudes et façons de penser sous l'influence de l'argent. A Janka elle pensait comme à une reine. C'était son rêve d'avoir pour bru une vraie dame, une « szlachcianka[5] », qui l'impressionnerait par sa beauté et sa naissance, car son mari avec tout son argent et le respect dont il était entouré dans la région, ne lui suffisaient pas. Elle se sentait toujours paysanne et prenait tout avec un scepticisme véritablement paysan.

---

[4] Ville du centre de la Pologne actuelle, chef-lieu de voïvodie.
[5] Féminin de *szlachcic*, gentilhomme, hobereau.

— Jędruś[6] ! — disait-elle parfois à son fils — Jędruś, marie-toi avec mademoiselle Orłowska. C'est une dame ! Quand elle vous regarde on a comme la chair de poule et on aurait envie de se jeter à ses pieds et lui demander quelque chose... Elle doit avoir de la bonté, car chaque fois qu'elle rencontre des gens dans la forêt, elle dit bonjour, discute, fait une caresse aux enfants... une autre ne saurait pas le faire ! On a beau dire, la naissance, c'est la naissance. Je lui ai envoyé un petit panier de champignons, alors quand après elle m'a rencontrée, elle m'a baisé la main... Ct'une fûtée, oh oui qu'c't une fûtée ! elle sait que j'ai un joli petit fiston. Jędruś, marie-toi. Dépêche-toi mon gars tant qu'y a d'la soupe dans le plat — ajoutait-elle comme dans le proverbe.

Jędruś avait l'habitude d'en rire, déposait des baisers sur les mains de sa mère et promettait d'en finir rapidement.

— On aura une reine, on la mettra dans la pièce d'honneur ! N'aie pas peur, Jędruś, j'la laisserai pas se salir ses petites mains à faire quoi que ce soit ; j'vais être autour d'elle, la servir, lui avancer tout... elle aura qu'à lire en français, ou jouer du piano. C'est pas une dame pour rien ! — poursuivait la mère, s'immergeant dans le rêve de son bonheur prochain.

— J'suis vieille, Jędruś, y m'faut des petits-enfants !... — disait-elle souvent à son fils avec tristesse.

Et lui aussi était paysan au fond de lui-même ; sous le vernis d'un homme civilisé, policé et éduqué, vibraient une énergie irrépressible et le désir d'une femme — d'un maître. Cet athlète, qui dans le feu de l'action balançait seul dans la charrette des sacs de blé de six pouds[7] et devait parfois travailler comme un forçat pour s'éreinter et calmer en soi sa fureur de vivre et des tempêtes se levant dans un sang vigoureux que des dizaines de générations n'avaient pas altéré, — rêvait à Janka, raffolant de ses charmes, de sa douceur. Il lui fallait absolument un maître qui le tyranniserait par sa faiblesse.

Il courait maintenant à travers bois, comme le vent, puis à travers les champs que verdissait la levée du blé d'hiver, — il courait à sa mère, pour lui faire part de son bonheur. Il savait qu'il la trouverait dans sa pièce préférée, aux murs décorés de trois rangées d'icônes encadrées d'or ; c'était en effet le seul luxe qu'elle s'octroyait.

Entretemps le chef de gare termina d'écrire un rapport, le signa,

---

[6] *Jędrek, Jędruś* : diminutifs d'*Andrzej* (André).
[7] Ancienne unité de poids russe, équivalant à environ 16,5 kilogrammes.

l'enregistra, le mit sous enveloppe, l'adressa au « dispatcheur de la station Bukowiec » et cria :
— Antoni[8] !
Le préposé se pointa sur le seuil.
— Au dispatcheur ! cria Orłowski.
Le préposé prit l'enveloppe en silence et avec l'air le plus sérieux du monde la déposa sur une petite table de l'autre côté de la fenêtre.

Le chef de gare se leva, s'étira, enleva sa casquette rouge et passa du côté de cette petite table ; il mit sa casquette ordinaire à galons rouges et avec sérieux décacheta la missive écrite il y a un instant. Il la lut et sur l'autre côté de la feuille griffonna quelques lignes en réponse, signant de nouveau ; il l'adressa « au Chef de gare local », et commanda à Antoni de l'emmener.

C'était un maniaque, qui faisait les frais des moqueries de toute la ligne de chemin de fer. A Bukowiec il n'y avait pas de dispatcheur et il remplissait donc les deux fonctions, mais les unes à la table du chef de gare — et les secondes à la table du dispatcheur.

Comme chef de gare il était son propre chef, ce qui lui donnait parfois de véritables moments de folle jouissance lorsque, après avoir remarqué quelque erreur dans les calculs, quelque relâchement dans son service en tant que dispatcheur, il rédigeait un rapport sur lui-même et se rappelait à l'ordre.

Tout le monde se moquait de lui ; il n'y prêtait pas attention et continuait, imperturbable, disant pour se justifier :
— Tout repose sur l'ordre et la systématicité ; s'ils viennent à manquer, tout s'écroule !...

A présent il avait fini son travail, fermé ses tiroirs, jeté un coup d'œil sur le quai — et s'en allait à son habitation. Il passa par la cuisine, et non par l'entrée. Il lui fallait tout savoir, ce qui se faisait et comment. Il regarda dans la cheminée, remua le feu avec le tisonnier, gronda la servante pour de l'eau renversée sur le plancher et passa dans la salle à manger.
— Où est Janka ?
— Mademoiselle Janina va arriver tout de suite — répondit Kręska, sorte de maîtresse de maison et dame de compagnie, jolie blonde au visage très vivant.
— Qu'y a-t-il pour dîner ? — demanda-t-il sur le même ton inquisiteur.

---

[8] Antoine.

— Ce que monsieur le directeur aime tant : fricassée de poulet en sauce, soupe à l'oseille, côtelettes...

— Du luxe !... je vous jure, du luxe !... De la soupe et une seule viande, ça me paraîtrait suffisant, même pour le roi en personne ! Vous allez me ruiner, je vous jure !...

— Mais, monsieur le directeur... j'ai fait préparer un tel repas exprès pour monsieur.

— Foutaises ! je vous jure, foutaises... Vous les femmes ne pensez que petites fricassées, petites douceurs, petites gâteries et rien d'autre. Rien dans la tête !

— Vous êtes injuste avec nous, monsieur le directeur ; nous économisons d'habitude plus que les hommes.

— Ah oui ! vous économisez pour vous acheter ensuite davantage de nippes. Je connais cela, je vous jure !

Kręska ne répondit pas, se contentant de mettre la table.

Janka entra.

C'était une jeune fille de vingt-deux ans, grande, bien découpée, aux épaules larges, au regard fier et intimidant. Ses traits n'étaient pas très réguliers ; elle avait les yeux noirs, le front droit, un peu trop large, les sourcils foncés, fortement marqués, le nez romain, les lèvres charnues et vermeilles. Ses yeux très expressifs trahissaient une espèce d'égocentrisme ; elle se pinçait fortement les lèvres, ce qui lui donnait un air sérieux ou de colère renfermée. Deux rides profondes assombrissaient son front dégagé. Des cheveux d'un magnifique blond vénitien, volumineux, entouraient comme d'une auréole sa tête ronde et menue. Elle avait le teint bronzé, comme celui d'un abricot, la voix bizarre ; c'était un contralto, ressemblant par moments au baryton, avec des accents virils.

Elle salua son père d'un signe de tête et s'assit de l'autre côté de la table.

— Grzesikiewicz est venu me voir aujourd'hui — dit le chef de gare, versant lentement à chacun sa soupe, car c'est toujours lui qui faisait le service à table.

Janka le regarda tranquillement, attendant la suite.

— Il est venu et m'a demandé ta main, Jania.

— Et que lui avez-vous dit, monsieur le directeur ? — s'exclama aussitôt Kręska.

— C'est notre affaire — répondit-il sévèrement. — Notre affaire... j'ai répondu : bien ; il sera ici demain pour le dîner, et vous vous expliquerez...

— Pas la peine ! Puisque vous lui avez répondu : bien, alors recevez-le vous-même, père, et dites-lui de ma part que justement ce n'est pas bien... Je ne veux pas parler avec lui. Je partirai demain pour Kielce ! — répondit Janina avec emportement.

— Il est monté sur le poirier, a cueilli du persil, et il en sort de l'oignon[9] !... je vous jure ! — répondit-il avec mépris. — Si tu n'étais pas une cinglée, tu comprendrais quel homme il est et quel parti il représente !... que Grzesikiewicz, bien que rustre, a plus de valeur pour toi qu'un prince, parce qu'il veut bien de toi... et il veut bien de toi parce qu'il est bête ; il pourrait en trouver d'une autre classe !... Tu devrais te contenter de lui dire merci. Il va se déclarer demain et dans un mois tu seras madame Grzesikiewicz.

— Je ne serai pas madame Grzesikiewicz ! Puisqu'il peut s'en trouver une autre, qu'il se la trouve...

— Je vous jure, tu seras la femme de Grzesikiewicz !

— Non ! Ni sa femme, ni celle de personne ! Pas question de me marier, je ne veux pas !...

— Sotte ! — la coupa-t-il brutalement. — Tu te marieras, car il te faut manger, avoir un toit, t'habiller, être quelque chose... Je n'ai pas l'intention de me ruiner indéfiniment... et lorsque je ne serai plus là, alors quoi ?...

— J'ai ma dot ; et je m'en tirerai même sans les Grzesikiewicz. C'est donc ça, père, vous voulez par ce mariage uniquement m'assurer ma subsistance !... — raillait-elle, le défiant du regard.

— Oui, je vous jure !... et pourquoi donc les femmes se marient-elles si ce n'est pour ça ?...

— Elles se marient par amour et épousent ceux qu'elles aiment.

— Sotte, te dis-je ! — s'écria-t-il énergiquement, reprenant de la fricassée. — L'amour, ça n'est que cette sauce et le poulet peut se manger sans elle ; la sauce, c'est de l'imagination, de la bêtise, un nouveau préjugé !

— Personne ne se vend au premier venu pour la seule raison qu'il a de quoi l'entretenir !

— Sotte, je vous jure ! Toutes font ainsi, toutes se vendent. L'amour, c'est du bavardage de pensionnat, de la bêtise, je vous jure ! Ne me mets pas en colère...

— Il ne s'agit pas ici de colère, ni de savoir si l'amour est bêtise ou non ; il s'agit de mon avenir, dont vous disposez à votre guise, père.

---

[9] Traduction littérale d'un proverbe, que le lecteur interprètera à sa façon.

Lorsque Zielenkiewicz m'a fait sa déclaration, je vous ai déjà dit, père, que je n'avais pas du tout l'intention de me marier.

— Zielenkiewicz n'est que Zielenkiewicz, tandis que Grzesikiewicz c'est un vrai monsieur ; une crème d'homme !... un cœur en or, intelligent, il a fait Dublany[10], fort comme un bœuf, je vous jure ; un homme capable de maîtriser le cheval le plus farouche, qui un jour en donnant une baffe à un valet lui a cassé six dents d'un seul coup, et il ne te convient pas ! Je vous jure, c'est l'idéal, le plus idéal des idéaux !

— Formidable votre idéal, père : estropiant les gens, bon pour se produire dans un cirque !

— Tu as un grain, tout comme ta mère. Attends un peu ! Jędrek va te mettre un double mors et viendra à bout de toi... Il ne lésinera pas sur le fouet.

Janka écarta violemment sa chaise, jeta sa cuiller sur la table et sortit, reclaquant la porte derrière elle.

— Vous, ne faites pas la bête, demandez qu'on serve les côtelettes ! — cria-t-il à l'adresse de Kręska, qui suivait Janka du regard avec un air douloureux ; elle avança le plat avec soumission et d'une voix inquiète chuchota :

— Un jour vous allez vous rendre malade avec ces colères, monsieur le directeur.

— J'enrage !... — chuchota-t-il lourdement. — Impossible de manger tranquillement, toujours ces sempiternelles criailleries !...

Il se mit à déballer ses récriminations et plaintes causées par l'entêtement de Janka, son caractère et les éternels soucis qu'elle lui procurait.

Kręska acquiesçait, soulignant par moments certains détails ; discrètement elle se plaignait de devoir elle aussi supporter beaucoup de choses, énormément de choses, de la faute de Janka ; elle soupirait lourdement, le flattait à tout propos. Elle apporta le café, posa l'eau de vie sur la table, la versa elle-même, la lui avança, effleurait comme incidemment ses mains ou ses bras, baissait les yeux, minaudait constamment et avec insistance, s'efforçant d'allumer en lui une étincelle... Elle avait son idée derrière la tête.

Orłowski jurait de plus en plus bas, et ayant bu son café, dit :

— Dieu merci !... Je vous jure, vous seule me comprenez... vous êtes une bien bonne personne...

---

[10] Ecole supérieure d'agriculture fondée au 19ème siècle près de Lwów par le prince Sapieha.

— Monsieur le directeur, si seulement je pouvais exprimer ce que je ressens, ce que... — balbutiait-elle, baissant les yeux.

Orłowski lui pressa le bras et sortit dans sa chambre pour faire un petit somme.

Kręska commanda de débarrasser la table — et une fois seule, prit un petit ouvrage et s'assit à la fenêtre donnant sur le quai ; par moments elle regardait les bois, la voie ferrée, mais tout était désert et silencieux. Elle se leva, ne pouvant plus rester en place et se mit à tourner autour de la table, à pas silencieux et félins, souriant à sa propre pensée :

— Je l'aurai... je l'aurai !... On va pouvoir enfin se reposer comme il faut !... Tout ça va se terminer !... — songeait-elle en se voyant déjà la femme du directeur.

Elle se voyait déjà patronne... se débarrassant avec un énorme soulagement de ce masque d'aménité, d'humilité, de soumission qu'elle devait porter en présence de tout le monde. Se promettant de venger tout... ce qu'elle avait souffert.

C'était son unique but, vers lequel elle tendait avec persévérance depuis deux ans.

Alors lui revenaient en mémoire les images de son passé : toutes ses années de vagabondage avec ce théâtre de province...

Elle avait abandonné la scène, ayant mis le grappin sur un jeune garçon qui l'épousa. Elle vécut avec lui deux années entières... deux années dont elle se souvenait avec amertume. Son mari était jaloux à la folie, la battant parfois quand elle ne bridait pas suffisamment son tempérament.

Elle finit par se retrouver libre, mais n'avait plus envie de théâtre ; elle s'était un peu habituée à une aisance relative, à une vie plus calme. Elle avait des frissons à l'idée de revenir à cette continuelle errance de ville en ville, à cette continuelle disette. Elle voyait d'ailleurs qu'elle enlaidissait et vieillissait. Elle vendit tout ce qu'elle avait, obtint quelque subside de l'administration où travaillait son défunt mari et pendant six mois tint le rôle de la jeune veuve ; elle voulait absolument se marier une deuxième fois. Elle lançait ses filets, mais en vain ; son tempérament la desservit. Avec l'argent qu'elle avait en poche se réveilla en elle l'ancienne actrice, frivole, passionnée, aimant s'amuser et profiter de la vie... Elle était encore séduisante et donc se retrouva entourée d'un essaim de lionceaux en tous genres, avec lesquels elle dilapida tout ce qu'elle possédait, y compris la réputation qu'elle s'était acquise grâce à son mari.

Elle ne savait rien faire, mais avait un tel culot et une telle débrouillardise qu'elle ne baissa pas les bras, et dès que son dernier admirateur l'eut quittée, mit une annonce dans « La gazette de Kielce », faisant savoir qu'une veuve de fonctionnaire, d'âge mûr, recherchait un emploi d'assistante à maîtresse de maison, de dame de compagnie, ou de gouvernante pour veuf.

La réponse ne tarda pas. Orłowski se manifesta, qui avait absolument besoin de quelqu'un pour diriger sa maison, Janka étant encore au lycée, et lui ne s'en sortant pas avec ses domestiques. Il ne lui posa aucune question, tellement elle lui apparut discrète, docile et affectée par la mort de son mari, mais la prit immédiatement à son service.

Orłowski était veuf, avec un bon salaire, une réserve de plusieurs milliers en argent liquide, et puis une fille unique — n'habitant pas sur place, une fille qu'il ne supportait pas. Dans un premier temps Kręska voulut embobiner les employés de la gare, mais ayant vite fait de comprendre la situation, changea de registre et adopta ce nouveau rôle, qu'elle jouait avec constance, tenant absolument à parvenir au dernier acte — le mariage.

Orłowski s'était habitué à elle. Elle savait toujours se rendre indispensable et savait toujours le mettre en évidence avec une telle habileté, que cela n'avait rien de choquant.

Du reste, ces longues soirées d'hiver, ces intempéries d'automne, la rapprochaient du but, car Orłowski avait cinquante-huit ans et des rhumatismes, était maniaque en permanence, mais devenait carrément fou pendant les crises de sa maladie. Elle savait l'apaiser et le guider grâce à son art affûté par une pratique de la scène d'une dizaine d'années.

Il n'y avait qu'un seul obstacle — Janka.

Kręska comprit que tant que Janka serait dans les lieux on ne pourrait rien faire. Elle décida d'attendre — et attendait patiemment.

Orłowski aimait sa fille de haine, c'est-à-dire qu'il l'aimait parce qu'il la haïssait.

Et il la haïssait car c'était la fille de sa femme, dont il maudissait la mémoire avec véhémence, — sa femme qui après deux ans de vie commune partit avec sa fille rejoindre sa famille, car incapable de supporter plus longtemps sa tyrannie et ses bizarreries. Il engagea un procès, voulut la forcer à revenir, mais une séparation de corps les éloigna à jamais. Il était fou de colère, mais son acharnement, son entêtement inouï, son orgueil insensé, lui interdirent de supplier sa femme de revenir, qui serait peut-être revenue sous le toit marital, car c'était une bonne personne. Mais elle souffrait en permanence de maladies inconnues des médecins de province. C'était une âme de mimosa sensitive, que chaque larme, chaque douleur, ou chagrin, plongeaient dans le désespoir ; avec cela elle avait peur du tonnerre, de la pluie, des grenouilles, des pièces sombres, des jours néfastes et de tout bruit un peu trop fort — et donc ce mari la tuait par sa brutalité.

Après quelques années de séparation elle mourut d'épuisement nerveux, laissant Janka qui alors avait déjà dix ans. Aussitôt il la reprit de force à la famille de sa femme, car on ne voulait pas la lui rendre volontairement, eu égard à son caractère et à la fille, élevée dans une autre ambiance.

Il la haïssait aussi parce que c'était une fille. Lui, dans sa violence sauvage, voulait avoir un garçon, sur lequel il pourrait exercer non seulement ses poings, mais aussi son humeur de tous les jours.

Il rêvait d'un fils. Il se l'imaginait grand garçon, ensauvagé, énergique, fort comme un Turc, et voilà que lui naquit une fille.

Il aurait tout pardonné à sa femme, mais pas cela.

Il envoya immédiatement Janka en pension et ne la voyait qu'une fois par an, pendant les vacances, car elle passait Noël et les fêtes de Pâques chez ses oncles.

Dès la troisième année, il commença à attendre ces vacances avec impatience car il s'ennuyait dans sa gare perdue ; il ne fréquentait personne, et donc dès l'arrivée de Janka la guerre se déclenchait entre eux.

Janka grandissait vite, se développait remarquablement, mais conçue, mise au monde et élevée dans des cris et disputes permanents, nourrie par les pleurs et les récriminations de sa mère sur son père, elle le prit en haine et craignait ses railleries. Se développèrent en elle la dissimulation et l'entêtement. Elle se rebellait contre son despotisme et son avarice.

Elle tenait quelques milliers de roubles[11] de sa mère, et son père lui déclara d'entrée que les intérêts de cette somme devaient lui suffire, car il n'avait pas l'intention de lui donner un sou.

Elle était dans une pension de premier choix, mais une fois les frais correspondants payés ainsi que, plus tard, ceux des études au lycée, il lui restait si peu pour diverses choses indispensables, qu'elle devait sans cesse penser à la façon de joindre les deux bouts, et avoir honte de ses bottines usées, ou de sa robe, ou du manque de quelque accessoire. On se moquait d'elle à la station et c'est ce qui l'humiliait le plus durement.

Après quelques années on commença à la craindre ; même les éducatrices lui cédaient fréquemment car elle avait le caractère impulsif de son père, ne supportant absolument pas d'être bridée. Elle ne pleurait jamais

---

[11] Cette partie de la Pologne était à l'époque sous administration russe.

ni se plaignait, mais était prête à rendre avec ses poings le mal qu'on lui avait fait, quelles qu'en fussent les conséquences ; cela dit, c'était l'élève la plus douée.

On la détestait sincèrement, mais on dut lui laisser la première place, car elle se l'accaparait d'elle-même une fois qu'elle eut senti sa supériorité sur le troupeau de ses compagnes qui prenaient de haut cette fille de fonctionnaire, se moquaient de ses bottines usées et de ses robes et ne l'admettaient pas dans leur cercle. Elle persécuta ensuite avec acharnement ces filles moutonnières.

C'était une nature sauvage, se développant en solitaire. Elle n'avait qu'une seule amie, dont elle se fit un toutou, faisant le beau chaque fois qu'on le lui demandait.

Elle n'aimait personne, et même sa mère n'occupait que très peu de place dans son cœur sauvage.

— Ton père est pareil !... ton père a fait ceci !... ton père est un pareil misérable !... ton père... — geignait constamment sa mère au milieu de ses flots de larmes et dans ses paroxysmes hystériques.

Ces spasmes l'avaient dégoûtée, elle prit en haine toute faiblesse, et la figure de son père grandit dans son esprit jusqu'à prendre des proportions démesurées. Elle se l'imaginait méchant, abject, mais aussi comme quelqu'un de grand et de fort.

Elle apprit à mieux le connaître après la mort de sa mère et le haïssait pour la crainte qu'il lui inspirait. Elle venait en vacances à Bukowiec car il y avait là des forêts immenses, des monts escarpés, des torrents impétueux, une nature farouche qui l'hypnotisait par son charme et apaisait son tempérament. Elle n'aimait pas la ville, car elle lui rappelait immédiatement l'école, ses camarades et les humiliations subies. Ici elle se sentait autonome et libre. Elle se disputait quotidiennement avec son père, ne lui cédant en rien ; et Orłowski, pendant ces mois de vacances pour elle, devenait littéralement impossible : il faisait exprès de l'exciter et éveiller en elle des accès de colère, et ne se sentait plus de joie quand, au paroxysme de la colère, elle se faisait jeune panthère, prête à se jeter sur lui et à le mordre.

Il adorait la force et avec une amère volupté constatait que Janka avait cette force dans son tempérament, et alors regrettait encore davantage qu'elle fût une fille.

Il lui disait ouvertement qu'elle le dégoûtait car c'était une femme ; il la raillait en prétendant qu'en dehors d'un crochet et d'un livre, elle était incapable de tenir quoi que ce soit à la main ; il lui montrait son fusil et le rangeait tristement, déplorant que seul un garçon fût en mesure d'apprécier de tels objets à leur juste valeur.

C'étaient là des coups imprimant des traces cuisantes sur son âme.

Elle se cabrait alors, telle un jeune poulain qu'on a cravaché, se saisissait du fusil et des journées entières pataugeait dans les marécages et les solitudes sylvestres à la recherche d'oiseaux ; elle apprit si bien à tirer qu'elle rapportait des brassées entières de canards sauvages et de bécasses, et les jetait triomphalement aux pieds de son père.

Orłowski devenait alors littéralement fou de rage ; il était humilié par sa propre impuissance devant sa force, incapable de la fléchir et de l'écraser — et regrettait encore davantage qu'il se trouvât en elle tant de farouche endurance — dans une fille !

Par moments il était fier d'elle et la défendait avec ardeur devant ses connaissances, car toute la contrée était choquée par une telle pugnacité. On la rencontrait dans les bois, la nuit, par tous les temps, toujours seule, telle un jeune marcassin, à l'écart de sa portée. Cela ne la gênait nullement de grimper aux arbres à la recherche de nids, ou encore, avec les garçons du village dans les prairies, de faire la course à cheval en montant à cru.

Pendant des journées entières elle fuyait la maison et son père, rêvant de revenir au pensionnat, et au pensionnat elle rêvait à la solitude de sa maison.

Elle vécut ainsi pratiquement jusqu'à ses dix-huit ans. Elle termina le lycée et revint définitivement chez son père.

Elle se calma extérieurement, mais sa tête commença à s'enflammer de plus en plus. Elle se mit à poursuivre en rêve quelque chose, un but, une idée vitale.

Elle se sépara de cette amie qu'elle avait, Hela[12] Walder, idéalement belle et idéalement féministe. Hela partit pour Paris — pour des études de sciences naturelles ; elle n'eut pas envie de l'imiter, tout simplement parce qu'elle ne ressentait aucun besoin de connaissance. Elle aspirait à quelque chose qui agirait plus puissamment sur son tempérament... quelque chose qui emporterait tout son être et pour toujours.

Elle se retrouva absolument seule et commença à observer les gens. Elle cherchait cette idée, mais la société de son entourage l'ennuyait mortellement. Cette région, ces divertissements frustes et soporifiques, ces gens qui l'environnaient, ne comblaient pas ses besoins.

Cette vie calme, mesurée, scandée par le lever à heure fixe, le

---

[12] Hélène.

déjeuner, le dîner, le souper, des préférences[13] le jeudi chez eux, le samedi chez l'adjoint de son père, le dimanche chez le responsable de la voie — la tuait par sa monotonie. Elle y étouffait.

Elle évitait quasiment les hommes, car ils la mettaient en colère par leur goujaterie ; les femmes l'ennuyaient en répétant éternellement leurs cancans, récriminations, et petites intrigues. Elle se trouva pratiquement mise à l'écart de la société.

Les versions les plus diverses, plus ou moins mensongères, circulaient sur son compte parmi le voisinage.

Pour tout le monde, c'était un cas.

Et pendant ce temps, elle se battait avec elle-même, avec sa propre âme, ses aspirations qu'elle était incapable de s'objectiver. Elle ne savait pourquoi elle vivait et pour quoi faire... Elle se tuait à lire, sans pour autant trouver la paix. Elle sentait qu'il lui fallait trouver quelque chose capable de l'emporter, qu'elle trouverait cette chose un jour... mais en attendant la souffrance de l'attente la rendait folle.

Zielenkiewicz, propriétaire d'un village passablement endetté, lui fit sa déclaration. Elle lui rit au nez, moqueuse, en disant qu'elle n'avait pas du tout l'intention de payer ses dettes avec sa dot.

Elle avait entamé sa vingt-et-unième année et commençait à perdre patience.

Une petite chose, banale, décida de sa vie.

Dans la petite ville la plus proche on mettait sur pied un théâtre amateur. On choisit trois pièces à un seul acte, distribua les rôles — et cela coinça car aucune des dames ne voulait jouer le rôle de Pawlowa dans « Le célibataire de mars » de Bliziński[14].

L'initiateur et à la fois metteur en scène voulait absolument donner cette pièce, car il désirait s'en servir pour faire la nique à un certain voisin — mais aucune de ces dames ne voulait jouer ni Pawlowa ni Eulalie.

Quelqu'un émit l'idée de solliciter Orłowska, car on savait qu'elle ne reculait devant rien. Elle accepta le rôle de Pawlowa avec une certaine indifférence, tandis que Kręska, chez qui vibrèrent des souvenirs de son passé, fit tant et si bien qu'Orłowski lui-même se déplaça et déclara qu'il y avait aussi une candidate pour le rôle d'Eulalie...

Les répétitions durèrent quelque trois mois, car la distribution des

---

[13] Jeu de cartes ressemblant au bridge.
[14] Dramaturge et auteur de comédies, ethnographe polonais du 19ème siècle. La première du « Célibataire de mars » a été donné à Varsovie en 1873.

rôles évolua à plusieurs reprises. Péripéties courantes dans les théâtres de province, où aucune actrice ne veut jouer le rôle d'une vieille, d'une acariâtre, d'une caractérielle, d'une femme équivoque, ni d'une bonne, alors que toutes veulent jouer le rôle de l'héroïne.

Kręska, que Janka tenait assez éloignée d'elle, ne lui faisant jamais confiance en rien et ne lui demandant jamais conseil, se rapprocha d'elle du fait de la représentation. Elle commença à lui enseigner le jeu de scène et fut un mentor infatigable ; ce n'est que sous son influence que Janka commença à s'intéresser à son rôle et à la représentation.

Elle s'imprégna si profondément de son rôle, entra si bien dans son personnage et s'adapta si bien à ce cadre, qu'elle joua très bien. C'était une paysanne, une Pawlowa à part entière, si bien que vers la fin de la pièce la salle retentit d'applaudissements.

Elle ressentit alors une joie démente, sauvage, du fait de cette emprise momentanée sur la foule ; elle descendit de la scène regrettant presque en pleurant que cela se terminât déjà, et sentant que dans un coin de son subconscient quelque chose de nouveau commençait à s'éveiller...

Kręska fit également fureur !... C'était un rôle qu'elle avait jadis joué avec succès sur une vraie scène. Pendant les entractes on ne parlait que d'elle et de Janka.

— Une comédienne ! une comédienne née ! — chuchotaient les dames avec un brin de condescendance.

Orłowski, que l'on remerciait et félicitait pour de telles fille et compagne, fit un signe désabusé de la main.

— Si c'avait été un fils, vous auriez vu ce qu'il vous aurait montré !...

Il était tout de même content, car il se rendit en coulisse, caressa le visage de Janka et baisa la main de Kręska.

— Bien, bien !... ça ne console pas beaucoup, mais au moins il n'y a pas de honte — leur dit-il pour tout compliment.

Janka, après cette représentation, se rapprocha davantage de Kręska, et celle-ci, lors d'un moment de faiblesse, lui trahit son secret, qu'elle avait gardé soigneusement caché, et fit défiler devant Janka des mondes tellement nouveaux, tellement étranges, tellement attirants, que son cœur se mit à battre avec violence.

Elle l'écoutait avec une religieuse concentration raconter ses récits de scène, ses triomphes, ses représentations, la vie pittoresque des acteurs. Kręska s'emballait et brossait un tableau enthousiaste ; elle avait déjà oublié les misères de cette vie, et à la jeune fille fascinée ne montrait que les seules lumières du tableau. Elle sortit de sa malle les livrets jaunis des rôles qu'elle avait jadis joués et lisait devant elle, jouait, exaltée à l'évocation du passé.

Cela éblouissait Janka, éveillait en elle des désirs d'une violence accrue, mais ne suffisait pas à l'emporter, ce n'était pas encore ce « quelque chose » qu'elle attendait depuis tellement longtemps.

Par la suite elle joua encore plusieurs fois, car déjà la fièvre du théâtre commençait à la tarauder.

Dans les journaux, elle se mit à lire avec attention les critiques théâtrales et les détails sur les acteurs. Finalement, que ce soit par ennui ou par suite d'un appel instinctif, elle se procura Shakespeare — et alors elle fut conquise !

Elle avait trouvé ce « quelque chose », un héros, un but, une idée — c'était le théâtre.

Elle dévora Shakespeare avec toute la fureur de sa nature — entièrement et en une seule fois.

Il y aurait énormément à écrire pour ne serait-ce que résumer cette violente distension de son âme, cet envol dément de son imagination, cette immense expansion intérieure, qu'elle ressentit après sa lecture. Elle se retrouva cernée par un essaim d'âmes méchantes, nobles, abjectes, médiocres, héroïques et souffrantes, mais toujours magnifiées par une race dont il ne reste plus trace dans le monde. Elle était pénétrée de sons, de paroles, de pensées et sentiments d'une telle intensité qu'elle se sentait comme devenue l'univers entier !...

Après avoir relu plusieurs fois ces livres immortels elle se dit qu'elle deviendrait actrice, qu'elle le devait absolument, car les choses du quotidien lui parurent si minables qu'elle s'étonnait de ne pas s'en être rendu compte plus tôt.

Elle sentit qu'elle était une artiste, qu'en un éclair l'avait illuminée et éveillée une certaine flamme ; que l'art représentait pour elle ce bien tant attendu et convoité.

La fièvre du théâtre et l'envie d'émotions extraordinaires commencèrent à la consumer.

Les hivers lui parurent trop chauds, les neiges trop rares ; les printemps passaient trop lentement, les grandes chaleurs étaient froidures, les automnes trop secs, pas assez brumeux ; tout cela existait avec cent fois plus d'intensité dans son cerveau. Elle voulait s'approprier le beau — par le sublime, le mal — quitte à passer par le crime, toute action — pourvu qu'elle fût de dimensions titanesques.

— Pas assez !... encore !... — lui arrivait-il de crier en automne, quand les vents courbaient bruyamment les hêtres et que les feuilles tombaient par terre comme des pétales rouge-sang, quand les pluies se déversaient pendant des semaines entières, et que toutes les routes, les fossés, les vallons se retrouvaient sous l'eau, et que l'obscurité et les éléments déchaînés rendaient les nuits proprement horribles.

Les jours où il semblait que tout s'était éteint, effacé, mélangé sur ciel et sur terre, que ne subsistait que la poussière grise de mondes fracassés et que suintait de partout dans l'univers une grisaille morne déchirant l'âme par la tristesse d'une agonie qui n'en finissait pas — elle se réfugiait dans les bois, s'allongeait au bord des torrents, ou sur une croupe dénudée et exposée à la pluie, aux coups de boutoir de la tempête et au froid, elle se laissait emporter par son imagination et s'envolait vers le monde des géants ; elle jouissait alors d'un bonheur à en perdre connaissance. Elle délirait de concert avec l'ouragan qui se démenait aux prises avec la forêt, hurlant sous les branches des arbres et glapissant plaintivement tel une bête sauvage enchaînée.

Elle était amoureuse de ces jours et de ces nuits, raffolait de ces pleurs poignants et insinuants d'une nature qui se mourait dans la boue de l'automne. Elle s'imaginait alors Lear, et d'une voix dont elle voulait vainement couvrir le fracas de la tempête et le vacarme de la forêt, elle lançait au monde embrumé de tragiques imprécations...

Elle vivait alors de la vie des âmes shakespeariennes. C'était presque le summum du délire de l'âme. Elle aima de l'amour le plus violent ces grandes et tragiques figures dramatiques.

Orłowski était un peu au courant de cette maladie, mais s'en moquait avec mépris.

— Comédienne ! — lui lançait-il à la figure avec sa brutalité coutumière.

Kręska attisait ce feu, car elle voulait à tout prix débarrasser la maison de sa présence.

Elle commença à la faire croire à son talent et vanter chaudement le théâtre.

Toutefois Janka n'arrivait pas à se décider à franchir le pas. Elle redoutait ces pressentiments, sombres et indéfinis, et cette terreur qui par moments l'assaillaient.

Elle savait qu'il lui faudrait couper les ponts avec tous et partir seule dans le monde, un monde que d'instinct elle craignait. Elle n'avait jamais vécu autonome. L'idée qu'elle aurait à se frayer son chemin à la force du poignet la glaçait. Jusqu'à présent on la menait par la main : la main qui la conduisait était dure et sans pitié, mais elle la menait et plus ou moins veillait sur elle. Elle avait ici son coin, sa forêt, ses endroits favoris, auxquels elle s'était déjà organiquement intégrée — mais là-bas, quelque

part dans le vaste monde, que trouvera-t-elle ?...
   Non ! elle ne pouvait se résoudre à adopter une attitude de fermeté. Il fallait qu'une tempête survînt, l'arrachât et la rejetât loin d'ici, comme elle arrachait les arbres et les jetait à travers les champs déserts. Elle attendait purement et simplement cet évènement déclencheur. Entretemps Kręska l'informait régulièrement sur les troupes de province. Du reste elle connaissait d'après les journaux les noms des directeurs et leur réputation. Elle faisait des préparatifs et rassemblait des économies. Son père lui réglait régulièrement les intérêts de sa dot, sur lesquels elle réussit à économiser pendant une année plus de deux cents roubles.
   Ce Grzesikiewicz qui allait se déclarer, et son père qui assurait qu'elle se devait de l'épouser, la plongèrent dans le désarroi.
   — Non, non et non ! — pensait-elle, arpentant sa petite chambre. — Je ne me marierai pas !
   Elle n'avait jamais pensé au mariage sérieusement. Parfois elle fantasmait sur un grand amour, bouleversant, en rêvait pendant un instant, mais n'avait jamais pensé au mariage.
   Même si elle aimait assez Grzesikiewicz, car jamais il ne lui parlait sentiments à mi-mots, ne lui jouait les comédies d'amour auxquelles l'avaient habituée ses autres admirateurs, elle l'aimait bien pour la simplicité avec laquelle il racontait ce qu'il avait dû souffrir dans les écoles, les appellations dont on le stigmatisait, de rustre, de fils de bistrotier, les humiliations qu'il subissait et comment il les rendait à coups de poings — à la paysanne.
   Il riait en racontant cela, mais son rire avait comme un accent de tristesse ou de ressentiment.
   Elle faisait parfois des promenades avec lui, accompagnait son père chez eux, aimait beaucoup la vieille Grzesikiewicz, mais de là à se marier avec lui !... elle se mit à rire à cette pensée, tellement elle lui semblait risible et saugrenue.
   Elle ouvrit la porte de la chambre de son père pour lui dire clairement et nettement qu'il était inutile que Grzesikiewicz se dérangeât ; mais Orłowski dormait déjà après le dîner, dans son fauteuil, les pieds posés sur l'appui de fenêtre. Le soleil donnait droit sur son visage, déjà presque cuivré par le bronzage.
   Elle recula. L'inquiétude qui montait en elle lui faisait pressentir que la tempête serait terrible, car son père ne voudrait pas céder, et elle sentait qu'elle aussi ne céderait pas.
   — Non, non et non !... Même s'il me faut fuir de la maison, je ne me marierai pas !...

Mais, juste après une pensée aussi résolue, la saisissait une impuissance purement féminine et elle considérait presque avec crainte l'espace où il lui semblait se voir, fuyant la maison.

— J'irai chez mes oncles... oui !... et de là au théâtre... Personne ne m'obligera à rester ici.

Et son indignation à la pensée que quelqu'un pourrait vouloir la contraindre alla jusqu'au vertige et sitôt après elle envisagea l'avenir avec détermination — décidée à tout pour ne pas céder.

Elle entendit son père se lever, puis de la fenêtre observa un train de voyageurs en partance ; elle entendit tinter la sonnette de la gare, baragouiner quelques petits juifs qui montaient ; vit la casquette rouge de son père, les passepoils jaunes du télégraphiste conversant avec une dame à travers la fenêtre d'un wagon ; elle voyait et entendait tout cela, mais sans rien y comprendre. Ce moment décisif, ce lendemain, exerçaient déjà leur influence sur elle.

Kręska arriva et selon son habitude commença à tourner dans la chambre silencieuse, de son pas félin, avant de se manifester. Son visage exprimait la compassion et sa voix la tendresse.

— Mademoiselle Janina !

Janka porta le regard sur elle et déchiffra clairement sa crainte.

— Non ! vous pouvez me croire, c'est non ! — répondit-elle avec force.

— Votre père a donné sa parole... il va vouloir absolument qu'on lui obéisse... que va-t-il se passer ?...

— Non ! je ne me marierai pas !... Mon père peut se la reprendre, sa parole ; il ne m'obligera pas...

— Oui... mais alors ce sera la guerre, et quelle guerre !...

— J'ai déjà tant supporté, je supporterai bien encore cela.

— Moi j'ai peur... cela ne se terminera pas comme ça. Votre père est si violent... Moi je ne sais pas comment vous pouvez en supporter autant... Si j'étais à votre place, je sais ce que je ferais... et cela aujourd'hui même, sur-le-champ !

— Ça m'intéresse... donnez-moi un conseil.

— Je partirais avant tout cela, afin d'éviter le cirque. Je partirais à Varsovie...

— Et alors ? — demanda Janka, la voix tremblante.

— Je m'engagerais au théâtre et advienne que pourra !

— Oui, c'est une bonne idée, mais... mais...

Elle ne termina pas, car son ancienne impulsion et ses anciennes craintes étaient revenues ; elle s'était déjà rassise, laissant sans réponse

Kręska, laquelle voyant son projet tomber à l'eau, sortit contrariée.

Janka mit un pardessus, un chapeau de feutre, prit un bâton et s'en alla dans la forêt, mais aujourd'hui elle ne put y errer l'esprit vide, ni trouver de plaisir à s'entretenir avec elle-même, ni même rêver à la scène.

Elle grimpa au sommet de ce mont escarpé, d'où s'ouvrait une vue étendue sur les bois, les villages au-delà, et sur un espace infini. Elle regardait, mais ce silence dans l'espace, l'inquiétude, ce pressentiment de la tempête, une espèce d'alarme, l'énervaient fortement. Elle savait que demain quelque chose allait se décider, quelque chose allait se passer, que tout à la fois elle désirait et craignait...

Elle rentra au crépuscule. Elle ne parla ni avec son père ni avec Kręska, mais aussitôt après le souper rejoignit sa chambre et lut pendant très longtemps le *Consuelo* de George Sand.

La nuit ses rêves lourds la tourmentèrent, si bien que sans arrêt elle se réveillait en sueur, et elle se réveilla pour de bon avant qu'il ne fît jour, sans pouvoir se rendormir. Elle était couchée, les yeux grand ouverts, et regardait le plafond, sur lequel se dessinait une tache de lumière arrachée à un fanal du quai. Un train passa avec fracas, elle entendit longtemps son grondement cadencé et des chœurs entiers de voix introduisaient par les fenêtres leurs flots de sonorités.

Dans les profondeurs de sa chambre, baignée par une semi-obscurité et remplie d'éclairs qui se succédaient, pareils au rayonnement arraché à des lumières depuis longtemps éteintes — elle avait l'impression de voir des fantômes, des contours de scènes, de personnages, de sons... Les visions de son cerveau fatigué remplissaient la chambre d'hallucinations. Elle aperçut un édifice énorme, allongé, avec des rangées de colonnes, se dessiner et s'extirper des ténèbres... elle ne savait ce que c'était, mais regardait...

Puis il y eut des scènes et des personnages tragiques, des étendues inondées de lumière, de la musique, une foule humaine, une grande ville, de longues rues, des maisons élevées, des gens se pressant dans les rues.

Le matin elle se leva si énervée qu'elle ne pouvait tenir debout sur ses jambes.

Elle entendit que son père organisait un dîner d'apparat, qu'on faisait des préparatifs pour une réception solennelle. Kręska tournait autour d'elle sur la pointe des pieds et souriait d'un sourire subtilement moqueur qui l'agaçait. L'épuisement et la tempête bouillonnant en elle l'étourdissaient. Elle observait tout cela avec indifférence, pensant continuellement à cette lutte avec son père à laquelle elle s'attendait. Elle voulut lire quelque chose, s'occuper, mais tout tombait de ses mains inertes.

Elle sortit dans la forêt, mais fit tout de suite demi-tour, ne sachant pas pourquoi elle y allait... Une espèce de lassitude se déversa sur elle et l'inquiétude voila son cœur d'une brume de plus en plus épaisse. D'aucune manière elle ne put s'arracher à cette atmosphère.

Elle se mit à faire machinalement des gammes, mais le bruit monotone, soporifique, des notes l'énervait encore davantage.

Ensuite elle joua des nocturnes de Chopin, longtemps, s'immergeant dans l'écoute de ces tons indéfinis, pareils à un chant venu des outre-mondes, ayant l'accent des larmes, des souffrances, des cris, d'un désespoir impuissant, l'éclat des froides nuits de pleine lune, des gémissements semblables aux chuchotements d'âmes à l'agonie, des murmures, des lumières, des sourires de séparation, des palpitations d'une vie subtile et mélancolique...

Et elle éclata en sanglots convulsifs. Elle pleura longtemps, ne sachant pourquoi elle pleurait, elle qui depuis la mort de sa mère n'avait pas versé une seule larme.

Elle se sentit déprimée pour la première fois de sa vie, qui jusqu'à présent n'avait été que révolte permanente faite de protestation et de lutte... S'éveilla en elle un profond désir de partager avec quelqu'un les peines de son âme : elle eut envie de susurrer à quelque cœur bienveillant ces pensées démentes, sentiments en lambeaux, souffrances indéfinies et appréhensions... Elle était en manque de compassion, sentant que ces tourments seraient moindres, la douleur plus apaisée, les larmes moins brûlantes, si elle pouvait ouvrir son cœur à quelque amie sincère.

Elle se rendit compte que la solitude était une malédiction lors de certains états d'âme.

Kręska l'appela pour le dîner, prévenant que Grzesikiewicz attendait déjà.

Elle essuya les traces de ses larmes, arrangea ses cheveux — y alla.

Grzesikiewicz lui baisa la main et s'assit à ses côtés.

Orłowski avait son humeur des jours de fête et ne cessait de lancer des allusions et des regards triomphaux à Janka.

Monsieur André était silencieux et inquiet ; il s'exprimait parfois, mais à voix si basse que Janka pouvait à peine entendre. L'énervement de Kręska était manifeste.

Une atmosphère lugubre planait au-dessus de tous.

Le dîner se traînait, lourd et ennuyeux. Orłowski par moments se faisait songeur et alors fronçait les sourcils, tirait avec colère sur sa barbe et lançait des coups d'œil assassins à sa fille.

Après le dîner ils passèrent au petit salon.

On servit du café noir et du cognac.

Orłowski but rapidement son café et en sortant baisa Janka sur le front et marmonna quelque chose d'incompréhensible.

Ils se retrouvèrent seuls.

Janka regardait par la fenêtre ; Grzesikiewicz, rouge, confus, bizarre, commença à dire quelque chose, buvant son café à petites gorgées pour enfin l'avaler d'un seul coup, repoussa la tasse si brusquement qu'elle se renversa sur la table avec ce qui restait dedans.

Janka éclata de rire du fait de cette brusquerie et de la mine avec laquelle il s'expliquait.

— Ne vous étonnez pas, mais en un tel moment on avalerait une lampe sans remarquer...

— Ce serait difficile — répondit-elle avec un rire vide et inconséquent qui la secoua de nouveau.

— Vous vous moquez de moi ? — demanda-t-il, la regardant dans les yeux avec inquiétude.

— Non, mais l'idée d'avaler une lampe m'a paru si comique.

Ils restaient silencieux. Janka trifouillait l'abat-jour, tandis que Grzesikiewicz tirait sur ses gants et machinalement, instinctivement, se mordait la moustache ; l'émotion le faisait tout simplement suffoquer.

— C'est dur pour moi... très dur !... — commença-t-il, levant sur elle des yeux implorants.

— Pourquoi ? — demanda-t-elle brièvement et évasivement.

— Mais parce que... parce que... Pour l'amour de Dieu, je ne le supporterai pas plus longtemps !... Non, je n'en peux plus de me torturer, je vais le dire tout de go : je vous aime et je demande votre main — s'exclama-t-il avec un soupir d'énorme soulagement, mais se frappant le front et prenant la main de Janka, reprit :

— Je vous aime depuis longtemps, je craignais de vous le dire, et à présent non plus je n'arrive pas à m'exprimer, à préciser et énoncer comme je le voudrais... Je vous aime et je vous supplie d'être ma femme...

Il lui baisa la main avec ardeur et plongea en elle le regard de ses yeux bleus, bienvaillants, irradiant une affection aveugle et un amour sincère et profond. Les lèvres lui tremblaient nerveusement et la pâleur lui recouvrit le visage.

Janka se leva de sa chaise et, le regardant droit dans les yeux, répondit lentement et à voix basse :

— Je ne vous aime pas.

Son énervement avait disparu ; elle savait que ce moment attendu était arrivé, et se trouvait donc prête. Une tranquille résolution se reflétait dans ses yeux au regard froid.

Grzesikiewicz recula violemment, comme si quelqu'un l'avait frappé avec force à la poitrine, mais revint à sa place et ne comprenant pas encore le sens des paroles entendues, dit d'une voix tremblante :

— Mademoiselle Janina... soyez ma femme... Je vous aime !...

— Je ne vous aime pas... aussi ne puis-je vous épouser... je n'épouserai personne !... — répondit-elle sur le même ton, mais à la dernière phrase sa voix trembla comme d'un accent de pitié pour lui.

— Jésus, Marie ! — s'écria Grzesikiewicz, se prenant la tête. — Qu'avez-vous dit ?... Qu'est-ce ?!... Vous ne vous marierez pas !... vous ne voulez pas être ma femme !?... Vous ne m'aimez pas !...

Il s'agenouilla tout à coup devant elle, lui saisit les mains et les couvrant de baisers, presque au travers de larmes d'une peur fébrile, se mit à la supplier avec une telle force, une telle humilité, ses sanglots débordant d'amour faisant tellement trembler sa voix, qu'il s'arrêtait par moments pour reprendre son souffle et ses esprits.

— Vous ne m'aimez pas ?... Vous m'aimerez. Je vous jure que moi et ma mère et mon père serons vos esclaves... Du reste, j'attendrai... Dites que dans un an... deux... cinq... j'attendrai. Je vous jure, j'attendrai !... Mais ne me dites pas non !... Pour l'amour de Dieu, ne me dites pas cela, car je deviendrai fou de désespoir ! Comment cela ?... vous ne m'aimez pas !... mais moi je vous aime... nous vous aimons tous... nous ne saurons vivre sans vous !... non... Votre père m'a dit que... que... et voilà que !... Jésus, Marie ! je vais devenir fou !... Que faites-vous de moi !... que faites-vous !...

Il se releva d'un bond et se prenant sa tête échevelée, criait presque de douleur.

Janka avait les larmes aux yeux et le chagrin l'envahissait ; son désespoir sincère, si simple, se manifestant de façon si déchirante, eut un curieux effet sur elle.

A un moment donné elle ressentit en son propre cœur les larmes et le désespoir de l'autre — et une espèce de sympathie compatissante la déchira, si bien qu'instinctivement elle voulut lui tendre les bras et lui dire qu'elle serait sa femme, — mais cela ne dura pas.

Elle se leva avec des larmes d'attendrissement dans les yeux mais le cœur indifférent, et regardait froidement.

— Mademoiselle Janina, je vous supplie de me répondre !... Pensez qu'en refusant vous nous tuez, moi, ma mère, mon père, nous tous...

— Vous préfèreriez que moi je me tue pour vous tous ! — répondit-elle froidement en se rasseyant.

— Aa !!... — ce cri s'arracha de sa gorge, et il renversa quelque peu la tête, comme s'il craignait de voir le plafond soudain s'effondrer.

Il ôta machinalement ses gants, les déchira ou plutôt les lacéra et les jeta sur le plancher, boutonna tous les boutons de son habit, et enfin, faisant effort sur soi pour être calme, dit :

— Je vous quitte... mais... que toujours... que partout... que jamais... — bredouilla-t-il avec difficulté, salua de la tête et se dirigea vers la porte.

— Monsieur André !... — cria-t-elle avec force.

Grzesikiewicz se retourna avec un éclair d'espoir dans les yeux.

— Monsieur André — dit-elle d'une voix implorante — je ne vous aime pas, mais je vous respecte... je ne peux vous épouser, je ne peux... mais toujours... je me souviendrai de vous comme d'un homme de bien. Vous me comprenez, ce serait une bassesse d'épouser quelqu'un que l'on n'aime pas... Vous avez horreur de l'hypocrisie et du mensonge — moi aussi je les déteste. Pardonnez-moi, mais moi-même je souffre... moi non plus je ne suis pas heureuse... oh non !...

— Mademoiselle Janina... si seulement vous... si vous...

Elle lui jeta un regard si douloureux qu'il se tut et sortit lentement.

Janka était toujours assise, regardant la porte par où il était sorti — et avait encore dans le cerveau le son de ses paroles, lorsque Orłowski entra dans la pièce.

Il avait rencontré Grzesikiewicz dans l'escalier et à son visage avait tout deviné.

Janka poussa un cri apeuré tellement il avait changé. Son visage était d'un bleu sale, ses yeux exorbités, sa tête secouée de mouvements transversaux.

Il s'assit près de la table et à voix basse et étouffée demanda :

— Qu'as-tu dit à Grzesikiewicz ?

— Ce que je vous ai dit hier, père, que je ne l'aime pas et que je ne l'épouserai pas — répondit-elle bravement, mais s'effraya de ce calme et de cette apparente tranquillité de son élocution :

— Pourquoi ? — lança-t-il sèchement, comme s'il ne comprenait pas.

— J'ai dit : je n'aime pas et ne veux pas du tout me marier.

— Sotte !... sotte !... sotte !... — siffla-t-il au travers de ses dents serrées, se levant lentement de son siège.

Elle le regardait tranquillement et son ancienne obstination revenait.

— J'ai dit que tu l'épouserais... j'ai donné ma parole que tu l'épouserais, alors tu l'épouseras !

— Je ne l'épouserai pas !... personne ne saura me forcer !... — répondit-elle sombrement, soutenant le regard étincelant de son père.
— Je te traînerai jusqu'à l'autel. Je te forcerai !... — criait-il sourdement.
— Non !
— Tu épouseras Grzesikiewicz ; c'est moi qui te le dis, moi ton père, je t'ordonne de le faire !... Tu vas m'obéir tout de suite, sinon je te tue !...
— Bien, tuez-moi, mais je n'obéirai pas.
— Je te chasserai de la maison !... — criait-il avec force à présent, recouvrant son énergie et serrant nerveusement l'accoudoir de son siège.
— Bien !
— Je te renierai !
— Bien ! — répondait-elle de plus en plus fort.
Elle sentait maintenant qu'à chaque parole de son père son âme s'endurcissait et s'imprégnait d'une fermeté toujours plus grande.
— Je te chasserai !... tu entends ?... et même si tu agonisais de faim, même si tu glapissais à ma porte, je ne te ferai pas entrer, jamais plus je ne voudrai entendre parler de toi !...
— Bien...
— Janka ! tu me fais damner. Je t'en prie, épouse Grzesikiewicz, ma fille, mon enfant !... c'est pour ton bien que je veux ce mariage. A part moi, tu n'as personne au monde ; je suis vieux... je vais mourir... tu resteras seule, sans soins, sans moyens d'existence... Janka, tu ne m'as jamais aimé !... Si tu savais combien je suis malheureux de toute ma vie, tu aurais pitié !... — implorait-il, mais sa voix avait un accent véhément et menaçant.
— Non !... jamais !... — répondit-elle, nullement émue par sa prière et ses récriminations.
— Je te le demande pour la dernière fois ! — cria-t-il, anéanti par sa réponse.
— Pour la dernière fois je dis non !
Orłowski cogna la chaise par terre avec une telle force qu'elle vola en morceaux ; il craqua le col de sa chemise, étouffé par un spasme de rage et, un accoudoir du siège en main, se jeta sur Janka pour la frapper, mais l'expression froide, presque méprisante de son visage lui fit reprendre ses esprits instantanément. Il rejeta loin de lui cet accoudoir.
— Dehors !!... — brailla-t-il en montrant la porte — dehors !... tu entends ? Je te chasse à jamais de ma maison !... Tu ne franchiras plus jamais ce seuil tant que je vivrai, car je te tuerai comme un chien enragé et je te jetterai derrière le portail !... Je n'ai plus de fille !...

— Bien, je vais m'en aller... — répondit-elle machinalement.
— Je n'ai plus de fille ! Je ne veux plus te connaître, je ne veux plus te voir ! ... disparais... Je vais te tuer !... te tuer !... — criait-il, courant comme un fou dans la pièce.
Sa folie éclatait maintenant dans toute sa force.
Il sortit ensuite de l'habitation en courant, et par la fenêtre elle le vit foncer vers la forêt.
Elle restait assise, sourde, muette, glacée... Elle s'attendait à tout, mais jamais à ce que son propre père la chassât de la maison. Elle ressentit une douleur atroce envers lui, mais pas une seule larme ne brilla dans ses yeux. Elle promenait un regard inerte autour d'elle, ayant toujours dans les oreilles ce cri éraillé : « dehors ! dehors ! »
— Je m'en irai, oui je m'en irai... — répondait-elle d'une voix cassée, soumise, au travers de larmes qui lui inondaient le cœur — je m'en irai...
Toutefois, elle en avait tellement gros, terriblement gros, sur le cœur qu'elle restait assise succombant de douleur : il lui semblait que ce « dehors » paternel la frappait comme avec une barre de fer et qu'elle s'inondait du sang de son supplice...
— Mon Dieu, mon Dieu ! qu'ai-je fait pour être si malheureuse ?... — s'exclama-t-elle après.
Kręska, qui avait tout entendu, accourut auprès d'elle ; d'une voix larmoyante elle commença à la consoler, mais Janka la repoussa doucement. Ce n'était pas ce dont elle avait besoin : ni de telles paroles, ni de telles consolations.
— Mon père m'a chassée... il me faut partir... — dit-elle, s'étonnant en son âme de la brièveté de ces sons qui en soi renfermaient tant de choses.
— Mais ce n'est pas possible !... Votre père acceptera qu'on lui demande pardon...
— Non ; je ne resterai pas plus longtemps ici. J'en ai assez de cette torture, assez...
— Vous irez chez vos oncles ?
Janka réfléchit un instant, mais soudain son visage lugubre s'éclaircit d'un éclat de détermination.
— J'irai au théâtre. C'est arrivé !
Kręska la regarda, faisant l'étonnée, et commença à l'en dissuader.
— Aidez-moi à faire mes bagages. Je partirai par le premier train...
— En ce moment il n'y a pas de train de voyageurs pour Kielce.
— Je me rendrai à Strzemieszyce, et de là à Varsovie par la ligne de Vienne.

— Réfléchissez encore... un tel pas, c'est pour toute la vie. On peut le regretter par la suite...
— C'est arrivé !... — Cela devait arriver ainsi, et cela ne sera pas autrement.

Et sans perdre un instant ni répondre aux observations de Kręska, elle se mit fébrilement à faire ses bagages. Son linge, sa garde-robe, ses livres, partitions, affaires diverses — toutes ces choses elle les rangea soigneusement dans la malle qu'elle avait du temps du pensionnat, comme si elle partait, les vacances terminées.

Elle ne pensait ni ne ressentait plus rien d'autre que l'obligation de partir tout de suite, toutes affaires cessantes ; de se retrouver le plus loin possible de Bukowiec, comme si elle craignait dans son for intérieur de manquer peut-être de force et de courage plus tard.

Elle prit congé de Kręska avec indifférence. Elle paraissait extérieurement tranquille et froide, et l'était, seuls un tremblement des lèvres et ce tressaillement intérieur qu'elle ne pouvait apaiser marquaient les traces de cette récente tempête.

Elle commanda de descendre ses affaires, et comme il lui restait environ une heure avant le train, elle alla dans la forêt. Elle s'assit sous un hêtre à la large frondaison et regarda longuement devant elle.

— Pour toujours !... — dit-elle à mi-voix, comme répondant à la végétation touffue qui se mit à faire trembler ses feuilles, murmurer et s'incliner dans sa direction.

— Pour toujours !... — chuchotait-elle, le regard plongé dans les éclats de lumière rougeâtre du soleil déclinant vers l'ouest, éclats qui traversaient les enchevêtrements de branches des hêtres et luisaient sur le sol.

La forêt s'immobilisa dans un grand silence, comme si elle écoutait ces paroles d'adieu, comme si elle s'étonnait sans rien dire que quelqu'un né et élevé en son sein, qui a vécu en symbiose avec elle, qui a versé tant de larmes dans ses étreintes, qui a tant rêvé dans son silence, pût lui dire adieu et la quitter — pour toujours, chercher meilleure fortune et des amis plus sincères.

Les arbres se mirent à murmurer mélancoliquement... Quelque chose comme un chant d'adieu et de reproche lugubre parcourut la forêt ; les éventails verts des fougères s'agitèrent, se firent entendre le frémissement des jeunes feuilles de noisetier, le friselis des fines aiguilles de pin — et la forêt tressaillit, s'anima d'une plainte prolongée. Les oiseaux se mirent à produire des trilles apeurés, et le ciel, le sol tapissé de feuilles, de mousses dorées, de muguets blancs, la forêt verte étaient parcourus d'ombres, de sons, de coups semblables à l'écho de douloureux sanglots...

— Reste !... moi je pourvoirai à tous tes besoins... reste !... semblait dire la forêt d'une voix forte de père aimant.

Le torrent grondait tumultueusement, tempêtait, sous-cavait les souches et les pierres qui lui barraient le chemin, les évitait, les entourait, et brisé en écume, retombait en une cascade de gouttelettes chatoyant au soleil de toutes les couleurs de l'arc-en-ciel, poursuivait son irrésistible course en avant, murmurait victorieusement, semblant chuchoter :

— Pars... pars...

Survint un silence immense, interrompu par le vrombissement des moustiques et le bruit de la chute des pommes de pin de l'année dernière.

On entendait un coucou quelque part dans le lointain.

— Pour toujours !... — chuchotait Janka.

Elle se releva et rentra à la gare. Elle marchait lentement, promenait un regard amoureux sur les arbres, les sentiers, les versants des collines, et avec un profond attendrissement, une étrange douleur, prenait congé d'eux.

Elle se sentait fondre en larmes : des larmes de chagrin, d'amer arrachement à ces lieux où elle s'était si profondément enracinée, et dont il lui fallait se séparer pour toujours...

Ce n'est qu'en cet instant qu'elle ressentit toute l'amertume de son départ, et reconnut qu'il était faux qu'elle n'aimât rien ici, qu'ici elle ne laisserait rien ni personne de cher !... Elle laissait ces forêts, la part la plus chère de son âme. Elle laissait les monts, les clairières, le ciel pur, cette vie tumultueuse, mais libre — ces moments de solitude — tout son passé rempli de luttes, de folles tempêtes, d'enchantements et de rêves...

Elle laissait plus que ce qu'elle ne pouvait comprendre dans l'immédiat.

Elle éprouvait une amère jalousie à regarder tout ce qui allait rester — et tristement pensait que le soleil continuerait à briller sur ce cher carré de terre, les forêts à murmurer et lancer mille appels dans les nuits tempétueuses d'automne, que les printemps suivraient leur cours, les fleurs fleuriraient — et que cette vacuité, qui était son bien, pleine de mélancolie, ces nuits de lune, fierté des forêts — tout cela persisterait... elle seule devait partir... elle seule était arrachée et rejetée loin d'ici par le sort... et cela pour toujours...

Puis elle pensa à cette nouvelle vie qui allait être la sienne — les chagrins de son passé s'apaisèrent, monta peu à peu en elle une force vitale lucide qui la pénétra de sa puissance, si bien qu'elle se redressa, regardant de plus en plus hardiment vers l'avant, et relevant la tête de plus en plus résolument.

Ayant aperçu son père sur le quai, elle ne frémit même pas : déjà les séparait ce nouveau monde vers lequel elle s'enfuyait et qui l'attirait, lui promettant bonheur et gloire.

Des connaissances l'abordaient, la saluaient, lui demandaient comment elle allait, où elle allait, etc.

Elle répondait qu'elle allait dans la famille et ne perdait pas contenance. Au point d'aller elle-même s'acheter son billet.

Elle s'avança au guichet et le réclama bien fort.

Orłowski (car c'était lui-même qui vendait les billets) leva la tête brutalement ; quelque chose comme une ombre rouge passa sur son visage, mais il ne dit mot. Il lui rendit sa monnaie, le regard tranquille et froid, caressant sa barbe, comme s'il ne la connaissait ni d'Eve ni d'Adam.

En partant elle se retourna et croisa son regard brûlant.

Il se retira brusquement de la fenêtre du guichet, lança un juron, tandis qu'elle s'éloignait comme si de rien n'était, bien qu'avec un pas plus lent et des jambes tremblantes.

Ce rougeoiement qu'il avait dans les yeux, comme s'ils étaient ensanglantés de larmes, la frappa et lui pesa sur le cœur.

Le train arrivait — elle monta. Des fenêtres du wagon, elle continua à regarder la gare.

Kręska agitait son mouchoir depuis l'habitation et faisait semblant d'essuyer ses larmes.

Orłowski, coiffé de sa casquette rouge, en gants d'un blanc immaculé, la mine figée du fonctionnaire en service, arpentait le quai ; il ne regarda pas une seule fois dans sa direction.

On entendit tinter la sonnette, chuinter la locomotive, puis le chef-contrôleur siffla et le train s'ébranla.

Le télégraphiste la salua en s'inclinant ; elle ne le vit pas — ne voyant que son père qui s'en retournait lentement et lourdement, rentrant dans son bureau.

— Pour toujours !... — murmura-t-elle, se penchant à la fenêtre et embrassant le panorama du regard : les bois, les villages, les hauteurs, les marais, puis encore le même paysage, défilaient, tels des ombres fantomatiques, — et elle regardait, tout en se sentant emportée par une force énorme, et à la merci d'une grande puissance qui l'avait arrachée de son nid, et l'emmenait dans des mondes inconnus, vers des destinées inconnues.

La nuit tomba.

La lune flottait sur le bleu foncé de l'espace, telle un vaisseau argenté sur la mer de l'infini, — alors qu'elle était toujours penchée à la fenêtre et regardait en direction de Bukowiec, murmurant de temps en temps sèchement et silencieusement :
— Pour toujours !... pour toujours !...

Orłowski vint souper à l'heure habituelle.

Kręska, malgré sa joie, n'était pas tranquille ; elle regardait ses yeux avec frayeur, marchait encore plus silencieusement, se montrait à présent encore plus soumise et humble.

Et lui semblait lutter avec soi-même, évitant d'exploser en jurons et ne faisant aucune allusion à Janka.

Ce n'est que le lendemain qu'il ferma la chambre de Janka à clé et cacha celle-ci dans son secrétaire.

Il n'avait pas dormi de la nuit, avait les yeux cernés et le teint cadavérique. Kręska l'avait entendu arpenter sa chambre pendant toute la nuit, mais il faisait son travail comme d'habitude.

Lors du dîner Kręska osa donner son avis à propos de quelque chose.
— Aha !... il me faut encore régler votre cas !...

Kręska pâlit. Elle commença à lui parler de Janka, de l'affection qu'elle avait pour elle, de la façon dont elle avait essayé de la dissuader de partir, l'implorant de tout cœur...

— Sotte que vous êtes !... si elle est partie, c'est qu'elle le voulait... Qu'elle se casse le cou là-bas !...

Kręska commença à s'épancher sur le fait qu'il se retrouvait seul.
— Chienne !... — maugréa-t-il avec un air dégoûté. — Vous pouvez partir aujourd'hui même. Je vais vous régler ce que je vous dois et dehors de ma maison ! sinon, je vous jure, je vous ferai expulser par les ouvriers !... Tant qu'à être seul, autant être seul... sans gouvernantes !... Chienne !... je vous jure !...

Il fracassa un verre contre la table et sortit.

II

Le jardin-théâtre[15] s'éveillait.
Le rideau se leva en grinçant, laissant apparaître un garçon aux cheveux ébouriffés, pieds nus et en chemise, qui se mit à balayer la scène, sanctuaire des lieux. Des nuages de poussière volaient dans le jardin, se déposant sur le tissu rouge des sièges et sur les rares feuilles de quelques marronniers rachitiques.
Les garçons et le personnel de restauration mettaient de l'ordre sous l'immense véranda. On entendait le bruit des chopes qu'on lavait, des tapis qu'on secouait, des sièges qu'on déplaçait, ainsi que le chuchotis de la serveuse du buffet disposant avec une certaine piété des rangées de bouteilles, des petites assiettes avec des zakouskis, d'énormes bouquets à la Makart[16] qui ressemblaient à des balais desséchés.
Sur le côté pointait un soleil vif et une bande de moineaux noirs et remuants s'accrochaient aux branches, battaient des ailes sur les accoudoirs des sièges, réclamant leurs miettes en piaillant.
Dix heures sonnèrent lentement et solennellement à l'horloge du buffet quand un garçon grand et mince déboula dans la véranda ; il portait une casquette déchirée sur le sommet d'une tête toute frisottante de cheveux roussâtres, avait le visage couvert de taches de rousseur, rieur, et le nez un peu retroussé. Il fonça au buffet.
— Doucement, Wicek[17], tu vas perdre tes chaussures !... — cria la serveuse.
— Pas grave, je vais les faire refaçonner ! — répondit-il gaîment, regardant ses chaussures qui, on ne sait comment, tenaient à ses pieds bien que n'ayant ni semelles ni dessus.
— Une petite mousse, s'il vous plaît ! — cria-t-il, s'inclinant

---

[15] Les jardins-théâtres ou théâtres de plein air furent autorisés à Varsovie à partir de 1868. Ils permettaient aux troupes de province de venir se produire dans la capitale pendant la saison d'été. Leur fonctionnement reposait sur l'association d'un directeur de troupe avec un propriétaire de restaurant, chacun des partenaires assumant son risque propre. Le répertoire de ces théâtres était principalement celui de la comédie, des opérettes et vaudevilles, à destination du grand public. Le premier jardin-théâtre, ouvert dès 1868 par Jan Russanowski dans la rue Królewska, fut le Tivoli.
[16] Peintre et décorateur autrichien du 19ème siècle.
[17] Diminutif de *Wincenty*, Vincent.

profondément.
— Tu as les sous ? — demanda la serveuse, tendant la main.
— Non, mais je les aurai... Je les rendrai ce soir, je vous donne ma parole, je les rendrai sans faute — implorait-il en accentuant ses mots de façon caractéristique.
La serveuse se contenta de hausser les épaules avec mépris.
— Servez-moi... Je vous pistonnerai auprès du schah de Perse... Hoho ! une fille si compétente, c'est un engagement à coup sûr...
Les garçons éclatèrent de rire, la serveuse n'en déposa que plus bruyamment la soucoupe métallique sur le comptoir.
— Wicek ! — appela quelqu'un depuis l'entrée.
— Oui, monsieur le metteur en scène.
— Tout le monde est là pour la répétition ?
— Hoho, pas encore, mais ça va se faire !... — cria-t-il, en riant avec un air mutin.
— Tu les as prévenus ?... Tu es passé avec la circulaire ?...
— Oui. Tous ont signé.
— Tu es passé chez le directeur avec l'affiche ?
— Le directeur était encore dans le décor : couché dans son lit et se regardant les arpions.
— Il fallait la donner à sa femme.
— Madame la directrice était occupée avec ses enfants ; ça faisait un peu trop de boucan, et donc je me suis taillé.
— Tu vas vite porter cette lettre rue Hoża[18], tu sais...
— Oui, plutôt deux fois qu'une. Une gente dame ! comme l'a dit hier un monsieur du public à propos de mademoiselle Nicoleta.
— Tu vas la porter, elle te donnera la réponse et tu reviendras immédiatement.
— Monsieur le metteur en scène, j'aurai la pièce, pas vrai ?... car je suis si pauvre, saperlotte, que...
— Tu as eu pourtant ton avance hier soir.
— Hi... un rouble ! Je l'ai échangé tout de suite contre un bock et des saucisses. Avec le reste j'ai payé mon loyer, une avance à mon cordonnier, mon versement pour les bons du trésor, et plus rien !
— Espèce de sagouin !... Voilà pour la route.
— Bénies soient les mains qui donnent des pièces de quarante sous ! — s'exclama-t-il comiquement, claqua des talons et disparut en sautillant

---

[18] Rue du centre-ville de Varsovie.

de joie.
— Qu'on prépare la scène pour la répétition ! — cria le metteur en scène, s'asseyant sous la véranda.
La troupe se rassemblait tout doucettement. Ils se saluaient en silence et se dispersaient dans le jardin.
— Dobek[19] ! — le metteur en scène interpela un homme de grande taille qui se rendait directement au buffet — tu picoles depuis ce matin, et à la répétition je n'entends rien de ce que tu dis, tu fais un fichu souffleur !...
— Monsieur le metteur en scène ! j'ai rêvé que c'était la nuit... un puits... je trébuche... je tombe dans le vide... La peur m'étreint... je crie... pas de secours... plouf !... me voilà dans l'eau... Brr !... j'ai si froid maintenant que rien ne parvient à me réchauffer.
— Lâche-nous avec tes rêves. Tu bois du matin au soir.
— Parce que je ne peux boire comme tout le monde : du soir au matin. J'ai froid... horriblement froid !...
— Je vais te faire servir du thé.
— Je ne suis pas malade, monsieur Topolski, et je ne prends de tisane qu'en cas de maladie. Et l'*herbu teus team*, ou *herbatum*[20]... ce sont des plantes médicinales ! Le moût... l'extrait, l'essence de seigle seuls sont dignes d'un homme accompli, et j'ai l'honneur de me considérer comme un homme de cette espèce, monsieur le metteur en scène.
Le directeur entra, et Dobek alla au buffet.
— Vous avez décidé pour Nitouche ? — demanda-t-il au metteur en scène après l'avoir salué.
— Pas tout à fait. Ces bonnes femmes, c'est... il y a trois candidates pour Nitouche.
— Bonjour, directeur ! cria quelqu'un depuis les colonnes du théâtre ; c'était Majkowska, une avenante actrice, en robe claire, cape de soie claire, couvre-chef blanc avec une énorme plume d'autruche. Elle avait un teint de rose après une bonne nuit de sommeil et grâce à une imperceptible petite couche de fard, de grands yeux, couleur bleu foncé, des lèvres charnues et carminées, un visage classique et beaucoup de fierté dans les gestes. Elle jouait les premiers rôles.
— Venez-donc, directeur, j'ai une petite chose à vous dire...

---

[19] Diminutif de *Dobiesław*.
[20] Galimatias polono-latin rappelant que le polonais *herbata*, thé ou tisane, est tiré du latin *herba thea*.

— Toujours à votre service. Peut-être de l'argent ?... — lança le directeur, l'air préoccupé.
— Pour l'instant... non. Que buvez-vous ?
— Hoho ! Du sang va couler ! — s'exclama-t-il, levant le bras d'une façon comique.
— Que buvez-vous, je vous demande ?...
— Est-ce que je sais, moi. Je boirais bien un cognac, mais...
— Vous avez peur de votre femme ?... Elle ne joue pourtant pas dans *Nitouche*[21].
— C'est sûr, mais...
— Deux cognacs !... avec des zakouskis.
— Vous donnerez le rôle de Nitouche à Nicoleta, d'accord ?... Je vous en prie, directeur ; j'y tiens énormément. Souvenez-vous, Cabiński, je ne demande jamais rien et faites-le...
— Et voilà la quatrième !... Mon Dieu, que ne me font-elles endurer, ces femmes !
— Laquelle veut ce rôle ?
— Eh bien, Kaczkowska, la femme du directeur, Mimi, et maintenant Nicoleta.
— La même chose !... pour deux — commanda-t-elle, tambourinant de son verre sur le plateau.
— Vous le donnerez à Nicoleta, directeur. Elle ne l'acceptera pas, j'en suis certaine, car avec sa voix raide comme du bois, elle pourrait danser, mais pas chanter, et c'est là, voyez-vous, que réside tout l'intérêt de lui donner ce rôle.
— Mais alors — sans parler de ma bobonne, Mimi et Kaczkowska vont m'arracher la tête !
— Vous n'y perdrez pas beaucoup. Je prends sur moi de le leur expliquer. On va bien s'amuser parce que, voyez-vous, il y aura aujourd'hui son jules. Hier elle s'est vantée devant lui que c'était elle que vous aviez à l'esprit en annonçant dans les journaux que le rôle de Nitouche serait joué par la bellissime et fringante xx.
Cabiński se mit à rire doucement.
— Mais pas un mot. Vous verrez, directeur, ce qui va se passer. Pour la frime, devant lui, elle acceptera et fera la maligne. Halt va la prendre

---

[21] « Mam'zelle Nitouche », opérette de Henry Meilhac (1830-1897) et Albert Millaud (1844-1892), musique de Hervé (1825-1892), créée à Paris au Théâtre des Variétés en 1883.

tout de suite pour répéter et va la planter... devant tout le monde ; vous lui reprendrez son rôle et le donnerez à qui vous voudrez.
— Vous êtes un monstre de férocité.
— Bah, là aussi réside notre force.
Ils se rendirent au jardin, où une dizaine de membres de la troupe attendaient déjà pour la répétition. Les acteurs et actrices étaient assis sur les sièges, par groupes. Rires, plaisanteries, histoires, récriminations, fusaient de toutes parts, sur un fond musical d'instruments d'orchestre qu'on accordait.
De plus en plus de monde arrivait sous la véranda. Le brouhaha allait croissant, ainsi que le bruit des assiettes et le grincement des chaises qu'on transbahutait. La fumée des cigarettes s'élevait en petites volutes jusqu'aux poutres métalliques de la toiture. C'était l'atmosphère quotidienne de ce restaurant très fréquenté.
Janka Orłowska entra. Elle s'assit à une table et demanda au garçon :
— S'il vous plaît, le directeur du théâtre est-il arrivé ?
— C'est le monsieur là-bas !
— Lequel ?
— Que prendrez-vous ?
— Pardon, qui de ces messieurs est Cabiński ?
— Quatre vodkas pour la sept ! — cria-t-on à côté.
— Voilà, voilà !
— Une bière !
— Qui de ces messieurs est le directeur ? — redemanda patiemment Janka.
— J'arrive ! — répondit-il, s'inclinant de tous côtés et enregistrant les commandes.
Elle se sentait extrêmement intimidée. Elle eut l'impression que tout le monde la regardait, que les garçons qui passaient à côté d'elle avec des chopes ou des assiettes plein les bras se penchaient et lui jetaient des regards si bizarres qu'elle en rougissait inconsciemment.
Elle resta ainsi assez longtemps avant que le garçon ne se représentât, apportant en même temps le café qu'elle avait commandé.
— Vous voulez voir le directeur ?
— Oui.
— Il est assis au premier rang, dans le jardin. Le gros, en gilet blanc, là !... vous le voyez ?...
— Oui. Merci !
— Vous voulez qu'on lui demande ?
— Non. Du reste, il est occupé...

— Il est seulement en train de parler.
— Et ces messieurs avec lesquels il parle ?...
— Ils sont aussi de la maison : des acteurs.

Elle paya son café avec une pièce de quarante sous. Il chercha longtemps la monnaie, mais voyant qu'elle regardait dans une autre direction, il s'inclina en remerciant pour le pourboire.

— Je vais aller lui demander...
— Bien, mais quand ces messieurs se seront un peu éloignés...
— Je comprends ! — dit-il avec un sourire bête et s'éloigna.

Janka se dépêcha de boire son café et se dirigea vers le jardin. Elle passa à côté du directeur et lui lança un rapide regard. Elle ne vit qu'une grande face à la pâleur anémique, avec des taches bleuâtres, pas très sympathique.

Quelques acteurs, debout à ses côtés, lui firent l'effet de personnes d'une grande beauté.

Elle vit dans leurs gestes, leurs visages rasés de près, leurs rires détendus, quelque chose de tellement supérieur aux hommes qu'elle avait connus jusqu'à présent, qu'elle s'absorba dans l'écoute de leurs voix. La scène, rideau levé, plongée dans l'obscurité, attirait son regard par son caractère mystérieux.

Pour la première fois, elle voyait un théâtre de près et des acteurs en dehors d'une scène. Le théâtre lui sembla un temple grec, et ces gens dont elle avait les figures devant soi et dont elle entendait sans arrêt la voix mélodieuse, d'authentiques prêtres de la scène, dont elle avait souvent rêvé.

Elle observait tout cela pour la première fois et avec les yeux d'une enthousiaste.

Ne serait-ce que pouvoir respirer l'air d'un vrai théâtre la remplissait d'aise.

Elle regardait partout autour d'elle avec curiosité, lorsqu'elle vit soudain le garçon chuchoter quelque chose au directeur en la désignant discrètement.

Un frisson de crainte la parcourut, étrange et agaçant ; elle ne regardait plus, sentant que quelqu'un se dirigeait vers elle, que des regards pesaient sur sa tête et enveloppaient sa personne.

Elle ne savait pas encore par où elle commencerait, ce qu'elle dirait, comment elle le dirait, mais sentait qu'il lui fallait s'expliquer. Elle se leva lorsqu'elle vit Cabiński devant elle.

— Je suis le directeur Cabiński...

Elle restait sans pouvoir dire un mot, tellement elle était émue.

— Vous m'avez demandé ?... — dit-il, s'inclinant dignement en signe de disponibilité.
— Oui... s'il vous plaît monsieur... le directeur. Je voulais demander... peut-être que... — bredouillait-elle, ne trouvant pas les mots qui convenaient.
— Je vous en prie, calmez-vous... tranquillisez-vous... Est-ce si important ?... — chuchotait-il, inclinant la tête vers elle, et simultanément lançant des clins d'œil expressifs aux acteurs spectateurs.
— Oh, très important !... — répondit-elle, levant les yeux sur lui. — Je voulais vous demander, monsieur le directeur, de m'accepter dans votre troupe.
Elle prononça cette dernière phrase d'un seul trait, comme si elle craignait de manquer de courage et de voix.
— Ah !... ce n'est que cela ?... vous voulez vous engager, mademoiselle ?...
Il se redressa et, plissant les yeux avec désinvolture, la dévisagea d'un regard critique.
— Je suis venue exprès... Vous ne me refuserez pas, n'est-ce pas ?...
— Vous étiez chez qui ?
— Je ne comprends pas... je ne sais pas ce que...
— Dans quelle troupe ?... où ?...
— Je n'ai pas encore fait de théâtre. Je suis venue exprès de province.
— Nulle part !?... Je n'ai pas de place !
Et il se retourna, prêt à s'en aller.
Janka fut saisie d'une peur panique de devoir repartir bredouille, et donc avec hardiesse et d'une voix implorante commença à parler précipitamment :
— Monsieur le directeur !... Je suis venue spécialement pour voir votre troupe. J'aime tellement le théâtre que je ne peux vivre sans lui !... Ne me refusez pas ! Je ne connais personne ici à Varsovie. Je m'adresse à vous car j'ai beaucoup lu sur vous dans les journaux. Je sens que je serais capable de jouer... Je connais par cœur tant de rôles !... Vous verrez, pourvu seulement que je puisse jouer... vous verrez !...
Cabiński restait silencieux.
— Peut-être pourrais-je venir demain ?... je peux attendre quelques jours... — ajouta-t-elle, voyant qu'il ne répondait pas, mais se contentait de la regarder attentivement.
Elle parlait abruptement, par saccades, sa voix tremblait, suppliante et vibrante, se modulait avec facilité et avait une telle originalité dans l'intonation, tant de chaleur que Cabiński avait plaisir à l'écouter.

— Je n'ai pas le temps maintenant, mais après la répétition nous nous expliquerons mieux — répondit-il.

Elle voulut lui serrer le bras et le remercier pour sa promesse, mais n'osa le faire, car de plus en plus de monde la regardait.

— Hé, Cabiński !
— Ben mon vieux !
— Directeur ! que se passe-t-il ?... un rancart ?... en plein jour, et à la vue de tous, à peine à trois encablures de Pepa ?...

On l'appelait depuis les sièges quand il eut quitté Janka.

— Tu parles d'un rancart !...
— Qui est-ce ?...
— Ne racontez pas d'histoires, att... Ce n'est pas prudent, de cette façon, sur l'avant-scène...
— On vous tient !... On faisait le cristal limpide, alors qu'on n'est que de l'ambre !... criait l'un des membres de la troupe, maigre, la bouche éternellement grimaçante, et comme suintant la bile et la méchanceté.
— Allez-donc au diable, mon cher !... ça ne m'a même pas effleuré !... je la vois pour la première fois...
— Jolie femme !... Qu'est-ce qu'elle veut ?...
— Une débutante... elle veut s'engager.
— Prenez-la, directeur. On n'a jamais trop de jolies femmes sur scène.
— Vous avez suffisamment de ces débutantes.
— Bah, et les chœurs ?...
— Ne t'en fais pas, Władek, elles ne grèvent pas le budget, car Caban a l'habitude de ne pas les payer, en particulier quand il s'agit de femmes jeunes, sympathiques et débutantes.
— Glas exagère toujours... c'est son plus gros défaut !...
— Vous avez oublié, directeur, mon principal défaut : je vous tarabuste pour mes cachets. A moins que ce ne soit une qualité, non ?...
— Ah non, certainement pas !... protesta Cabiński avec véhémence.

Ils éclatèrent de rire.

— Commandez un schnaps, directeur, et je vous dirai quelque chose — reprit Glas.
— Alors ?
— Je dis que le metteur en scène commandera une deuxième tournée...
— Très drôle, mon ami, ton ventre grossit aux dépens de tes plaisanteries... tu commences déjà à raconter des conneries.
— A l'usage des sots uniquement... — répliqua malicieusement Glas

à Władek[22] et partit en coulisses.
— Espèce de marrane, gibier de potence ! — marmonna Władek en le suivant des yeux.
— Jasio[23] !... — appela la femme du directeur depuis la véranda.
Cabiński accourut.
C'était une femme de grande taille, bien portante, au visage qui avait dû être d'une grande beauté, beauté soigneusement entretenue par le maquillage ; elle avait les traits grossiers, de grands yeux, des lèvres fines et le front très bas. Portant des vêtements excessivement jeunes et clairs, elle donnait l'impression, de loin, d'être une jeune femme.

Elle était très fière de son mari directeur, de son talent dramatique, et de ses enfants, au nombre de quatre. Dans la vie, elle aimait jouer la matrone ne s'occupant que de sa maison et de l'éducation de ses enfants et jouait la comédie à la perfection, dans la vie comme en coulisses : sur scène elle jouait les mères dramatiques et toutes les femmes âgées, malheureuses, ne comprenant jamais bien ses rôles, mais les jouant avec conviction et pathos.

Elle était terrible pour le personnel, pour ses enfants et les actrices débutantes quand elle leur soupçonnait du talent. Elle avait un tempérament colérique qu'elle masquait vis-à-vis des gens sous un calme excessif, feignant la faiblesse et la neurasthénie.

— Bonjour messieurs !... — s'exclama-t-elle, se pendant nonchalamment au bras de son mari.

La troupe fit cercle autour d'elle. Majkowska la salua en l'embrassant affectueusement.

— Vous êtes magnifique aujourd'hui, directrice ! — s'exclama Glas.
— Ta vue s'est améliorée, car la directrice est toujours magnifique ! — intervint Władek.
— Comment allez-vous ?... car la représentation d'hier a dû vous coûter pas mal ?...
— Vous ne devriez pas prendre des rôles aussi fatigants.
— Vous avez joué formidablement !... nous étions toutes en coulisses...
— La presse pleurait... J'ai vu Żarski s'essuyer les yeux avec un mouchoir.
— Avant il avait éternué... il a un rhume carabiné — cria quelqu'un

---

[22] Diminutif de *Władysław*, Ladislas.
[23] *Jasio, Janek* : Jeannot.

à côté.

— Le public était littéralement sidéré et conquis par le troisième acte... Tous s'étaient levés de leurs sièges.

— Ils voulaient fuir ce moment de plaisir.

— Combien avez-vous reçu de bouquets ?

— Demandez au directeur, c'est lui qui a payé la note.

— Ah !... vous êtes méchant aujourd'hui, mécène[24] ! — s'écria suavement la directrice, bleuissant de colère, alors que les acteurs se tordaient d'un rire contenu.

— Cela partait d'un bon sentiment... Tous ne racontent que des choses agréables, alors moi je vais en dire... de raisonnables.

— Ah, impertinent mécène !... comment peut-on ?... d'ailleurs, qu'ai-je à faire du théâtre !... Si j'ai bien joué, c'est grâce à Janek ; si j'ai mal joué, c'est la faute au directeur, qui m'oblige à monter sur scène et à prendre toujours de nouveaux rôles !... J'aimerais tant m'enfermer avec mes enfants, ne pas sortir des affaires domestiques... Mon Dieu !... l'art est grand, et nous sommes tous si petits à côté, si petits, que je crains chaque représentation comme le feu !... — déclamait la directrice devant le mécène.

— Directrice, je voudrais vous dire un petit mot — l'interpela Majkowska.

— Vous voyez, mécène, on n'a même pas le temps de discuter art ! — soupira-t-elle profondément en partant.

— Vieille guenon !

— Eternelle débutante !... elle se prend pour une artiste !

— Elle a tant hurlé hier sur scène que... je vous jure, c'était à en devenir fou !

— Elle faisait des bonds sur la scène, comme une grande malade !

— Chut !... car selon elle c'est du réalisme !...

— Caban pourrait, sans inconvénient pour lui et le théâtre, la lâcher...

— Avec tant d'enfants !...

— Tu crois qu'elle s'en occupe ?... allons donc !... C'est le directeur et la nounou.

Telles étaient les opinions et remarques qui s'échangeaient après le départ de la directrice en compagnie de Majkowska.

La comédie des enthousiasmes, des ravissements, des amabilités

---

[24] Les troupes de théâtre avaient leurs protecteurs attitrés, personnes fortunées qui s'intéressaient à l'art dramatique et/ou aux actrices.

n'avait duré qu'un temps.
Sous la véranda Majkowska terminait la discussion.
— Vous me donnez votre parole, directrice ?
— Bien, on va régler ça tout de suite.
— Il le faut. Nicoleta est devenue proprement impossible dans la troupe. Elle est même allée jusqu'à critiquer votre jeu !... Je l'ai entendue hier déblatérer devant le rédacteur — disait Majkowska.
— Comment ça ?... elle s'en prend à moi ?... — demanda avec colère la directrice...
— Je ne me complais jamais dans les cancans, je suis incapable de semer la jalousie, mais...
— Qu'a-t-elle dit ?... devant le rédacteur, dites-vous ?... Misérable coquette.
Majkowska esquissa un sourire, mais répondit vite :
— Je ne le dirai pas... je n'aime pas répéter de bêtises !...
— Elle les paiera !... On va s'en occuper !... — susurra la directrice.
— Dobek ! souffleur... à la niche !
— Répétition !
— En scène ! en scène !... — criait-on depuis les sièges.
— Allons-y !... Jouez-vous quelque chose aujourd'hui ?...
— Non.
— Directeur ! — appela Majkowska — vous pouvez y aller... la directrice est d'accord.
— Bien mes puces, bien...
Il s'en alla sous la véranda, où se trouvait déjà Nicoleta avec un quidam plus très jeune, habillé avec beaucoup de soin.
— Vous êtes attendue pour la répétition ... Bonjour cher maître !...
— Qu'est-ce qu'on répète ? — demanda Nicoleta.
— *Nitouche*... vous savez bien, vous y jouez... je l'ai déjà annoncé dans les journaux...
Kaczkowska, qui arrivait à l'instant et observait, se cacha rapidement derrière son ombrelle, afin de ne pas pouffer de rire du fait de l'embarras comique de Nicoleta.
— Je ne suis pas prête à répéter maintenant ... — dit-elle, regardant Cabiński et Kaczkowska.
Elle pressentait visiblement quelque piège... mais Cabiński, de l'air le plus sérieux, lui remit le livret.
— Votre rôle, s'il vous plaît... Nous commençons tout de suite — dit-il, s'éloignant.
— Directeur !... mon directeur adoré, répétez sans moi !... j'ai un tel

mal de tête que je ne sais pas si je vais pouvoir chanter — implorait-elle.
— Impossible, on commence tout de suite.
— Chantez !... je raffole de vous entendre chanter !... — demandait le quidam, lui baisant les mains.
— Directeur !
— Quoi, ma soprano ?...
Et la directrice désigna Janka qui se tenait en coulisses.
— Une débutante.
— Tu l'engages ?
— On en a besoin pour les chœurs... Les sœurs de Praga[25] sont parties car elles ne faisaient que du scandale.
— Elle est assez moche !... — jugea Cabińska.
— Mais possède un facies très théâtral !... sa voix est magnifique, bien que bizarre...

Janka ne perdit pas un mot de cette conversation, tenue à mi-voix ; elle avait également entendu le chœur laudateur de la directrice, et l'autre chœur — celui des dénigrements... Elle portait un regard étonné sur tous, ne comprenant rien de ce que cela signifiait...

— Dégagez la scène ! dégagez !

Tous se retirèrent en coulisse, car toute une horde galopante déboula sur scène. Une douzaine de femmes, jeunes pour la plupart, mais aux visages peinturlurés, rongés par la nervosité et la vie fiévreuse du théâtre. Il y avait là des blondes, des brunes, des petites, des grandes, des minces et des potelées, un ramassis bigarré de toutes les couches de l'existence. On y trouvait des visages de madones au regard provocateur et des visages plats ou ronds, sans expression ni intelligence, de filles du peuple.

Elles n'avaient que deux points en commun : toutes avaient des tenues plus ou moins outrancières, à la mode, et dans les yeux ce quelque chose qui ne s'acquiert que sur scène — une expression d'insouciante décontraction et de cynisme blasé.

Elles commencèrent à chanter en chœur.

— Halt[26] !... On recommence ! — rugirent presque les énormes favoris et la grande face rouge du chef d'orchestre.

Elles se reculèrent et refirent une entrée poussive, entonnant une espèce de cancan collectif, mais à chaque fois se faisaient entendre le bruit de la baguette sur le pupitre et le coassement :

---

[25] Faubourg en rive droite de la Vistule, intégré à la capitale en 1791.
[26] « Stop » en allemand, et en polonais... d'où le nom du chef d'orchestre.

— Halt ! ... On recommence ! Bourriques !... marmonnait-il dans sa moustache en agitant sa baguette.

La répétition des chœurs se prolongea assez longtemps.

Les acteurs, dispersés sur les sièges, bâillaient d'ennui et ceux qui prenaient part à la représentation du soir déambulaient en coulisses, attendant avec indifférence que vînt leur tour de répéter.

Dans les loges des hommes Wicek nettoyait les chaussures du metteur en scène et racontait avec empressement le résultat de son expédition rue Hoża.

— Tu lui as remis ?... tu as la réponse ?...

— Oh là là !...

Et il tendit à Topolski une enveloppe rose de forme allongée.

— Wicek !... si tu balances un seul mot de cela, macaque, tu sais ce qui t'attend.

— Rien de nouveau !... Cette dame m'a dit la même chose, mais avec un rouble en plus.

— Morys[27] ! — appela vivement Majkowska, se tenant à la porte des loges.

— Minute... je ne vais pas sortir avec une seule chaussure cirée !...

— Pourquoi la domestique ne te les a-t-elle pas cirées ?

— La domestique est justement chez toi ; je ne peux jamais rien obtenir d'elle.

— Alors prends-en toi une autre.

— D'accord, mais pour moi tout seul.

— Nicoleta, en scène !

— Qu'on l'appelle là-bas !... — cria Cabiński depuis la scène en direction des sièges.

— Viens, Morys, on va rigoler !

— Nicoleta, en scène ! — criait-on depuis les sièges.

— Voilà ! J'arrive...

Nicoleta, avec un sandwich à la bouche et une boîte de bonbons sous le bras, courait à en faire trembler les planches.

— Nom de Dieu !... c'est la répétition... on attend... — marmonna avec colère le chef d'orchestre « Halt », ainsi l'avait-on surnommé au théâtre.

— Vous n'attendez pas que moi.

— Justement, on n'attend que vous, et vous savez qu'on n'est pas

---

[27] Maurice.

venu ici pour bavarder... On commence !

— Moi je n'ai encore rien appris. Que Kaczkowska chante... c'est un passage pour elle !

— Vous avez obtenu le rôle, non ?... alors, il n'y a rien à discuter !... On commence.

— Chef, peut-être cet après-midi ?... moi maintenant...

— On commence ! — cria Halt avec colère, donnant un coup de sa baguette sur le pupitre.

— Essayez... ce passage est dans vos cordes... J'ai moi-même dit au directeur qu'il vous accorde le rôle — l'encourageait d'un aimable sourire Cabińska.

Nicoleta écoutait, promenant son regard sur les membres de la troupe, mais tous les visages étaient fermés, seul son jules souriait amoureusement depuis les sièges.

Halt donna une impulsion de sa baguette, l'orchestre lui répondit, le souffleur souffla les premiers mots.

Nicoleta, qui était connue pour ne jamais pouvoir apprendre un rôle, achoppa sur la toute première phrase et se mit à chanter on ne peut plus faux.

Ils recommencèrent ; cela allait déjà mieux, mais Halt fit exprès de fausser la mesure, si bien qu'elle termina sur un couac inouï.

Des rires s'élevèrent sur la scène en un chœur unanime.

— Une vache musicale !

— Avec une telle oreille et une telle voix, bonne pour le ballet !

— Bonne à rassembler les poules quand elle deviendra châtelaine !

Nicoleta s'approcha presque en larmes de Cabiński.

— Je vous disais bien que je ne pouvais pas chanter pour l'instant... Je n'ai pas eu le temps de jeter même un coup d'œil au livret.

— Ah bon, vous ne pouvez donc pas ?... Donnez-moi le livret, s'il vous plaît !... Kaczkowska va chanter...

— Je peux chanter, mais pas maintenant... Je ne veux pas me planter !

— Vous avez du temps pour enquiquiner les messieurs, et pour intriguer, déblatérer devant la presse, courir la campagne... vous le trouvez, le temps !... — vitupérait Cabińska.

— Occupez-vous plutôt de vos mecs et de vos enfants... et foutez-moi la paix !...

— Directeur ! Elle m'injurie, cette...

— Le livret, s'il vous plaît... Vous allez chanter dans les chœurs, puisque vous ne pouvez jouer le rôle.

— Ah, non !... c'est maintenant justement que je vais le jouer !... Peu

m'importent vos basses intrigues !
— A qui dites-vous cela ?... — s'écria Cabińska, se levant brutalement de son siège.
— A vous, peut-être.
— Vous ne faites plus partie de la troupe !
— Alors crevez tous entre vous ! — s'écria-t-elle, jetant le livret à la figure de Cabiński. — On le sait depuis longtemps que dans votre troupe il n'y a pas de place pour une honnête femme !...
— Dehors d'ici, vile garce !
— Je me fiche de vous, vieille carne !... J'en ai déjà assez de votre crèche !...
— Partez, partez !... ils vont vous engager... à Corinthe[28] !
— Elle va rejoindre son maître comme gouvernante — s'exclama narquoisement Majkowska.
— J'attendrai que la directrice fonde cette Corinthe... avec ses filles !
— Cabińska fit un bond dans sa direction, mais s'arrêta net à mi-chemin, et éclata en sanglots.
— Mon Dieu ! mes enfants !... Jasio !... mes enfants !...
Elle vacilla sur ses jambes, littéralement suffoquée par un spasme de colère hystérique.
— A droite il y a un canapé... ce sera plus commode pour vous évanouir ! — cria quelqu'un depuis les sièges.
Les membres de la troupe souriaient de leurs visages immobiles et se moquaient à mi-mots.
— Pepa !... ma femme !... calme-toi donc... Dieu vivant, faut-il toujours qu'il y ait ces cirques ?
— Et c'est moi qui les fais ?...
— Je ne te parle pas à toi !... Mais tu pourrais te calmer... On ne t'a rien fait !
— C'est ainsi que tu es mari, père !... directeur ?!... — criait-elle comme une furieuse. — Tu permets à cette... fille des rues de m'insulter sans rien dire ?... elle dénigre tes enfants, et tu ne dis rien ? Ils interrompent les spectacles et tu ne dis rien ?!...
— Tu ne paies personne et tu ne dis rien non plus !... — soufflait quelqu'un depuis les coulisses.
— Sois ferme, Cabiński !
— Tiens bon, ne serait-ce qu'une heure, et tu iras droit au ciel,

---

[28] « Fille de Corinthe » est un euphémisme désignant une prostituée.

martyr !

— Monsieur — demandait le quidam, torturant un bouton de la redingote d'un des acteurs — monsieur !... est-ce qu'ils jouent-là une nouveauté ou bien est-ce cela *Nitouche* ?...

— D'abord, ceci c'est un bouton que vous venez de me faire sauter !... s'écria l'acteur, récupérant le bouton des mains de l'individu confus — et cela, cher monsieur, c'est le premier acte d'une farce sentimentale intitulée : *En coulisses* ; elle se donne tous les jours, et avec un énorme succès !...

La scène se vida.

L'orchestre accordait ses instruments, Halt s'en alla boire une bière, et la troupe se dispersa dans le jardin.

Cabiński se prit la tête entre les mains, courant comme un furieux sur la scène, se lamentant soit de colère soit de douleur, car sa femme était toujours en proie à des spasmes silencieux.

— Quels phénomènes ces gens ! quels phénomènes ! quelle pagaille !...

Janka, effrayée par la brutalité de ces scènes, se retira plus profondément en coulisses, ne sachant où se mettre. Elle sentait que ce n'était vraiment pas le moment de parler au directeur.

— C'est ça des artistes ?... c'est ça le théâtre ?... — pensait-elle, pénétrée au plus profond d'elle-même par la déception et un sentiment de dégoût.

Cela lui fit mal et lui causa une honte immense.

— Ils se disputent comme... comme... — pensait-elle, ne pouvant sur le moment trouver de comparaison.

Elle se tenait immobile, dans une totale incompréhension.

Elle commençait seulement à supposer que rien ici de ces sourires, de ces conversations, de ces regards, qu'elle avait vus et entendus, n'était authentique. Elle eut l'impression que tous jouaient un rôle, que tous faisaient semblant devant tous. Elle en avait l'intuition, mais n'en était pas encore certaine, car ne pouvant comprendre, dans sa candeur, pourquoi il en allait ainsi.

Mais en vérité, personne ici ne jouait ; tous étaient pleinement eux-mêmes, à savoir — des acteurs. Après une courte pause la répétition reprit — avec Kaczkowska dans le rôle de l'héroïne en titre. Majkowska était d'excellente humeur, car elle s'était débarrassée de sa rivale dans certains rôles et au travers d'elle avait atteint sa bien-aimée — Cabińska.

Le directeur, une fois sa femme partie, se frottait les mains de joie et fit signe à Topolski. Ils allèrent au buffet prendre une vodka. Il y avait certainement gagné à rompre avec Nicoleta.

Stanisławski[29], le plus âgé des membres de la troupe, déambulait dans les loges, pestant et marmonnant à l'adresse de Mirowska, assise les jambes repliées sous son siège.

— Pagaille et pagaille !... comment rêver de succès avec ça !...

Mirowska acquiesçait avec un sourire pâle, continuant à tricoter quelque écharpe de laine. Après la répétition Janka aborda hardiment Cabiński.

— Monsieur le directeur... — commença-t-elle.

— Ah, c'est vous ?... Je vais vous recevoir. Venez avant le spectacle, nous bavarderons un peu... Je n'ai pas le temps maintenant...

— Merci beaucoup !... — dit-elle avec joie.

— Avez-vous une voix ?

— Une voix ?

— Je veux dire : chantez-vous ?

— Je chantais un peu à la maison... mais je n'ai sûrement pas une voix pour la scène... du reste je...

— Venez, mais un peu plus tôt, on va voir... je vais prévenir le chef d'orchestre.

---

[29] Clin d'œil à Constantin Stanislavski (1863-1938), comédien, metteur en scène et professeur d'art dramatique russe, qui bouleversa et théorisa l'art de la scène, sous l'influence notamment de la compagnie théâtrale du prince de Saxe-Meiningen, qu'il vit se produire en 1885 et 1890 à Moscou ?

III

C'était une très belle journée, chaude.
Les Łazienki[30] respiraient le printemps... Les rosiers étaient en fleurs et les jasmins déversaient leur odeur enivrante dans le parc... Il régnait une telle beauté et un tel calme que Janka, depuis quelques heures, restait assise au bord de la pièce d'eau, oublieuse de tout.
Les cygnes, les ailes soulevées, tels de petits nuages blancs, voguaient sur le plan d'eau bleuté ; les statues de marbre de divinités rayonnaient d'une blancheur immaculée et leurs élégantes silhouettes amenaient une touche de beauté antique au sein de ce calme solaire du parc verdoyant.
La verdure récente, épaisse, telle une grande mer d'émeraude, saturée de l'or du soleil, se déversait à l'entour.
Les fleurs rouges des marronniers tombaient silencieusement par terre, dans l'eau, sur les pelouses et, telles des flammèches roses papillotaient dans l'ombre des arbres.
Le brouhaha de la ville parvenait en un écho assourdi et se répandait dans les taillis.
De temps en temps le vent faisait entendre son murmure dans les branches, ridait la surface lisse et satinée de l'eau, et passait, laissant derrière lui un frémissement silencieux encore plus profond.
Janka était venue ici directement du théâtre. Elle avait besoin de solitude par habitude ; elle était incapable de penser dans le brouhaha de la ville, ni de calmer son cœur que berçait la joie de pouvoir être admise au théâtre — et voulait se débarrasser de la peine que lui avaient causée ces disputes lors de la répétition.
Ce qu'elle avait vu l'inquiétait ; elle sentait en soi une douleur sourde de déception, ressemblant à de l'hésitation. Une espèce d'ombre l'effrayait.
Elle voulait tout oublier, et ne faisait que se répéter :
— Je suis au théâtre !... je suis au théâtre !...
Comme si elle avait besoin de se convaincre elle-même que ce dont elle avait rêvé des années entières s'était réalisé, que cet avenir rêvé se présentait déjà devant elle... que son « demain » allait se séparer de son « hier » par une distance incommensurable.
— Comment sera-ce ?... — pensait-elle.

---

[30] Le plus grand parc de Varsovie.

Les personnages de ces futures collègues défilaient devant elle, elle pressentait instinctivement que dans ces visages il n'y avait rien d'aimable, mais comme de la jalousie et de l'hypocrisie, et qu'ici non plus elle ne trouverait ni main ni cœur bienveillants, qu'elle devrait poursuivre sa marche en solitaire comme auparavant.

Elle se remettait à rêver et alors tout lui devenait indifférent, car elle ressentait en elle quelque chose comme une force, ou un talent — et avait alors l'impression qu'il lui suffirait de monter sur scène une seule fois, de jouer n'importe quel rôle pour tout conquérir et aller de l'avant !

Mais où ?... jusqu'où ?... Elle ne savait jusqu'où il lui fallait arriver, ne voyait aucune limite, n'aspirant, avec toute la violence de sa nature, qu'à aller sans cesse de l'avant et constamment s'élever dans l'infini...

Elle choisissait en pensée le rôle qu'elle aimerait jouer pour la première fois.

Elle se sentait tellement bien, assise et rêvant, qu'elle finit par ne presque plus penser, se livrant passivement au plaisir de respirer un air odorant et pur, de regarder les tendres couleurs du ciel et des arbres.

Elle sentait vibrer en elle cette nature exubérante à la croissance irrésistible, et possédait en elle cette même heureuse vitalité végétale, tranquille et vigoureuse. Les statues de marbre des dieux et ces jeunes pousses de saule lui semblaient la bénir avec une profonde bienveillance et lui chuchoter des mots d'encouragement et de promesse.

Elle sentait couler en elle le printemps, le courant impétueux d'une existence jeune et robuste, et toutes ces forces et sensations de l'âme universelle — immortelles, inépuisables, traversant les siècles et l'humanité, les sourires et les souffrances.

Le crissement du sable l'éveilla de ce songe. Un jeune homme venait, qui s'assit sur un banc tout proche et enleva sa casquette ; elle vit alors un front haut, très blanc, des sourcils fortement marqués et des yeux gris. Il s'étendit presque sur le banc et commença à lire un petit livre.

Elle voyait ses impressions défiler sur son visage mobile, pâle : il fronçait les sourcils, tantôt levait au ciel ses yeux gris et se plongeait dans une longue méditation, un sourire de réflexion affleurant à ses lèvres.

Passant à côté de lui, elle jeta machinalement un coup d'œil au livre : *Musset — Poésies*.

Il se ramassa sur son banc et lui porta un regard rapide ; elle tourna la tête afin qu'il ne la vît pas sourire et sentit assez longtemps peser son regard sur elle, mais lorsqu'elle osa se retourner, il était à nouveau couché, la tête cachée entre les mains, et lisait.

Elle s'arrêta, étonnée, devant un Satyre qui dansait, comme enfermé dans sa cage tressée de syringas verts. Elle ne pouvait détacher son regard de cette face ironique, moqueuse, aux traits rudes dessinant un rire sonore, de ces mouvements d'allégresse débridée.

Son épaisse chevelure aux frisons entortillés, noircis, pareils aux fleurs d'une jacinthe, semblait trembler au rythme de sa danse, tandis que ces jambes torses de bouc et cette grimace comico-bacchique exprimée par ses traits malicieux la transissaient d'une frayeur qu'elle ne pouvait s'expliquer.

Le Satyre riait, comme se moquant de ce soleil qui dorait sa peau de pierre et lui donnait l'apparence de la vie, de ce printemps qui bouillonnait à l'entour ; il se moquait de soi-même et du monde ; il riait et se moquait, indifférent à tout ce qui n'était pas allégresse en soi.

Elle poursuivit, mais eut plusieurs fois l'impression de voir passer dans les taillis l'éclair de ce visage grimaçant et railleur, d'entendre ce rire silencieux qui la glaçait.

Elle s'assombrit, car cette rencontre avait agi de façon assez désagréable sur sa nature impressionnable. Les lèvres de pierre l'avaient mordue au cœur — lèvres cruelles !

Elle courut en hâte à l'hôtel où elle était descendue sur les conseils de ses compagnes de voyage. C'était un hôtel bon marché et éloigné ; y descendaient surtout de petits commis agricoles et des acteurs de petites troupes de province.

On lui avait donné une petite chambre au troisième étage, avec une fenêtre ouvrant sur les toits de la Vieille Ville, rouges et irrégulièrement alignés.

La vue était tellement laide que, revenant des Łazienki, les yeux et l'âme remplis de verdure et de couleurs ensoleillées, elle baissa immédiatement le store et se mit à déballer une partie de sa malle.

Elle n'avait pas encore eu le temps de penser à son père. La ville, qu'elle voyait pour la première fois, le vacarme qui l'entoura dès sa descente de train, la fatigue du voyage et de ses derniers moments à Bukowiec, puis ces démarches fébriles pour se faire engager au théâtre, la répétition, les Łazienki et l'attente de la soirée avec cet essai probatoire, tout cela l'avait tellement absorbée, qu'elle en avait presque oublié sa maison.

Elle s'habilla pendant longtemps et avec soin, car elle voulait faire bonne figure.

Lorsqu'elle arriva au jardin-théâtre les lumières étaient déjà allumées et le public commençait à affluer.

Elle se rendit sans hésiter en coulisses.

Les machinistes mettaient les décors en place ; aucun membre de la troupe n'était encore là.

Dans les loges des acteurs l'éclairage au gaz marchait à plein. Le costumier préparait des tenues voyantes, tandis que le coiffeur peignait en sifflotant une perruque pourvue d'une longue tresse blonde.

Dans les loges des femmes une dame âgée cousait quelque chose à la lumière d'un bec de gaz.

Janka se promenait partout, découvrant tous les recoins, enhardie par le fait que personne ne lui prêtait la moindre attention.

Les surfaces des murs derrière les immenses tentures qui les décoraient étaient sales, décrépies, et recouvertes d'une humidité visqueuse, répugnante. La saleté régnait en maître sur les planchers, les décors, les meubles lépreux et leurs draperies qui lui parurent de misérables haillons.

L'odeur du mastic, des maquillages et des cheveux frisés au fer, se diffusant sur la scène, lui donnait la nausée.

Elle regardait de splendides châteaux, des chambres de rois d'opérette, des paysages sublimes — et de près vit un minable barbouillis qui ne pouvait satisfaire que des imaginations grossières, et encore de loin. Dans le magasin des accessoires elle aperçut des couronnes en carton ; les manteaux de velours n'étaient que de la pauvre peluche, les satins — du taffetas, l'hermine — de la percale teintée, l'or — du papier, les armures du papier mâché, les glaives et les poignards — du bois.

Mensonge ! mensonge ! mensonge !

Elle observait cette pompe artificielle, mensongère avec une méprisante supériorité. Elle contemplait ce royaume qui serait le sien comme voulant se convaincre de ce qu'il était, de ce qu'il renfermait... et le fait que c'était du toc, du clinquant, du mensonge, de la comédie — curieusement ne l'étonnait pas ; par-dessus tout cela elle voyait une chose infiniment supérieure — l'art.

La scène, encore vide de décors, était faiblement éclairée. Elle la parcourut plusieurs fois, d'un pas glissant, comme une héroïne ; et puis d'un pas léger de jeune fille, plein de grâce et de légèreté, ou encore d'un pas rapide, fiévreux, pareil à celui qui apporte la mort, la malédiction, la destruction — et son visage se composait à l'avenant, ses yeux brûlaient de la flamme des Euménides[31], de la fureur des désirs, des conflits, ou bien, enflammés de passion amoureuse, de langueur ou d'inquiétude, étincelaient tels les étoiles d'une nuit de printemps.

---

[31] Déesses des remords.

Inconsciemment elle se métamorphosait au gré de l'évocation des pièces et des rôles qu'elle avait en mémoire, si bien qu'elle oublia tout, ne prêtant pas attention aux assistants qui déambulaient à ses côtés.

Elle se sentait, à cet instant, consumée du feu sacré de la scène ; ce frisson, connu de tous les vrais artistes, la pénétrait de part en part...

Elle se ramassait tout entière dans cette félicité sans pareille des âmes supérieures que procure l'immersion dans l'extase, la contemplation des idées ou des sensations...

— Mon Oleś[32] faisait pareil... pareil ! — chuchota quelqu'un en coulisses, du côté des loges des femmes.

Janka s'arrêta, confuse, et s'approcha.

A cet endroit se tenait une femme, d'âge et de taille moyens, au visage osseux et au regard sévère.

— Vous vous êtes engagée chez nous ? — demanda la vieille d'une voix rude et énergique, transperçant Janka de ses yeux ronds de chouette[33].

— Pas encore tout à fait... Je dois faire maintenant un essai avec le chef d'orchestre. Oui, monsieur Cabiński a même dit : avant la représentation !... — s'exclama-t-elle, se remémorant ce qu'il avait dit.

— Aha ! avec ce poivrot...

Janka la regarda, étonnée par l'âpreté de sa voix.

— Vous tenez absolument à venir chez nous ?

— Faire du théâtre ?... oui !... Je suis venue exprès.

— D'où ? — demanda laconiquement la vieille.

— De chez moi — répondit Janka, mais déjà plus doucement et avec une certaine hésitation.

— Ah... vous êtes une débutante intégrale !... voilà qui est intéressant !...

— Pourquoi ?... que quelqu'un aimant le théâtre veuille s'y engager ?...

— Hi !... toutes disent pareil, mais en fait elles fuient leur maison ou quelque chose... ou pour quelque chose...

Janka discerna dans sa voix comme un accent de colère et donc ne répondit rien mais, réfléchissant rapidement, demanda :

— Savez-vous si le chef d'orchestre va arriver bientôt ?...

---

[32] Diminutif d'Alexandre.
[33] Le patronyme de la personne en question, Sowińska, vient de *sowa*, le hibou ou la chouette ; en revanche celui de Orłowska vient de *orzeł*, l'aigle.

— Non ! — grommela la vieille en quittant les lieux.

Janka se retrouva seule ; elle recula un peu en coulisses, car on déployait une énorme toile cirée sur la scène. Elle regardait faire avec indifférence lorsque la vieille réapparut et dit avec plus d'aménité :

— Je vais vous donner un conseil... Il faut avoir le chef dans sa manche.

— Si je savais comment faire ?...

— Avez-vous de l'argent ?

— Oui, mais...

— Si vous m'écoutez, je vais vous aider.

— J'accepterai bien sûr toute aide avec gratitude ; je n'ai personne, je ne sais comment m'y prendre et à qui m'adresser... Aidez-moi, je vous en prie !...

— Il faut l'arroser un peu, et l'essai se passera bien.

Janka regardait avec étonnement, sans rien comprendre de ce que cela signifiait.

La vieille eut un sourire de commisération.

— Vous ne comprenez pas, je vois ?... si on ne comprend même pas comment faire pour s'introduire, on ne devrait pas faire de théâtre !...

— J'ai pourtant parlé au directeur... il m'a promis... alors que faire de plus ?...

— Ha ! ha ! — riait-elle doucement — ha ! ha!... c'est vraiment une débutante !...

Après un moment elle chuchota :

— Allons dans la loge... je vais vous affranchir un peu...

Elle l'attira derrière elle, puis, se mettant à épingler une robe sur un mannequin, dit :

— Il nous faut faire connaissance.

— Orłowska — dit Janka.

— C'est votre pseudo, ou votre nom ? — demanda-t-elle, lui retenant la main.

— Mon nom — répondit-elle — pensant qu'il serait peut-être mieux d'utiliser quelque pseudo.

— Moi je m'appelle Sowińska. Je peux vous aider en tout. Je ne suis que costumière, mais on fait de tout, tout ce qui est nécessaire. Ma fille a un magasin de tenues, quand vous aurez besoin de quelque chose, à votre service...

Sa voix s'attendrissait, et on sentait qu'elle se faisait caressante, souriait miellomement, voulait inspirer confiance.

— S'il vous plaît, qu'en est-il de ce chef ?...

— Il faut lui payer un cognac. Oui !... — et elle ajouta après un moment — du cognac, de la bière et des zakouskis, cela sera peut-être suffisant, sinon il le dira lui-même...
— Combien cela peut-il coûter ?...
— Je pense qu'avec trois roubles il sera convenablement traité. Donnez-les-moi, je vais m'occuper de tout. Il faut y aller tout de suite, c'est l'heure.
Janka donna l'argent.
Sowińska sortit et revint tout essoufflée un quart d'heure plus tard.
— Voilà, c'est arrangé !... Venez, le chef vous attend.
Derrière la salle de restauration se trouvait un studio avec un piano, qu'on utilisait au besoin pour les auditions de chant et les cours particuliers.
Halt, rougeaud et endormi, était déjà là et attendait.
— Cabiński m'a parlé de vous... — commença-t-il. — Que pouvez-vous chanter ?... Ouf ! Quelle chaleur !... Vous pouvez ouvrir un peu la fenêtre ? — s'adressa-t-il à Sowińska.
Janka s'effraya de sa voix rauque et de son visage cramoisi, visage d'ivrogne, mais s'assit au piano, ne sachant que choisir.
— Ah !... vous jouez ? — dit-il avec beaucoup d'étonnement.
— Oui — répondit-elle et commença à jouer quelque entrée, sans voir Sowińska qui lui faisait des signes.
— Chantez, ce que vous voulez... que j'entende seulement votre voix... Peut-être pourriez-vous chanter en solo ?...
— Maître... je me sens une vocation pour le théâtre, enfin, la comédie, mais pas du tout pour l'opéra.
— Mais on ne parle pas d'opéra...
— De quoi alors ?
— D'opérette... voilà ! — s'exclama-t-il, se frappant le genou sur un rythme de cancan.
— Chantez !... je n'ai pas de temps et je vais crever de chaleur.
Elle entonna d'une voix tremblante d'émotion, mais avec une certaine classe, une chanson de Tosti[34]. Le chef écoutait, tout en regardant Sowińska et lui montrant ses lèvres brûlées par la soif.
Lorsqu'elle eut terminé il s'écria :
— Bien... on vous engage... Je me sauve, je cuis.

---

[34] Francesco Paolo Tosti (1846-1916), compositeur italien, auteur de nombreuses romances.

— Peut-être pourriez-vous... boire quelque chose... avec nous ?... — dit-elle timidement, comprenant les signes de Sowińska.
Il fit un peu de manières, mais finit par rester.
La vieille commanda au garçon une demi-bouteille de cognac, trois bières et des zakouskis, et ayant bu sa chope, sortit en hâte, se désolant d'avoir oublié quelque chose dans la loge.
Halt rapprocha sa chaise.
Janka, rendue confuse par ce tête-à- tête, se taisait, ne sachant de quoi parler.
— Hum !... vous avez une voix... une jolie voix... — dit-il en lui posant sa patte énorme, rouge, sur le genou, tandis que de l'autre il rajoutait du cognac à sa bière.
Elle fit un mouvement pour s'écarter un peu, désagréablement touchée par une telle familiarité.
— Ça peut bien marcher pour vous... je vous aiderai...
Il vida sa chope d'un seul trait.
— Si vous voulez bien... — souffla-t-elle, s'écartant encore davantage, car son haleine chaude, alcoolisée, l'avait enveloppée et son regard trouble semblait l'embrasser.
— On va faire ce qu'il faut... Je vais m'occuper de vous !...
Et d'un seul coup, sans s'embarrasser de la moindre manière, comme il en avait l'habitude, il la prit par la taille et l'attira à lui.
Elle le repoussa avec une telle force qu'il tomba sur la table et elle fonça vers la porte, s'apprêtant à crier.
— Pff ! reste-là... stupide bébé ! ... reste-là !... Je voulais m'occuper de toi, t'aider, mais puisque tu es si sotte, moisis dans les chœurs jusqu'à ta mort !...
Il finit son cognac et sortit.
Cabiński et le metteur en scène étaient assis sous la véranda.
— Alors, sa voix ?... — demanda le premier, qui avait vu Janka entrer dans le studio.
— Elle en a ! C'est une partition encore vierge — ajouta-t-il en éclatant d'un rire grossier.
— Mais bonne à prendre ?... — dit Topolski.
— Essayez. Mais je vous préviens, de telles débutantes ça coûte...
— Vous avez essayé ?...
— Je préfère un petit antal[35] bien rempli qu'une vierge... Garçon !

---

[35] Petit tonneau de bière ou de vin.

une bière !
— Soprano ?
— Hoho ! chose très rare... contralto !
Janka resta une heure environ dans le studio, incapable de se calmer et d'apaiser son indignation et la colère qui l'envahissait avec une telle violence que par moments elle était prête à le suivre et à lui fracasser la tête avec tout ce qui lui tomberait sous la main, et le battre... le battre jusqu'à ce que mort s'en suive !
Ce qui lui était arrivé était si brutal, si abominable que la honte lui inondait les yeux d'une amère humiliation. Elle défaillait presque à l'idée que chose semblable eût pu lui arriver !...
Par moments elle se levait en sursaut, comme voulant s'échapper de cette enceinte, fuir la présence de ces gens, mais retombait aussitôt en gémissant, se rappelant qu'elle était sans logis.
— Où ?... et pour quoi faire ?... Je resterai !... je supporterai tout, s'il faut tout supporter, mais j'arriverai là où je veux... il le faut !... — se disait-elle avec force — il le faut !...
Et elle campait sur cette position bien arrêtée. Elle ramassait en elle toutes ses forces pour une lutte avec la vie, les revers, les obstacles, le monde entier, mauvais et adverse, et l'espace d'un instant se vit sur un sommet vertigineux où régnaient gloire et ivresse de la victoire, mais ne s'en sentit pas heureuse pour autant, non !... car plus haut miroitait un autre sommet, plus imposant, que des gens s'efforçaient d'escalader.
— J'ai bien payé pour mon admission au théâtre !... — se dit-elle en entrant dans les coulisses.
Sowińska accourut à elle, la regarda longtemps dans les yeux, voulant la sonder sans en avoir l'air, mais Janka lui dit avec un mépris non dissimulé :
— Je vous remercie de m'avoir conseillée et... de m'avoir laissée seule avec ce bestiau !...
— J'étais pressée... il ne vous a pas mangée... c'est un brave homme...
— Alors laissez votre fille à ce brave homme !... répondit-elle sèchement.
— Ma fille n'est pas actrice — répondit la vieille.
— Ah bon !... rien... juste une leçon — murmura-t-elle en quittant Sowińska.
Elle rencontra Cabiński et, l'abordant, dit :
— M'engagez-vous, directeur ?...
— Vous êtes déjà dans la troupe. Pour les cachets, on se mettra

d'accord plus tard.
— Que vais-je jouer pour ma première représentation ?... Je voudrais jouer Claire dans le *Maître de forges*[36].

Cabiński lui jeta un bref regard et se couvrit la bouche de la main pour ne pas pouffer de rire.

— Pas si vite... pas si vite... il vous faut vous familiariser avec les planches. Pour l'instant vous allez faire partie des chœurs. Halt m'a dit que vous jouez du piano et savez lire les notes. Demain vous recevrez les partitions des opérettes que nous donnons et vous apprendrez les chœurs.

Janka voulut ajouter quelque chose, mais Cabiński tourna les talons et s'en alla.

— Ou elle joue la comédie, ou elle a un sérieux grain !... — marmonna-t-il, s'arrêtant soudain ; il sourit, fit un geste résigné de la main et se dirigea rapidement vers le jardin.

Janka se rendit dans les loges et avait à peine entrouvert la porte quand quelqu'un la poussa, lui claqua la porte au nez, et s'exclama avec colère :

— En haut ! les choristes, c'est là-bas !

Emportée par la colère, elle voulut donner un coup dans la porte, mais se contenta de serrer les lèvres et monta.

La loge des choristes était une pièce tout en longueur et basse de plafond. Des rangées de becs de gaz au-dessus de simples tables en bois, disposées de trois côtés le long des parois, brûlaient sans protection. Les parois étaient bricolées de planches brutes, sans peinture, couvertes de noms, de dates, de plaisanteries et de caricatures dessinées au charbon ou au rouge à lèvres.

Sur la paroi libre étaient suspendus des trousseaux entiers de robes et de costumes.

Une vingtaine de femmes étaient assises, déshabillées, devant des miroirs aux formes les plus diverses, et devant chacune brûlaient des bougies.

Janka, ayant aperçu un tabouret libre près de la porte, s'assit et se mit à observer.

— Pardon, c'est ma place ! — s'écria une forte brunette.

Janka se mit à côté.

— Vous êtes venue voir quelqu'un ?... — lui demanda-t-elle, s'enduisant le visage de vaseline — et de poudre par-dessus.

---

[36] Pièce de Georges Ohnet (1848-1918), créée en 1883 d'après le roman éponyme.

— Non. Je suis venue dans la loge. Je fais partie de la troupe — dit-elle à voix assez haute.
— Vraiment ?!
Quelques têtes se relevèrent au-dessus des tables et quelques paires d'yeux se posèrent sur elle.
Janka dit son nom à la brunette.
— Les filles !... la nouvelle s'appelle Orłowska. Faites connaissance ! — cria la brunette.
Les plus proches lui tendirent la main pour la saluer et continuèrent à se grimer.
— Lodka[37], prête-moi de la poudre.
— Tu n'as qu'à t'en acheter !
— Sowińska ! — criait l'une d'elles par la porte entrouverte vers la loge du bas, celle des solistes.
— J'ai rencontré ce même type... vous savez !... Je me promène sur le Nowy Świat[38]...
— Tu parles !... Comme si on pouvait courir après pareil individu !
— Je me suis acheté un ensemble... vous voyez !... — criait une blondinette, petite, très jolie.
— C'est lui qui te l'a acheté ?...
— Je vous jure que non !... Je me le suis acheté avec mes économies.
— Mon œil !... On va la croire, celle-là... C'est ce pharmaco qui t'amasse des économies, non ?...
— Tout entier couleur lilas !... chemisier flottant avec plastron de dentelles blanc cassé, jupe droite avec rebord enroulé en bas... chapeau garni de violettes... — racontait l'une d'elles, enfilant par la tête sa tenue de ballet.
— Ecoute, toi, la lilas... quand me rendras-tu mon demi-rouble, j'en ai besoin...
— Après le spectacle, je te le rendrai... parole !
— Ah bon ! c'est exactement ce que va te donner Caban...
— Je vous dis, le désespoir commence à me prendre... Il toussait un petit peu... j'ai pensé que ce n'était rien... et voilà qu'hier je regarde à l'intérieur de sa petite gorge... des taches blanches... J'ai couru chercher le docteur... il l'a examiné et dit : c'est la diphtérie ! Je l'ai veillé toute la nuit, badigeonné toutes les heures... il ne pouvait rien dire, mais

---

[37] Diminutif de *Leokadia*, Léocadie.
[38] Célèbre rue-promenade de Varsovie.

seulement montrer avec son petit doigt qu'il avait très mal... et ses petites larmes lui coulait si fort sur sa frimousse que j'ai cru que j'allais mourir de chagrin !... J'ai laissé la gardienne auprès de lui, car j'ai besoin d'un peu d'argent... J'ai mis en gage mon manteau et tout et tout, mais il n'y en a jamais assez !... — racontait à mi-voix à sa voisine une actrice mince, jolie, mais au visage marqué par la souffrance et la misère, se bouclant une mèche, mettant du rouge sur ses lèvres bleuies et imprimant avec son crayon une expression provocante à ses yeux fatigués par le manque de sommeil et les larmes.

— Hela ! ta mère m'a demandé aujourd'hui de tes nouvelles...

— Elle ne parlait sans doute pas de moi... Il y a longtemps que je n'ai plus de mère.

— Ne raconte pas d'histoires !... Majkowska vous connaît bien et vous a vues ensemble sur la Marszałkowska[39].

— Majkowska pourrait s'acheter des lunettes si elle ne voit pas clair... J'allais alors en ville avec la gardienne.

Elles se mirent à rire. Celle qui méconnaissait ainsi sa mère éteignit sa bougie et sortit fâchée.

— Elle a honte de sa mère. C'est vrai qu'une mère comme ça !...

— Une femme simple. Mais elle la ridiculise, elle pourrait ne pas déballer ses états d'âme auprès des gens !

— Comment cela ? une mère peut-elle ridiculiser sa fille ?... peut-on avoir honte de sa mère ?... — s'écria Janka, assise silencieuse et écoutant avec curiosité ces bribes de conversations qui lui parvenaient ; mais ces dernières paroles qu'elle venait d'entendre l'avaient indignée.

— Vous êtes une débutante de fraîche date, alors vous ne savez rien — lui répondirent quelques voix.

— On peut ?... — cria une voix d'homme du dehors.

— Non ! Non ! — s'écrièrent-elles vivement.

— Zielińska ! ton rédacteur est arrivé.

La choriste, grande, forte, traversa la loge en faisant froufrouter ses jupons.

— Szepska ! vois-donc ce qu'ils font.

Szepska se glissa dehors, mais revint aussitôt.

— Ils sont descendus.

---

[39] Une des principales avenues de Varsovie, bordée d'immeubles cossus, de boutiques et de restaurants. Elle subit d'importantes destructions pendant la deuxième guerre mondiale.

La sonnette retentit avec force sur la scène.

— En scène ! — cria le régisseur à la porte. — On attaque de suite.

Il se fit un brouhaha indescriptible. Toutes criaient en même temps, couraient, s'arrachaient les épingles, les fers à friser, finissaient de se poudrer, se disputaient pour des bagatelles, éteignaient leurs bougies, fermaient en hâte leurs trousses et se précipitaient en bas car la sonnette avait retenti pour la deuxième fois.

Janka descendit la dernière et s'arrêta en coulisses.

La représentation commença.

On donnait une opérette du genre mi-féérique.

Elle ne reconnut tout simplement pas ces gens, ni ce théâtre — tellement tout cela s'était métamorphosé, embelli sous la poudre, le maquillage et la lumière !...

La musique, aux sons doux et caressants de la flûte, se dégagea du silence dans lequel s'était figé le théâtre et pénétra son âme, la berçant langoureusement... puis la danse... une danse souple, sensuelle, enivrante, l'envoûta, la berça et l'entraîna à son rythme ondoyant, la transissant de sa voluptueuse nonchalance...

Elle se sentait de plus en plus aspirée par un tourbillon de lumière, de chants et d'éclairs. Ce théâtre éblouissait sa nature violente et sensuelle, qui jusqu'à présent s'était débattue au milieu de la grisaille des hommes et du vulgaire quotidien.

C'était presque celui qu'elle avait dans l'âme, plein de lumière, de musique, d'accents excitants, de pâmoisons extatiques, de couleurs fortes, de sensations bouillonnantes et explosives, pareilles au tonnerre.

Il n'y avait rien de tout cela ici, mais son imagination enthousiaste tissait à partir de ces lambeaux qu'elle avait sous les yeux des mondes cent fois plus beaux et s'éblouissait de la beauté de sa propre œuvre. Les harmoniques flutées des violons la pénétraient d'un frisson aigu d'indicible volupté et l'inondaient d'une excitante chaleur.

Il lui semblait regarder de vieux contes populaires, évoluer comme dans une ronde de nymphes et d'ondines, elle avait l'impression que ces femmes grossièrement peinturlurées, dansant sur une toile passée à la craie des pas de bacchantes avec une verve de chanteuses de cabaret, étaient des ombres fantastiques, dansant quelque part au fond des eaux... L'éclairage électrique répandait une brume bleuâtre, à peine perceptible et chatoyait du feu des brillants sur les feuilles d'or qui chamarraient les costumes des danseuses.

L'odeur suffocante de la poudre dispersée dans l'air l'enveloppait comme d'un nuage et de la salle remplie affluaient les souffles chauds, les regards concupiscents, qui s'écrasaient sur la scène en une vague magnétique, noyant dans l'oubli tout ce qui n'était pas chant, musique et volupté.

Le théâtre de plus en plus prenait pour elle l'allure d'une hallucination éveillée.

A la fin de l'acte, lorsqu'éclata le tonnerre des applaudissements, elle faillit s'évanouir... Elle pencha la tête, inspirant avidement ces rumeurs ressemblant à des éclairs et, comme eux, éblouissant son âme. A pleins poumons et de toute la force de son âme assoiffée de gloire, elle s'abreuvait de ces cris du public qui exultait. Elle fermait les yeux, afin de faire durer plus longtemps cette sensation, cette vision.

Il lui semblait s'élever dans l'au-delà, s'être abstraite de tout ce qui était petit, misérable, quotidien ; le brouhaha des voix sur la scène qu'on s'empressait de débarrasser la fit revenir à elle.

La vision enchanteresse se dissipa. Sur la scène s'affairaient des gens en simple chemise, sans gilet ; ils changeaient les toiles de fond, mettaient du mobilier en place, fixaient des décors, œuvrant dans la hâte ; elle vit les nuques sales, les visages fripés, laids, les mains grossières et usées par le travail, les lourdes silhouettes des ouvriers.

Elle se passa la main sur le front, comme voulant se convaincre qu'en cet instant elle ne rêvait pas ; mais quelqu'un l'écarta, un autre la repoussa, un troisième passa rapidement à côté d'elle, traînant derrière lui un meuble pesant...

Elle alla sur la scène et par l'ouverture du rideau observa la salle noirâtre, bondée. Elle voyait des centaines de têtes jeunes, féminines, souriantes, encore sous l'emprise de la musique, s'éventant avec grâce et légèreté ; les hommes, avec leurs tenues sombres, formaient des taches régulièrement disséminées sur le fond clair des toilettes.

Elle observait attentivement ce public, qu'elle considérait comme un aréopage puissant, juge ultime en matière scénique — un aréopage qui décernait les bravos, les succès, la gloire — ou condamnait...

Elle se souvenait encore parfaitement des récits pleins d'humilité que faisait Kręska à propos du public. Elle glissait avec curiosité sur tous les visages, les lèvres, les regards, comme si elle voulait deviner ce qu'ils disaient de la pièce et des artistes — mais n'entendait que le brouhaha confus des voix, pareil à celui d'une foire, parfois un rire sonore, ou bien le choc des chopes sous la véranda, ou encore un appel retentissant :

— Garçon ! une bière !

Sa déception augmenta encore lorsqu'elle vit que ce public avait des traits en tout point semblables à ceux de Grzesikiewicz, de son père, de

ses connaissances du coin, de la supérieure du pensionnat, des professeurs du lycée, du télégraphiste de Bukowiec.
Sur le coup cela lui parut proprement impossible.
Comment cela ?... elle savait pourtant ce qu'il lui fallait penser de ceux-là ; elle les avait catalogués depuis longtemps : les crétins, les sots, les incolores, les dindes, les ivrognes, les commères, les poules pondeuses ; les âmes bornées et superficielles, la bande des mange-pain ordinaires, se noyant dans le marécage sans profondeur des préoccupations alimentaires et végétatives.

Et ces gens qui emplissaient le théâtre et applaudissaient, en qui elle voyait auparavant des demi-dieux, seraient-ils du même acabit que ceux-là ? — se demandait-elle, leur trouvant de plus en plus de similitudes...

Elle avait une grande intuition, rendue subtile par la solitude, qui lui faisait voir beaucoup de choses.

— Madame ! — lui dit quelqu'un à côté d'elle.

Elle arracha son visage du rideau. A côté se tenait un jeune homme, bien fait de sa personne, élégant ; il effleurait le bord de son chapeau haut-de-forme et souriait d'une manière convenue.

— Juste un instant... — dit-il.

Elle s'écarta un peu.

Il regarda vers l'espace de plein air et se recula.

— Avec mes excuses... toutes mes excuses...

— Je vous en prie, j'ai assez regardé...

— Pas très passionnant, n'est-ce pas ?... Des philistins[40] les plus authentiques ; des épiciers et des savetiers !... Vous pensez peut-être qu'ils sont venus écouter, penser, ou admirer la pièce ?... Que non !... ils sont venus se montrer, recevoir des compliments pour leurs tenues, prendre une collation et tuer le temps...

— Dans ce cas, qui donc vient rien que pour la pièce ? qui donc intéresse-t-elle ?...

— Ici, madame, personne !... Au Grand Théâtre, aux Variétés... il se trouvera encore une poignée, du reste très modeste, de gens aimant la scène et ne venant que pour elle au théâtre. J'ai soulevé plus d'une fois cette question dans les journaux.

— Rédacteur, donnez-moi donc une cigarette ! — cria un acteur depuis les coulisses.

— A votre service... — et il lui tendit d'un air très serviable un étui

---

[40] Petits-bourgeois.

d'argent en forme de carnet de notes.

Janka s'écarta quelque peu et regardait le rédacteur avec curiosité et respect. Elle ne connaissait ces gens que par ouï-dire, par la considération qui entoure cette profession en province, et s'était donc imaginé un idéal d'homme, condensé de vertus générales et révélateur de pensées universelles, dans lequel doivent se concentrer talent, esprit et noblesse de caractère.

Elle le regardait avec étonnement, contente d'avoir pu observer de près un tel homme.

Combien de fois à la campagne, écoutant les sempiternelles et récurrentes discussions à propos des exploitations, des soucis, de la politique, de la pluie et du beau temps, n'avait-elle rêvé de cet autre monde, de personnes qui lui parleraient d'idées, d'art, d'humanité, de progrès et de poésie — incarnations de toutes ces devises qui nourrissent le monde et l'infléchissent.

Elle désirait à présent que ce rédacteur ne s'en allât pas tout de suite, et lui parlât encore un peu. Et en effet le rédacteur s'adressa à elle :

— Vous devez être nouvelle dans la troupe, car je n'ai pas encore eu la chance de vous voir ?...

— Je ne me suis engagée qu'aujourd'hui.

— Vous avez déjà joué ?...

— Non, sur une vraie scène, jamais !... J'ai seulement joué dans un théâtre amateur.

— C'est ainsi que naissent pratiquement tous les talents dramatiques. Je connais cela, oui !... Modrzejewska[41] me rappelait parfois la même chose — dit-il en souriant avec un air protecteur.

— Rédacteur... à vos devoirs ! — cria Kaczkowska, les bras tendus. Le rédacteur boutonna ses gants, lui baisa à plusieurs reprises chaque main, reçut une petite tape et se recula à nouveau derrière le rideau.

— C'est donc la première fois pour vous ?... Probablement la famille... on tient bon... une résolution inébranlable... la province profonde... la première représentation en amateur... le trac... le sentiment d'avoir en soi le feu sacré... rêve d'une véritable scène... les larmes... les nuits d'insomnie... la lutte avec son entourage... pour finir la permission... ou peut-être la fuite secrète de nuit... la peur... l'inquiétude... le démarchage des directeurs... l'engagement... l'enthousiasme... la

---

[41] Helena Modrzejewka (1840-1909), grande actrice polonaise ayant notamment joué des rôles tragiques dans les pièces de Shakespeare.

scène... expérience divine ! — débitait-il dans un style télégraphique.
— Vous avez presque deviné, monsieur le rédacteur... c'est ce qui m'est arrivé.
— Voyez-vous, j'ai tout de suite su. Il n'y a que l'intuition ! Nous allons nous occuper de vous, parole !... D'abord on fait un petit entrefilet, on distille ensuite un peu de détails sous un titre à sensation, puis un article plus important sur la nouvelle étoile à l'horizon de l'art dramatique — il volait à grande vitesse — la rumeur prend forme, merveille !... les gens seront captivés... les directeurs vont se battre pour vous avoir, et après un an ou deux... le Théâtre de Varsovie...
— Mais, monsieur le rédacteur, personne ne me connaît ; personne ne sait encore si j'ai quelque talent sur scène...
— Vous avez du talent, parole ! Mon intuition me le dit : ne croyez pas au rationnel, tenez-vous à l'écart des raisonnements, chassez les calculs, mais ayez foi en l'intuition !...
— Dépêchez-vous donc, rédacteur !... — l'appela-t-on.
— Au revoir ! au revoir !...
Il lui envoya un baiser des lèvres, effleura le bord de son chapeau et se sauva.
Janka se leva, mais cette même intuition qu'il lui recommandait de suivre lui disait de ne pas prendre ses paroles au sérieux. Il lui parut quelque peu léger et trop hâtif dans ses jugements ; cette promesse d'entrefilet, d'articles, ces assurances quant à son talent, lui parurent bizarres. Son visage même, par ses mouvements et son babil, lui rappelait Józio[42], célèbre papillon et plaisantin de la région de Bukowiec.
Le deuxième acte commença.
Elle regardait, mais visiblement sans l'enthousiasme qui l'avait emportée lors du premier. Elle était mécontente de soi, de rester indifférente et de ne pouvoir tomber dans l'extase.
— Comment trouvez-vous notre théâtre ?... — lui demanda la brunette des chœurs.
— Très bien — répondit-elle.
— Bah, le théâtre c'est comme la peste : si on l'attrape, c'est fini !... — chuchota la brunette avec conviction.
En coulisses, dans les passages presque privés de lumière derrière les décors, il y avait plein de gens.
Il y avait là des acteurs, des couples qui se cachaient dans le noir ; on

---

[42] Diminutif de Joseph.

entendait des chuchotements, des rires discrets de partout.

Le régisseur, vieux et chauve, en gilet seulement et sans faux col, le scénario dans une main et une sonnette dans l'autre, arpentait la scène en permanence, en long et en large.

— En scène !... Vous entrez tout de suite !... on y va ! — criait-il, en sueur, fébrile, et repartait à toute vitesse pour extirper des loges les personnes qu'il lui fallait faire entrer en scène, les positionnait pratiquement devant la porte, derrière ou sur le côté de la scène, écoutait ce qui se disait sur scène, regardait par les fentes des portes de toile et au moment opportun chuchotait :

— On y va !

Janka les voyait interrompre brusquement leur conversation, se séparer en plein milieu d'une phrase, poser leur chope sans l'avoir finie, tout abandonner pour courir vers leur porte, attendre leur tour, immobiles et silencieux, ou bien, excités, marmonner les paroles de leur rôle pour entrer dans leur personnage ; elle voyait le tremblement de leurs lèvres, le tressaillement de leurs jambes et le frémissement de leurs paupières, leur pâleur soudaine sous la couche de fard, leurs regards enflammés par le trac...

— On y va ! — l'injonction claquait comme un coup de fouet.

Presque tous tressaillaient violemment, se composaient à la vitesse de l'éclair un visage de circonstance, se signaient plusieurs fois et entraient.

Chaque fois que la porte de la scène s'ouvrait, cette bouffée d'étrange chaleur, pleine de regards et de souffles, qui lui parvenait du public, pénétrait Janka d'un frisson d'excitation.

Elle retomba dans le ravissement et l'hallucination : cette obscurité, ces couleurs criardes, émergeant violemment de l'ombre, baignées de lumière, les sons d'une invisible musique, les échos des chants se diffractant dans les sombres recoins, le bruit étouffé des pas, les bruissements étranges, les gens fébriles, au regard enflammé, l'excitation générale, les applaudissements tonitruants semblables à une averse lointaine, les raies d'une lumière éblouissante, l'obscurité brumeuse ; la presse humaine, le bourdonnement des paroles pathétiques, les exclamations tragiques, les émois pleins de sanglots, les gémissements, les pleurs, le mélodrame dans son ensemble, joué pompeusement et tapageusement, tout cela la pénétrait d'une fièvre, mais différente de celle du premier acte, d'une fièvre de l'énergie et de l'action ; elle jouait avec eux tous, souffrait avec ces héros de papier, s'inquiétait avec eux, aimait tout comme eux ; avait le trac avant d'entrer, chavirait de plaisir à certains instants et passages pathétiques ; certaines paroles et exclamations la pénétraient d'un frisson si étrange et douloureux que les larmes lui venaient aux yeux et un léger cri sur les lèvres.

Aux entractes elle retrouvait son équilibre et sa raison.

De plus en plus de personnes du public se présentaient dans les coulisses.

Des boîtes de bonbons, des fleurs en bouquets ou uniques, passaient de main en main.

On buvait de la bière, de la vodka, des cognacs ; un plateau de sandwichs fit son apparition, aussitôt dévalisé.

Des rires insouciants fusaient, des plaisanteries acerbes éclataient comme des pétards dans les airs. Certaines des choristes se changeaient pour revêtir leurs habits normaux et aller au jardin.

Elle voyait les acteurs en petite tenue, traînant devant les loges ; des femmes en jupons blancs, à moitié dégrimées, les épaules nues, pénétraient sur la scène pour regarder le public à travers le rideau. Elles se retiraient, comme offusquées, lorsqu'elles apercevaient des étrangers. Tout en poussant des cris, elles souriaient d'un air aguicheur et se sauvaient, lançant des regards provocateurs.

Les garçons du restaurant, les servantes, les machinistes couraient comme des dératés et on entendait à chaque instant :

— Sowińska !

— Le costumier !

— L'accessoiriste !

— Mon pantalon et ma pélerine !

— Ma canne de scène et la lettre !

— Wicek !... va chercher le directeur, qu'il vienne s'habiller pour le dernier acte !

— Qu'on arrange la scène !

— Wacek[43] !... envoie-moi du rouge à lèvres, une bière et un sandwich !... — criait une fille, s'adressant à un groupe d'hommes à travers la scène.

Dans les loges c'était le chaos, on changeait de tenue dans l'excitation et la hâte, on se fardait fébrilement avec des produits presque liquéfiés par la chaleur, on se disputait...

— Si vous me passez devant le nez sur la scène, je vous fous un coup de pied, je vous jure !...

— Prenez-vous-en à votre chien !... C'est comme ça dans le rôle...

---

[43] Diminutif de *Wacław*, Venceslas.

lisez !

— Vous faites exprès de me cacher !

— Et pour cause !... j'ai jeté un œil et entendu un murmure...

— C'était le vent, et lui a l'impression d'avoir entendu un murmure.

— Il y avait un murmure... de protestation, car vous vous étiez planté comme une bête.

— Comment ne pas se planter, quand Dobek souffle à se faire raplatir par une porte !...

— Vous pouvez toujours parler, si j'arrête vous allez voir ... de quoi vous aurez l'air !... Je lui enfourne mot sur mot dans les oreilles, comme avec une pelle, et rien !... je crie même, au point que Halt donne des coups de pied dans la scène... et lui à nouveau est en plan !

— Je sais toujours à la perfection ; c'est vous qui « m'enfournez » exprès.

— Ce savoir il ne vous tournera pas la tête ! — s'exclama quelqu'un à l'accent juif.

— Costumier ! ma ceinture, mon épée et mon chapeau... plus vite !

— « ... Marie ! si tu dis : va-t'en... avec moi partiront la nuit, les souffrances, la solitude et les larmes... Marie ! ne m'entends-tu pas ?... c'est la voix d'un cœur qui t'aime... c'est la voix... » — déclamait Władek, arpentant la loge avec le texte et gesticulant avec force, sourd à tout ce qui se passait autour de lui.

— Arrête donc de crier, Władek !... sur scène tu pourras t'époumoner et gémir à volonté, jusqu'à en casser les oreilles...

— Il me semble qu'à ce jeune homme, par suite de l'atrophie de toutes ses facultés, il n'est resté que l'organe de la parole.

— Dis plutôt du rugissement...

— Messieurs ! Vous n'auriez pas vu quelquefois Piotruś[44] ?... — demanda une actrice de genre en passant la tête.

— Messieurs, voyez si Piotruś n'est pas quelque part sous la table ?

— Madame... Piotruś est parti au studio avec une très jolie nana.

— Trucidez-le, madame !... cet infidèle !

Les réparties fusaient, accompagnées de rires.

L'actrice disparut, et on l'entendait déjà de l'autre côté de la scène demander à la cantonade :

— Piotruś n'est pas là ?

— Un jour, elle va devenir folle de jalousie pour lui !...

---

[44] Diminutif de *Piotr*, Pierre.

— Une femme bien !
— Il n'empêche qu'elle est folle d'être à ce point jalouse d'un homme on ne peut plus tranquille.
— Comment va, rédacteur !
— Ah, voilà le rédacteur !... la bière et les cigarettes ne vont pas tarder.
— Bonsoir, mécène !...
— Comment se porte la caisse ?
— Super !... on est à guichet fermé, car Gold fume le cigare.
— Dieu soit loué ! il y aura plus d'acompte.
— Bolek[45] ! comment va ?... N'entre pas, tu vas fondre comme du beurre... c'est l'Afrique aujourd'hui...
— On va se rafraîchir tout de suite, j'ai commandé des bières...
— Tous en scène !... Le peuple en scène ! les prêtres en scène ! les soldats en scène !... — criait le régisseur, faisant le tour des loges en courant.

Peu après, à l'exception de quelques membres du public, il n'y avait plus personne, tout le monde était sur scène.

Après la représentation, Janka, se rendant à l'hôtel, ressentit une énorme lassitude après tant d'émotions. Sa chambre lui parut encore plus misérable, si vide et ennuyeuse qu'elle se mit tout de suite au lit, mais ne put s'endormir.

Elle sentait un bourdonnement dans son cerveau, des restes de cris, un délire de visions, des flashs de couleurs, ou des bribes décousues de musique ; elle sentait qu'elle portait en soi toute cette soirée passée au théâtre. Elle voulut penser à sa maison, à Bukowiec, mais ces souvenirs, expulsés de force, cédaient rapidement la place à d'autres, récents.

Le passé s'estompait, comme s'il se détachait, roulant dans des abîmes d'amnésie ; elle le contemplait au travers du prisme des impressions de la journée et ce passé lui apparaissait comme étranger, immensément gris, exhalant le froid, si bien qu'elle concevait en son âme une espèce d'apitoiement sur soi-même. Elle tombait dans un demi-sommeil dont elle était tirée par des bravos, des rires et de la musique... Elle s'asseyait sur son lit, promenant son regard sur la chambre vide, colorée par les chétifs reflets du jour qui pointait et se coulait par-dessus les toits des immeubles.

Ou encore son sommeil se prolongeait et elle rêvait qu'elle entendait

---

[45] Diminutif de *Bolesław*, Boleslas.

le bruit des trains passant sous ses fenêtres, les sonneries électriques, les trompettes des cantonniers signalant un train de voyageurs.

— Train de voyageurs arrivant de Kielce !... — elle voyait en pensée l'adjoint de son père arpenter le quai, en gants blancs, raide et sanglé dans sa tenue.

Ses songes s'interrompaient et se confondaient... Tantôt elle voyait son père, tantôt elle avait l'impression de se rendormir et sentait qu'il lui fallait se lever tout de suite, car le disque rouge du soleil s'élevait dans le ciel et dardait ses rayons ardents sur son visage.

— Encore un peu... encore un peu !... — implore-t-elle on ne sait qui, sentant une énorme envie de dormir... de dormir !...

Elle poussa un cri dans son sommeil car elle avait aperçu ce Faune des Łazienki ; il était toujours aussi difforme et railleur — et dansait, et sous ses pieds, s'entassant comme en un méli-mélo de visions, grouillait le théâtre : Cabiński, le rédacteur, Sowińska, tous !... et le Faune se vautrait sur leurs corps, dansait sur leurs têtes, avec une cape d'hermine sur les épaules qu'il faisait flotter au vent en ne cessant de rire, et les gens en dessous de lui se pressaient, criaient, avaient les yeux qui pleuraient, les bras tendus pour saisir la cape, la bouche ouverte pour implorer et tous arboraient des masques horribles sur leur visage... Elle aussi se sentait emportée par ce tourbillon, tentait de résister, mais, agrippée par ces mains... se retrouvait bientôt dans leur ronde...

Il était déjà neuf heures passées quand elle se réveilla, fatiguée et presque inconsciente ; elle ne put réaliser sur le coup où elle était et dans quelle chambre...

Mais elle reprit vite ses esprits. Elle se rappela tout dans l'ordre, qu'aujourd'hui on devait lui confier un rôle dans les chœurs. Elle s'habilla en hâte.

Elle ne ressentait rien de ses emportements fiévreux d'hier, mais une joie tranquille et la satisfaction d'être déjà prise dans un théâtre. Par moments, sur le fond lumineux de son humeur, se posait comme une ombre, quelque pressentiment ou rappel inconscient du futur ; c'était le mirage d'une chose déplaisante qui, bien que s'effaçant, laissait des traces agaçantes au fond de son âme.

Elle but rapidement son thé et s'apprêtait à sortir lorsqu'on frappa doucement à la porte.

— Entrez ! — cria-t-elle.

Une vieille juive entra, habillée correctement, avec un énorme carton sous le bras.

— Bonjour mademoiselle !

— Bonjour ! — répondit-elle, étonnée de cette visite.

— Peut-être la demoiselle achètera quelque chose ?... J'ai des produits de bonne qualité, bon marché. Des bijoux ?... Des gants, des épingles à cheveux en argent pur, non ?... Toutes sortes de choses, pour tous les prix, toutes extra, venant de Paris !... — elle déballa vite, étala le contenu du carton sur la table, tandis que ses petits yeux noirs, aux lourdes paupières rouges, tels des yeux de faucon, fouillaient la chambre en tous sens.

Janka ne disait rien.

— Ça coûte rien de jeter un œil... — insistait la juive. J'ai des choses pas chères et jolies ! Peut-être des rubans, de la dentelle guipure, des bas ?... peut-être des mouchoirs en soie ?... Janka commença à examiner les objets déballés et choisit quelques coudées[46] de ruban.

— Peut-être que maman achètera aussi quelque chose ?... lança-t-elle incidemment, la regardant avec attention.

— Je suis seule.

— Seule ? — dit-elle, émettant un long sifflement et plissant les yeux.

— Oui, mais je ne vais pas rester ici — dit-elle comme pour se justifier.

— Peut-être que je pourrais vous conseiller un logement ?... Je connais une veuve qui...

— Bien — l'interrompit Janka — recherchez-moi une chambre dans une famille, sur le Nowy Świat, pas loin du théâtre.

— Vous êtes au téïâtre, mademoiselle ?... ah !...

— Oui.

— Autre chose, peut-être ?... Pour le téïâtre aussi j'ai des choses superbes.

— Non, je n'ai besoin de rien.

— Ce sera pas cher... sur ma tête, pas cher !... exactement ce qui faut pour le téïâtre.

— Il ne me faut rien.

— Faut-y avoir la santé, c'est pas cher !... Quel temps de chien...

Elle rangea tout dans le carton et se rapprocha.

— Peut-être qu'on voudrait... se faire un petit peu d'argent, mademoiselle ?...

— Puisque je ne veux rien, je n'ai besoin de rien !... — répondit Janka qui commençait à perdre patience.

---

[46] Ancienne mesure de longueur valant environ 50 cm.

— Y s'agit pas d'ça !
Elle la regarda avec attention et se mit à chuchoter rapidement :
— Moi je connais des beaux jeun' hommes... vous savez ?... des riches !... C'est pas mon métier, mais y m'ont demandé... Y viendront eux-mêmes. Des riches, des très beaux.
— De quoi ! de quoi ?! — s'écria-t-elle, osant à peine en croire ses propres oreilles.
— Pourquoi crier, mademoiselle ?... on peut s'arranger sans faire de bruit !... et moi j'ai comme une faiblesse au cœur...
— Foutez-moi le camp, ou j'appelle le personnel — cria-t-elle au comble de l'indignation.
— Quelle soupe au lait !... On achète ou on n'achète pas, mais on peut discuter. J'en ai connu plus de dix des qui étaient comme ça au début, et qui après baisaient la main de Salka[47] pour qu'elle veuille bien les amener chez quelqu'un...
Elle ne finit pas, car Janka ouvrit la porte, la prit par la peau du dos et la jeta dans le couloir, avec son carton et ses produits dans la foulée.
Elle ferma la porte à clé et alors seulement s'arrêta au milieu de la chambre, se rappelant ce qu'elle avait dit.
Elle s'assit ensuite et resta longtemps dans un état de prostration et d'abandon. Ce n'est qu'alors qu'elle comprit qu'elle était absolument seule et que dans cette nouvelle vie il lui fallait être auto-suffisante, qu'elle n'avait ici ni père, ni connaissances susceptibles de la préserver de pareilles scènes et personnages ; que cette lutte pour la vie, qu'elle venait d'engager, n'était pas seulement une lutte pour la gloire et des buts supérieurs, mais qu'il lui fallait lutter pour sa dignité humaine et — si elle ne voulait pas disparaître — qu'elle devait se défendre.
— Il en va ainsi dans le monde ! — pensait-elle en se rendant au théâtre et il lui semblait qu'elle avait déjà eu son compte, que la vie ne pourrait plus lui réserver beaucoup de surprises ni d'amertume, étant donné ce qu'elle avait déjà éprouvé.
Elle rencontra Sowińska sous la véranda — et aussitôt, avec la plus grande amabilité qui fût, lui demanda si elle n'avait pas connaissance d'une chambre à louer en milieu familial, car elle avait compris que, pour de nombreuses raisons, elle ne pouvait loger à l'hôtel.
— Ça tombe bien !... Si vous voulez, il y a une chambre chez nous. Nous pouvons vous la laisser, pension complète incluse, pour pas cher.

---

[47] Diminutif de Salomé.

Une belle petite chambre, au rez-de-chaussée, donnant au sud, avec entrée indépendante sur le vestibule…

Elles se mirent d'accord sur le prix. Janka déclara qu'elle pouvait payer son mois d'avance.

— D'accord ! Vous serez tranquille chez nous, car ma fille n'a pas d'enfants… Allons visiter les lieux.

— Oui, mais après la répétition peut-être ; et si vous n'avez pas le temps d'attendre, laissez-moi l'adresse… je trouverai.

Sowińska lui donna l'adresse et s'en alla.

On remit les partitions à Janka, ce qui lui permit de participer directement à la répétition.

Personne ne l'avait présentée à personne, mais tout le monde l'avait remarquée, car Kaczkowska voulut que Halt allât l'accompagner au piano.

— Laissez-moi tranquille ! je n'ai pas le temps ! — répondit-il.

— Si vous voulez, je pourrais peut-être vous accompagner, si j'ai la partition ?... — lui proposa Janka.

Kaczkowska l'entraîna sans ménagement au studio avec piano et la tortura pendant une bonne heure ; toujours est-il que la troupe tout entière marqua un grand intérêt pour cette choriste qui savait jouer du piano.

Ensuite Cabińska lui parla assez longtemps et la pria de venir les voir demain chez eux, après la répétition, et prit congé d'elle avec amabilité.

Du théâtre Janka se rendit directement chez Sowińska pour voir le logement.

IV

« La Direction a l'honneur d'inviter Mesdames et Messieurs les Artistes de la Troupe, ainsi que les Membres de l'orchestre et des chœurs, le 6 de ce mois après la représentation, à un thé et une amicale réception qui se tiendront dans les locaux de la Direction ». Le Directeur de la Troupe des Artistes Dramatiques, (signé) *Jan w Oleju*[48] Cabiński.
— Alors ?... ça ira comme ça, Pepa ?... demanda le directeur à sa femme, après lui avoir lu l'invitation, écrite laborieusement et avec de nombreuses ratures.
— Bogdan[49] ! tais-toi, je n'entends pas ce que ton père est en train de lire.
— Maman, Edek[50] m'a pris le rôle !
— Papa, Bogdan a dit que j'étais un stupide *caban*[51] !
— Taisez-vous ! Jésus, Marie ! ces enfants !... Fais-les taire, Pepa.
— Donnez-moi dix sous, papa, et je me tairai.
— A moi aussi ! à moi aussi !
Cabiński serrait dans sa main une cravache dissimulée sous la table et attendait ; dès que les enfants furent à bonne distance, il bondit et se mit à les cogner là où il le pouvait.
Des piaillements et des hurlements se firent entendre ; la porte s'ouvrit avec fracas et les jeunes directeurs dévalèrent en criant les rampes de l'escalier.
Cabiński relut tranquillement l'invitation à sa femme qui se tenait dans l'autre pièce.
— A quelle heure les invites-tu ?
— J'ai écrit « après la représentation ».
— Il faut inviter quelqu'un de la critique, mais sur invitation personnelle, ou alors oralement.
— Moi je n'ai plus le temps, et il faut que ce soit fait correctement.
— Appelle quelqu'un des chœurs pour le faire.

---

[48] *Jan w Oleju*, littéralement « Jean à l'huile », est le pseudonyme journalistique de l'écrivain polonais Aleksander Głowacki, alias Bolesław Prus (1847-1912).
[49] Prénom signifiant « don de Dieu » (Théodore, Dieudonné...).
[50] Diminutif d'Edouard.
[51] *Caban,* raccourci familier de Cabiński, signifie aussi « bœuf, bélier, berger des steppes, nigaud... ».

— Bah ! on va me sortir un bestiau du genre ce Karol[52] l'année dernière ; j'ai eu honte après coup... Peut-être que toi Pepa ?... tu as une belle écriture.

— Non, il ne convient pas que ce soit moi, épouse du directeur et femme de surcroît, qui écrive à des hommes que je ne connais pas. J'ai dit à... comment s'appelle-t-elle déjà, celle que tu as engagée pour les chœurs ?...

— Orłowska.

— Je lui ai dit de venir aujourd'hui. Elle me plaît cette fille ; elle a quelque chose dans le visage qui attire. Kaczkowska m'a dit qu'elle jouait du piano à la perfection, il m'est donc venu une idée...

— Alors qu'elle écrive ; si elle joue du piano, elle sait sûrement écrire.

— Pas seulement, mais je pense qu'elle pourrait apprendre Jadzia[53] à jouer...

— Excellente idée !... on pourrait cumuler avec ses cachets à venir...

— Combien tu lui donnes — demanda-t-elle, allumant une cigarette.

— On ne s'est pas encore entendus... mais ce sera comme pour les autres — dit-il, souriant énigmatiquement.

— Ce qui veut dire...

— ... beaucoup, énormément... un jour. Ha, ha, ha !

Ils se mirent à rire tous les deux et se turent.

— Jasio, que prévois-tu pour le souper ?

— Je ne sais pas encore... Je vais voir avec le restaurant. On trouvera bien...

Cabiński mit l'invitation au propre, tandis que Pepa fumait sa cigarette, se balançant dans son fauteuil à bascule. Après un moment elle lança négligemment :

— Jasio !... n'as-tu rien remarqué dans le jeu de Majkowska ?

— Rien... sinon qu'elle tremble un peu sur scène, mais c'est son style.

— Un peu ?... elle devient épileptique ; on a de la peine à la voir se tordre et se jeter ainsi sur scène. Le rédacteur m'a dit que la presse l'avait remarqué.

— De grâce, Pepa ! Tu veux te payer la meilleure actrice de la troupe ?... Tu as déjà eu Nicoleta, qui pourtant était aimée et avait son public.

---

[52] Charles.
[53] Diminutif de *Jadwiga*, Edwige.

— Et à toi aussi elle plaisait énormément ; j'en sais quelque chose.
— Je pourrais te parler ne serait-ce que de ton rédacteur, mais comme j'aime par-dessus tout la tranquillité…
— Qu'est-ce que ça peut te faire ? est-ce que je me mêle de tes escapades dans les studios avec les choristes ?...
— Et moi, est-ce que je te demande ce que tu fais ?... D'ailleurs à quoi bon nous disputer ?... Mais pas question de toucher à Majkowska !... Pour toi c'est un jeu d'intrigues, pour moi c'est une question existentielle ; tu sais bien qu'un couple de héros comme Mela[54] et Topolski n'existe nulle part en province, ni peut-être même au Théâtre de Varsovie. Ce sont eux véritablement qui tiennent la maison !... Tu veux vider Mela ?... mais elle a la sympathie du public, la presse l'encense… elle a du talent !...
— Majkowska a du talent ?... Tu es devenu fou, monsieur le directeur ! Majkowska a de l'hystérie, et non du talent ! — cria-t-elle en élevant la voix.
— Elle a du talent !... que les canettes[55] m'achèvent à coups de bec, mais Majkowska a un talent énorme. De toutes les filles de province, elle est la seule à avoir du talent et bénéficie des meilleures conditions.
— Et moi ?... — demanda-t-elle, se dressant sur ses ergots.
— Toi ?... toi aussi tu as du talent, mais… — dit-il plus bas — mais…
— Il n'y a pas de « mais », tu es un idiot fini, monsieur le directeur !... Tu n'as aucune idée du jeu, des pièces, des artistes, et tu veux les départager en bons et mauvais. Toi-même, tu es un artiste immense, immense ! Tu sais comment tu as joué Franz dans *Les Brigands*[56] ? Le sais-tu seulement ?... non ! alors je vais te le dire… Tu as joué comme un savetier, comme un saltimbanque !...

Cabiński bondit, comme si on l'avait fouetté.

— Faux ! Królikowski jouait pareil ; on m'a conseillé de l'imiter et je l'ai imité…
— Królikowski pareil que toi ?... Mais tu es un débutant, mon cher artiste !
— Pepa, tais-toi, sinon je vais te dire ce que tu es, toi !
— Dis-le, je t'en prie, dis-le ! — cria-t-elle avec colère.
— Rien de grand, ni même de petit, ma chère.

---

[54] Diminutif de Mélanie.
[55] *Kaczusie*, canettes : allusion à l'actrice de la troupe nommée *Kaczkowska* ?
[56] Célèbre pièce de Schiller, créée en 1782.

— Dis-le plus clairement, quoi ?...
— Eh bien je dis, je dis que tu n'es pas Modrzejewska — sourit doucement et avec ironie Cabiński.
— Ne me sors pas ces... du Théâtre de Varsovie !...
— Ne te fâche pas, Pepa, parce qu'ils n'ont pas voulu de toi à l'époque de tes débuts...
— Tais-toi ! Tu l'as vu ?... tu as entendu sonner des cloches, mais tu ne sais pas dans quelle église. A l'époque, j'ai refusé, tout comme maintenant !... J'ai trop de respect pour ma dignité humaine et d'artiste.
Cabiński à présent riait à gorge déployée.
— Silence, clown !... — cria-t-elle, lui jetant sa cigarette à la figure.
— Attends, attends un peu, diva des studios — siffla-t-il entre ses dents, bleuissant de colère.
Ils se turent, car la haine les avait rendus muets.
Cabiński, en robe de chambre élimée aux coudes, en petite tenue et pantoufles, se mit à arpenter la pièce, tandis que Pepa, telle qu'au réveil, non débarbouillée de son maquillage de la veille, pas coiffée, les cheveux en bataille, tournait en rond à une telle vitesse qu'on n'entendait que le froufrou de son jupon blanc et sale.
Ils se regardaient, furieux et sourdement menaçants. Leur vieille rivalité avait éclaté dans toute sa force. Ils se haïssaient en tant qu'artistes, éprouvant une jalousie commune et effrénée de l'un envers l'autre pour ce qui est du talent et des faveurs du public.
Ils se le cachaient soigneusement l'un à l'autre, mais portaient au cœur des blessures éternellement saignantes, que le moindre mot ravivait.
Cabiński tout particulièrement, qui savait ce que valait sa femme en tant qu'artiste, rageait parfois d'entendre le public applaudir avec conviction son jeu minable, artificiel. Chaque applaudissement était comme un coup de couteau porté à son cœur ; il lui semblait qu'elle n'était ni plus ni moins qu'une misérable voleuse, que ces bravos étaient à lui, qu'ils devraient lui revenir, que lui seul était en droit de les recevoir. Et c'était elle, de surcroît, qui osait lui dire dans les yeux qu'il jouait comme un saltimbanque — lui qui se sentait presque le génie d'un artiste, qui était presque sûr que, s'il n'y avait cette maffia, tous les rôles au Théâtre de Varsovie après le départ de Królikowski auraient dû lui revenir...
Il allait et venait encore plus vite, dans son furieux emportement donnait des coups de pied à tout ce qui se trouvait sur son passage, et il ne manquait pas d'objets hétéroclites dans tous les coins : des vieilles bottines, du linge, des habits de théâtre, des matelas d'enfant contre le mur,

des tas de partitions récentes et anciennes, des mannes renfermant une bibliothèque, ou encore une montagne de vieilles frusques et pièces de décor.

Sa colère allait crescendo.

— Moi, je jouais mal ?... moi un saltimbanque ?... que le diable te fasse voir trente-six chandelles !...

Il saisit un verre dans un paquet et le fracassa par terre, puis souleva une pile de livres et la jeta, puis réduisit en morceaux une chaise en osier.

Il s'enflammait de plus en plus, passait sa colère sur divers objets et démolissait des choses sans valeur — mais rencontrant le regard de Pepa, qui lui aussi exhalait la haine et le mépris, il bondit vers le piano et asséna un coup de poing sur le clavier, faisant vibrer quelques cordes dans un cliquetis funèbre — et courut à la fenêtre ; sur le rebord il y avait une pile d'assiettes avec les restes du dîner d'hier.

Pepa bondit au plus vite et protégea les assiettes de son corps.

— Tire-toi !... grogna-t-il d'un air menaçant, serrant les poings.

— C'est mon tour ! — s'écria-t-elle et lui balança aux pieds toute la pile d'assiettes, avec une telle force qu'elles se brisèrent en mille morceaux.

— Bestiau !

— Bouffon !

Les noms d'oiseaux se croisèrent, ils se retrouvèrent face à face, menaçants, prêts à se jeter l'un sur l'autre et à s'écharper, tant leurs yeux étincelaient de haine et leurs dents grinçaient, quand la domestique entra.

— Vous pouvez me donner l'argent pour le déjeuner, madame ?

— Monsieur n'a qu'à vous le donner ! — répondit-elle et d'un pas altier, pareil à celui de la Rakiewiczowa[57] descendant de la scène, sortit dans l'autre pièce, claquant la porte derrière elle.

— Donnez-moi l'argent, y est temps, les enfants ont faim et pleurent.

— Nounou, allez voir madame pour l'argent...

— Allons donc !... j'suis pas si bête ! Vous avez fait un grabuge qui s'entendait dans toute la maison, et maintenant y faudrait que j'aille voir madame ?... Donnez donc cet argent et habillez-vous en vitesse ! Boudiou, y est déjà dix heures et vous traînez comme un juif tout débraillé avant le sabbat...

— Pas de remarques, nounou ; je vous dis toujours, ne vous mêlez

---

[57] Actrice polonaise, décédée en 1898, qui en son temps passait pour une des rivales de la grande Modrzejewska.

pas de...

— Sûrement !... et qui alors va s'en mêler ?... vous êtes toujours à faire la coumédie, et les p'tits enfants, y a pu personne pour s'en occuper comme y faut.

— Il leur manque quelque chose aux enfants ? — demanda-t-il tout amadoué, car les enfants étaient sa faiblesse.

— Bien sûr !... à Edzio[58] y faut des bottines, à Wacio[59] un habit, car ce brigand y a mis sa culotte en loque et à mademoiselle Jadzia non plus on n'a rien à lui mettre... Pour la coumédie, vous avez ce qui faut, mais pour les enfants y faudrait se contenter de poivre pour un sou ! — grommelait-elle, l'aidant à s'habiller.

— Renseignez-vous dans les magasins combien tout ça va coûter et dites-le-moi, je vous donnerai l'argent... et voici pour le déjeuner.

Il mit un rouble sur la table, frotta de sa manche son haut-de-forme de couleur roussâtre et sortit.

La nounou prit un cruchon, un panier pour les petits pains et s'en alla.

Les Cabiński menaient une vie de nomades, de tsiganes et avaient des habitudes d'artistes à la maison. Sur place, ils ne prenaient que le thé du soir, et encore, pas préparé dans le samovar que madame Pepa promettait toujours d'acheter, mais sur un réchaud à pétrole. Afin de s'épargner les soucis du ménage, toute la maisonnée avait sa table au restaurant : monsieur le directeur et madame, quatre enfants, deux domestiques ; le matin on achetait le café pour tous au bar, et à midi on dînait au restaurant.

Ils n'avaient pas plus le temps de penser à la maison qu'aux enfants. Ils ne se préoccupaient de rien, absorbés par le théâtre, les rôles et la lutte pour le succès.

Les parois de toile des décors et des coulisses, représentant de magnifiques salons et des habitations luxueuses, leur suffisaient amplement, ils y respiraient plus profondément et s'y sentaient plus à l'aise, de même qu'un espace dégagé représentant quelque sauvage paysage, avec un château au sommet d'une montagne couleur chocolat, leur suffisait en tant que nature vivante et authentiques champs et forêts.

Les odeurs de mastic, de produits de maquillage et les parfums — tels étaient leurs plus merveilleux arômes.

Ils ne faisaient que dormir dans leur habitation — ils habitaient et vivaient sur scène et dans les coulisses.

---

[58] Autre diminutif d'Edouard.
[59] Autre diminutif de *Wacław*, Venceslas.

Pepa, avec sa sensibilité féminine, était tellement imprégnée de théâtre que chaque fois qu'elle se fâchait pour de bon ou était contente, ou encore racontait quelque chose, toujours son intonation, sa pose, ses gestes — renfermaient comme un écho de la scène, inconsciemment répercuté.

Elle était incapable de dire deux mots sans qu'ils ne fussent prononcés sur un ton théâtral et d'une voix s'adressant à des centaines d'auditeurs.

Quant à Cabiński, c'était avant tout un acteur, et plus tard affairiste ainsi fait qu'il ne savait jamais lui-même ce qui dominait en lui : l'amour de la scène ou l'argent ? Il menait à ce propos de fréquents combats avec lui-même, et ce n'était pas toujours l'argent qui gagnait. Il avait de la chance, et pour la scène et pour le public ; il se faisait de l'argent en silence, mais avait coutume de déplorer bruyamment sa misère et son manque de succès, de tromper, autant que pouvait se faire, tout son monde. Il réduisait les cachets, traînait pour régler les comptes, et aimait payer par acomptes, les plus modestes possibles. Ce faisant, il rêvait en silence de quelque chose de grand, l'évoquait souvent et de façon obscure, si bien qu'on avait fini par se moquer de lui, et chaque fois qu'il était à Varsovie pour la saison d'été, il se rendait fréquemment chez les architectes, consultait les auteurs dramatiques, traînait dans les rédactions — puis en secret faisait ses calculs.

Il croyait que les lundis étaient mortels pour la présentation de nouvelles pièces et pour les départs, que poser un livret sur un lit c'était le vide garanti le soir au théâtre, que tous les directeurs étaient des idiots et — qu'il avait un grand talent de tragédien.

Il avait passé au théâtre quelque vingt années sans s'arrêter de jouer, mais avait faim de tout nouveau rôle, enviait les autres, s'affligeait que tous allaient le jouer médiocrement et parfois, la nuit, pensait à la façon dont lui jouerait ; il se levait alors, allumait des bougies et, un exemplaire du livret à la main, déambulait dans la chambre et s'essayait au rôle.

Seuls alors les cris de Pepa, ou la nounou braillant que de telles coumédies la nuit n'étaient ni faites ni à faire, le ramenaient de force au lit.

Malgré ces antagonismes de toutes sortes et cette haine latente, c'était un couple très bien assorti.

Tout ce qui n'avait pas de rapport étroit avec le théâtre, ils s'en affranchissaient par la frivolité et l'indifférence.

Ils avaient enfermé leur âme dans ce petit cercle de vie artificielle et cela leur suffisait amplement.

Pepa avait de fait la main sur le théâtre, mais seulement en apparence sur son mari, car ce dernier, malgré la jalousie, lui en imposait ; en revanche, elle régnait en maîtresse sur tous les cancans, intrigues et scandales de coulisse.

Elle ne se rendait jamais compte de rien, n'écoutait que son instinct du moment, et son mari de temps en temps. Elle raffolait de mélodrames, de situations menaçantes, crispantes pour les nerfs ; elle affectionnait le geste large, le parler sur un ton relevé et le fantastique fulgurant.

Elle donnait souvent dans un pathétique exagéré, mais jouait avec passion ; parfois la pièce, une intonation, un mot, la ravissaient au point qu'une fois descendue de scène elle continuait en coulisse à pleurer de vraies larmes.

Elle connaissait toujours ses rôles à la perfection, car elle les travaillait tous à fond ; des enfants elle se souciait comme d'une vieille garde-robe ; elle les mettait au monde — et les abandonnait à son mari et à la nounou.

Dès que Cabiński fut sorti, elle cria à travers la porte :

— Nounou, je veux vous voir !

La nounou était à peine revenue avec le café et les garçons qu'elle venait de rameuter de la cour ; elle faisait déjeuner les enfants en leur distribuant des promesses :

—Edziuś[60] !... tu auras tes petites bottines... papa va te les acheter. Wacio il aura son petit costume, et mademoiselle Jadzia sa petite robe... Buvez, les enfants !

Elle leur caressait les cheveux, leur avançait les petits pains, leur essuyait le visage avec sollicitude. Elle les aimait et les entourait comme ses propres enfants.

— Nounou ! — appelait la femme du directeur.

La nounou n'entendait pas, car ayant enlevé au plus jeune ses bottines crottées, elle les lui brossait énergiquement.

— Edziuś est allé dans la rue. Y a pas obéi à la nounou... la nounou va appeler un mendiant et lui dira de l'emmener...

— Un mendiant !... C'est papa qui joue les mendiants, je l'ai vu ! — répliqua Wacek dubitatif.

— Alors j'appellerai une juive, qui vend des harengs, et j'lui vendrai Edziuś et Wacio, si vous ne m'obéissez pas.

— Vous êtes folle, nounou !... On sait bien que madame Wolska joue les juives, et je n'ai pas peur d'elle.

— Mais ce sra une vraie méchante juive, et pas une coumédienne.

---

[60] Diminutif de diminutif d'Edouard : les Polonais adorent les diminutifs !

— Vous vous plantez, nounou ! — dit Jadzia, la plus âgée, huit ans, avec l'air et la voix de quelqu'un profondément convaincu de sa supériorité.
— Nounou ! — cria Cabińska en passant la tête à la porte.
— J'suis pas sourde, mais les enfants d'abord.
— Où est Antka[61].
— A la machine à repasser.
— Vous irez me chercher ma robe sur le Widok[62], chez Sowińska. Vous savez où ?
— Ben oui !... chez cette maigre et méchante comme un chien...
— Allez-y tout de suite et rentrez vite...
— Maman !... alors nous aussi on va aller avec nounou... — demandèrent les enfants à voix basse, car ils avaient peur de leur mère.
— Prenez les enfants avec vous.
— Pour sûr, j'les laisserai pas seuls !
Elle habilla les enfants, revêtit sa magnifique tenue de Łowicz[63] à larges raies rouge vif et blanches, se couvrit d'un foulard et sortit avec les enfants.

Au théâtre on l'appelait Baba Yaga[64], ou « la vieille fille ». C'était une nature brute d'extraction, fruste. Cabińska l'avait prise comme nounou pour son premier enfant à Włocławek[65], et depuis elle était restée chez eux.

On peut affirmer sans crainte que, bien que souffre-douleur de tous, c'était une véritable providence domestique. Elle éleva tous les enfants des Cabiński. Elle avait environ cinquante ans, un caractère acariâtre, une probité véritablement paysanne, et adorait les enfants. Elle était la seule que le théâtre n'avait pas transformée d'un iota.

Seule en ce monde, elle s'était attachée aux Cabiński comme un chien.

Elle n'avait jamais voulu changer sa tenue pour une robe, son coffre décoré de fleurs rouges peintes — pour une malle, ses croyances paysannes — pour celles des gens de la ville, ainsi que son opinion sur le théâtre. Pour elle tout cela s'appelait débauche, coumédie, simagrées,

---

[61] Diminutif d'Antoinette.
[62] Rue débouchant sur l'actuel Palais de la Culture de Varsovie.
[63] Petite ville du centre de la Pologne, connue pour son artisanat, et tout spécialement ses costumes folkloriques féminins aux couleurs vives.
[64] Genre de sorcière dans la mythologie et les contes slaves.
[65] Ville située à environ 150 km au nord-ouest de Varsovie.

mais elle adorait regarder les représentations.

En coulisse on lui réservait mille tours, parfois très méchants, mais elle ne s'en offusquait pas.

— Débauchés !... Dieu saura bien vous mater, oui y saura ! — disait-elle alors.

Elle avait aussi sa passion : les enfants, qu'elle aimait par-dessus tout, et un grand édredon de plumes fraîches dont elle rêvait — un édredon de fermier. Si elle avait l'argent, il lui semblait que les plumes étaient trop chères et de mauvaise qualité ; lorsqu'elle tombait sur des plumes meilleur marché, elle ne les achetait pas par manque de confiance.

— Peut-être qu'y a un pouilleux qui a dormi dessus !... — disait-elle.

Elle aimait aussi les poules à la passion. On pouvait se fâcher contre elle autant qu'on le voulait, elle arrivait toujours au printemps à se procurer des œufs et une poule couveuse ; elle l'installait quelque part, fût-ce au pied de son lit, et quand les poussins naissaient elle s'en occupait avec plus de sollicitude que des enfants. Pour rien au monde elle ne permettait de les tuer...

C'était pour elle une fête solennelle annuelle lorsque, les poussins ayant atteint la taille idoine, elle choisissait parmi eux quelque trois poulettes et un coq pour l'élevage et, mettant les autres dans un panier, les emmenait au marché.

Et que ce soit à Płock, Lublin ou Kalisz[66], elle rejoignait les paysannes, s'installait avec elles et vendaient ses poulets.

Il fallait voir alors son visage rayonnant, fier — de fermière, ou entendre sa petite voix de soprano aux intonations sérieuses, vantant sa marchandise et discutant avec ses voisines !... Une véritable fermière sur son lopin de terre !...

La troupe allait alors la voir *in gremio*[67].

Aucune raillerie ou explication ne pouvaient lui extirper cette disposition qu'elle avait héritée de sa mère.

Elle ne pouvait se débarrasser de son habitude de faire le baise-main à toutes les femmes et de saluer jusqu'à terre — elle faisait cela inconsciemment, par la force de l'habitude, bien que Cabińska l'en dissuadât en permanence.

Cette petite paysanne, simple, sincère et claire comme un jour d'été à

---

[66] Chefs-lieux de voïvodies de l'ancien Royaume du Congrès, partie de la Pologne historique sous tutelle russe de 1815 à 1915.
[67] En groupe.

la campagne, détonait dans ce monde du masque et du mensonge.

Elle revint vite avec la robe et les enfants.

Cabińska s'habilla et s'apprêtait à sortir lorsqu'on sonna.

La nounou alla ouvrir.

Un individu de petite taille, replet et extraordinairement remuant, s'introduisit.

C'était le mécène.

Il avait le visage rasé de près, des binocles en or sur un tout petit nez et le sourire comme collé sur ses lèvres toutes fines.

— On peut ?... directrice ?... Juste une minute, je me sauve tout de suite !... — débitait-il rapidement.

— C'est toujours ouvert pour vous, très cher mécène...

— Bonjour ! Votre petite patte, s'il vous plaît... Vous avez une mine superbe !... Je ne fais que passer...

— Asseyez-vous, je vous prie ! Nounou, donnez-donc un fauteuil pour monsieur !

Le mécène s'assit, essuya ses binocles avec son mouchoir, arrangea ses cheveux très clairsemés, mais toujours d'un noir de jais, croisa rapidement une jambe sur l'autre, cligna nerveusement des yeux à plusieurs reprises, sortit son étui à cigarettes et en proposa.

— Tout simplement extra ! J'ai un ami au Caire ; il vient de me les envoyer...

— Merci !

Elle prit une cigarette, la regarda avec attention et l'alluma avec un imperceptible sourire.

— Parole d'honneur, des égyptiennes d'origine — assurait-il, saisissant son sourire au vol.

— Extra, en effet, !

— Que joue-t-on aujourd'hui, chère directrice ?...

— Franchement, je ne sais pas. Nounou, est-ce que je joue quelque chose aujourd'hui ?...

Elle feignait toujours de ne pas se soucier et d'oublier la scène, de ne respirer que par son foyer et ses enfants.

— Wicek n'est pas venu aujourd'hui avec son livre, alors vous ne jouez pas — répondit la nounou, nettoyant en vitesse les traces de la désolation qu'avait semée Cabiński.

— J'ai lu ce jour dans « La Dépêche » un petit article très flatteur sur vous.

— Peut-être immérité, car est-ce que je sais, moi, comment on devrait jouer ce rôle.

— Vous l'avez joué magnifiquement, merveilleusement !...
— Vous êtes un complimenteur, mécène, vilain et méchant !... — minaudait-elle naïvement.
— Je ne fais que dire la vérité, la pure vérité, parole d'honneur !
— Madame, y doit être pas loin de midi — dit la nounou, signifiant par là même au visiteur qu'il était temps de partir.
— Vous allez au théâtre ?
— Oui, je vais jeter un œil à la répétition, et ensuite j'irai faire un tour en ville.
— Allons-y ensemble, d'accord ?... En route nous règlerons une petite affaire...

Cabińska lui jeta un regard inquiet. Il ne le remarqua pas, car il se remit à cligner de ses petits yeux, croisant et décroisant les jambes et refixant ses binocles qui descendaient sans arrêt.

— Il veut certainement de l'argent — pensa Cabińska en descendant les escaliers.

Cependant le mécène tournicotait, souriait et gazouillait.

C'était véritablement le « mécène » de la troupe ; il les appelait tous par leurs prénoms et s'intéressait à tous. On ne savait ce qu'il était, où il habitait, ce qu'il faisait, mais sa poche était toujours ouverte.

Il faisait son apparition dans le jardin à la première représentation et disparaissait à la dernière, jusqu'au printemps suivant. Il prêtait de l'argent, qu'on ne lui rendait jamais ; parfois il offrait un souper, apportait des bonbons aux actrices, s'occupait des jeunes débutantes et, soi-disant tout à fait platoniquement, était toujours amoureux d'une actrice.

C'était un homme curieux, mais en même temps ayant très bon cœur.

Cabiński, dès son arrivée, lui avait emprunté cent roubles — et, exprès devant tous pour les convaincre qu'il n'avait pas d'argent — l'avait obligé à prendre en gage le bracelet de sa femme.

Cabińska pensait justement qu'il allait maintenant demander le remboursement de son argent.

Ils s'assirent en silence car la répétition battait son plein et Majkowska et Topolski, précisément, jouaient une scène d'amour grandiose.

Le mécène écoutait, saluait de tous les côtés, souriait et chuchota :
— C'est une chose formidable, l'amour... sur une scène !
— Dans la vie non plus ce n'est pas mal...
— Le véritable amour, c'est une rareté dans la vie, et donc je le transpose sur scène, car ici je l'ai tous les jours — disait-il en parlant plus vite et ses paupières se remirent à cligner.
— Vous avez eu une déception ?...

— Oh, non, Dieu m'en garde !... c'est juste une remarque en passant. Comment vas-tu Piesio[68] !

— Très bien, le ventre plein et en se barbant — répondit un acteur de grande taille, au beau visage intelligent, lui tendant la main et saluant la directrice.

— Tu fumes des cigarettes égyptiennes ?

— Je peux, si vous m'en offrez — répondit-il froidement.

— Madame Piesio va bien, toujours aussi jalouse ?... — lui demanda le mécène en offrant la cigarette.

— Ah oui, tout comme vous qui êtes toujours de bonne humeur : maladie dans un cas, mauvaise santé dans l'autre.

— Tu considères la bonne humeur comme une maladie sans doute ? — demanda-t-il avec curiosité.

— Moi je considère qu'un homme normal devrait être avant tout indifférent, froid et n'avoir cure de rien, rester intérieurement serein.

— Tu chevauches ce petit cheval depuis longtemps ?

— En général on ne reconnaît la vérité que sur le tard.

— Et tu resteras longtemps auprès de cette vérité ?

— Peut-être pour toujours, si je ne trouve pas mieux.

— Pieś, en scène !

L'acteur se leva, raide et tranquille, et se rendit en coulisse d'un pas d'automate.

— Curieux, très curieux personnage ! — murmura le mécène.

— Mais prodigieusement ennuyeux avec ces vérités éternellement recherchées, ces idéaux et autre stupide galanterie ! — s'écria un jeune acteur, habillé comme une poupée, en costume clair, chemise à rayures roses et souliers en vachette jaune.

— Ah, Wawrzecki !... tu as dû encore occire quelque innocence, car tu rayonnes comme le soleil...

— Plaisanteries gratuites, cher mécène !... — se défendait-il avec un sourire entendu, exhibant une jambe bien faite ; il prenait une pose gracieuse, levait la main et faisait scintiller ses bagues au soleil, car la directrice le regardait en plissant les yeux.

— Et qui donc pour toi n'est pas ennuyeux, hein ?... confesse un peu ce que tu penses, mon garçon.

— Le mécène, car il a de l'humour et un cœur en or ; le directeur, lorsqu'il me paie ; le public quand il m'applaudit ; les femmes jolies et

---

[68] *Piesio, Pieś*, diminutifs affectueux de Pierre, Pierrot en quelque sorte.

gentilles ; le printemps, s'il est chaud ; les gens, quand ils sont joyeux — tout ce qui est beau, agréable, souriant ; et ennuyeuses, les choses laides : les soucis, les larmes, les souffrances, la misère, la vieillesse, le froid...

— Tu as oublié quelque chose ; dans quel tiroir mets-tu le bien : à gauche, ou à droite ?

— Et à quoi ressemble ce bien ?... s'il est âgé mettons de quinze à vingt-cinq ans, et est beau, alors à droite. Mais dites-moi, en vérité, ce qu'est à proprement parler le bien ?... Pour Caban le bien c'est de ne pas payer les cachets, pour moi de ne pas payer mon tailleur, mais de toucher mes cachets, alors...

— Ce que tu dis n'est que cynisme de la pire espèce.

— Vous aimez la même chose, mais de la meilleure espèce — répondit l'acteur en riant, embrassant d'un regard très parlant le mécène et la directrice.

— Stupide que tu es, Wawrzecki ! et ne t'en vante pas, car même sans cela les gens s'en rendront compte assez vite.

— Allons-donc ! Vous, vous êtes du papier de soie, mécène !... un papier de soie détrempé — répondit-il aigrement et courut vers un groupe d'actrices assises sous la véranda, formant de leurs robes claires et fraîches comme un bouquet aux superbes couleurs vives.

— Ma chère directrice, qui c'est celle-là ? — demanda le mécène, désignant Janka, absorbée dans l'écoute de la répétition.

— Une débutante.

— Elle a un regard sympathique. Visage racé et intelligent. Vous ne savez pas qui c'est ?...

— Wicek ! — Cabińska appela le garçon qui jouait à sautiller dans le jardin — va demander à cette dame près de la loge qu'elle vienne ici.

Wicek courut, fit un tour autour de Janka, la regarda dans les yeux et dit :

— La vieille là-bas vous demande.

— Quelle vieille ?... qui ?... — demanda-t-elle, ne comprenant pas.

— Cabanowa, madame Pepa voyons, la directrice !...

Janka s'approcha lentement ; le mécène la regardait avec attention.

— Asseyez-vous. Notre cher mécène, providence de notre théâtre — dit Cabińska, faisant les présentations.

— Orłowska ! — dit brièvement Janka, touchant à peine la main tendue.

— Excusez-moi ! — s'exclama le mécène en retenant sa main et la retournant paume levée vers la lumière.

— N'ayez crainte !... Le mécène a l'innocente manie de lire dans les

lignes de la main — s'exclama joyeusement Cabińska, regardant par-dessus l'épaule du mécène la paume de la main qu'il examinait.
— Hoho ! étrange ! étrange ! — murmurait le vieux.
Il sortit de sa poche une petite loupe avec laquelle il observa les lignes de la main, les ongles, les articulations des doigts et la main tout entière.
— Cher public ! Ici on lit dans les lignes de la main, du pied et de je ne sais quoi encore !... ici on prédit l'avenir, distribue le talent, la vertu, la richesse future ! Cinq kopeks l'entrée, cinq !... pour les plus pauvres, dix sous ! Venez, cher public, venez ! — criait Wawrzecki, imitant à la perfection la voix des saltimbanques du jardin Ujazdowski[69].

Les acteurs entourèrent de toutes parts les protagonistes assis, regar-dant la main et riant aux éclats.
— Alors, mécène ?
— Elle va bientôt se marier ?
— Quand va-t-elle supplanter Modrzejewska ?
— Aura-t-elle un riche galant ?
— Peut-être va-t-elle nous offrir quelque chose à boire ?
— Combien y sont déjà passés ?...
Les questions moqueuses et égrillardes volaient.
Le mécène ne répondait pas, se contentant d'examiner en silence les deux mains.
Janka entendait les railleries, mais cet homme bizarre l'avait littéra-lement clouée sur son siège ; elle sentait la colère et la honte l'envahir, mais ne pouvait bouger ses mains que l'autre tenait.
Un frisson de superstition la parcourut — avant la prédiction.
Elle ne croyait pas, se moquait parfois avec mépris de personnes qu'elle connaissait qui permettaient aux bohémiennes de leur raconter des bobards par centaines, mais craignait quelque chose d'indéterminé.
Pour finir, le mécène lui lâcha les mains et dit à son entourage :
— Vous pourriez pour une fois vous abstenir de faire les idiots, car parfois ça en devient non seulement bête, mais inhumain. Je vous de-mande pardon, madame, de vous avoir exposée à cela, vraiment pardon, mais je n'ai pu m'empêcher d'examiner votre main ; c'est ma faiblesse...
Il lui fit le baise-main de manière ostensible et s'adressa à Cabińska, étonnée :
— Allons-nous-en, directrice !
Janka brûlait d'une telle curiosité que, en dépit d'une assistance aussi

---

[69] Jardin d'attraction dans le parc éponyme, au centre de Varsovie.

nombreuse, elle demanda tout bas :
— Vous ne me direz rien, monsieur le mécène ?
Le mécène jeta un coup d'œil circulaire, mais voyant que des dizaines de personnes étaient déjà prêtes à lui soutirer de la bouche les réponses, se pencha et chuchota plus bas :
— Je ne peux pas maintenant... Quand je reviendrai dans deux semaines je vous dirai tout.
— Venez-donc, mécène, car maintenant vous devenez vraiment lourd ! — l'appelait Cabińska. — Mais, au fait !... vous pourrez venir chez moi après la répétition ? — demanda-t-elle en se tournant vers Janka.
— Bien sûr — répondit celle-ci en se rasseyant.
— Le vieux est devenu fou !... il lui a baisé la patte, comme à une princesse ! — se disaient les choristes entre elles.
— Il va prendre soin d'elle.
— Il paraît qu'il est assez emplumé et ne court qu'après les débutantes... un vieux cinglé !
Janka, bien qu'ayant entendu que cela lui était destiné, ne répondit rien, car depuis elle avait au moins compris qu'au théâtre il valait mieux ne pas répliquer et répondre à tout par une méprisante indifférence.
— Où allons-nous, directrice ? demandait le mécène, mais il avait comme moins d'entrain, était pensif et se chuchotait quelque chose à lui-même.
— A mon salon de thé préféré, non ?
Cabińska n'avait rien demandé, ce n'est qu'après qu'ils se fussent installés au salon où elle passait régulièrement plusieurs heures tous les jours, buvant son chocolat, fumant des cigarettes et regardant la circulation dans la rue, qu'elle demanda, feignant l'indifférence :
— Qu'avez-vous vu dans les mains de cette pie ?
Le mécène fit un geste d'agacement, chaussa ses binocles sur son nez et cria au garçon qui faisait le service :
— Un mazagran avec un chocolat très léger !
Il se tourna vers Cabińska.
— Voyez-vous, c'est un secret... à vrai dire sans importance, mais un secret dont je ne suis pas propriétaire.
Cabińska insistait lourdement, car on sait bien qu'il suffit de crier tout haut « secret » pour faire perdre la tête à toutes les femmes — mais il ne dit rien, se contentant de lancer :
— Je pars, directrice.
— Où donc, et pour quoi faire ? — demanda-t-elle, fort étonnée.

— Il le faut... je rentrerai dans deux semaines. Mais avant je voudrais régler notre... Cabińska fit la grimace et attendit de savoir ce qu'il allait dire.

— Car voyez-vous, il pourrait se faire que je ne rentre qu'à l'automne, quand vous ne serez plus à Varsovie.

« Je me doutais depuis longtemps que tu étais un vieil usurier » — pensait Cabińska, faisant tinter son verre.

— Des gâteaux aux fruits !

— ... C'est pourquoi je vous rends, chère madame, ce bracelet — poursuivait-il.

— Mais nous n'avons pas encore l'argent. Le succès se fait toujours attendre... de vieilles traites...

— Peu importe l'argent. Considérez que pour votre fête je vous offre un petit cadeau d'ami... d'accord ?... — demanda-t-il, passant le bracelet à son poignet potelé.

— Mécène, mécène ! si je n'aimais pas tant mon Janek, je... — dit-elle, envahie par l'immense joie de récupérer gratuitement son bracelet, lui serrant les mains avec force, et l'enflammant de si près de son regard ardent, qu'il sentit son haleine sur son visage et l'odeur de la verveine avec laquelle elle se démaquillait.

Il se recula doucement et se pinça les lèvres, tant elle lui parut ridicule.

— Mécène, vous êtes la crème des hommes ! le plus généreux que je connaisse !

— N'en parlons plus !... J'ai fait cela aujourd'hui, car je ne pourrai être présent le jour de votre fête.

— Pas question !... il faut que vous y soyez !

— Non, je ne peux pas... j'ai de tristes obligations à cette date. Je dois... — répondit-il plus lentement et plus bas ; ses yeux se voilèrent mais il garda le même sourire sur son visage.

Comment pourrai-je vous remercier pour tant de bonté ?...

— Vous m'inviterez comme parrain.

— Vous êtes un horrible personnage !... Comment cela ?... vous partez déjà, déjà ?...

— Mon train part dans deux heures. Au revoir !

Il paya au buffet et sortit, lui envoyant un dernier sourire depuis la rue.

Cabińska restait assise, le regard plongé dans la rue.

« Serait-il amoureux de moi ?... » — pensait-elle, souriant à des images encore floues, à peine esquissées, buvant à petites gorgées son chocolat refroidi.

Elle sortit de sa poche un livret, lut quelques vers et retomba dans la contemplation de la rue.

Des fiacres miteux, attelés à des haridelles, se traînaient paresseusement ; les tramways passaient avec fracas ; sur les trottoirs des gens défilaient en hâte, fébrilement, en un long ruban immobile. En face, une enseigne brillait au soleil et clignotait.

« Serait-il amoureux de moi ?... » — pensa-t-elle à nouveau, et tomba dans une béate amnésie de toutes choses.

L'horloge sonna les trois heures : elle se souleva et se dirigea vers la maison.

Elle marchait lentement, regardant majestueusement la foule des passants qui la dépassaient.

Par la vitrine du salon de thé Blikle[70] elle aperçut Cabiński : il était assis et noyait son regard pensif dans la rue, sans rien voir de la passante.

Elle se redressa de plus en plus droit, car on la regardait de plus en plus. Les commerçants, les commis, même les conducteurs de fiacre de ce quartier connaissaient madame la directrice.

Il lui semblait que leurs visages, dont elle se souvenait vaguement pour les avoir vus au spectacle, s'illuminaient de sourires de ravissement, que tous chuchotaient avec déférence : « Regardez ! la directrice Cabińska... »

Elle marchait de plus en plus lentement afin de jouir plus longtemps de ce sentiment de satisfaction. Elle vit de loin le rédacteur avec Nicoleta et soudain l'horizon de sa pensée se couvrit de nuages.

— Lui avec Nicoleta ?!... avec cette... vile intrigante ?!...

De loin déjà elle les incendiait d'un œil de Gorgone.

Au coin de la rue Warecka, Nicoleta s'éclipsa, tandis que le rédacteur allait dans sa direction, rayonnant.

— Bonjour !... — cria-t-il, tendant la main.

Pepa le toisa d'un regard hautain et tourna le visage de l'autre côté.

— Qu'est-ce que cette nouvelle plaisanterie, Pepa ?... — dit-il plus bas, marchant à ses côtés.

— Vous êtes un abominable !...

— Encore une comédie ?...

— Vous osez me parler de cette façon ?!...

— J'arrête... et vous dis simplement : au revoir ! — dit-il en colère,

---

[70] Célèbre enseigne datant de 1869 et subsistant jusqu'à ce jour sur le Nowy Świat.

s'inclina avec raideur et, avant qu'elle n'eût pu savoir ce qu'il en était, monta dans un fiacre et disparut.

Cabińska fut pétrifiée d'indignation ; il l'avait quittée sans s'excuser ! La fureur commença à la secouer ; elle marchait vite, ne prêtant plus attention à rien, ni à personne.

Il y avait, paraît-il, quelque chose entre eux ; on en parlait tout bas en coulisse, mais on ne savait qu'une seule chose à coup sûr, c'est que jamais Pepa ne s'était passée d'admirateurs en tous genres. Si dans telle ville elle n'avait pas d'admirateur parmi le public, il lui fallait alors comme amant un acteur débutant au beau visage, et assez naïf pour se laisser séduire par une coquette ennuyeuse, âgée et capricieuse. Il lui fallait toujours avoir un confident, qui voudrait bien écouter ses accusations, lamentations et les confessions de son cœur à propos du passé.

Cabiński ne le lui interdisait pas, car il n'avait cure des amants, même non platoniques, de sa femme, et se moquait à chaque occasion de leur sort malheureux.

Cabińska, après s'être séparée du rédacteur et une fois rentrée à la maison, déchaîna un véritable enfer : elle donna une raclée à ses enfants, engueula la nounou et s'enferma à clé dans sa chambre.

Elle entendit son mari rentrer, demander après elle, frapper à la porte ; elle ne sortit pas à l'heure du dîner, arpentant sa chambre avec colère.

Bientôt Janka se présenta. Elle la fit venir chez elle et l'accueillit chaleureusement, la conduisit dans son petit boudoir et s'excusa de la faire patienter le temps de dîner ; elle fit montre d'une accessibilité et d'une hospitalité méconnaissables.

Janka, restée seule, promenait son regard avec curiosité sur ce boudoir car, autant toute l'habitation ressemblait à un bazar, à une salle d'attente de troisième classe, remplie de colis, de valises et de malles, autant cette pièce brillait par son élégance, voire un certain luxe.

La pièce avait deux fenêtres, donnant sur le jardin, était tapissée d'un papier sombre, imitant le brocart, avec des petits amours peints au plafond.

Une soie rouge ponceau à rayures dorées recouvrait des meubles curieusement tarabiscotés. Un tapis couleur crème, imitant une vieille tapisserie italienne, recouvrait tout le plancher. Un Shakespeare, encadré de cuir doré, était posé sur un guéridon de laque peinte avec des motifs chinois.

Janka ne s'intéressa guère à cela, car toute son attention fut absorbée par des couronnes suspendues aux murs avec des inscriptions sur leurs rubans : « A notre collègue pour sa fête », « A une éminente artiste »,

« De la part du public reconnaissant », « A la Directrice — les Sociétaires », « De la part des admirateurs du talent ». Les branches de laurier et les palmes étaient jaunies par l'âge et pendaient entortillées, recouvertes de poussière. Les larges rubans blancs, jaunes, rouge vif, coulaient des murs, tels les couleurs décomposées de l'arc-en-ciel, avec dessus, marquées en lettres dorées, des déclarations fracassantes et désuètes. Ces inscriptions pompeuses, ces couronnes desséchées, donnaient à la pièce l'apparence d'une chapelle funèbre ; on cherchait inconsciemment l'inscription manquante : « D.O.M. — décédée le… etc. »

Janka sentit son cœur se serrer de tristesse et il lui semblait que quelqu'un avait dû nécessairement mourir en ces lieux, tant l'atmosphère y était silencieuse et lugubre.

Un lit tout simple à baldaquin de tulle couleur lilas attaché par de petits bouquets de roses artificielles de couleur bordeaux, des guéridons, des albums debout, des photographies la représentant dans différents rôles et tenues, des livrets, négligemment étalés sur des tablettes et des tabourets — formaient un ensemble assez joli, mais surtout prétentieux. On sentait que cette pièce d'apparat n'existait que pour la montre, que personne n'y habitait ni ne pensait.

Janka feuilletait les albums quand Cabińska entra sans faire de bruit.

Elle avait l'air souffrante et mélancolique ; elle se laissa tomber lourdement dans un petit fauteuil, soupira profondément et, d'une voix basse pénétrée de douleur, murmura :

— Pardonnez-moi de vous avoir condamnée à l'ennui en ces lieux.

— Je ne me suis pas du tout ennuyée, il y a tant de choses intéressantes ici.

— C'est mon sanctuaire. Je m'y enferme lorsque la vie me pèse trop ; quand mes souffrances sont trop fortes… j'y viens pour me rappeler le passé lumineux et heureux : rêver de ce qui ne reviendra plus !... — ajouta-t-elle en montrant les livrets et les couronnes sur les murs.

— Vous êtes souffrante, madame la directrice ?... peut-être que je gêne, car je comprends parfaitement que pour certaines afflictions et souffrances la solitude est le meilleur remède — dit Janka, prise d'une sincère compassion qu'avaient éveillée en elle le son de sa voix et l'aspect de son visage.

— Restez !... cela me sera un vrai soulagement de bavarder avec quelqu'un qui est encore étranger à ce monde de mensonge et de vanité ! — dit-elle avec emphase, comme si elle récitait un rôle.

— Je ne sais pas si je mérite votre confiance — dit humblement Janka.

— Oh ! mon intuition d'artiste ne me trompe jamais !... Je vous prie,

asseyez-vous plus près, comme ça ! Mon Dieu ! Que je souffre !... Vous n'avez donc jamais fait de théâtre encore ?...
— Non.
— Comme je vous plains et vous envie !... Ah, si je pouvais recommencer une deuxième fois, peut-être n'aurais-je pas fait de théâtre ; je n'aurais pas connu tant d'amertumes et de désillusions ! Vous aimez le théâtre ?...
— J'ai pratiquement tout sacrifié pour lui.
— Oh, triste est la destinée des femmes artistes ! Tout sacrifier : la tranquillité, le bonheur domestique, l'amour, la famille, les relations amicales — et pour quoi ?... pour ce qu'ils écrivent sur nous ; pour des couronnes qui durent deux jours, pour les applaudissements d'un public blasé ?... Oh, méfiez-vous de la province !... Oh, le sort se joue des gens, vraiment !... Pensez à moi... Vous voyez ces couronnes... Elles sont magnifiques et fanées, n'est-ce pas ?... Et pourtant, il y a si peu de temps je jouais encore à Lwów[71] !...
Elle s'interrompit un instant, comme éblouie par le souvenir.
— Les scènes du monde entier m'étaient ouvertes. Le directeur de la « Comédie française » venait spécialement pour me voir et m'engager...
— Vous parlez si bien le français ?...
— Ne m'interrompez pas. J'avais des cachets se comptant en milliers ; les journaux ne trouvaient pas de mots pour caractériser mon jeu ; les jours de jubilé, les jeunes détalaient les chevaux[72], on m'ensevelissait sous les bouquets, on me jetait des colliers de brillants !... — (elle arrangea machinalement son bracelet). — La jeunesse la plus sélect : comtes, princes recherchaient mes faveurs... Il a fallu qu'arrive un malheur : je suis tombée amoureuse... Oui, ne soyez pas surprise ! J'aimais et étais aimée... J'aimais, comme il est possible d'aimer, le plus beau et le meilleur... C'était un seigneur, prince-ordynat[73]. Nous nous étions juré amour et devions nous marier. Je ne vous dis pas combien nous étions heureux !... Là-dessus... coup de tonnerre dans un ciel sans nuage !... Sa famille : un vieux prince, un tyran, un magnat plein d'orgueil, sans cœur, nous a séparés... Ils l'exilèrent, et il voulut me payer cent mille

---

[71] Ancienne capitale de la Galicie, à l'époque partie de l'Empire austro-hongrois, aujourd'hui en Ukraine.
[72] Les fans d'une diva détalaient les chevaux de la voiture qui la transportait pour s'y atteler eux-mêmes !
[73] Héritier de biens immobiliers sujets à la *substitution*, mécanisme qui était destiné à éviter les dilapidations de patrimoine.

guldens[74], ou même un million, pour me faire renoncer à mon bien-aimé. Je lui ai jeté l'argent à ses pieds et lui ai montré la porte. Il sortit furieux et se vengea sauvagement ; il répandit les rumeurs les plus infâmes sur mon compte, acheta la presse et me persécuta, le misérable, à chaque pas... J'ai dû quitter Lwów et ma vie prit un autre cours... un autre cours...

Elle arpentait la pièce d'un pas fébrile ; avait les larmes aux yeux, le sourire amoureux, une tristesse amère aux coins des lèvres, un masque de résignation tragique sur le visage, un profond abandon dans l'attitude et un farouche accent de douleur désespérée dans la voix.

Elle jouait cette histoire avec une telle maîtrise que Janka y croyait à fond et ressentait profondément son infortune.

— Comme je vous plains de tout cœur !... quel sort abominable !... — dit-elle.

— C'est du passé !... — répondit Cabińska, s'effondrant dans son petit fauteuil, avec l'inertie d'un silencieux désespoir.

Elle-même avait fini par croire à ces histoires, racontées à qui voulait l'entendre, avec de multiples variantes, des centaines de fois. Parfois, à la fin, émue par le son de sa propre voix et par cette infortune imaginaire, elle éclatait en sanglots et pendant un moment souffrait pour de bon.

Elle jouait tant de rôles de femmes malheureuses, trahies, qu'elle avait perdu la mémoire des limites de sa propre personnalité ; elle se fondait de plus en plus dans ces personnages qu'elle interprétait, ce qui faisait de son récit plus qu'un simple mensonge.

Après un long silence, Cabińska demanda tranquillement :

— Il paraît que vous habitez chez Sowińska ?

— Pas encore. J'ai loué, mais on doit me rafraîchir un peu la chambre, car elle est si sale qu'il était impensable que j'y emménage, et en attendant j'habite à l'hôtel.

— Kaczkowska et Halt m'ont dit que vous jouiez bien du piano.

— Oui, un peu, en amateur...

— Je voulais vous demander si vous ne voudriez pas apprendre à ma petite Jadzia ?... La fille est très douée, a une oreille extraordinaire, car elle chante toutes les opérettes à la perfection.

— Avec grand plaisir. Mes connaissances sont limitées, mais je peux apprendre les rudiments de la musique à votre petite fille... seulement,

---

[74] Monnaie de l'Empire austro-hongrois, encore appelée florin, remplacée en 1892 par la couronne.

je ne sais pas si j'aurai assez de temps ?...
— Vous en aurez à coup sûr. Pour les honoraires, on les rajoutera à vos cachets.
— Bien... Votre fille a-t-elle déjà des notions ?
— Excellentes. Vous allez vous en convaincre tout de suite... Nounou, amenez donc Jadzia — appela Cabińska.

Elles passèrent dans l'autre pièce, où se trouvaient le lit du directeur, des paquets, des mannes et un vieux zinzin — le piano.

Janka fit un essai avec Jadzia et elle convint de venir entre deux et trois, c'est-à-dire quand monsieur et madame ne seraient pas à la maison.
— Quand allez-vous commencer à jouer ? — demanda Cabińska.
— Aujourd'hui, dans *Le Baron tsigane*[75].
— Vous avez un costume ?
— Mademoiselle Falkowska a promis de m'en prêter un, car je n'ai pas encore eu le temps de me l'acheter.
— Venez... je vais peut-être vous trouver quelque chose...

Elles se rendirent dans la pièce où se déroula la théâtrale scène du matin, et dans laquelle dormaient les enfants et la nounou. Cabińska sortit d'un paquet un costume encore pas mal conservé et le donna à Janka.
— Voyez-vous, nous fournissons des costumes, mais toutes préfèrent avoir les leurs, car évidemment les nôtres ne peuvent être aussi élégants, et sont donc délaissés... mais je vais vous en prêter un en attendant...
— Moi aussi j'aurai les miens.
— C'est le mieux, car il n'est pas très agréable de jouer dans un costume qui a déjà servi à d'autres.

Elles se quittèrent très amicalement et la nounou suivit Janka à l'hôtel pour amener le costume.

Janka, tout en le remettant en état d'usage, car il était fortement fripé, pensait à Cabińska.

Elle ressentait encore une tendre compassion pour cette malheureuse et, inconsciemment, l'admirait en tant qu'artiste pour sa manière de s'exprimer.

La représentation d'aujourd'hui la rendait si fiévreuse que les coulisses étaient encore désertes lorsqu'elle arriva au théâtre.

Les choristes se rassemblaient lentement, et s'habillaient encore plus lentement. Les conversations, les rires, les chuchotements suivaient leur cours habituel, mais Janka n'entendait rien, accaparée qu'elle était par

---

[75] Opérette de Johann Strauss fils, créée en 1885 à Vienne.

son habillage.

Elles se mirent toutes à l'aider, riant de sa gaucherie et du fait qu'elle n'avait même pas de poudre et de fard.

— Comment, vous ne vous êtes jamais poudrée ? — demandaient-elles.

— Non... pour quoi faire ?... répondit-elle candidement.

— Il faut lui faire un fond de teint, elle est trop pâle — dit l'une d'elles.

Elles la prirent en main.

On lui passa une mince couche de fard blanc sur le visage, que l'on fonça ensuite avec du rose, on lui mit du carmin sur les lèvres, souligna les yeux avec un petit pinceau trempé de khôl, on lui frisa les cheveux, la boutonna du haut en bas ; on se la passait de mains en mains, lui prodiguant mille conseils et mises en garde.

— En entrant, regardez droit dans le public, afin de ne pas trébucher.

— Et signez-vous avant d'entrer.

— Et veillez à entrer du pied droit sur la scène.

— Tout ça est bien joli !... mais vous voulez entrer en scène en tenue courte et sans collants ?...

— Je n'en ai pas !...

Elles se mirent toutes à rire voyant sa mine embarrassée.

— Je vais vous en prêter ! — s'écria Zielińska. — Ils devraient vous convenir.

Elles se montraient vraiment aimables avec elle parce qu'elles avaient appris qu'elle allait enseigner Jadzia chez les Cabiński et que Pepa lui avait prêté un costume. Elles voulaient se concilier ses bonnes grâces et l'avoir comme alliée auprès de la direction.

Janka, après s'être regardée dans un miroir, fut tellement étonnée qu'elle en poussa un cri ; c'était tout juste si elle se reconnut, tant l'avaient transformée le fard rose, le noir autour des yeux et le blanc de céruse. Il lui semblait avoir un masque sur le visage, ressemblant très peu à elle-même et plus aguichant, mais avec cette même étrange expression qu'avaient toutes les choristes.

Elle descendit chez Sowińska.

— Ma très chère dame, dites-moi la vérité, comment me trouvez-vous ?... — demanda-t-elle, au comble de l'anxiété.

Sowińska l'inspecta sous toutes les coutures et du doigt répartit mieux le rose sur ses joues.

— Et qui vous a donné le costume ?

— Madame la directrice me l'a prêté.

— Oh ! Elle a dû être attendrie par quelque chose, car d'habitude elle ne veut rien donner à personne.
— Effectivement, aujourd'hui elle était comme souffrante... elle m'a raconté des histoires si tristes...
— Une comédienne !... si elle jouait aussi bien sur scène, il n'y aurait pas meilleure actrice au monde.
— Vous plaisantez sans doute ?... Elle m'a parlé de Lwów, de son passé.
— Elle ment, la bonne femme ! Elle a été là-bas l'amante d'un quidam de hussard, provoquait des scandales et on l'a mise à la porte du théâtre. Qu'a-t-elle été au théâtre de Lwów ?... simple choriste. Hoho ! ses vieilles blagues... Ici nous les connaissons toutes depuis longtemps... Ecoutez seulement tout ce que les acteurs et actrices racontent, et vous en apprendrez des choses !...

Janka ne répondit pas, car elle ne pouvait ni ne voulait croire Sowińska.
— Dites-moi, comment me trouvez-vous ?...
— Bien... et même magnifique !... je peux vous garantir que dès aujourd'hui ils vont vous courir après ! — dit-elle avec un accent sévère et tellement convaincu que Janka en devint toute rouge.

Un trac de plus en plus fort s'emparait d'elle ; elle arpentait la scène, à travers une petite ouverture du rideau regardait le public arrivant tout doucement, courait dans les loges pour s'examiner dans tous les miroirs, essayait de s'asseoir et de patienter, mais ne pouvait tenir en place ; l'énervement, l'excitation d'une première prestation, la faisaient trembler comme de fièvre. Elle ne pouvait rester debout ou assise tranquillement une seule minute. Par moments une peur bizarre la paralysait au point qu'elle voulait tout laisser tomber et se sauver.

Elle ne voyait pas les gens, les préparatifs, les lumières, pas même la scène, mais sous le crâne n'avait que l'image d'une masse mouvante d'yeux et de visages. Ne cessant de regarder avec terreur le public, elle sentait son cœur s'arrêter de battre.

Lorsque la sonnette retentit pour la deuxième fois, elle descendit de la scène pour prendre place aux côtés du chœur derrière le décor, dans l'attente de l'entrée, se signant machinalement et tremblant tellement de tous ses membres qu'une des choristes lui prit le bras.

— On y va ! — brailla le régisseur, et elle fut emportée par le courant jusque sur le devant de la scène.

Le silence soudain et l'éclat d'une lumière plus intense la fit revenir à elle. Elle portait un regard vide sur le public, ne pouvant émettre le moindre son.

Elles la secouaient, l'encourageaient, mais elle ne savait pas ce qui lui arrivait. Seuls le dialogue et le chœur suivants la réveillèrent un peu.

Une fois sortie de scène, elle s'arrêta en coulisse et reprit complètement ses esprits, mais fut alors saisie de colère envers soi-même pour cette peur enfantine qui s'était emparée d'elle.

A la deuxième entrée elle n'éprouva plus qu'un petit frisson intérieur, mais déjà fut en mesure de chanter, entendre la musique et regarder droit dans le public.

Elle fut aussi enhardie en rencontrant le regard du rédacteur, assis au premier rang, qui l'encourageait en lui souriant aimablement. Elle fixa son attention sur lui, et put ensuite de mieux en mieux distinguer les visages au sein du public.

Lors d'une des scènes, où le chœur se promenait en simulant la foule — car un dialogue comique avait lieu sur le devant de la scène — Janka observait, tandis que ses collègues chuchotaient entre elles.

— Bronka[76], ton pharmaco est là, regarde, au troisième rang à gauche...

— Regardez ! Dasza[77] est là... Oh ! quelle élégance...

— Pas étonnant ! Elle a piqué le banquier à Mimi.

— Où se produit-elle maintenant ?

— A l'Eldorado.

— Siwińska ! Remets mes agrafes, je sens que mon jupon tombe ; parle-moi à l'oreille, personne ne le remarquera.

— Ludka[78] ! ta perruque perd ses poils.

— Et toi, occupe-toi de ta tignasse !...

— Je vais demain avec quelqu'un à Marcelin[79]... tu pourrais venir avec nous, Zielińska ?

— Regarde cet étudiant sur le côté comme il me fait de l'œil.

— Je n'aime pas les soupirants fauchés.

— Mais ce sont de joyeux drilles !

— Merci ! Ils ne connaissent que la vodka et les saucisses. Bon accueil, mais uniquement pour... le trottoir.

— Taisez-vous, Cabanowa est dans la loge.

---

[76] Diminutif de *Bronisława*.
[77] Diminutif de *Daria*.
[78] Diminutif de *Ludmiła*, ou encore *Ludwika* (Louise).
[79] Village de la banlieue de Varsovie, aujourd'hui intégré à la capitale.

— Elle a l'air de s'être fait une virginité aujourd'hui...
— Silence, on chante.
Cela se répétait en permanence, avec de petites variantes. Elles communiquaient avec le public par le sourire et le regard. Pendant les interruptions, et parfois entre deux actes, elles se balançaient des remarques brèves, mais bien senties, à propos du public, en particulier des hommes, car les femmes ne faisaient que les critiquer et se moquer d'eux.

Les coulisses regorgeaient de visages les plus divers ; les servantes, machinistes, serveurs du buffet, acteurs attendant pour entrer — tout ce monde avait les yeux fixés sur la scène.

La nounou avec les deux aînés des enfants était assise juste au niveau de l'avant-scène, sous le cordon du rideau.

Il faisait une chaleur telle que les acteurs manquaient d'étouffer et leur maquillage leur coulait presque sur le visage.

Wawrzecki depuis les coulisses faisait des gestes désespérés à Mimi qui chantait un duo avec Władek ; l'actrice pendant les interruptions lui montrait malicieusement la langue et se rapprochait de plus en plus.

— Donne-moi donc la clé de l'appartement... j'ai oublié mes bottes de cavalier, et j'en ai besoin d'urgence.

— Elle est dans ma robe, dans la loge. Tu aurais pu t'en douter quand même... — répondit-elle en repartant vers le milieu de la scène, une longue tirade musicale aux lèvres.

Halt frappait rageusement le pupitre de sa baguette car Władek avalait des notes et faisait des embardées continuelles, la redoutable irritation du chef d'orchestre achevant de le déconcerter, si bien qu'il chantait de plus en plus mal.

— Il fait exprès de me planter, ce cochon de boche ! — marmonnait-il avec colère, serrant Mimi qui chantait dans une scène d'amour.

— Ne me serrez donc pas comme ça... vous allez me briser les côtes, ma parole !... — lui soufflait Mimi, serrant les dents tout en souriant langoureusement.

— « Car je t'aime... d'un amour fou !... car je t'aime !... » — chantait Władek fougueusement.

— Vous êtes devenu fou !?... je vais avoir des bleus et...

Elle s'arrêta brutalement, Władek ayant fini de chanter et une avalanche de bravos s'étant déclenchée, pour le tirer par la main et aller sur le devant de la scène saluer le public.

Pendant l'entracte Janka observait avec curiosité le premier rang car on lui avait dit que là se trouvaient les journalistes commentateurs ; elle-même d'ailleurs avait vu sur les dossiers des sièges les noms des journaux.

Le rédacteur était debout dans l'allée centrale et parlait avec un gros blond.

— S'il vous plaît, à quel journal appartient ce rédacteur qui vient dans les coulisses ? — demanda Janka au régisseur qui surveillait l'installation de la scène pour le prochain acte.

— Sans doute à aucun, c'est un saisonnier, rédacteur de jardin-théâtre.

— Pas possible !... lui-même m'a dit que...

— Hi, hi ! — sourit-il doucement — faut-il que vous soyez encore débutante pour croire ce que raconte le public venant dans les coulisses !

— Il a sa place pourtant dans la rangée de la presse — dit Janka à titre d'argument convaincant.

— Et alors ?... Ils sont plus d'un, ces gueux, à occuper ces sièges. Vous voyez... ce blond aux cheveux clairs, c'est le seul qui soit vraiment un homme de lettres et critique de théâtre, mais le reste... simples oiseaux d'été : Dieu sait qui ils sont, ce qu'ils font... et comme ils fréquentent tout le monde, baratinent beaucoup, ont de l'argent qui leur vient d'on ne sait où, occupent partout les premières places, alors personne ne se pose même la question de savoir qui ils sont...

Janka était encore en train d'écouter, éprouvant une désagréable sensation face à cette révélation.

— Mais vous êtes magnifique, magnifique ! — s'exclama le rédacteur, déboulant sur scène en lui tendant les bras de loin. — Un vrai portrait de Greuze ! Juste un peu plus d'audace, et tout se passera comme sur des roulettes. J'écrirai demain un petit article à propos de votre première apparition sur scène.

— Merci, rédacteur — dit-elle froidement, sans le regarder.

Le rédacteur tourna les talons, et courut aux loges des hommes.

— Bonsoir messieurs !... Comment va, directeur ?...

— Et dans la salle ?... avez-vous été à la caisse ?... Accessoiriste !... bon sang, tu me le donnes, ce ventre !...

— Pratiquement toutes les places sont vendues...

— Et la pièce ?...

— Bien, très bien ! Je vois que vous avez mis du sang neuf dans les chœurs : une magnifique blonde à en aimanter les yeux...

— Comment ?... elle est donc si bien ?... Elle est toute nouvelle.

— Je le mettrai demain au crédit de votre compte, de vous préoccuper des yeux de votre public.

— C'est bien, c'est bien... Qu'on me donne mon ventre, plus vite !

— Directeur, je voudrais un bon pour deux roubles à la caisse ; il faut que j'envoie tout de suite quelqu'un me chercher des chaussures — demandait un acteur, endossant en hâte son costume.

— Après la représentation ! — répondit-il, retenant l'oreiller qu'il avait sur l'estomac. — Serre fort, Antek[80] !

— Ils l'emmaillotèrent avec de longues bandes de tissu, comme une momie.

— Directeur, j'en ai besoin sur scène, je n'ai pas de chaussures pour jouer !

— Allez au diable, mon cher monsieur, et maintenant fichez-moi la paix !... Sonnez ! — lança-t-il au régisseur. — Mon gilet, en vitesse !... Accessoiriste, qu'y a-t-il comme meubles sur la scène ? — demandait-il presqu'en criant, mais l'accessoiriste ne l'entendait pas. — Coiffeur, ma perruque !... plus vite ! Vous me mettez toujours en retard, je vous jure !

Cabiński, toutes les fois qu'il jouait, semait la confusion dans les loges. Il avait le trac en permanence et, pour l'atténuer, criait, pestait, se disputait à tout propos ; le coiffeur, le costumier, l'accessoiriste, devaient courir autour de lui et veiller à ce qu'il n'oubliât rien de ce qu'il devait porter sur scène. Bien qu'il commençât à s'habiller de bonne heure, il était toujours en retard, parachevait pratiquement toujours son habillage ou son grimage dans les coulisses. Ce n'est que sur scène qu'il reprenait ses esprits.

Il en allait de même présentement ; il avait égaré quelque part sa canne ; il la cherchait en criant :

— Ma canne ! qui m'a pris ma canne ?... Ma canne, bon sang, je rentre tout de suite !...

— Vous faites un ramdam d'éléphant dans les loges, mais sur scène vous bourdonnez en silence, comme une mouche — lui dit tranquillement Stanisławski, qui avait horreur des cris en tous genres.

— Si vous ne voulez pas entendre, allez au jardin.

— Je vais rester ici et je veux la paix. Personne ne peut s'habiller à côté de vous...

— Maître, occupez-vous de vos oignons ! — cria Cabiński furieux, cherchant vainement sa canne dans les coins.

— Apprenti, je vous dis qu'être un maître ce n'est pas crier.

— Mais ce n'est pas non plus votre bafouillement... Ma canne ! bon sang, donnez-moi donc ma canne !

— Et ce n'est pas non plus votre rembourrage sur scène ! — persifla

---

[80] Diminutif d'Antoine.

méchamment Stanisławski.

— Le podestat[81] en scène ! — appela le régisseur.

Cabiński accourut, arracha une canne des mains de quelqu'un, se noua un foulard noir autour du cou et déboula sur scène.

Stanisławski se rendit en coulisse, tous s'égaillèrent, les loges se vidèrent, seul le costumier ramassait les costumes jetés par terre, sur les tables, pour les ramener au magasin d'accessoires.

Arriva le metteur en scène Topolski qui, selon son immuable habitude, s'étendit sur plusieurs sièges, une main derrière la tête.

C'était son grand plaisir d'écouter ainsi, à distance, les voix venant de la scène, les sons atténués de la musique, les vagues échos des chants — et de rêver.

C'était un fougueux amalgame d'éléments les plus divers : un acteur possédant un réel talent et ne voulant rien connaître en dehors du théâtre. Il était réaliste dans son jeu, à l'excès, ce qui lui valait force railleries. Il vivait avec Majkowska, à eux deux ils constituaient le cerveau de la troupe. Ils s'aimaient beaucoup, mais se querellaient pratiquement tous les jours.

— Moryś[82] ! je vais te raconter la blague que j'ai faite à Cabiński, tu vas bondir sur tes deux pieds ! — s'écria Wawrzecki, déboulant dans les loges.

— Va au diable ! — grogna le metteur en scène en lui adressant un coup de pied qui l'eût renversé si Wawrzecki ne s'était écarté à temps ; il devenait furieux quand on le dérangeait dans ce tête-à-tête avec lui-même.

— Tu as un talent particulier pour jouer des gambettes... tu pourrais sans hésiter t'engager au cirque comme trapéziste !...

— Que veux-tu ?... dis-vite et fous-moi le camp !

— Cabiński m'a donné dix roubles... Tu vois ! je disais bien que tu n'en reviendrais pas ?...

— Cabiński t'a donné dix roubles d'acompte ?... blague de mauvais goût ! — dit Topolski en se recouchant.

— Parole. Je lui ai dit, mais sous le sceau du secret, que Ciepiszewski était réapparu, qu'il avait vendu sa dernière ferme dans le district de

---

[81] S'agit-il de Don Anchise, podestat (maire) de Lagonero dans l'opéra-bouffe « La Fausse Jardinière » de Mozart, créé en 1775 à Münich ?
[82] Diminutif de *Moryś*, Maurice.

Łomża[83] et recrutait une nouvelle troupe, qu'il avait même déjà discuté avec toi.

— Espèce de sagouin. Même si Ciepiszewski me donnait mille roubles de cachet par mois, je n'irais pas chez lui. Je préfèrerais fonder ma propre troupe...

— Moryś, et pourquoi ne la fondes-tu pas ta troupe ?

— J'y pense depuis longtemps. Si tu n'étais pas aussi bête et comprenais quelque chose au théâtre, je t'exposerais mon projet, car de l'argent j'en aurai à tout moment. Tu sais que je t'aime bien, mais tu ne me comprends pas parce que tu es infiniment bête et blablateur.

Wawrzecki baissa la tête et répondit naïvement :

— Qu'y puis-je !... Je voudrais bien et savoir beaucoup et comprendre des tas de choses ; mais quand je me mets à penser ou lire quelque chose, j'ai tout de suite envie de dormir, ou alors Mimi me sort quelque part en promenade et c'en est fini !

— Alors pourquoi tu vis avec elle ?... laisse-la tomber, ou revends-la à quelque ballot...

— Et toi pourquoi tu vis avec Mela ?... Puisque toi non plus tu n'es pas si bien que ça avec elle...

— C'est autre chose. Mela a du talent, je l'aime, et puis j'adore les femmes de caractère ! J'aime les femmes passionnées, celles qui, une fois déchaînées, en amour te mordent, et en colère te dévorent et te battent. Celles-là, je sais qu'elles ont une âme ! Je hais les gens faits de morceaux recollés, les mannequins bien sous tous rapports... pff ! crénom !

— Mais Mimi est tellement astucieuse et gaie. C'est elle qui m'a soufflé cette idée avec Ciepiszewski, car on doit se faire une fête un de ces jours et aller aux Bielany[84]. Ce... tu sais... cet auteur dont on doit jouer la pièce... viendra avec nous.

— Głogowski. Hoho ! celui-là il a des dents. On va donner sa pièce ce mois-ci ; une merveille, du délire absolu, mais ce sera un four, parce qu'elle est trop dure pour notre public... ils se casseront les dents...

— Il a énormément plu à Mimi parce qu'il lui dit carrément dans les yeux qu'elle est bête... Un joyeux gars !

— Wawrzek[85] ! je vais peut-être créer une société, mais on va larguer

---

[83] Au nord-est de la Pologne d'aujourd'hui.
[84] Arrondissement au nord-ouest de Varsovie, pas très éloigné de la Vieille Ville, apprécié pour ses lieux de promenade en bordure de la Vistule.
[85] Diminutif du prénom *Wawrzyniec*, Laurent... ou raccourci de Wawrzecki.

les nanas, on habitera ensemble... tu te souviens, comme à Płock et Kalisz... on se fera notre popote nous-mêmes...
— C'était le bon temps... mais c'était une misère du diable chez ce Grabcio[86] !
— Tu l'ignores, mais un peu de misère et beaucoup de lutte, c'est une constante nécessité pour le véritable artiste.
Ils se turent.

Des rires arrivaient par rafales du côté du public ; tantôt le tapage des applaudissements faisait trembler les vitres, tantôt des cris d'approbation s'engouffraient, à l'instar d'une tempête, dans le silence des loges, au point de faire vaciller les flammes des becs de gaz — le silence reprenait le dessus et le sourd brouhaha de la scène s'écoulait en un flot lent et rythmé, jusqu'à ce qu'éclatât soudain un vacarme assourdissant... L'acte était terminé.

— J'écraserais volontiers mon talon sur les faces de ces braillards !
— grommela Topolski.
— Raconte-moi ce projet ; je te donne solennellement ma parole que je ne dirai rien.
— J'irai avec vous à Bielany, alors je te raconterai.
— Ce sera une belle fête. Mimi sera super contente ; je cours lui dire que vous aussi viendrez.

Topolski se bougea de ses sièges et sortit dans le jardin, car les loges s'emplissaient de la foule sortant de scène. Il pensait à Wawrzecki. Il l'aimait beaucoup, bien que ce fût son contraire le plus diamétral.

Wawrzecki était bête, frivole, fêtard, cynique et faisait un noceur de première, mais avait malgré cela beaucoup de talent ; c'était un des meilleurs jolis cœurs de province.

Il était surprenant que lui, pour ainsi dire enfant de la rue et du ruisseau, fils d'un gardien de Leszno[87], jouât les jeunes seigneurs gâtés par la vie. Il n'avait jamais réfléchi à ce rôle, ni ne l'avait approfondi par des études, ressentant du premier coup et prenant conscience de tout ce dont il avait besoin ; il savait par intuition, par ce quelque chose dont est fait tout véritable talent ; en permanence il créait de nouveaux personnages et caractères.

Le public l'aimait, en particulier le public féminin, car il était très beau et très cynique. Il ne souffrait aucune entrave et ne pouvait

---

[86] Diminutif faisant penser à « petit rapiat ».
[87] Dans l'arrondissement de Wola à l'ouest de la Vieille Ville de Varsovie.

supporter de rester plus de deux mois dans une troupe, car il faisait des histoires à tout propos et partait voir ailleurs.

Il était chez Cabiński depuis le printemps déjà, car Topolski le retenait, ainsi qu'une romance nouée dans le dos de Mimi, qu'il adorait par ailleurs.

Il était méchant et retors comme peut l'être un enfant. Passionné de tenues à la mode et d'amourettes toujours renouvelées... papillon dans l'âme, mais aussi dans les couleurs.

Une tempête avait éclaté dans les loges des solistes ; on y criait tellement que Cabiński, sortant de scène, s'y rendit au plus vite pour rétablir le calme.

Kaczkowska d'un côté, et Mimi de l'autre, se jetèrent sur lui ; le prenant chacune par un bras, s'interdisant mutuellement de prendre la parole, elles criaient l'une par le truchement de l'autre.

— Si vous permettez, directeur, que de telles choses se passent, moi je n'ai rien à faire dans la troupe !...

— C'est un scandale !... Directeur !... tout le monde a vu... je ne vais pas rester une heure de plus avec elle !

— Directeur ! elle...

— Ne mentez pas !

— C'est révoltant !

— C'est tout simplement ignoble et ridicule.

— Pour l'amour de Dieu ! qu'est-il arrivé ?... Jésus, Marie ! qu'est-ce que je suis venu faire ici ?! — criait Cabiński en se lamentant.

— Je vais vous raconter, directeur...

— C'est moi justement qui devrais raconter, car vous mentez !

— Mes petites puces !... je n'en peux plus, je vous jure, et je m'en vais.

— Voilà ce qui s'est passé : on m'a donné un bouquet, à moi très clairement, et cette... dame, qui se trouvait plus près, s'est avancée, l'a récupéré... et au lieu de me le remettre, a salué éhontement et l'a gardé pour elle ! — criait Kaczkowska, en larmes et en colère.

— Vous plaisantez !... si vous pensez qu'on va vous croire !... Peut-être un jour avez-vous reçu un bouquet de la part de ramoneurs !... Cher directeur, on m'a remis un bouquet après un couplet, je l'ai pris, et celle-là la ramène en disant que c'était pour elle... C'est d'un ridicule et d'un stupide !... Elle s'imagine qu'on va l'ensevelir sous les fleurs pour ses hurlements déchirants !

— Et on les donnerait à vous ?... à vous qui n'attaquez pas une seule note comme il faut ?!... pour votre piaillement de chansonnière ?!

— Elle chante comme un éléphant qu'on écorche et elle la ramène encore.

— Taisez-vous ! Je suis une actrice professionnelle, et une espèce de débutante, de gourde, une minable choriste, va m'insulter !

— Une débutante qui vaut mieux que vous, car on ne la garde pas par politesse, pour des services anciens, pour ses fausses dents, ses cheveux postiches et son âge avancé !... Vous feriez mieux d'amuser vos petits-enfants avec vos chants que de jouer sur une scène !

— Faites taire cette mégère, directeur, sinon je quitte la troupe sur-le-champ !

— Si cette sorcière ne se tait pas... aussi vrai que j'aime Wawrzek, je ne terminerai pas la pièce... Que tout aille au diable !... J'en ai assez de vivre, de jouer avec des gens pareils !...

Elle se mit à pleurer.

— Mimi, tu vas faire couler ton khôl ! — cria l'une d'elles.

Mimi s'arrêta aussitôt de pleurer.

— Mais qu'y puis-je, moi ?... — criait Cabiński, accédant enfin à la parole.

— Qu'elle me rende le bouquet tout de suite et me demande immédiatement pardon ! — s'exclama Kaczkowska.

— Et je peux y rajouter encore quelque chose, mais avec mon poing... Demandez aux choristes : toutes ont bien vu à qui le bouquet était destiné.

— Le chœur du quatrième acte ! — cria Cabiński en direction des coulisses. Une dizaine de femmes et d'hommes entrèrent, déjà à moitié déshabillés, et parmi eux Janka.

— Allez, un jugement de Salomon !

Beaucoup de personnes se pressaient dans les loges et des remarques narquoises fusaient comme des pétards à l'adresse de Kaczkowska, objet d'une allergie générale.

— Qui a vu à qui le bouquet a été remis ? — demanda Cabiński.

— On n'a pas fait attention — répondirent-ils unanimement, ne souhaitant s'exposer ni d'un côté ni de l'autre ; seule Janka, qui avait en horreur toute hypocrisie et injustice, finit par dire :

— On l'a donné à mademoiselle Zarzecka... j'étais à côté et je l'ai bien vu.

— Qu'est-ce qu'elle vient faire ici, cette novice ?! Elle vient de la rue et veut prendre la parole, cette... espèce de !... — s'écria Kaczkowska avec dédain.

Janka s'avança vers elle et lui dit d'une voix presque cassée par sa soudaine colère :

— Vous n'avez pas le droit de m'insulter ! Je n'ai personne pour me défendre, mais je vais me débrouiller toute seule et ne souffrirai pas qu'on m'insulte ! Vous m'entendez ?... Je vous ferai ravaler vos injures ! Personne ne m'a encore insultée et personne ne le fera !

Elle avait élevé le ton, prête à crier, car son impétueuse nature prenait le dessus. Un étrange silence se fit, tant il y avait de dignité et de force dans ses paroles. Elle lança un regard menaçant et enflammé et sortit.

Kaczkowska fut prise de spasmes de colère, car Mimi et les autres femmes n'en pouvaient plus de rire.

Cabiński se sauva ; il quitta vite fait sa tenue et courut à la caisse.

— Ouh ! un sacré numéro, la nouvelle ! — marmonna quelqu'un.

— Kaczkowska ne le lui pardonnera jamais…

— Que peut-elle lui faire ?... la direction l'a à la bonne.

Mimi, aussitôt la pièce terminée, courut chez les choristes. Elle trouva Janka encore bouillonnante de colère ; elle lui sauta au cou, la remerciant de tout cœur et la couvrant de baisers.

— Que vous êtes bonne… comme je vous aime pour ce que vous avez fait !...

— Je l'ai fait, car je devais le faire.

— Vous ne vous êtes pas souciée, comme les autres, de vous faire une ennemie de Kaczkowska.

— Je ne m'en suis jamais souciée. On mesure la force d'une personne au nombre de ses ennemis — dit-elle fièrement en se déshabillant lentement.

— Venez avec nous aux Bielany, d'accord ?...

— Quand donc ?... je ne sais pas, qui y aura-t-il ?

— Ces jours-ci… Il y aura Wawrzek, moi bien sûr, un auteur dont nous allons jouer la pièce, garçon très amusant… Majkowska, Topolski et vous. Il faut que vous veniez avec nous. On va bien s'amuser, ah ! c'est moi qui vous le garantis !

Après d'insistantes sollicitations et de longues embrassades, qui la laissaient indifférente, Janka finit par accepter.

— Vous savez, demain il y aura une fête plus chique ! la fête de Cabińska. Habillez-vous, nous allons sortir ensemble.

Elles attendirent Wawrzecki pour aller ensemble au salon de thé, emmenant également Topolski, qui au salon écrivit une circulaire à l'attention de toute la troupe, lui enjoignant de se retrouver demain matin à dix heures pile pour la répétition.

V

Chez Cabiński tous les jours de représentation avaient leur importance, mais trois jours en particulier avaient une super importance : la veille de Noël, le premier jour de Pâques et… la fête de sa femme, tombant le 19 juillet, le jour de la Saint Vincent de Paul.

Ces trois jours la direction du théâtre donnait des représentations prestigieuses.

Le Cabiński grippe-sou s'effaçait pour laisser place à un Cabiński invitant à la mode des gentilshommes d'antan ; s'exprimaient alors des gènes dépensiers qu'il devait avoir profondément enfouis en lui. Les représentations étaient grandioses, on abreuvait à l'excès et on ne mégotait sur rien ; et si après cela les acomptes étaient plus modestes pendant au moins un mois, les récriminations pour les jours sans public plus importantes et les reports de paiement de cachets plus fréquents, peu de monde y prêtait attention ; le bon temps qu'on s'était donné, on se l'était donné, surtout le jour de la fête de Pepa.

Cabińska se prénommait Wincentyna ; quant à savoir pourquoi son mari l'appelait « Pepa », personne ne s'en souciait, car personne n'avait poussé la curiosité aussi loin.

Conformément à la circulaire de Topolski, la troupe s'était rassemblée avec ponctualité pour répéter. On devait jouer *Martyre !*[88] de d'Ennery, pièce dans laquelle, invariablement et une fois l'an, la directrice jouait le premier rôle, un des plus réussis et des plus larmoyants de son répertoire. Et, effectivement, elle le jouait remarquablement ; elle y mettait toute sa réserve de larmes et de voix et avait cette profonde satisfaction d'enthousiasmer le public.

D'habitude, cette représentation donnée le jour de son saint patron était une véritable aubaine pour « débutants » et « débutantes » en tous genres, car on faisait exprès de bourrer la pièce d'effectifs à peine passables afin de mieux mettre en valeur l'interprétation de Pepa.

Cabińska monta directement sur la scène, sans parler à personne, et pendant tout le temps de la répétition eut sur le visage une expression profondément attendrissante et extatique.

A la fin, quand toute la troupe se fut mise en cercle autour d'elle,

---

[88] Pièce tirée d'un roman, paru en 1886, d'Adolphe d'Ennery (1811-1899), romancier et dramaturge français, auteur notamment des *Deux Orphelines*.

Topolski sortit des rangs. Cabińska baissa modestement les yeux et, feignant l'étonnement — attendait.

« Permettez, madame la directrice, que je vous présente, au nom de tous mes collègues, nos meilleurs vœux à l'occasion de votre fête, vous souhaitant le plus sincèrement de rester très longtemps encore la parure de notre scène, le réconfort de votre mari et de vos enfants. En reconnaissance de vos mérites d'artiste et en remerciement pour votre esprit de camaraderie, notre troupe vous prie de daigner accepter ce petit cadeau de la part de cœurs dévoués, modeste récompense de votre bienveillante générosité ».

Il termina en lui tendant un écrin ouvert, dans lequel il y avait une parure de saphirs, achetée avec l'argent de la collecte. Il lui fit le baisemain et se mit sur le côté.

A présent, tous s'avançaient vers elle à tour de rôle ; ils lui faisaient le baise-main, les femmes lui sautaient au cou, s'épanchant en amitiés et amabilités.

Władek, qui le premier s'était acquitté de la corvée du baise-main, attira Topolski en coulisse.

— Crachez, et en vitesse, sinon vous allez vous empoisonner avec cette charretée d'inepties.

— Mais elle, elle ne s'empoisonnera pas.

— Bah ! les saphirs ont coûté cent vingt roubles, à ce prix elle peut bien en écouter pendant encore au moins une semaine.

— Merci, merci de tout cœur. Vous me rendez confuse, mesdames et messieurs, car j'ignore vraiment en quoi j'ai pu mériter tant d'affection, tant d'attention — disait Cabińska d'une voix émue, car les saphirs étaient réellement magnifiques.

Le directeur souriait, se frottait les mains et invitait tout le monde chez lui après le spectacle, sincèrement, car il n'avait pas supposé qu'on donnerait un si beau présent à Pepa.

La directrice était tellement euphorique qu'elle embrassa Janka avec une bienveillance toute particulière ; celle-ci, mue par la sympathie, lui avait apporté un splendide bouquet de roses, expliquant qu'elle n'avait pas participé à la collecte qui avait eu lieu avant son engagement.

Cabińska ne la lâcha pas et l'emmena dîner.

— Que ces gens sont gentils et vous aiment — lui dit Janka à table.

— Une fois l'an, ça ne les ruinera pas — répondit gaîment Cabińska.

Elle sortit pour se rendre au salon de thé, afin de ne pas gêner les préparatifs pour la réception de ce soir.

Elle y resta son temps, racontant à Janka l'histoire de ces jours de fête avec attendrissement, attendrissement incapable cependant d'apaiser une certaine amertume et inquiétude, le rédacteur n'ayant pas donné signe de vie, ni même envoyé de carte.

La représentation lui fut un triomphe. Elle reçut une montagne de fleurs du public, le rédacteur lui envoya une énorme corbeille de fleurs, avec un magnifique bracelet.

Cela la transporta. Dès qu'il apparut dans les coulisses, elle l'attira au plus profond du théâtre et l'embrassa avec fougue.

L'habitation des Cabiński présentait un aspect inhabituel.

Les deux pièces principales avaient été aménagées tout à fait comme une scène et meublées avec du mobilier de théâtre. Au milieu de la première pièce, sur un immense tapis qui recouvrait complètement la saleté du plancher, il y avait un pouf avec un palmier-éventail ; deux miroirs sur des colonnes de marbre se trouvaient dans les coins. De lourdes portières en velours couleur cerise pendaient aux fenêtres et à la porte. Entre les fenêtres, une jardinière de ficus et rhododendrons de grande taille formait une oasis de ravissante verdure mettant en valeur la magnifique courbure du torse d'une Vénus de Milo en plâtre jauni reposant sur un petit socle drapé de pourpre.

Le piano tout au fond, entouré d'une guirlande de fleurs artificielles, pliait sous le poids d'une patère dorée haute sur pied, remplie à ras bords de cartes de visite. Quatre minuscules guéridons entourés de tout petits fauteuils bleus avaient été très astucieusement positionnés aux endroits les mieux éclairés. Les dorures noircies et meurtries des encadrements de miroirs avaient été très habilement masquées par de la mousseline rouge, dans laquelle des fleurs avaient été artistement piquées ; les déchirures aux tapisseries avaient été recouvertes par des tableaux. Le salon avait très belle allure, avec un tel cachet d'élégance artiste que Cabińska revenue du théâtre s'arrêta et, stupéfaite, s'écria enthousiasmée :

— Superbe scène !... Jasio, tu es un chef et tu aurais reçu un immense bravo pour un tel aménagement.

— Boudiou !!... c'est beau, comme à la coumédie ! — renchérit la nounou en traversant le salon sur la pointe des pieds.

Cabiński se contentait de sourire ; son passé de rembourreur recueillait des bravos.

La deuxième pièce, encore plus grande, constituant en temps normal ni plus ni moins qu'un dépotoir tant elle était encombrée et bourrée d'accessoires de scène, et présentement métamorphosée en salle à manger, éblouissait par sa magnificence de restaurant de luxe, ses nappes immaculées, ses couverts étincelants, ses bouquets de fleurs, sa profusion d'assiettes et de verres et — son conformisme.

Cabińska eut à peine le temps de se changer et de revêtir sa robe de gala couleur lilas, qui redonnait un coup de jeune et de fraîcheur à son teint fané et abîmé par les cosmétiques, que les invités envahissaient les pièces.

Les dames passaient dans la chambre de Cabińska, la troisième pièce, jouxtant le boudoir, tandis que les messieurs laissaient leur vestiaire dans la cuisine que partageait un paravent peint dans le style Louis XV, ramené de la scène.

Wicek, en livrée de théâtre, chaussures à guêtres jaunes en carton-pâte, casaque bleu marine bordée d'un liseré rouge et décorée d'une quantité de petits boutons dorés, un peu trop grande, aidait les acteurs à se dévêtir, raide et sérieux, ressemblant à un vrai groom de comédie anglaise ; mais comme son tempérament espiègle ne pouvait supporter longtemps la même pose, il lançait par moments des œillades aux acteurs et se contorsionnait de manière amusante.

— Le directeur a fait de moi un singe préposé à la fête des saints patrons, pas vrai ?... ma propre mère ne me reconnaîtrait pas ! Je n'aurai sûrement pas de souper en échange de ces fantaisies, ni d'absolution ! — chuchotait-il en riant.

— Prêt !... on commence !... — cria Władek au metteur en scène en frappant dans ses mains.

— La scène est trop belle pour une farce aussi minable ! — ajouta Glas qui entrait derrière eux.

— Vous préféreriez sans doute un bouiboui au fin-fond du monde parce qu'on y vit dans la crasse — lança Władek.

— Tout bestiau préfère avec raison son étable à un salon — intervint froidement Stanisławski, ôtant ses gants usés jusqu'à la corde, immortels disait-on.

— Notre vedette estimée et méritante est aujourd'hui d'une vache d'humeur.

— Non !... mais il sait parler à chacun sa propre langue — dit, prenant le relais de Stanisławski, Władek qui était en état de guerre permanente avec Glas.

— Finissez-en avec ce drame moralisant, et attaquez un morceau d'opérette, ce sera plus gai.

Ils se séparèrent.

Les femmes pomponnées, poudrées, magnifiques, commencèrent à remplir la pièce d'une atmosphère guindée et glaciale, assises sans bouger, paralysées par on ne sait quoi, intimidées.

Janka arriva assez tard, car son hôtel était loin, et elle avait voulu s'habiller avec soin. Elle salua tout le monde, promenant un regard étonné sur les visages et l'habitation, frappée par la solennité qui se dégageait de toutes choses. Vêtue d'une robe de soie couleur crème, avec des nuances de violet héliotrope, des bleuets dans les cheveux et sur la poitrine, grande, superbement formée, la peau hâlée et des cheveux blond vénitien, elle faisait très authentique et très belle. Beaucoup de charme et de distinction naturelle émanaient de sa personne, elle se déplaçait avec aisance, comme habituée aux mondanités, alors que le reste de ses compagnes se sentaient paralysées par l'élégance théâtrale de ce salon ; elles marchaient, parlaient, souriaient comme sur scène, mais jouant un rôle infiniment plus difficile, qui exigeait une constante présence d'esprit ; on voyait qu'elles étaient incroyablement gênées par le tapis sous leurs pieds, qu'elles s'asseyaient avec appréhension sur les petits fauteuils recouverts de soie, qu'elles ne faisaient que se transporter d'un endroit à l'autre, craignant de toucher les objets, ne se sentant que — des figurantes.

La réception était cérémonieuse, le vin servi par les garçons du restaurant, accompagné de plateaux de gâteaux, de liqueurs circulant dans des bouteilles ventrues. Cela achevait de les paralyser. Elles ne savaient ni boire, ni manger avec distinction ; elles avaient peur de tacher leur robe, le mobilier et — de paraître ridicules, car quelques hommes, qui n'étaient nullement impressionnés par ce chiqué, les regardaient, lançant de méchantes remarques.

Majkowska, tout simplement splendide aujourd'hui, en robe jaune clair, décorée de roses couleur bordeaux, avec ses cheveux noirs, presque bleu marine, son beau visage bronzé aux traits classiques, ressemblait à un Véronèse ; elle prit Janka par le bras et, décontractée, déambulait dans le salon avec elle, jetant des regards altiers à son entourage.

Sa mère, en revanche, qu'un malveillant avait assise sur un tout petit siège, endurait le supplice ; dans une main elle tenait un verre de vin rempli, dans l'autre un petit canapé et sur les genoux avait un gâteau. Après avoir bu le vin, elle ne savait que faire du verre.

Elle regardait sa fille d'un air suppliant, rougissait et finit par demander à Zielińska, assise à côté d'elle :

— Ma petite dame, que dois-je faire avec ce verre ?

— Mettez-le sous le fauteuil...

Ce que fit la vieille. On commença à se moquer d'elle, et donc elle le reprit et continua à le tenir à la main.

La vieille Niedzielska, mère de Władek et propriétaire d'une maison rue Piwna[89], que les Cabiński avaient toujours eue en haute estime, était assise à l'ombre de la jardinière avec Kaczkowska, suivant ostensiblement son fils des yeux.

Pendant ce temps les hommes dans la salle à manger avaient pris le buffet d'assaut ; l'ambiance s'échauffait avec le brouhaha qu'entrecoupaient les rires ou une plaisanterie bien sentie de Glas.

— D'où te vient cet humour permanent ?... — lui demanda Razowiec, l'acteur le plus ténébreux de la troupe, mais qui jouait des rôles de hobereaux paillards et d'amusants tontons.

— C'est un secret de polichinelle : je ne me fais pas de souci et j'ai un bon estomac.

— Tu as justement ce qui me manque... Tu sais, j'ai pris ce médicament que tu m'as conseillé, mais ça n'a rien fait... plus rien ne me fera quelque chose. Je sens que je ne passerai certainement pas cet hiver, car quand ce n'est pas l'estomac, c'est le côté, le cœur, ou alors cette douleur horrible qui me rentre dans la nuque ou me brise littéralement les reins, comme avec une barre de fer.

— Imagination ! Bois-donc du cognac à ma santé... Ne pense pas à la maladie, et tu te porteras bien.

— Vous riez !... et moi je te dis sans mentir que je ne peux plus dormir de la nuit, car je sens cette maladie se développer en moi, comme si je voyais quelque chose s'infiltrer dans chacune de mes veines, dans chacun de mes os, et qui m'aspire si affreusement... si affreusement !... Je suis de plus en plus faible ; hier j'ai pu à peine terminer mon rôle, tant je manquais de souffle...

— Imagination, je te dis ! Bois-donc du cognac à ma santé !

— Imagination ! imagination ! mais cette imagination me fait mal, me tue à petit feu, cette imagination m'est souffrance et se terminera par la mort... la mort, tu m'entends !

— Soigne-toi à l'eau ! ou bien fais-toi raser le crâne, mettre une camisole jaune et envoyer chez les « Bonifratry »[90] ; là-bas ils te guériront

---

[89] Longue rue transversant la Vieille Ville de Varsovie, habitée à l'époque par des artisans, commerçants et fonctionnaires aisés.
[90] Frères de l'Ordre hospitalier de Saint-Jean-de-Dieu, qui possédaient à Varsovie, dans la rue Bonifraterska, un établissement pour malades mentaux fondé au 18ème siècle.

certainement.

— Il est facile de se moquer quand on n'a jamais souffert soi-même.

— J'ai souffert, je vous jure, j'ai souffert... Bois-donc du cognac à ma santé. Une fois j'ai mangé « A l'Etoile » une côtelette qui a fait qu'après je suis resté au lit pendant une semaine, et me tortillais de douleur comme une anguille...

Ils s'écartèrent un peu vers le fond, tout au bout du buffet, à la fenêtre, et continuèrent à discuter. L'un se plaignait et récriminait, l'autre ne cessait de rire, mais bientôt on n'entendait plus rien, sinon le murmure fiévreux de Razowiec, ou la voix enjouée de Glas lançant à chaque instant :

— Bois-donc du cognac à ma santé !

Topolski se tenait avec Piesio dans l'embrasure de la porte du salon. Piesio penchait vers lui son beau visage triste, grignotant un sandwich et s'essuyant constamment la bouche avec son mouchoir coloré. Ses grands yeux bleu-vert erraient avec inquiétude sur la face immobile, anguleuse, de Topolski, indifférente et fermée à tout.

— L'art pour l'art !... Ne parle pas comme ça, ce n'est pas vrai... ça n'a pas de raison d'être sur scène. C'est comme si tu voulais ramener l'art à un misérable joujou pour quelques incapables, qui se délecteraient d'une telle sauce écœurante ; c'est comme si tu privais cet art de pulsions vitales, comme si tu voulais t'en abstraire, sortir de toi-même — de l'homme en tant que partie prenante d'une race et d'une société.

— Je n'en ai rien à faire. L'art n'est pas le reflet des turpitudes de telle race ou de telle société ; ce n'est pas un porte-voix dans lequel toutes sortes de ballots peuvent crier qu'il fait chaud, ou humide, qu'ils ont envie de manger ou de danser...

— C'est quoi alors, quoi donc ?... — chuchotait Piesio fiévreusement.

— C'est un monde à part et en soi, au-delà de tout ici-bas, et n'existant que pour peu de gens.

— Pas vrai, faux !... L'art n'est pas au-delà de tout, mais au-dessus de tout... quelque chose de plus haut, mais de même nature... c'est l'union de tout, car tout s'engrène, tout se joint et tout devrait être un : bien et conscience. L'art, c'est la nature même, rien que la nature, conscientisée en quelque sorte.

— Laisse tomber !... qu'en avons-nous à faire ? Le rideau tombera bien assez tôt et la farce de la vie se terminera ! — dit Topolski d'une voix rugueuse, dans laquelle vibrèrent des accents de dépit.

— Non, non !... Vivre, c'est justement agir, c'est répandre le talent par le monde, l'énergie, le sentiment... aider aujourd'hui les générations du futur.

— Tu déclames, Piesio ! Où sont passés ton stoïcisme, tes recommandations d'indifférence et ta recherche de paix intérieure, ton aristocratisme de l'âme ?

— Où ?... je me suis rendu compte que je pensais mal, que nous n'avons pas le droit de nous retirer avec mépris de la vie et de ses souffrances, que c'est pur égoïsme. Tu peux rire, mais je te dis que j'ai maintenant trouvé la vérité.

— Et si cela non plus ce n'est pas la vérité ?...

— Alors je la trouverai un jour... je chercherai et je trouverai...

— Avant, tu trouveras la mort, ou l'hôpital psychiatrique.

— Cela ne me fait pas peur du tout. Qu'adviendrait-il des victoires, si les soldats, par peur de la mort, se dispersaient avant la bataille dans toutes les directions du monde, dis-moi ?...

— Moryś ! — appela tout bas Majkowska, écartant la portière.

Topolski se pencha vers elle, qui lui susurra à l'oreille :

— Je t'aime !... tu sais ?... — et poursuivit son chemin, discutant avec Janka.

— ... Moi ça ne me fait pas peur, je sais au moins que je vis, j'ai un but... Les misères de ma vie personnelle ne m'atteignent qu'à moitié...

— Tout est bêtise, vanité ! Qu'ont-ils découvert, tous ces sages et ces chercheurs ?...

— Que dis-tu là !... ils ont découvert des mondes, des millions de choses, tout simplement bénéfiques. Compare l'état de l'humanité ne serait-ce qu'il y a un siècle — avec celui d'aujourd'hui, et tu verras des différences folles.

— Je ne vois pas que ce soit mieux ; c'est même pire, car ils sont plus nombreux ceux qui, comme toi, se démènent pour rien... mais laissons cela... j'ai des choses plus importantes à l'esprit... Piesio, puis-je compter sur toi au cas où je créerais ma troupe ? — dit-il en parlant plus bas.

— Toujours. Ce qui compte pour moi c'est d'être avec les gens, quitte à avoir des cachets moins importants. A partir de la saison ?

— Je ne sais pas encore avec certitude. Je vais te dire ça dans quelques semaines... mais motus... souviens-toi.

— Sois certain. Mais il me faudra un acompte, car j'ai des dettes.

Ils continuèrent à chuchoter tout bas, complotant ; afin de ne pas attirer l'attention sur eux, ils couvraient leur conversation de fréquents et bruyants éclats de rire.

Partout dans le salon se formèrent des groupes qui discutaient.

Cabiński ne cessait de courir, proposant à boire, servant lui-même, embrassant tout le monde.

Pepa était assise avec le rédacteur et Kotlicki, un des fidèles protecteurs du jardin-théâtre. Elle discutait de quelque chose avec animation et gaîté, car le rédacteur à chaque instant pouffait d'un rire discret, tandis que Kotlicki imprimait un sourire grimaçant sur sa longue face brune, véritablement chevaline, et tirait sur les pans de sa longue redingote. Tout ce qu'on savait de lui, c'était qu'il était riche et blasé.

Kotlicki écoutait assez patiemment, mais finit par demander sur un ton froid et neutre, se penchant vers Cabińska :

— Quand donc a lieu le point d'orgue de la pièce d'aujourd'hui, le souper ?

— Tout de suite... on n'attend que la propriétaire des lieux.

— Vous lui devez certainement un trimestre de loyer pour lui manifester tant d'égard — chuchota-t-il sur un ton moqueur et dégagé.

— Toujours et partout, vous ne voyez que le pire ! — lui dit-elle, le frappant avec une fleur.

— Aujourd'hui, les seules choses que je vois, c'est que vous êtes ravissante, que Majkowska a l'air d'une lionne, et que celle qui se promène avec elle... mais qui est-ce ?...

— Une choriste engagée de fraîche date.

— Et donc que cette débutante en art dramatique est magnifique par son naturel et à elle seule possède davantage de distinction que toutes les autres réunies, que Mimi aujourd'hui ressemble à un petit pain fraîchement sorti du four, comme lui blanche, ronde et rutilante ; que Rosińska a la figure d'un caniche noir tombé dans une caisse de farine et qui ne s'est pas encore bien secoué, et sa Zosia[91] a l'air d'une levrette fraîchement lavée et défripée... Kaczkowska ressemble à une poêle contenant du beurre fondu... Piesiowa[92] est une petite poule couveuse cherchant ses poussins égarés... Brzezińska, est pensive comme un grand C, quant à Glasowa on dirait un veau dans un arc-en-ciel ; comment diable a-t-elle pu se coller tant de couleurs ?

— Vous êtes un impitoyable moqueur !

— Il ne tient qu'à vous d'obtenir ma pitié : en accélérant l'arrivée du souper...

Il se tut.

La directrice racontait en détail le nouveau tour que Majkowska avait joué à Topolski.

---

[91] Diminutif de Sophie.
[92] La femme de *Piesio*.

Kotlicki, l'entendant, fronçait les sourcils avec impatience, car il n'aimait pas les ragots et était proche de Topolski.

— Dommage qu'on n'ait pas le droit de vous obliger, mesdames, à vous transpercer — au lieu des oreilles — les langues ; cela serait un droit très bénéfique pour le monde — dit-il malicieusement, se cachant derrière une bouffée de fumée et observant Janka qui continuait à déambuler en compagnie de Majkowska.

Toutes les deux étaient rayonnantes, car sentant toutes les deux que tous les regardaient. Janka avait une expression d'allégresse dans ses grands yeux, et sa bouche vermeille riait avec un tel naturel et une telle grâce, découvrant des dents superbes, que Kotlicki clignait des yeux de contentement. Elle penchait la tête avec naïveté et dévisageait Majkowska avec tant de simplicité qu'on percevait assez nettement un air d'incrédule curiosité dans son regard. Par moments seulement, une expression dure et obstinée lui passait dans le regard et à la commissure des lèvres ; à ces moments-là ses doigts trituraient machinalement et nerveusement les bleuets piqués sur son corsage. Cette occurrence, bien que fugace, n'échappait pas à l'attention de Kotlicki.

Władek parla assez longuement avec sa mère, tout en suivant Janka du regard. Elle l'impressionnait par son apparence de femme du monde. Il rencontra le regard de Kotlicki et tourna la tête, quelque peu confus.

Cependant Majkowska racontait divers épisodes de sa vie d'artiste, très libres et cyniques. Elle les soulignait parfois si expressivement du sourire acerbe d'une hystérique que Janka en éprouvait de la répugnance et c'est à ce moment que cette ombre dure passait sur son visage extraordinairement mobile.

Zosia Rosińska, une adolescente de quatorze ans, se joignit à elles ; c'était le type de l'enfant d'acteur, au museau maigre et allongé de lévrier, à la peau bleuâtre et aux yeux de Madone. Ses cheveux courts et calamistrés tremblaient à chaque mouvement de sa tête, ses lèvres toutes fines, minces, littéralement mordaient d'animosité en racontant avec fougue quelque chose à Majkowska.

— Zosia ! — cria énergiquement Rosińska.

Zosia les quitta et vint s'asseoir, chagrine et mauvaise, à côté de sa mère.

— Je te le dis toujours, interdit de parler à Majkowska ! — lui soufflait Rosińska, arrangeant les rouleaux sur la tête de sa fille avec une telle tendresse que celle-ci en poussa un sifflement de douleur et répondit doucement :

— Ne me cassez pas la tête !... Vous ne faites que m'ennuyer !... Moi j'aime mademoiselle Mela, car ce n'est pas un épouvantail comme d'autres — gazouillait-elle avec colère en souriant avec une naïveté enfantine à Niedzielska qui la regardait.

— Attends, on va s'expliquer à la maison ! — dit la mère, parlant encore plus bas.

— Bien, bien... on verra, maman !

Rosińska se tourna vers Stanisławski qui, ne buvant rien, était resté pendant tout le temps à ses côtés et discutait. Elle commença à faire des remarques sur Majkowska, avec laquelle elle était toujours en état de guerre, car elles avaient pratiquement le même répertoire, et de surcroît, Majkowska ayant du talent, étant jeune et belle, Rosińska était petit à petit évincée des rôles les plus importants. Cela la rongeait terriblement et elle en faisait des histoires pas possibles, car la jalousie et l'humiliation la consumaient. Elle endurait les indescriptibles souffrances d'une actrice qui commençait à manquer de force, de voix et de condition scénique, d'une femme vieillissante qu'on abandonnait, comme un outil devenu inutile — au profit d'une autre, plus jeune, plus talentueuse et plus belle.

Elle haïssait toutes les femmes jeunes, car en chacune d'elles elle pressentait une rivale, une voleuse lui arrachant ses rôles et son public.

Ah ! combien de fois avait-elle pleuré des larmes d'indicible douleur quand, dans un rôle où jadis elle faisait fureur, elle quittait à présent la scène sans bravos !... combien de nuits d'insomnie et de larmes amères lui coûtaient les succès de Majkowska — cela personne ne le savait.

Ces derniers temps elle s'était rapprochée de Stanisławski, car elle sentait qu'il vivait quelque chose de semblable ; il ne lui en avait pas parlé, ne s'était jamais plaint, mais à présent qu'il penchait vers elle son visage maigre, jaune, parcouru de rides toutes fines, pareilles à des cheveux, dans lequel flambaient lugubrement des yeux jaunâtres, qu'elle avait aperçu dans ces yeux une énorme et accablante inquiétude, une pensée follement affligeante, enfouie dans les profondeurs de son être, et lu sur ses lèvres bleuâtres cette expression amère, triste et infiniment meurtrie, elle était pratiquement sûre de ce qu'elle supposait :

— Pas seulement Majkowska... vous voyez bien que tous jouent !... quel théâtre ils font !...

— Avez-vous fait attention au jeu de Cabińska aujourd'hui ?

— Si j'ai fait attention ?... je vois ça tous les jours, je sais depuis longtemps ce qu'ils sont... longtemps !... Et Cabiński lui-même ?... un bouffon, un équilibriste, à qui de mon temps on n'aurait même pas confié le rôle d'un laquais !... Et Władek, un artiste, ça ?... Un bestiau qui fait de la scène un lupanar !... il ne joue que pour ses amantes ! Ses maîtres sont des savetiers et des coiffeurs, et ses coiffeurs et savetiers... des voyous des bords de la Vistule... Qu'introduisent-ils sur la scène ?... La canaillerie, la rue, le jargon, la fange... Et Glas, c'est quoi ?... Un poivrot dans la vie, passe encore, mais il n'est pas permis à un véritable artiste de traîner dans les cabarets avec la plus abominable des racailles ; il n'est pas permis à un artiste d'introduire sur scène des hoquets d'ivrogne, ni une brutalité vulgaire... Voyez Żółkowski dans *Le maître et le compagnon*[93] ; c'est le type, le type fini de l'ivrogne, interprété dans un sens large et classique ; on y trouve à la fois le geste, la pose, la mimique ainsi que de l'élégance... Et que fait Glas de ce rôle ?... il en fait un cordonnier sale, répugnant, ivrogne invétéré de la pire espèce. Quel art !... Et Pieś ?... Pieś ne vaut pas mieux, bien que marqué du sceau d'un bon artiste... mais c'est une misère, un éternel gâchis ; sur scène il a un humour pareil à celui des chiens[94] lorsqu'ils se battent à belles dents, mais pas un humour humain, ni un humour élégant... ni le nôtre !...

Il se tut pendant un moment et s'essuya les yeux de sa longue et maigre main aux doigts noueux.

— Et Krzykiewicz ?... et Wawrzek ?... et Razowiec ?... des artistes, ça ?... Tu parles !... Vous vous souvenez de Kaliciński ?... ça c'était un artiste !... du vieux Krzesiński, de Stobiński, de Felek[95], de Chełchowski ?... on pouvait faire tomber des murailles avec de tels artistes !... Que sont les nôtres à côté d'eux ?... — interrogeait-il, promenant un regard haineux sur l'assistance — que sont cette bande de savetiers, de costumiers, de rembourreurs, de coiffeurs... des comédiens, des saltimbanques, des bouffons !... Pff ! l'art part en quenouille ! Dans une paire d'années, quand nous serons descendus dans le trou, les scènes deviendront cabaret, cirque, ou dépotoir public.

Il se tut à nouveau, car la colère et une haine impuissante l'étouffaient.

— Vous avez vu ?... ils me donnent des rôles d'une demi-page : de vieillards, de vieux infirmes, à moi ! vous avez vu ? à moi, qui pendant quarante ans ai interprété tout le répertoire classique... à moi ! Ah ! ah !... sifflait-il en silence, s'écorchant les bras avec les ongles, souffrant

---

[93] Comédie en deux actes de Józef Korzeniowski (1797-1863), créée en 1847, dont l'un des interprètes connus fut l'acteur comique Alojzy Żółkowski dans le rôle du cordonnier-ivrogne Szarucki au Théâtre National de Varsovie.
[94] Les diminutifs de Pierre, *Pieś, Piesio*, ont aussi le sens de *petit chien, toutou*.
[95] Diminutif de Félicien.

sauvagement. — Topolski !... Topolski seul a du talent, mais qu'en fait-il ?... Un bandit, un cingalais[96], un épileptique sur scène, qui serait même prêt à y installer une porcherie si ces nouveaux auteurs en décidaient ainsi... On appelle ça du réalisme, alors que ce n'est que de la saloperie et de la dépravation !

— Et les femmes ?... vous oubliez les femmes !... Qui joue les amantes et les héroïnes ?... qui est dans les chœurs ?... des cousettes, des serveuses de bas étage... qui se sont fait du théâtre un paravent pour leur débauche. Mais ce n'est rien... les directeurs en ont besoin ; que leur importe de n'avoir ni talent, ni intelligence, ni beauté !... et elles jouent, elles jouent des rôles de premier plan ; elles jouent les héroïnes, et ressemblent à des femmes de chambre ou à ces filles qui font le trottoir !... Pourvu que les affaires marchent, pourvu que la caisse soit pleine, voilà ce qui compte ! — dit-elle en parlant avec précipitation ; une vague de sang lui afflua au visage, si bien qu'elle rougit en dépit de son épaisse couche de poudre et de blanc de céruse.

Ils se turent tous les deux, car la colère, la haine, la souffrance leur tordaient et rongeaient les tripes. Ils n'étaient pas en état de supporter, de comprendre et admettre que leur temps était passé, que de nouveaux arrivants et nouveaux concepts les poussaient vers la sortie ; que leur âge même les condamnait à l'impuissance dans cette lutte sinistre et acharnée qui se déroulait sans paroles et sans répit. Ils s'accrochaient aux dernières épaves, pareils à des naufragés. Ils blâmaient la mer de déformer sans cesse ses côtes par l'éternel flux et reflux de ses vagues. Avec un désespoir inexprimable, ils ressentaient leur impuissance, la décrue de leurs forces, sombrant dans les ténèbres de l'oubli...

Le régisseur, jadis fameux héros de plusieurs théâtres, la vieille Mirowska, qu'on gardait maintenant par protection, par égard pour son âge et son glorieux passé — complétaient ce camp de survivants de la vieille garde des acteurs, combattants d'un autre temps, du temps de la plus extraordinaire floraison de l'art théâtral — et regardant les temps présents d'un œil sombre... Ils se tenaient sous le pont d'un navire en perdition, et même leurs cris désespérés n'étaient entendus de personne.

Kotlicki fit signe à Władek et lui ménagea une place à ses côtés.

Władek, en passant, jeta un regard de feu à Janka et s'assit, se frottant le genou qui lui faisait mal quand il restait trop longtemps assis.

— Déjà des rhumatismes ?... alors que la gloire et l'argent sont encore

---

[96] Personnage au comportement extravagant, hurluberlu.

loin !... — commença Kotlicki en raillant.
— Eh !... je me fous de la gloire !... j'aurais plutôt besoin d'argent...
— Tu crois encore que tu vas en avoir un jour ?...
— Oui... j'y crois profondément. Par moment, j'ai l'impression que je l'ai dans ma poche.
— C'est vrai, ta mère a une maison.
— Et... six enfants, et avec ça des dettes par-dessus la cheminée !... Non, c'est pas ça !... Je le vois ailleurs, cet argent...
— En attendant, selon l'ancienne coutume, tu empruntes à qui mieux mieux, n'est-ce pas ?... — poursuivait Kotlicki en se moquant.
— Mais à vous je vais rendre, et même encore ce mois-ci, sûr.
— J'attendrai même la comète de mille huit cent douze[97] ; elle va repasser dans l'année...
— Ne vous moquez pas... Vous êtes carrément horrible avec vos moqueries. Vous ne feriez pas autant de tort aux gens avec un bâton qu'avec vos moqueries et votre cynisme.
— C'est mon arme ! — répliqua Kotlicki, fronçant les sourcils.
— Je vais peut-être bientôt me marier, et alors je rembourserai toutes mes dettes...
Kotlicki se tourna vivement, le regarda dans les yeux et se mit à rire de son rire silencieux, chevalin, assorti d'une amusante grimace.
— C'est une blague tout simplement géniale en tant qu'idée ; tu peux même y associer non seulement tes sœurs, mais aussi ta mère ; brevette cette idée et exploite-la...
— Sérieusement, je pense me marier... j'ai déjà quelque chose en vue : un immeuble sur le Krzywe Koło[98]... une demoiselle dans la vingtaine, petite blonde, potelée, mignonne, dégourdie... Si ma mère m'aide, je me marierai encore avant la fin de la saison.
— Et le théâtre ?...
— Je vais fonder une troupe... je ferai une telle concurrence à tous les directeurs qu'ils en deviendront dingues !...
Kotlicki se remit à rire.
— Ta mère est trop raisonnable et je suis sûr qu'elle ne se fera pas avoir, mon joli !... Qu'as-tu à lorgner ainsi cette crème de fille, hein ?
— Oh, c'est un joli coco, magnifique nana !...

---

[97] La fameuse comète dont parle Mickiewicz dans *Messire Thaddée*.
[98] Rue historique, proche du Vieux Marché de Varsovie, très animée et appréciée des artistes à l'époque.

— Oui, mais tes dents sont un peu trop fragiles pour une telle noix de coco. Tu ne la croqueras pas et tu peux y laisser une dent…

— Et savez-vous comment font les sauvages ?... quand ils n'ont ni couteau ni caillou sous la main, ils allument un grand feu, mettent la noix de coco dedans et elle s'ouvre d'elle-même sous l'effet du feu…

— Et quand il n'y a pas de feu ?... Tu ne réponds pas, petit malin ?... Eh bien ils s'écartent, se consolant en se rinçant l'œil et en pensant que d'autres vont leur venir en aide…

Leur conversation fut interrompue par l'arrivée de la propriétaire des lieux. Un brouhaha s'éleva. Cabińska alla à sa rencontre, la main tendue, rayonnant de majesté.

La propriétaire rapprochait de ses yeux ses binocles cerclés d'or et regardait tout le monde de haut.

— Très heureuse !... enchantée !... — répétait-elle avec un sourire doucereux, daignant tendre la main aux personnes que Cabińska lui présentait.

Elle prenait des airs de grande dame, froide, hautaine et indifférente, mais depuis ce matin était rongée par la curiosité de voir de plus près ces femmes qui faisaient tant parler d'elles, dont elle entendait raconter la vie avec l'indignation et l'inquiétude d'une femme élevée et demeurant dans un autre monde.

Cabiński courut vers elle, souriant, avec du vin et des gâteaux, mais Pepa invitait déjà tout le monde à se mettre à table pour le souper.

La propriétaire s'excusait pour son retard, mais sa voix ténue se perdait dans le vacarme de plusieurs dizaines de personnes se mettant à table. Elle s'assit à la place d'honneur, à côté de Pepa, de Majkowska et du rédacteur ; Kotlicki s'assit en bout de table, à côté de Janka, et Władek accourut pour s'introduire entre Janka et Zielińska.

Tous s'installèrent comme ils purent. Seul Krzykiewicz, bonhomme de petite taille qui jouait les personnages de roman noir, menton carré et barbe en pointe, resta en dehors des limites de la table et jouait le rôle d'assistant au maître de maison. A chaque instant, et chaque fois à un autre endroit de la pièce, apparaissait son visage jaunâtre, comme reconstitué à partir de morceaux recollés.

Janka regardait les visages s'animer peu à peu ; leur silence et leur raideur commençaient à se relâcher, leurs yeux à briller et miroiter.

Les candélabres d'argent, les bouquets, les corbeilles à fruits, les bouteilles — tout cela créait comme un maillage au travers duquel les visages des convives prenaient des couleurs de plus en plus marquées.

Après les premiers plats et les premières vodkas la gaîté commençait à poindre, on entendait déjà par endroits fuser discrètement un rire ou une plaisanterie.

Après le toast prononcé par le rédacteur en l'honneur de l'héroïne du jour, le vacarme éclata comme la crue brutale et irrésistible d'un torrent et inonda toute la pièce.

Tous se mirent à parler, rire, plaisanter en même temps. La boisson commença à voiler les cerveaux d'une brume de gaîté rose, coulant l'allégresse dans les cœurs.

Au milieu du souper on entendit sonner nerveusement dans l'entrée.

— Qui cela peut-il être ? — demanda Cabińska, parcourant la tablée du regard.

Il ne manquait personne.

— Nounou ! allez ouvrir.

La nounou s'affairait autour d'une table sur le côté, à laquelle mangeaient les enfants ; elle partit tout de suite et, ayant ouvert, revint.

— Qui est-ce ?...

— Personne, seulement ce jaunasse pas baptisé ! — dit-elle avec mépris.

Ceux qui étaient le plus près éclatèrent de rire en entendant cette dénomination.

— Mais c'est vrai, il manque Gold !... ce cher et inestimable Gold !

Gold fit son entrée et salua la compagnie, tirant sur sa barbe jaune, clairsemée.

— Comment vas-tu, pas baptisé !

— Tu as déjà fini le sabbat ?...

— Hé, le juif ! viens-ici, il y a une place casher pour toi.

— Caissier !... perle des caissiers, viens avec nous !...

— Pilier de la troupe !

Le caissier continuait à s'incliner et saluer tout le monde, ne faisant pas attention aux brocards désobligeants qui pleuvaient sur lui.

— Pardonnez-moi, madame la directrice, d'être en retard, mais ma famille habite Szmulowiznia[99], j'ai dû effectivement rester avec eux jusqu'à la fin de la fête.

---

[99] Ancien faubourg de Varsovie, en rive droite de la Vistule, incorporé à la capitale vers 1908. Son nom vient de Samuel (*Szmul*) Sonnenberg, riche homme d'affaires et banquier juif (ancêtre du philosophe Bergson), propriétaire des terrains au 18ème siècle. Le quartier était habité par une nombreuse population juive.

— Et tu as tellement aimé le *kugel* et la *szabasówka*[100] que tu ne t'es pas précipité pour venir à un souper catholique...

— Prenez place. Si vous ne voulez pas manger, vous pouvez au moins boire, pas vrai ? — l'invita Cabiński, lui ménageant une place à ses côtés.

— Gold s'installa précautionneusement, souriant à tous, alors que les moqueries, de plus en plus désobligeantes, et les regards méprisants s'abattaient sur sa tête bouclée de sémite.

Il n'y prêtait pas attention et se mit à manger. Il était d'une résistance routinière à ce genre d'attaques et d'offenses, qu'on ne lui épargnait jamais pour lui faire payer ses turpitudes d'usurier.

Lorsqu'on l'eut un peu oublié, il prit la parole.

— J'ai ramené les dernières nouvelles, car je vois que personne n'est encore au courant...

Il sortit un journal de sa poche latérale et lut à haute voix :

— « Mademoiselle Śniłowska, artiste talentueuse et bien connue des scènes de province, jouant sous le pseudonyme de « Nicoleta », a obtenu l'autorisation de faire ses débuts au théâtre de Varsovie. L'artiste se produira pour la première fois mardi prochain dans *Odette*[101] de Sardou. Nous espérons que la direction, en engageant Mlle Ś., aura fait une précieuse recrue pour la scène ».

Il remit le journal dans sa poche et continua à manger tranquillement.

Les convives furent abasourdis sur le coup, entendant une nouvelle si étrange.

— Nicoleta sur une scène varsovienne !... Nicoleta faisant ses débuts !... Nicoleta !?... — chuchotaient-ils à voix feutrée, stupéfaits, atteints et ébranlés à vif par la nouvelle qu'ils venaient d'entendre.

Tous tournèrent le regard vers Majkowska et Pepa, mais toutes les deux restaient silencieuses.

Majkowska avait une expression de mépris sur le visage, tandis que Pepa, ne pouvant dissimuler sa colère intérieure, tirait machinalement sur la dentelle de ses manches...

— Elle bénit certainement à présent ces incartades qui l'ont virée de chez nous ; cela l'a aidée — dit quelqu'un.

— Ou alors son talent !... — ajouta Kotlicki à dessein.

---

[100] Le *kugel* est une sorte de gâteau sucré ou salé et la *szabasówka* une eau-de-vie consommée les jours de sabbat.
[101] Pièce de Victorien Sardou (1831-1908) donnée en 1881 au Théâtre du Vaudeville, et qui trouvera un écho dans *Un amour de Swann* de Proust.

— Son talent ?... — s'écria Cabińska — Nicoleta du talent !... ha ! ha ! ha!... Mais elle était incapable de jouer une femme de chambre chez nous !

— Mais au Théâtre de Varsovie elle jouera des rôles différents.

— Le Théâtre de Varsovie ! le Théâtre de Varsovie ! c'est encore pire comme crèche ! — s'écria Glas.

— Hoho ! ce n'est pas n'importe quoi, le Théâtre de Varsovie et les acteurs qu'il y a là-bas !... pas n'importe quoi !... Dites ça à ceux qui ne le connaissent pas bien !... — criait Krzykiewicz, devenu tout rouge, et versant du vin à la propriétaire de la maison.

— Payez-nous pareil, et vous verrez qui nous sommes !

— C'est vrai. Pieś a raison... Qui peut penser uniquement à l'art, quand il lui manque toujours de quoi vivre, payer son loyer, quand il lui faut tous les jours se colleter avec la misère, est-ce que ça prédispose à bien jouer ?...

— Faux ! Cela voudrait dire qu'on peut faire du premier béotien venu un artiste, pourvu qu'on lui donne à manger ! — cria Stanisławski de l'autre côté de la table.

— La misère, c'est le feu qui consume le bois, la bourre et toutes les ordures, mais le métal noble en sort encore plus pur — disait Topolski en parlant avec rapidité.

— Paroles... Il n'en sort pas plus pur, mais davantage noirci par la suie et ensuite la rouille le ronge encore plus vite... La bouteille ne vaut pas quelque chose parce qu'elle a pu contenir le plus fameux des tokays, mais seulement parce qu'il y a plein de schnaps dedans, nom d'un chien !... — balbutiait indistinctement Glas.

— Le Théâtre de Varsovie ! Bonté divine ! mis à part deux ou trois individualités, il n'y a là-dedans que de la misère, dont personne n'a plus voulu en province !...

— Exactement, exactement, nom d'un chien ! des acteurs incapables de jouer une nouvelle pièce en deux jours, avec une seule répétition, qui ne viendront pas à bout de la moindre petite opérette !... Que les canettes les achèvent à coups de bec, nom d'un chien !... pour parler comme notre cher Cabiński. Messieurs, je demande la parole ! — criait Glas complètement ivre, voulant se soulever de sa chaise.

— Si la presse pouvait s'occuper de nous de la même façon, si elle nous faisait quotidiennement une telle réclame, si elle nous consacrait quotidiennement une demi-colonne !...

— Et alors ?... même dans ce cas tu ne serais toujours que Wawrzecki !

— Oui, mais le public en venant verrait que ce Wawrzecki n'est pas du tout pire, et peut-être même meilleur que ces vedettes patentées.
— Nom d'un chien, messieurs, je demande la parole ! — marmonnait Glas, s'efforçant vainement de s'extraire de sa chaise et de se maintenir sur ses jambes.
— Le public !... le public, c'est un troupeau de moutons : il court là où les bergers le mènent.
— Ne dites pas ça, Topolski...
— Ne dites pas le contraire, Kotlicki ! Je vais vous dire, le public est stupide, mais leurs bergers le sont encore davantage !... Et que voulez-vous qu'il vienne admirer, ça n'a pas de sens ! Le théâtre d'aujourd'hui, que ce soit celui de Cabiński, ou celui de Varsovie, ou la « Comédie Française » — c'est une crèche, un théâtre de marionnettes, une distraction pour enfants, ou pour la foule ! — disait Topolski à Kotlicki de l'autre côté de la table, souriant ironiquement.
— Et quel théâtre voulez-vous, vous ?...
— Nom d'un chien, messieurs, je demande la parole — bougonnait Glas de façon devenue presque inaudible, s'appuyant lourdement sur la table et contemplant le monde avec un regard embrumé.
— Glas, va te coucher, tu es saoul ! — lui dit sèchement Topolski.
— Moi saoul ?!... nom d'un chien, je demande la parole... moi saoul ?!... bougonnait Glas devenu tout rouge.
Des voix de plus en en plus passionnées s'élevaient contre le Théâtre de Varsovie. Un vacarme indescriptible s'installa dans la pièce. Mais on sentait dans toutes ces voix qui protestaient, se moquaient, reniaient, dans ces regards enflammés par le vin et la vodka, dans ces visages soudainement troublés, que ce Théâtre, haï en apparence seulement, était profondément ancré dans chaque crâne et que dans chaque cœur couvait en permanence l'aspiration à y être admis, que cette aspiration régnait sur leur âme, pareille au mirage de la terre promise.
On buvait de plus en plus et on changeait de place, au gré des préférences de chacun.
Władek prit place entre Majkowska et la propriétaire de la maison et se lança dans un flirt avec celle-ci.
Mimi, pompette et en verve, s'approcha de Kaczkowska, avec laquelle elle avait déjà commencé, depuis l'autre bout de la table, à échanger des regards et des paroles isolées, très aimables. A présent elles étaient assises l'une à côté de l'autre, se tenant par la taille et s'embrassant à chaque instant avec l'affection de deux amies.
Janka, qui ne répondait que laconiquement à Kotlicki car elle

regardait et écoutait les discussions avec la plus grande attention, voyant Mimi engagée dans une relation aussi affectueuse avec Kaczkowska, porta un regard étonné et dubitatif à Kotlicki.

— Vous êtes étonnée qu'elles s'embrassent ?... — dit-il.

— L'autre jour elles se sont disputées si affreusement, je pensais qu'il ne pouvait y avoir de concorde entre elles...

— Ah... ce n'était qu'une comédie, pas mal jouée dans l'ambiance du moment...

— Une comédie ?... mais monsieur, j'ai cru que...

— Qu'elles allaient se battre, car cela aussi arrive en coulisse aux meilleurs des amis. De quelle planète, par Dieu, êtes-vous tombée au théâtre pour vous étonner des gens et de leurs comédies ?...

— Je suis venue de la campagne, où l'on n'entend pratiquement rien sur les artistes, mais seulement sur le théâtre lui-même — répondit elle tout simplement.

— Je vous demande pardon... Je comprends maintenant votre étonnement et me permettrai de vous affranchir : toutes ces disputes, clameurs, intrigues, haines, bagarres même, ce ne sont que les nerfs, les nerfs et encore les nerfs ! qui vibrent en chacun d'eux au moindre contact, comme dans un piano désaccordé. Les larmes sont passagères, les colères passagères, les haines passagères, et les amours durent au plus une semaine. C'est la comédie des gens qui ont les nerfs à vif, jouée cent fois mieux que celle qu'on joue sur scène, car jouée instinctivement. Je me permettrai de donner la définition suivante : toutes les femmes au théâtre sont des hystériques, et les hommes, qu'ils soient grands ou petits — des neurasthéniques. Ici, mademoiselle, il y a de tout, sauf des gens — chuchota-t-il plus bas, promenant son regard sur tous. — Il y a longtemps que vous êtes au théâtre ?...

— C'est le premier mois.

— Pas étonnant que vous soyez encore étonnée, stupéfiée, irritée par toute chose ; que beaucoup de choses de ce que vous voyez ici vous scandalisent, et peut être même vous horrifient ; mais demain, dans un mois, quatre au maximum, vous n'y verrez plus rien de bizarre ; tout vous paraîtra alors ordinaire et naturel.

— C'est-à-dire que je deviendrai moi aussi une hystérique — saisit-elle joyeusement au vol.

— Oui. Je vous donne ma parole que je suis tout à fait sincère : oui ! Vous pensez qu'en ce monde on peut impunément exister et ne pas devenir ce que tous... c'est une nécessité de la nature. Et si nous développions un peu cela afin de mieux nous en convaincre, d'accord ?...

— Je vous écoute volontiers et ne dirai plus rien.

— Vous avez grandi à la campagne, vous devez donc connaître les forêts… Alors, s'il vous plaît, rappelez-vous les bûcherons : n'ont-ils pas en eux quelque chose de cette forêt qu'ils abattent en permanence, ils sont pareillement raides, deviennent forts, lugubres et indifférents. Après plusieurs années passées dans la forêt, ils ont non seulement dans leur allure, mais aussi dans leur regard cette dureté du bois et la silencieuse mélancolie de la végétation… Et l'abatteur de bétail ?... un homme qui tue en permanence, qui respire en permanence l'odeur de viande fraîche et de sang fumant, n'a-t-il pas ensuite les mêmes caractéristiques que le bétail par lui abattu ?... bien sûr que si, et je dirais que lui-même est bétail. Et les paysans ?... vous connaissez bien la campagne ?...

Janka fit un signe affirmatif de la tête et écoutait.

— Rappelez-vous les champs, verts au printemps, dorés l'été, gris-rouille, enveloppés de mélancolie — l'automne ; blancs, durs, sauvages solitudes — l'hiver ; voyez maintenant à quoi ressemble le paysan de sa naissance à sa mort. On parle du paysan moyen, normal. Le jeune paysan — ce sera un poulain sauvage, débridé, ce sera une force de la nature printanière. Le paysan dans la force de l'âge — c'est l'été, c'est un athlète, coriace comme la terre brûlée par le soleil de juillet, poussiéreux comme ses friches et ses prairies, lent comme la maturation des blés… L'automne correspond exactement au vieillissement du paysan, ce vieillissement désespéré, laid, aux yeux délavés, au teint terreux comme un premier labour, débilité, en lambeaux — comme la terre dont on a déjà arraché la plus grande partie de ses fruits, si bien que seuls jaunissent çà et là les fanes dans les champs de pomme de terre ; il se prélasse contre les banquettes[102] de terre autour des maisons, ne pense pas, n'attend pas, ne se réjouit pas… déjà petit à petit il retourne à la terre, qui elle-même s'engourdit après les récoltes et s'immobilise dans la pâle lumière du soleil, silencieuse, pensive et avide de sommeil… Puis vient l'hiver ; le paysan se couche dans un cercueil blanc, en chaussures neuves et chemise propre, dans cette terre qui un beau matin comme lui s'est endimanchée de neige et s'est endormie, cette terre dont la vie l'a fait vivre, qu'il aimait sans le savoir et sauvagement, qu'il accompagne dans la mort, froid et dur comme ces labours décapités par le gel, qui l'ont fait vivre. Mademoiselle ! ce n'est pas un homme comme nous, il ne s'est pas

---

[102] Les *przyzby*, sorte de talus de terre ou d'appentis, parfois pourvus de bancs, qui ceinturaient le soubassement en dur des chaumières paysannes.

émancipé de la terre, il en a gardé toutes les caractéristiques intactes et la terre l'a modelé à son image...
   Il se fit pensif pendant un moment, puis poursuivit :
   — Et vous, mademoiselle, vous voudriez rester au théâtre, jouer, être actrice sans devenir hystérique... c'est impossible ! Vivre au milieu de fantasmes, devoir tous les jours reproduire sur cette surface mouvante que sont les impressions, des personnages, des sentiments et pensées toujours différents, au milieu de stimulations, d'atmosphères, d'enthousiasmes, de souffrances, d'exaltations et d'amours, de meurtres et de sacrifices factices — cela doit métamorphoser tout homme, détruire son ancienne personnalité, réformer ou plutôt ramollir son âme au point que tout puisse s'y imprimer. Vous devez être caméléon : sur scène — pour l'art, et puis ensuite dans la vie — nécessairement, car vous ne sauriez être autre... L'artisme, c'est cette folle agilité de la réceptivité intellectuelle et sensitive, qui absorbe tout et se déverse sur tout, et qui tend essentiellement à nous faire perdre notre moi. Où peut-il y avoir de la place ici — je parle des acteurs — pour une vie spécifique, pour une conscience plus générale et quelqu'équilibre, quand tous les états d'âme de la scène se mélangent avec les siens propres, si intimement qu'on ne sait plus où commence son propre *moi* et celui du comédien, de l'artiste, c'est-à-dire : l'imaginaire ?... C'est pourquoi ces gens vivent des restes d'un moi distendu, sont comme l'ombre d'eux-mêmes...
   — Autrement dit, pour parler simplement, il faut dégénérer pour pouvoir devenir artiste — compléta Janka.
   — Oui, sans enthousiasme il n'est pas d'art ; sans une certaine dose d'abnégation il n'y a pas d'artiste !... Mais pourquoi vous dis-je cela ?... A celui qui s'apprête à faire un long voyage on ne devrait pas signaler d'avance tous les dangers, car cela pourrait empêcher...
   — Moi je crois que la conscience de ces dangers fortifie.
   — Jamais. Elle affaiblit... oui, le raisonnement affaiblit la volonté. Voir tout d'un seul coup, cela équivaut à ne rien voir, à s'arrêter à mi-chemin et regarder autour de soi, ne sachant que faire... Le mieux est de ne rien savoir, de n'avoir que la force d'avancer...
   — On peut alors présumer de ses forces et tomber à mi-chemin...
   — Et alors ?... d'autres, différents, arriveront certainement au bout et se convaincront que ce n'était pas la peine de partir... que ce n'est pas la peine d'aspirer à quoi que ce soit, de consentir le moindre effort, de verser la moindre larme, d'endurer le moindre désagrément... car tout est illusion et illusion...
   — J'ai peur de comprendre... — chuchota Janka.

— Il vaudrait mieux, mademoiselle, ne jamais comprendre, ne jamais demander, pour quoi faire et pourquoi ?... Mieux vaut être bestiau qu'homme, croyez-moi...

Ils se turent.

Janka éprouva une sensation de froid et de malaise ; elle méditait ses dernières paroles — et cette vieille peur devant quelque chose d'inconnu, peur qui remontait à Bukowiec, la pénétra, mais elle s'efforçait de s'en débarrasser — et munie de force cierges — s'envolait dans un immense lointain, plein de silence et de bonheur...

Kotlicki posa un coude sur la table et plongea le regard dans les petites carafes de cristal contenant de l'eau de vie. Il se versait verre sur verre, buvait et tomba dans une prostration qui l'étreignait douloureusement, sourde et inquiétante... La conversation avec Janka l'avait fatigué — il avait raconté son affaire, mais s'en voulait d'avoir eu tant envie de parler. Son visage jaune, grêlé de taches de rousseur et surmonté de cheveux courts et rougeâtres, dur dans son expression, anguleux, ressemblait, en se reflétant sur l'écarlate de la carafe d'eau de vie, à la tête d'un cheval.

En observant Janka, il sentait monter en lui une colère silencieuse, car il voyait sur son visage tant de force, de vigueur intérieure, d'aspirations, de rêves et d'espoir, qu'il murmura avec une sourde amertume :

— Pour quoi faire ?... pour quoi faire ?...

Il vida un autre verre, de vin, s'absorbant dans l'écoute du vacarme général.

C'était devenu un tumulte d'ivrognes. On entendait des voix rauques, les visages étaient rouges et les yeux brillaient au travers d'une brume bleuâtre d'étourdissement éthylique, et plus d'une bouche balbutiait de façon indistincte et chaotique. Tous parlaient, n'ayant cure d'être écoutés ; tous argumentaient avec force, se disputaient bruyamment, juraient sans façon, criaient ou riaient sans raison, avec des explosions sporadiques de brutalité animale...

Les bougies achevaient presque de se consumer ; on les remplaça. L'aube grise du jour naissant s'introduisait en fines raies par les stores en joncs et nuançait de gris la lumière des bougies.

On commençait à se lever de table et s'égailler dans les différentes pièces.

Cabińska, suivie de quelques femmes, se rendit au boudoir pour prendre le thé que l'on avait commencé à servir.

Dans la première pièce on avait installé en hâte quelques petites tables pour jouer aux cartes.

Seul Gold était encore attablé et mangeait en racontant quelque chose à Glas, qui était tellement ivre qu'il avait peur de quitter sa chaise et de tomber.

— Ce sont de pauvres gens... Ma sœur est veuve et a six enfants ; je l'aide comme je peux, mais est-ce que je peux beaucoup ?... et les enfants grandissent et réclament de plus en plus — racontait Gold.

— Tu n'as qu'à nous escroquer davantage, nom d'un chien !... prélève des intérêts plus importants pour venir en aide à tes youpins.

— L'aîné va faire médecine, le suivant va à la boutique, et les autres c'est encore de la marmaille, tellement chétive, maladive, que ça fait peur !

— Noie-les, comme des chiots, nom d'un chien !... Noie-les et basta ! — marmonnait Glas, au seuil de l'inconscience.

— Vous êtes très saoul... — chuchota Gold avec mépris. — Vous n'avez pas idée, quels enfants ce sont !... quels enfants chéris, bons ! Je ne peux jamais m'extraire de là-bas...

— Marie-toi, tu auras des mioches à toi, nom d'un...

Le hoquet commença à le tourmenter.

— Je ne peux pas... je dois d'abord caser ceux-là — murmurait Gold, prenant une tasse de thé dans ses deux mains et buvant à petites gorgées. — Je dois en faire des hommes — ajouta-t-il et ses yeux s'embrumèrent de la joie profonde de cet amour.

Krzykiewicz en passant heurta Gold avec une telle force que celui-ci poussa un cri aigu de douleur, tout en souriant à la pensée de ses petits neveux réunis.

Krzykiewicz, des plus lucides car il ne pouvait jamais être ivre, ne s'excusant même pas auprès de Gold, poursuivit sa course.

Il s'approchait des petits groupes qui s'étaient formés, baissait sa tête en pain de sucre, leur jetait quelques paroles en pâture, et allait plus loin. Il cancanait ; racontait des horreurs sur la magnificence de Cabiński et répandait en secret la nouvelle que Cicpiszewski créait une troupe, sous-entendant qu'il en savait plus long.

— Je sais à coup sûr que si vous vous engagiez chez lui, il vous remettrait toute la direction entre les mains — susurra-t-il à l'oreille de Topolski.

— Vous pouvez la prendre, car moi je ne serai jamais avec Ciepiszewski.

— Pourquoi ?... Un type qui a de bonnes intentions, et des moyens encore meilleurs... cachets assurés...

— Parce que Ciepiszewski est un ballot, parce que Ciepiszewski crée une troupe uniquement pour avoir un harem et le titre de directeur. Pigé, monsieur Krzykiewicz ?...

— Pigé, monsieur Topolski, qu'en ajoutant rien à rien, on n'obtiendra toujours que rien, ce qui ne vaut pas la peine qu'on s'y intéresse, mais l'argent reste l'argent.

Topolski lui tourna le dos et partit prendre un verre de soda.

C'était l'effervescence partout, comme dans une ruche lorsqu'un jeune essaim s'apprête à s'envoler dans la nature.

Toutes les passions qu'on avait réfrénées, les jalousies, les disputes et les tracasseries, remontaient irrésistiblement à la surface. On parlait haut et fort, on condamnait sans indulgence, on calomniait sans pitié, on écrabouillait et raillait sans charité. A présent ils étaient eux-mêmes : personne n'avait de masque et ne se confinait dans le cadre d'un rôle unique ; tous jouaient des milliers de rôles. La comédie des âmes trouvait ici sa scène, ses spectateurs et ses acteurs, souvent géniaux.

Janka, un peu grisée par le vin qu'elle avait bu et cette nombreuse assemblée, discuta théâtre avec Wawrzecki. Il se pâmait presque de rire, tant elle lui paraissait naïve dans ses points de vue.

Puis Janka se promena dans les différentes pièces, regardant jouer aux cartes, écoutant les discussions et controverses les plus diverses, mais sentait cependant qu'il lui manquait quelque chose pour être tout à fait heureuse.

Elle avait jadis rêvé de ce monde et de ces gens, au milieu desquels elle évoluait à présent ; elle avait tout cela, mais il lui sembla que ce n'était pas encore cela, que ce qu'elle s'était forgé dans son imagination était cent fois plus grand et plus puissant, et devrait lui apporter une satisfaction plus profonde. A ses yeux, tous ces gens, mis à part le seul Kotlicki, qu'elle avait oublié, étaient pareils au public. Elle n'arrivait pas à voir en eux des artistes. Sowińska l'avait déjà affranchie à propos d'eux, expliquant avec un malicieux contentement que seuls Topolski et Pieś étaient on ne sait quoi avant de faire du théâtre, et que les autres c'étaient des ex-artisans, des employés, des épiciers, etc.

Cela rabaissait à ses yeux leur valeur d'acteurs. Il lui revint en mémoire une scène du *Songe d'une nuit d'été* de Shakespeare.

— Moi je suis la Lune ! et moi le Lion ! — disait un brave menuisier, voulant en vain imiter le caractère menaçant et majestueux du roi du désert.

— Ce sont les mêmes, les mêmes ! — murmurait-elle, observant la troupe d'un regard inquisiteur. — Shakespeare se serait-il moqué en connaissance de cause de tout ce monde, et voyant les efforts de ces natures grossières et frustes, aurait-il dit que tous se ressemblent et ne sont rien d'autre aux yeux du véritable artisme ?... Tout cela ne serait que volonté d'incapables, inconsciente aspiration d'aveugles vers la lumière du soleil ? — pensait-elle avec une certaine amertume et regardait à nouveau ; elle eût voulu apercevoir ne serait-ce qu'un bout d'aile sur un dos, ne serait-ce que le reflet évanescent de quelque chose d'infini dans les yeux de l'une quelconque de ces personnes ; mais ne voyait qu'une masse, qui semblait dire :

— Moi je suis le Mur ! Moi je suis la Lune ! Moi je suis Pyrame ! Moi je suis le Lion !... Ne craignez rien, nous sommes de braves gens à qui, Dieu sait pourquoi, on a demandé de jouer la comédie ! Silence ! Moi, le Lion, je vais rugir tout de suite !...

Oui, c'étaient des tailleurs, des savetiers, des rembourreurs, des serveurs, des midinettes, des épouses ayant fui leur mari et à qui quelque chose, quelque fatalisme, commandait de jouer la comédie... Oui, c'étaient des cerveaux étriqués, des individualités médiocres, des cœurs mesquins — une masse noire ; mais dans cette masse, amassée de tous les horizons de la vie, il y avait tant d'amour et d'enthousiasme pour la scène et le théâtre, ils s'étaient tant épris de cette chimère, qu'ils quittaient leurs ateliers, leurs boutiques, leur confort relatif, leurs maris et leurs enfants, leur renom, le monde dans lequel ils avaient grandi et, n'ayant cure de rien, suivaient le char triomphal de Melpomène[103].

Ils ne raisonnaient pas comme les Topolski et les Pieś sur ce qu'était l'art... mais donnaient leur vie pour cet art, lui consacrant leurs cerveaux et leurs cœurs, étaient ses esclaves inconditionnels et pour toujours. Pour lui, ils supportaient la misère, souffraient pour lui, cessaient pour lui d'être des humains...

C'étaient peut-être des âmes mauvaises, perverses, brutales, de ces âmes que, sur le foirail du monde, on saluait d'un sourire de dédain et quasiment de mépris ; mais, en dépit de cela, ces âmes étaient supérieures, ne serait-ce que parce qu'elles n'étaient pas poussées vers le théâtre par le vulgaire instinct de lucre, qu'elles se battaient pour une idée que même leurs cerveaux ne pouvaient se représenter clairement.

C'étaient des âmes supérieures car elles répondaient à l'appel de la nature — et souffraient.

Janka s'éveilla de sa méditation, Kotlicki se tenait auprès d'elle, une tasse de thé à la main ; souriant de son sourire blasé et amer, il se mit à

---

[103] Une des neuf Muses, traditionnellement patronne des chanteurs et des tragédiens.

parler :

— Vous observez la troupe ?... C'est vrai, quelle énergie dans tous leurs mouvements, quelles âmes fortes en ce moment ; si l'on pouvait rassembler toutes ces tensions nerveuses dans quelque réservoir, on pourrait créer une puissance de quelques chevaux-vapeur, une puissance dilapidée en bavardages.

— Votre malice elle aussi a sa force... — lui dit Janka lentement, car il commençait à l'agacer.

— Et s'épuise en commérages et railleries... — c'est ce que vous vouliez dire ?...

— Oui, presque, pour le dire brièvement, l'un et l'autre c'est...
Elle hésita.

— Quoi ?... je vous en supplie, dites-le... j'adore quand les femmes... ne mentent pas.

— ... Du flirt assez ennuyeux et assez vulgaire — dit-elle rapidement.

— Oh, c'est fort ! c'est fort !... J'attends avec curiosité la suite de votre gazouillis.

— Je n'avais que ça à dire. Je l'ai dit sincèrement, car je n'aime pas les limonades plus ou moins aromatisées de banalités mondaines... J'aime voir et parler directement, j'ai horreur du flirt en toute chose et j'ai l'habitude d'aller à droite ou à gauche, pourvu que je bouge.

— Remède en or que l'équilibre des sages ; ce n'est qu'en lui qu'on perçoit le tout.

— Allons donc ! c'est un endroit pour les incapables sans volonté, sans force, sans envie de faire quelque chose, préférant rester spectateurs et étaler leur science avec des observations collectées à distance. A ceux-là, il leur semble qu'ils voient bien le tout, alors qu'ils ne voient que des images — disait Janka avec conviction et emportement.

— Très fort, très fort !... je veux bien croire que c'est la voix de la sincérité — chuchotait Kotlicki en souriant.

— Il me semble qu'on devrait toujours se trouver dans un camp ou dans un autre et aspirer à quelque chose, faire quelque chose, travailler en y mettant toute son âme, et vivre passionnément...

— Et s'illusionner bêtement que cela nous mènera à quelque chose — acheva Kotlicki.

— Non, ne pas se soucier de savoir où cela mènera, pourvu que cela ne mène pas à l'ennui.

— Mademoiselle, cela aussi est du flirt, mais dans un autre registre. Je suis curieux de savoir à quoi vous mènera cette passion ; ce que vous obtiendrez avec votre énergie démesurément attisée.

— Peut-être obtiendrai-je ce que je veux obtenir — répondit-elle, mais déjà plus bas car une espèce de grisaille voila sa pensée d'une appréhension immensément subtile face à quelque chose d'inconnu.

— Nous verrons, nous verrons... — dit-il, traînant sur les mots, posa sa tasse sur le guéridon, puis prit congé de Janka et sortit discrètement.

Dans l'entrée, lorsqu'un Wicek endormi lui tendit son manteau, il entendit derrière le paravent le chuchotement monotone de petites voix enfantines. Il inclina la toile et vit les quatre garçons[104] de Cabiński, agenouillés et en chemise de nuit, chuchotant leur prière avec la nounou.

Une petite lampe à huile, brûlant devant une icône placée au-dessus du lit de la nounou, éclairait faiblement ce groupe d'enfants et cette vieille femme aux cheveux gris, qui humblement se penchait vers le sol et se frappait avec force la poitrine, chuchotant d'une voix larmoyante :

— « Agneau de Dieu, qui enlèves le péché du monde ! »

Les enfants répétaient de leurs petites voix ensommeillées et se frappaient la poitrine de leurs petits poings.

Il regarda, étonné, et se retira doucement et sans rire. Ce n'est que dans l'escalier, comme en réponse à ce tableau et aux dernières paroles de Janka, qu'il murmura :

— Eh bien ! Nous verrons, nous verrons...

Janka se rendant au boudoir fut arrêtée en chemin par Niedzielska et entraînée de toute force dans une discussion, à laquelle se joignit ensuite également Władek.

Tous commençaient à se séparer pour rentrer chez eux.

— Vous habitez loin ? — demanda Niedzielska.

— Sur le Podwale[105], mais dans une semaine au plus tard je déménage sur le Widok.

— Ça tombe bien, nous allons rue Piwna, on va faire la route ensemble.

Et ils sortirent aussitôt.

Niedzielska prit Janka sous le bras, Władek marchait sur le côté, un peu contrarié de devoir reconduire sa mère ; il jurait in petto, et à voix haute faisait des remarques mélancoliques sur le petit matin.

Un calme absolu régnait dans les rues.

L'aube avait blanchi les obscures profondeurs de l'horizon, les maisons commençaient à se dessiner assez distinctement. Les réverbères

---

[104] Cabiński est censé avoir quatre enfants, dont l'aînée est une fille ?
[105] Rue longeant les remparts de la Vieille Ville.

éclairés au gaz, tels un cordon doré aux nœuds blafards, s'étiraient en une ligne infinie, semant leur poussière blonde sur les trottoirs couverts de rosée et les murs gris des immeubles. La brise fraîche, vivifiante, de cette matinée de juillet parcourait les rues et les imprégnait d'une étrange et tranquille beauté. Les maisons et les rues, silencieuses, étaient encore plongées dans le sommeil de la nuit ; on sentait que tout autour les gens dormaient encore, qu'alentour les rêves battaient de leurs ailes et déroulaient leurs essaims dans l'éclat cendré de l'aurore.

Silencieux, ils reconduisirent Janka à son hôtel ; Niedzielska, prise d'un accès d'amabilité, l'embrassa et ils se séparèrent.

VI

— Vous serez bien ?...
— Je pense que oui. C'est calme et clair, cela me suffit... Qui habitait ici avant moi ?
— Mademoiselle Nicoleta. Elle est à présent au Théâtre de Varsovie, ça aussi c'est un signe.
— Elle n'y est pas encore tout à fait. Ils peuvent encore ne pas l'engager...
— Mais ils vont le faire... Mademoiselle Śniłowska s'y connaît ; elle saura se débrouiller. Majkowska et Cabińska réunies ne l'ont pas mangée, la province pendant six ans ne l'a pas mangée, alors plus rien ne saurait la manger ! — disait avec une profonde conviction Mme Anna, la fille de Sowińska, chez qui Janka venait justement d'emménager.

C'était une femme de vingt-quatre ans, ni laide, ni belle, aux cheveux et aux yeux de couleur indéfinie, mais d'une maigreur vraiment bien définie, et d'une méchanceté infinie.

Elle tenait un magasin de costumes sous l'enseigne Mme Anna, qui brillait en énormes lettres dorées au-dessus de la boutique. Elle s'appelait dans le civil Stępniak[106], et c'est probablement pour cette unique raison qu'elle apparaissait sous une enseigne française. Elle habillait principalement des actrices et des femmes du demi-monde. Elle avait une douzaine de demoiselles dans son atelier et un mari qui soi-disant travaillait dans un bureau, mais le plus souvent traînait dans les salles de billard et écumait toutes les tavernes. Ils n'avaient pas d'enfants, ce que lui reprochait en permanence et vertement sa mère — Sowińska, dont tous les deux avaient une peur bleue, car elle régentait tout son monde et lui tenait la bride haute.

Mme Anna avait encore cette vertu que, bien que vivant des actrices et recevant souvent des places de théâtre gratuites, elle n'y allait jamais et avait horreur des artistes. En cela, son mari lui emboîtait le pas avec la plus totale sincérité. Il en résultait très souvent des scènes avec la mère, mais pour la vieille il n'était même pas question d'arrêter le théâtre.

Elle s'était tellement enracinée dans le théâtre qu'elle ne pouvait s'en extraire, et Mme Anna attrapait des jaunisses de honte que sa mère fût

---

[106] Patronyme populaire, faisant penser à *stępak*, quelque chose comme « bourrin » ?

costumière de théâtre. Elle était avare à vous dégoûter, sotte, dépourvue de compassion et jalouse...

Elle examina la garde-robe de Janka avec une malice mal dissimulée.

— Il faut retoucher tout ça, le refaçonner, car ça sent sa province paumée à un mille — tel fut son verdict. Janka commença à discuter, affirmant qu'on pouvait souvent voir de telles coupes dans la rue.

— Oui, mais qui porte ça, si vous faites attention : des femmes d'épiciers, ou de savetiers : une femme qui se respecte ne mettra pas de telles nippes !

— Alors faites tout retoucher, bien que pour moi ça n'ait aucune espèce d'importance. Je peux vous payer tout de suite ces retouches en même temps que le loyer du premier mois.

— Rien ne presse. Vous avez surtout besoin de vous acheter quelques costumes, voilà le plus urgent.

— Pour l'instant ça ira...

Elle paya trente roubles pour le premier mois, comme convenu avec Sowińska.

— Je me suis installée pour de bon — dit-elle plus tard à la vieille qui était venue la voir.

— Comme si c'était pour longtemps ! Dans deux mois on déménage à nouveau... Une vie de bohémien, d'une voiture dans l'autre, d'une ville à l'autre... Ne jamais réchauffer une place, ça aussi c'est un plaisir !...

— Peut-être qu'un jour on pourra se poser quelque part pour de bon...

Sowińska sourit lugubrement et dit tout bas :

— C'est ce qu'on pense au début, et ensuite... ensuite tout va au diable et cela se termine par un vagabondage jusqu'à la mort... On s'y dégueulasse comme un chiffon et crève quelque part sur le grabat d'un hôtel.

— Tous ne terminent pas ainsi ! — répondit gaîment Janka, ne prêtant pas attention à ses paroles, car elle était occupée à sélectionner et mettre en place divers bibelots.

— De quoi riez-vous donc ?... ce n'est pas risible du tout !... — s'exclama Sowińska avec emportement.

— Est-ce que je ris ?... je dis que tous ne terminent pas ainsi, car c'est bien comme ça...

— Mais tous devraient terminer ainsi, tous ! — cria-t-elle avec colère et sortit.

Janka ne pouvait comprendre ni sa violente colère, ni ses dernières paroles. Elle continuait à déballer toutes sortes d'objets, mais entendit dans la pièce voisine, occupée par Sowińska, quelqu'un marcher rapidement, remuer des affaires, et jurer à haute voix.

Les jours passaient inexorablement et, comme les vagues d'un flux éternel, battaient les bords de l'infini, s'y brisaient et sombraient doucement dans l'abîme du temps, entièrement, au point que la trace de leur existence ne subsistait que dans le cœur des hommes.
Janka s'assimilait le théâtre de plus en plus profondément.
Elle allait régulièrement aux répétitions, ensuite avait deux heures de cours chez les Cabiński, puis venait dîner, préparait ses tenues pour le spectacle et repartait vers huit heures au théâtre.
Les jours où on ne donnait pas d'opérettes et que les chœurs étaient libres, elle allait au Théâtre d'été et là, entassée dans le poulailler, elle passait des soirées entières à rêver. Elle dévorait des yeux les actrices, leurs mouvements, leurs costumes, leurs mimiques, leurs voix. Elle suivait l'action de la pièce avec une telle attention, qu'ensuite elle était capable de se la dérouler en pensée avec une parfaite précision et que parfois, une fois rentrée du théâtre, elle allumait des bougies, se positionnait devant le grand miroir que Mme Anna lui avait fait installer et répétait la scène qu'elle avait vue, repérant attentivement chaque tressaillement de son visage, essayant les poses les plus diverses, mais n'en éprouvant que rarement de la satisfaction.
Les pièces qu'elle voyait ne l'enthousiasmaient pas du tout ; elles la laissaient froide et l'ennuyaient. Les drames bourgeois, les éternels conflits du cœur et de la morale, le flirt, qu'affectionnaient les auteurs, ne la réchauffaient pas. Elle répétait froidement leurs phrases et s'arrêtait en plein milieu d'une scène pour aller se coucher. Toutes ces pièces du répertoire contemporain étaient trop mesquines pour elle.
Personne n'était au courant, car elle n'aimait pas se confier et n'avait pas d'amie parmi ses collègues, avec lesquelles elle entretenait des rapports assez distants. Elle leur écrivait des lettres, écoutait patiemment leurs éternelles confidences et secrets, mais elle-même ne se livrait pas. Elle se sentait presqu'aussi seule qu'à Bukowiec, il lui semblait que cette faune humaine qui l'entourait lui était plus lointaine, plus étrangère que les hêtres et les pins de là-bas.
Elle parla d'un rôle à Cabiński à l'occasion de la distribution d'une nouvelle pièce.
Il se débarrassa d'elle en restant évasif.
— Nous pensons à vous, mais il faut d'abord que vous vous familiarisiez avec la scène... Nous allons jouer quelque mélodrame, ou une

pièce populaire, vous aurez alors un rôle plus important...
 En attendant, ils ne jouaient que des opérettes, car elles faisaient salle comble.
 Elle affichait un sourire en réponse, bien que déchirée d'impatience, mais elle avait déjà appris à se maîtriser et à porter le masque d'une souriante indifférence. Elle se consolait à l'idée qu'elle devait bien en finir un jour avec ces chœurs, que viendrait ce moment où elle pourrait jouer.
 Et elle fermait les yeux à moitié, avec volupté, car se transportant dans cet avenir à la vitesse de l'éclair, se voyant déjà sur scène dans un rôle énorme ; elle voyait le regard magnétique des foules, sentait le battement des cœurs, et souriait avec langueur à ce tableau.
 Les moments où elle chantait en chœur sur scène, ou quand « elle faisait la foule », étaient pour elle des siècles entiers de rêves. Elle captait avec avidité les murmures de contentement et les cris d'enthousiasme du public. Comme alors elle jalousait follement ces bravos et ces applaudissements ! comme si elle craignait qu'il n'en manquât pour elle à l'avenir, que présentement ils la spoliassent, en quelque sorte.
 Peu à peu elle s'imprégna de l'atmosphère dans laquelle elle vivait.
 Et ce public si étrange, si capricieux, que certains taxaient de bêtise, de manque total de bon goût et d'aspirations supérieures, d'autres d'indifférence, et à qui tous rendaient hommage, devant lequel tous s'aplatissaient, tremblaient et quémandaient ses grâces, ce public la pénétrait même de colère. Curieux était le comportement de Janka à son égard. Elle s'habillait avec beaucoup d'élégance pour la scène, uniquement pour attirer l'attention sur elle ; elle s'avançait souvent jusqu'au-devant de la scène, prenait la pose la plus avantageuse, mais que de fois, sentant le regard de la foule se poser sur elle et la pénétrer d'un frisson d'excitation, elle reculait vite vers l'arrière, en colère.
 — Des savetiers ! — murmurait-elle avec mépris, se maintenant dans l'ombre pour le restant de la soirée.
 Dans les loges, elle ne s'effaçait devant personne, les choristes se soumettaient docilement, car elles sentaient en elle quelque force supérieure, en avaient peur, sachant qu'elle entretenait des rapports étroits et constants avec la direction — elles étaient impressionnées par le fait que Władek lui courait après ostensiblement, tandis que Kotlicki, qui auparavant ne venait que ponctuellement en coulisse, y stationnait à présent tous les jours pendant toute la représentation et discutait avec elle, toujours sans haut-de-forme sur la tête. Elle était enveloppée d'une imperceptible nuée d'inconscient respect, car même s'il se racontait toutes sortes de suppositions la concernant à propos de Kotlicki, elles n'osaient

lui en en parler directement.

Au début, elle s'accrocha aux actrices, voulut nouer avec elles des relations plus étroites, mais en fut découragée, car chaque fois qu'elle commençait à parler théâtre et art avec elles, elles restaient silencieuses ou se mettaient à raconter leurs triomphes, leurs agapes, les rôles où elles s'étaient distinguées, leurs jubilés, et du reste, que pouvaient-elles savoir de l'art ?... Elles se traînaient derrière ce chariot de Thespis[107], rêvant de bravos et de gros acomptes, fatiguées de leur vie, toujours assaillies par les soucis de l'existence, absorbées par leur lutte permanente contre tout ; elles écoutaient en raillant les emportements de cette enthousiaste de Janka. Elles se moquaient de ses rêves et de ses points de vue, car en général elles ne savaient pas rêver, ne savaient que vivre, là où Janka, elle, rêvait.

En revanche, le vieux Stanisławski et le régisseur étaient ses amis sincères. Que de fois pendant les répétitions allaient-ils ensemble là-haut dans les loges vides, ou bien aux abords de la scène encombrés de toutes sortes de vieilleries, et lui racontaient l'histoire de leurs théâtres, des gens et d'une époque à présent révolue ; ils dessinaient devant elle de grandes figures, de grandes âmes et de grandes passions, quasiment identiques à celles dont elle rêvait.

Parfois elle allait avec eux aux Łazienki, elle les encourageait elle-même à faire ces promenades lorsque la ville commençait à l'étouffer et qu'elle ressentait toujours plus douloureusement la nostalgie de la campagne, de la forêt, d'une parcelle de champ cultivé et bruissant, du silence seul interrompu par le chant d'une alouette ; ils se cachaient dans l'allée la plus retirée et là, dissimulés dans un bouquet d'arbres ou dans des buissons, jouaient devant elle des extraits de leurs anciens rôles de héros ; ils lui racontaient toutes sortes de blagues de l'ancien temps. Ils renaissaient alors, et étaient saisissants d'enthousiasme. Le sang colorait leurs faces jaunies, leurs yeux éteints lançaient des éclairs, leurs silhouettes se redressaient, et pour un moment leur revenaient jeunesse, mémoire, talent, et bonheur depuis longtemps perdu.

Et elle riait alors avec eux, pleurait et, tout comme eux, était un enfant.

Et combien de conseils ne lui donnaient-ils pas, quant à l'élocution, le classicisme de la pose, et les façons de bien dire un vers !

Elle écoutait avec curiosité, mais quand, une fois rentrée chez elle,

---

[107] Légendaire poète et tragédien grec dont la vie errante est devenue proverbiale.

elle voulait jouer quelque bout de rôle selon leur méthode, elle en était incapable et ils lui paraissaient raides, pathétiques, manquant de naturel, si bien qu'elle commença à les traiter avec une certaine condescendante compréhension.

Avec Mme Anna elle entretenait des rapports de froide politesse et évitait soigneusement toute discussion, car d'habitude cela mettait sa patience à bout et elle lui mettait alors dans le nez quelque parole fleurant le mépris et s'enfermait dans sa chambre. Sa relation à Sowińska était un peu plus proche car la vieille tournait toujours autour d'elle, comme autour d'une locataire payant d'avance, et veillait à ce qu'elle ne manquât de rien.

Sowińska était brutale et violente, s'en prenait souvent à son gendre à coups de poings, il lui arrivait de congédier des ouvrières de l'atelier sans la moindre raison, et elle les rudoyait toutes à longueur de journée. Elle avait ses jours, où elle ne mangeait rien, n'allait même pas au théâtre, et restait enfermée dans sa chambre à pleurer toute la journée, lançant par moment des anathèmes avec toute la passion d'une femme du peuple.

Après une telle journée elle était encore plus énergique et se lançait encore davantage dans les intrigues de coulisse. On la voyait alors partout. Elle allait dans le public, discutait tout bas avec les jeunes gens qui tournaient autour du théâtre et des actrices. Elle se muait en une sorte d'entremetteuse. Elle rapportait aux actrices des invitations à souper, des bouquets, des bonbons, des lettres et s'efforçait avec un zèle indubitable de vaincre leurs réticences. Elle les accompagnait aux agapes et savait au moment opportun trouver une raison impérative pour s'esquiver et ne pas gêner…

Elle avait alors, sous son masque de vieillesse bienveillante et ridée, une expression de jubilation féroce, maligne. Pour les réfractaires, elle tenait toute prête une espèce de philosophie qu'elle leur professait.

Janka eut une seule fois l'occasion de l'entendre, quand la vieille en parlait à Szepska qui s'était engagée au théâtre après avoir été séduite par un choriste.

— Ecoutez-moi !... Que vous donne votre chéri ? Un logement sur la Browarna[108], des saucisses avec du thé matin, midi et soir… C'est une honte de gâcher sa vie pour un tel type ! Alors que vous pourriez habiter comme cela vous chante ; vous pourriez vous moquer de Caban et ne pas

---

[108] Rue du centre-ville, habitée à l'époque par une population pauvre, en majorité juive.

vous préoccuper de savoir s'il vous donnera ou non deux zlotys après la représentation. A quoi bon se faire du souci !... Autant en profiter... Une demoiselle jeune, belle, ça devrait s'amuser, vivre, profiter, et non pas mariner avec je ne sais qui... Fichez-vous pas mal de ce qu'on va dire. Toutes vivent comme ça et vous voyez bien qu'elles ne pleurent pas de misère, ni ne se plaignent d'être malheureuses. Elles sont bien, parce que c'est normal. Vous pensez peut-être que vous allez avoir un rôle assez rapidement ?... Oho ! quand les poules auront des dents !... n'obtiennent des rôles que celles avec qui la direction doit compter, celles qui ont quelqu'un derrière elles pour les pistonner.

Szepska se défendait encore, mais la vieille lança comme dernier argument :

— Vous pensez que Leszcz va vous faire quelque scandale ?... Je peux vous garantir qu'il n'est pas si sot. Vous n'avez pas besoin de rompre avec lui complètement...

Et d'habitude elle arrivait toujours à ses fins.

Pour cette obscure intermédiation elle ne voulait jamais rien accepter, bien qu'on lui proposât les cadeaux les plus somptueux.

— Je ne veux pas... Si je donne un conseil à quelqu'un, c'est pour lui rendre service — répondait-elle laconiquement.

Par ces voies elle était parvenue à une forme de pouvoir au sein du théâtre ; elle tenait en mains les secrets de tout le monde, et donc on la craignait et la consultait dans chaque affaire délicate.

Janka, qui avait déjà acquis une connaissance de pas mal d'arcanes de la vie en coulisses, considérait Sowińska avec une certaine terreur. Elle savait que ce n'était pas pour le lucre qu'elle poussait les autres dans la fange, mais pour quelque chose qu'elle ne parvenait pas encore à découvrir. Elle prenait peur par moments, ne pouvant supporter le regard bizarre avec lequel elle examinait parfois son visage. Elle sentait seulement que Sowińska comme attendait quelque chose, ou guettait quelque opportunité.

Janka remarqua rapidement la façon de vivre de ses collègues, mais ne s'en offusquait pas, ni ne les considérait avec mépris. Cela lui était absolument égal, car elle les regardait comme on regarde des objets, et non pas des humains et il ne lui était jamais venu à l'esprit qu'elle pourrait vivre de la même façon. Elle vivait trop avec son seul cerveau et, ayant encore de l'argent, n'avait pas encore expérimenté la misère du théâtre.

Un de ces jours larmoyants de Sowińska, Janka, partant au théâtre, voulut lui demander s'il y avait loin jusqu'aux Bielany, où elle devait se rendre le lendemain avec Mimi et toute la bande.

Elle entra dans sa chambre et s'arrêta, abasourdie.

Sowińska était agenouillée devant une malle ouverte, et sur le lit, la table et les chaises étaient éparpillées les pièces d'un costume de théâtre. Par terre gisaient des tas de cahiers jaunis, elle avait en main la photographie d'un jeune homme, au visage bizarre formant un triangle allongé, si émacié que tous les os de la face ressortaient très distinctement à travers la peau. Il avait le front excessivement haut, élargi au niveau des tempes, et une tête énorme. Ses yeux immenses regardaient du fond de sa face blanche, pareils aux orbites d'un cadavre.

Janka, voyant tout cela, commença à dire :

— Madame, je vais demain aux Bielany avec tout un groupe. Est-ce que c'est loin ?...

Sowińska ne répondit pas, mais se tourna vers elle avec la photographie et d'une voix pénétrée de douleur murmura :

— Voyez, c'est mon fils... et ça... mes reliques !... ajouta-t-elle, désignant avec les larmes aux yeux les objets éparpillés.

— Un artiste ? — demanda Janka avec un respect instinctif.

— Un artiste !... Bien sûr, pas un singe comme ceux de chez Cabiński. Comme il jouait, ma chère demoiselle, comme il jouait !... à en pleurer !... Les journaux parlaient de lui. Il était à Płock et je suis allée le rejoindre. Lorsqu'il jouait *Les Brigands*, le théâtre tremblait sous les bravos et les cris... Moi j'étais assise en coulisse et quand j'ai entendu sa voix, quand ensuite je l'ai vu, quelque chose a commencé à me secouer, me briser, me ballotter, comme dans la maladie, et j'ai pensé mourir de joie... Et lui jouait !... je le vois toujours ainsi... je le vois... oh !...

Elle s'arracha de terre, se dressa les yeux plongés dans ses souvenirs, tandis que les larmes roulaient lentement sur son visage jaune et ridé.

— Et quand j'ai pensé que c'était mon fils, mon enfant, ma vue s'est obscurcie, et quelque chose m'étreignait, m'étreignait tout au fond de moi... le plus petit de mes os tremblait en moi, de joie... et je grandissais de fierté, je grandissais...

Janka l'écoutait avec compassion.

— Je lui étais une telle mère que j'aurais donné mes entrailles pour lui !... C'était un artiste, un artiste ! il n'avait jamais un sou, la misère parfois le rongeait, comme un chien, mais je la repoussais, comme je le pouvais. Je lui donnais mon sang, mais pour son enfant le plus cher on peut bien crever, pourvu que lui vive... Je lui étais sa mère de sang, rien de plus.

Elle se tut, sans même essuyer ses larmes qui coulaient doucement sur son visage fripé, violacé, formant deux ruisseaux s'écoulant dans les sillons de sang qu'ils s'étaient creusés.

Janka, après un long silence, demanda doucement :
— Où est votre fils à présent ?
— Où ?... — répondit-elle sourdement, se soulevant de terre — où ?...
— Il est mort ! Il s'est tué[109], le fils de chienne !... il s'est tué !... Ah !... salopard, pourquoi la sainte terre ne t'a-t-elle pas rejeté pour le tort que tu as fait à ta mère !... Il faut être le dernier des vauriens pour m'avoir laissée ainsi seule... Et cela, c'est mon propre enfant, mon enfant le plus cher, qui me l'a fait... oh !...

Elle commença à haleter péniblement car un violent spasme de larmes et d'indescriptible douleur l'étouffait.

— Toute ma vie maintenant est comme ça ! — recommença-t-elle, car elle éprouvait une immense volupté à raviver des plaies un peu cicatrisées. — Son père était un chien pareil à lui... Il exerçait comme tailleur, et moi j'avais une petite boutique ; nous étions bien au début, car on avait un peu d'argent de côté et chez nous on vivait comme il faut. Mais cela ne dura pas longtemps. Ils l'engagèrent comme costumier de cirque ; moi-même j'étais d'accord car ils payaient bien et il n'avait pas beaucoup de travail. Qui pouvait savoir qu'il en résulterait un malheur, qui ?... Une trapéziste lui tapa dans l'œil : il abandonna tout, et quand le cirque partit, il s'envola avec eux dans le vaste monde...

Elle reprit son souffle péniblement.

— Je ne suis contentée de serrer les dents ! Puisses-tu te fracasser la tête, te casser le cou !... Je me suis décarcassée jusqu'à la moelle pour pouvoir survivre avec ma fille, mais je suis tombée malade de cette faiblesse, qui à l'époque abattait les gens comme des mouches... J'ai été malade pendant longtemps et m'en suis sortie avec bien du mal, mais tout est parti au diable car ils m'ont vendu la boutique à cause des dettes. Je suis carrément restée dans la rue. La rage m'a saisie. J'ai emprunté de l'argent partout où j'ai pu et je suis partie avec l'enfant à la recherche de mon chéri. Je l'ai trouvé. Il vivait avec une petite boutiquière, ils étaient si bien tous les deux ensemble qu'il m'avait oubliée ainsi que l'enfant. Je l'ai ramené à Varsovie presque par la peau du dos... Il est resté une année entière, m'a fait cadeau d'un garçon et se sauva à nouveau... Je ne l'ai plus cherché. J'ai craché sur ses pas... Que celui qui a commencé comme un chien finisse comme un chien. J'avais deux enfants, il y avait

---

[109] Avec une arme à feu : *zastrzelił się*.

donc de quoi faire ; on faisait comme on pouvait, pourvu qu'on vive et les années passaient tant bien que mal... Le garçon, dès qu'il eut ses onze ans, bien qu'il fût un acharné des livres, ne faisant que lire à longueur de journée, je l'ai envoyé à l'apprentissage[110], chez un bronzier... Parfois on n'avait pas d'argent pour manger, alors pour l'école...

J'en ai eu des soucis avec lui, j'en ai eu !...

Son maître se plaignait qu'il lisait la nuit, qu'au travail il cachait des livres dans sa chemise et abandonnait le boulot pour lire. Et dès qu'il fut libre, il s'acoquina avec des acteurs et fut perdu pour moi... J'eus beau le prier, pleurer des larmes de sang, rien n'y fit. Il me baisait les pieds, me demandait pardon, mais ne faisait que répéter : — « J'irai faire du théâtre ! je ne tiendrai pas, j'irai ! » — Je le battais, le martyrisais comme un chien, il ne me dit jamais le moindre vilain mot pour cela, mais nous quitta et rejoignit cette bande quelque part en province ... La main de Dieu ! — ai-je pensé. Il était visiblement écrit que je n'aurais jamais de réconfort venant de lui, mais seulement du tourment !... J'ai commencé à l'aider petit à petit... Ma fille avait grandi, nous faisions de la couture à domicile, et nous vivions ainsi tant bien que mal.

Et voilà qu'un jour on m'amène mon mari — complètement aveugle. Mère de Dieu ! j'ai pensé clamser de colère, car lorsqu'il était bien portant il bourlinguait dans le monde, et aveugle, avec une maladie inguérissable, il s'est ramené chez moi pour crever... Je lui ai donné un coin, à la demande des enfants. Moi je l'aurais balancé sur le trottoir à partir du deuxième étage à cause de ce que j'ai enduré de misères par sa faute... Mais Dieu à l'époque m'a fait la grâce de l'emporter peu de temps après.

J'ai marié ma fille. Oleś faisait la grimace à son beau-frère, à cause de son manque de classe, de son nom de rustre, mais, mademoiselle, un mari c'est un mari, c'est toujours mieux d'en avoir un que pas du tout. Et celui-là n'est pas mauvais ; il boit bien un petit coup de temps en temps, mais n'y laisse pas ses sous, alors ?... tout le monde a besoin de se distraire de temps en temps. J'ai pris du service, comme je l'ai déjà dit, afin de venir en aide au garçon, et ne pas être un fardeau pour eux, car ils ouvrirent ce magasin et au début ça n'allait pas terrible du tout.

Un jour, il y a de cela environ deux ans, ma fille invita quelques personnes pour sa fête, des copains et copines, des connaissances. Et juste quand on s'amusait le mieux, on m'apporta un « télégraphe », et comme je ne lis pas très bien ce qui est écrit, c'est mon gendre qui le lut.

---

[110] Réminiscence autobiographique de l'auteur !

Ça venait de loin, de Suwałki[111]. Ils écrivaient de venir, car Oleś est très malade...

Je suis partie ni une ni deux, mais quelque chose de mauvais me rongeait de l'intérieur, et les juifs roulaient si lentement, comme pour le faire exprès, que j'étais presque morte d'inquiétude...

Elle s'arrêta de parler un moment, promena un regard hagard à travers la pièce et d'une voix silencieuse, pénétrée de désespoir, poursuivit son chuchotement, levant sur Janka son visage violacé.

— ... Il était déjà mort... Ils m'attendaient pour l'enterrement...

Janka la regarda tristement.

— Mademoiselle, quand j'ai vu ce trésor, cet enfant chéri... dans un cercueil, la tête bandée, mort... alors quelque chose éclata en moi... et je me sentis si vide, plongée dans une obscurité si horrible, que je me suis dit : Basta, moi aussi je ne vais pas tarder à crever...

Si Dieu était juste, j'aurais dû mourir. Je n'ai presque pas pleuré, je sentais seulement quelque chose me brûler de plus en plus au cœur, me ronger et m'étouffer... J'ai tellement rampé sur cette terre qui me l'a enlevé, j'ai tellement hurlé, quelque chose me cognait et m'attirait avec une telle force là où gisait ce garçon, que les chiens auraient hurlé sur mon chagrin et mon délaissement.

Ils m'ont dit après qu'il était tombé amoureux d'une choriste et qu'il s'était tué pour cet amour !

Ils me l'ont montrée. Une garce finie ; sur laquelle s'essuyaient toutes les coulisses et c'est pour ça d'ailleurs qu'il s'est tué...

Quand je l'ai attrapée dans la rue, je l'ai tellement tabassée, lui ai donné tant de coups de pied, tiré les cheveux, griffé la gueule, qu'il a fallu nous séparer. Je l'aurais tuée, tuée, comme un chien enragé, pour ma souffrance, pour le tort qu'elle m'a fait !... — criait-elle avec force, serrant les poings.

Voilà ma vie, voilà !

Je maudis quotidiennement, mais ne peux oublier... tout cela m'est resté bloqué ici, sous la poitrine...

Parfois, la nuit, il vient me voir et reste là, toujours avec cette tête bandée, et moi je tremble même de chagrin et le cœur me fait si mal que c'est tout juste s'il n'éclate pas. J'ai déjà pleuré toutes les larmes de mes yeux...

Je suis au théâtre, car j'ai toujours l'impression qu'il va revenir, qu'il

---

[111] Ville au nord-est de la Pologne actuelle, proche de la Lituanie.

est en train de s'habiller et va entrer incessamment en scène... Alors, quand ça me tombe dessus, je me promène dans les loges et je suis heureuse, parce que j'oublie pour un instant qu'il n'est pas là, qu'il ne sera plus jamais là, que je ne le reverrai jamais plus !...

Mon Dieu, mon Dieu !... ah !... ce n'est pas lui le fautif, mais cette... Vous toutes êtes des chiennes enragées, vous toutes déchirez les cœurs des mères..., viles..., ... finies !... Moi je te les écrabouillerais toutes, comme de la vermine, je les massacrerais, ... les pousserais dans le trou, dans la misère, la maladie, afin que vous souffriez comme moi je souffre... que vous enduriez le supplice, le supplice, le supplice !...

Elle se tut, haletant avec peine ; son visage jaune comme la cire des cierges portait les stigmates d'une haine atroce et féroce ; elle tremblait nerveusement le long des grandes rides de son visage et ses lèvres violacées et rongées hurlaient à la destruction et à la vengeance.

Janka était restée debout tout le temps, enregistrant avidement chaque parole, chaque geste et tremblement de ses lèvres. Le tragique de ce récit l'avait profondément atteinte. La bouleversante authenticité de cette souffrance, simple et puissante, rongeait son cœur de douleur... Elle ressentait tout cela comme si elle-même l'avait enduré. Elle se fondit dans l'être de cette femme au point que toutes les deux pleuraient. Un frisson d'exaltation la parcourait, un cri de douleur se levait en son cœur, déchiré par l'évocation de la perte, de la mort de cet être le plus cher, un désarroi causé par un chagrin infini se lisait dans ses yeux embués de désespérance, son âme amère achevait de se consumer dans un sourire...

Elle jouait, pratiquement sans s'en rendre compte ; puis, reprenant quelque peu ses esprits, et voyant que Sowińska restait prostrée dans sa douloureuse remémoration, elle sortit en ville.

Elle avait l'âme et le cerveau remplis d'expressions de cette douleur. Elle jouissait pour ainsi dire de cette ambiance tragique en tant que formidable composante pour quelque rôle.

— On pourrait jouer ainsi la mère dans *Les Montagnards des Carpates*[112], ou *L'Aïeule*[113]... — pensait-elle. Et de nouveau ce drame vu et entendu se jouait en elle, en une partition purement nerveuse.

— Il était déjà mort — murmura-t-elle, reconstituant inconsciemment

---

[112] Drame de Józef Korzeniowski (1797-1863), créé en 1844 à Lwów, dans lequel s'est illustrée la grande actrice Helena Modrzejewska.
[113] Pièce du dramaturge autrichien Franz Grillparzer (1791-1872), créée en 1817 à Vienne, et donnée dans les années 1820 dans sa version polonaise.

ce mouvement désespéré de la mâchoire et une sorte de mise à plat et affaissement inerte des mains, et cette fulgurante extinction du regard d'un visage figé dans une douleur soudaine.

Elle reprit ses esprits, mais sentait monter en elle le désir de voir la campagne, de la verdure... Elle eut envie de silence et de tranquillité.

Ici, entre ces murs, c'était comme si elle ne vivait que par la moitié de son âme, elle étouffait ; il lui semblait que ces immeubles projetaient sur son âme une ombre grise et lugubre, qu'ils lui barraient la route et lui cachaient le soleil.

Elle s'arrêta dans la rue, se demandant où aller, lorsque quelqu'un l'interpela :

— Bonjour mademoiselle !

Elle se retourna prestement. Niedzielska, la mère de Władek, se tenait devant elle, souriant de son visage aux yeux délavés de brave vieille.

Janka s'empressa de la saluer et décida de n'aller nulle part.

— Je vais faire un bout de chemin avec vous ; ça me fera une petite promenade...

— Merci, merci... Vous pourriez peut-être passer chez moi ?... — demanda tout bas Niedzielska. — Je suis si seule que parfois pendant des journées entières je ne vois personne à part ma Anusia[114] et le gardien, car Władeczek[115], une fois parti le matin, ne rentre qu'assez tard, si bien que je ne peux jamais parler avec lui. Alors, vous voulez bien venir ?...

Elle fut prise d'une quinte de toux, avançant à petits pas.

— D'accord, j'ai encore assez de temps avant la représentation.

— Il n'y a pas bien longtemps que vous êtes au théâtre, n'est-ce pas ?...

— Trois semaines seulement... comme si c'était hier.

— Ça se voit tout de suite, oh oui !

— Et à quoi donc le voyez-vous ?... — demanda Janka, curieuse.

— Je ne sais pas bien le dire. Je vous ai observée à la fête chez Cabińska, et je l'ai tout de suite vu. J'en ai même parlé à Władeczek...

— Je vais vous prendre le bras, ce sera plus commode... — dit Janka, voyant que Niedzielska soufflait et peinait, n'avançant presque pas.

— Oh, que vous êtes bonne ! C'est vrai, avec mon âge et avec ça toujours malade ; je suis sortie acheter des mouchoirs à Władeczek, et

---

[114] Diminutif de Anna.
[115] Diminutif de Władek, lui-même diminutif de Władysław : le polonais affectionne les diminutifs hypocoristiques !

cela m'a conduite si loin de chez moi.
— Nous allons prendre un fiacre ; je vois que vous êtes très fatiguée...
— Non, non... pour quoi faire ?... c'est tout de suite de la dépense ; du reste, je vais aller jusqu'au square, et là je me reposerai un peu...
Janka, malgré les protestations de la vieille, appela un fiacre, installa Niedzielska et elles partirent pour la rue Piwna.
Dès que le fiacre se fut arrêté, Niedzielska s'empressa d'en sortir, sans aide, et s'engouffra sous le porche afin de ne pas payer et, mine de rien, se mit à rudoyer le gardien :
— Ah, vous avez déjà mis une nouvelle blouse, Michał[116] ? et avec la vieille, ça n'allait plus ?... Je ne peux plus y subvenir, moi, tellement vous en usez !... Enlevez-la tout de suite, et remettez l'ancienne.
Le gardien se justifiait, mais elle le couvrit de reproches. Elle s'éloigna un peu et recommença à crier :
— Michał ! dites bien aux gens que je ne veux pas d'enfants venant jouer au ballon dans la cour ; ils vont encore casser un carreau et il faudra payer ! C'est une punition de Dieu, ces enfants !... comme s'ils ne pouvaient pas rester tranquillement dans leur appartement... et non seulement ils courent, mais me font des trous dans la cour, salissent les escaliers et abîment les paillassons... Prévenez tout de suite les locataires que je vais résilier leur location.
Le gardien écoutait dans un silence méprisant, tandis que Janka souriait imperceptiblement, marchant derrière Niedzielska, qui au passage ramassa un morceau de charbon par terre.
— Pourquoi gâcher ?... Ils ne font attention à rien, et ensuite n'ont pas de quoi payer leur loyer !... — dit-elle en ouvrant la porte de l'appartement.
— Mettez-vous à l'aise... Je suis tout de suite à vous.
Elle sortit dans l'autre pièce.
Janka regardait avec curiosité le mobilier démodé.
La table en acajou à rabats semi-circulaires, recouverte d'une nappe ajourée en broderie de laine, se trouvait à côté d'un canapé immense, de grande hauteur, tendu d'un tissu de bure noire ; les fauteuils de même acabit, à dossiers en forme de lyre. Dans un coin de la pièce, une vitrine vernie en jaune était remplie de porcelaine bizarre, de petits cruchons verdâtres, de figurines colorées, de verres-ballons à monogrammes et de tasses décorées de fleurs peintes, pourvues de pieds de grande hauteur.

---

[116] Michel.

Une horloge sous cloche, de vieilles gravures moisies en taille-douce, de style empire, représentant des scènes mythologiques, une lampe à abat-jour vert sur un guéridon isolé, quelques misérables pots de fleurs à la fenêtre et deux cages avec des canaris meublaient cette pièce d'apparat. La fenêtre donnait sur une cour de la dimension de la pièce, entourée de hauts murs. Il faisait calme, mais également triste, une odeur de moisissure, de vieux et d'avarice se dégageait de toute chose.

— Nous allons prendre un petit café... — dit Niedzielska.

Elle sortit de la vitrine deux tasses d'apparat et les posa sur la table. Elle alla ensuite à la cuisine et amena le café, déjà versé dans des tasses de faïence ébréchées, ainsi qu'une petite assiette avec quelques biscuits secs.

— Mon Dieu, j'ai oublié que j'avais déjà sorti les petites tasses... Bon, peu importe, on va boire dans celles-là, n'est-ce pas ?...

Elle servit le café et à nouveau s'exclama, embarrassée :

— J'ai oublié le sucre ! Vous aimez le petit café sucré, ma petite dame ?...

— Pas trop...

La vieille sortit ; on l'entendait à travers la porte sortir le sucre d'un bocal en verre ; elle en ramena deux morceaux seulement sur une minuscule soucoupe.

— Buvez, ma petite dame... Moi, voyez-vous, avec mon âge je ne peux plus rien boire de sucré — dit-elle en buvant son café à la petite cuiller et soufflant sur chaque goutte.

Janka souriait de ses explications et buvait, ne pouvant dissimuler son dégoût pour ce café horrible et ces biscuits sentant le moisi et l'armoire en pin.

Niedzielska se mit à parler abondamment de Władek, avançant constamment la petite assiette avec les biscuits et les proposant à Janka.

— Dites-moi un peu, à quoi lui sert cette activité d'acteur ? Il a fait des études, il pourrait être fonctionnaire... Il ne fait que nous occasionner de la honte, et tellement, que c'en est à pleurer. Je comprends, quand on est obligé, il faut bien... et il y en a même qui sont bourreaux, mais certainement pas de gaîté de cœur... Ses camarades de classe, ils ont tous femme et enfants, ont un travail et gagnent bien leur vie, vivent comme des gens normaux, comme Dieu l'a commandé... et lui ?... Acteur ! Et n'allez pas penser que nous soyons riches ; on a la maison, mais elle est petite, les locataires ne paient pas et les impôts augmentent sans arrêt, si bien qu'il ne reste rien... Vous voyez, ma petite dame... Un petit biscuit encore ?... Il serait temps pour Władeczek aussi de se marier et je vais vous dire en secret que nous avons déjà quelque chose en vue... Władeczek m'a promis que, cette année encore, il allait abandonner le théâtre et se marier... J'ai fait la connaissance de ma future bru : superbe enfant et de bonne famille. Ils tiennent une charcuterie rue Świętojańska[117] et ont deux maisons, et trois enfants seulement ; chacun d'eux aura un bon petit magot !... Je voudrais que cela arrive le plus vite possible, car que de soucis il me donne !... Mon Dieu, je ne me plains pas, mais il aime bien et boire un coup, et dépenser, comme son père... Oui, il lui faut donc un riche mariage. Un fils de famille, ma petite dame, de quoi aurait-il l'air s'il se mariait avec une fille qui n'a rien !... ce serait un malheur pour la fille qui l'aurait épousé... un malheur !... Je connais un peu le monde, moi, oui je le connais !

Et elle continuait à raconter ses histoires de sa voix toute menue, à laquelle l'âge avait ajouté des intonations un peu susurrantes et grasseyantes, se mouvant telle une ombre évanescente, tellement elle était sèche et fluette. Sur son front bas, ridé, se dessinait le souci qu'elle se faisait pour son Władeczek chéri, et dans ses yeux bleus, délavés, couvait une constante inquiétude.

Janka commença véritablement à avoir envie de dormir, écoutant sa voix monotone dans le silence de la pièce. Elle se leva, sur le départ.

— Ma petite dame, passez me voir de temps en temps, ça me fera très plaisir, ma chère.

Elle prit congé d'elle avec cordialité et se pencha même au vasistas, suivant Janka du regard avec un sourire diplomatique.

Les unes après les autres, Niedzielska invitait exprès chez elle toutes les plus belles femmes du théâtre et leur racontait l'histoire du mariage de Władeczek, afin de leur enlever de la tête toute intention à son égard.

Devant la porte cochère, Janka tomba sur Władek, tellement étonné qu'il en poussa un cri.

— Vous étiez certainement chez ma mère ! — s'exclama-t-il, sans la saluer.

— Il n'y a rien de mal à ça, voyons — répondit-elle, souriant de sa confusion.

— Je vous jure, cette vieille folle ne fait que me déconsidérer. Elle vous a certainement raconté l'histoire de mon mariage, quel bon à rien je faisais, etc. Ridicule enfantillage. Je vous demande vraiment pardon...

---

[117] Principale rue de la Vieille Ville, reliant la place du Château royal au Vieux Marché.

— Cela ne m'a pas contrariée du tout.
— Seulement amusée, je sais, c'est tellement idiot... Le théâtre entier se moque de moi, car toutes les dames sont déjà passées ici.
— Il y a un peu de fantaisie dans cela, mais cette fantaisie vient de l'amour... votre mère vous aime.
— Cet amour je commence à l'avoir en travers de la gorge ! — répliqua-t-il aigrement, voulant encore rajouter quelque chose, mais Janka inclina silencieusement la tête dans sa direction et s'en alla.

Władek n'osa la suivre et, mauvais, courut voir sa mère.

Cela rappela à Janka sa maison, au point de la faire frissonner à l'évocation de ces tristes souvenirs.

— Que se passe-t-il là-bas ?... — pensa-t-elle — que fait mon père ?... C'est vrai, j'ai un père !... Et elle ressentit soudain vibrer en soi un fil, tout ténu, de sympathie pour ce maniaque et ce tyran. Elle vit à présent la solitude de ce père au milieu d'étrangers qui raillaient ses manies.

— Peut-être pense-t-il à moi ?... — se demandait-elle, mais lui revint en mémoire la dernière scène avec tous les tourments vécus, et elle ressentit un froid rejet, presque haineux.

En dépit de tout cela, pendant la représentation, sur scène, en coulisse, dans les loges, son père lui venait constamment en mémoire. Elle commençait à réfléchir tranquillement à la relation qu'elle avait avec lui, à sa nature, et ressentit qu'il y a et qu'il y avait quelque chose d'anormal entre eux. Elle réfléchit à ce qui avait pu le rendre si dur et si maniaque... pourquoi la haïssait-il ?...

Kotlicki lui amena un bouquet de roses.

Elle l'accepta froidement, sans le regarder, tant elle était accaparée par la pensée de son père.

— Vous n'êtes pas d'humeur aujourd'hui — dit-il, lui prenant la main. Elle la lui arracha et demanda :

Est-il possible qu'enfants et pères se haïssent ?...

— Dans cette question il y a déjà la réponse... Dans les cas classiques, c'est à proprement parler exceptionnel, car la haine ce n'est pas de l'indifférence, mais... mais une forme d'amour quelque peu différente... La haine, c'est toujours le cri d'un cœur blessé...

Janka ne répondit rien, elle se rappela Sowińska et ses violentes, haineuses récriminations contre son fils.

— Peut-être m'aime-t-il de cette façon ? — pensa-t-elle — mais ce n'est pas mon cas, absolument pas, car à moi il m'est indifférent.

— Pas vrai ! — se répondit-elle après — pas vrai, il ne m'est pas complètement indifférent ; j'ai seulement du chagrin pour lui...

Et elle se pencha plus bas pour se cacher le visage, car ce soudain chagrin lui envoya une telle commotion au cœur qu'elle en ressentit des larmes dans les yeux.

— Qu'est-ce que l'amour ?... qu'est-ce que l'amour en général ?... — pensait-elle, debout en coulisses et regardant la scène ouverte, sur laquelle Wawrzecki se déclarait à Rosińska en des termes infiniment tendres, avec une affectation exagérée.

— Une comédie !

Majkowska, passant à côté d'elle, chuchota, désignant celle qui jouait :

— Quelle marionnette, quel conformisme !... elle ne peut se payer un seul accent d'authenticité !

Derrière elle, dans l'obscurité des coulisses, un monsieur en haut-de-forme pressait les mains d'une des choristes et lui chuchotait des paroles d'amour enflammées...

— Comédie !

Janka passa de l'autre côté, car cette scène pleine de tendresse lui parut proprement répugnante.

— Qu'est-ce que l'amour ?... Qu'est-ce qui m'arrive ?...

Elle ne parvenait pas à se calmer.

— Quelque chose va m'arriver... Peut-être que mon père va venir, peut-être Grzesikiewicz ?...

Mais elle se mit à rire, presque tout haut, tant cette conjecture lui parut invraisemblable.

Mimi accourut à elle et commença à chuchoter :

— Ça tombe bien, il n'y a pas répétition demain ; nous irons aux Bielany à midi. Attendez-nous chez vous, nous passerons vous prendre...

— Qu'est-ce que l'amour ?... — ressassait Janka dans sa tête.

— Ah, ce Wawrzek ! il pourrait éviter de prendre des airs aussi stupides avec cette sorcière... c'est dégoûtant ! — chuchotait Zarzecka, regardant la scène avec répugnance. Regardez, comme elle se laisse étreindre !... elle l'embrasse pour de vrai... quelle guenon... Attends ! je vais te montrer... — siffla-t-elle, menaçante, entre ses dents et courut attendre à la porte par laquelle devait sortir Rosińska.

— Comédie !

— Moi aussi j'ai l'intention de participer à cette excursion avec vous tous — dit Kotlicki à Janka. — Topolski doit exposer un projet... Nous allons opiner ensemble, vous y serez ?...

— Probablement ; et si je ne peux pas, l'excursion se passera bien sans moi.

— Oui, mais dans ce cas je n'irais pas non plus, je n'aurais plus rien à y faire...
Il se pencha au point qu'elle sentit son haleine sur son visage.
— Je ne comprends pas — dit-elle, s'écartant de lui.
— Je ne vais là-bas que pour vous... — chuchota-t-il plus bas.
— Pour moi ?... — demanda-t-elle, lui lançant un rapide regard, déconcertée par l'accent de sa voix et agacée par un soudain afflux d'antipathie, pour ainsi dire de mépris, à son encontre.
— Oui... vous avez bien dû vous en rendre compte, que je vous aime... — dit-il, les lèvres pincées et tremblantes, et la regardant avec un air implorant.
— Là-bas, ils disent la même chose, mais ils jouent un peu mieux ! — dit-elle avec mépris en montrant la scène.
Kotlicki se redressa, une ombre lugubre passa sur sa face chevaline et les yeux lui brillèrent d'un éclat menaçant.
— Vous prenez mon sentiment pour une comédie ?... Je vous convaincrai que ce n'est pas une comédie, je vous convaincrai !...
— D'accord, mais demain aux Bielany — coupa-t-elle, lui tendant la main pour prendre congé et, fredonnant une chanson, se rendit dans les loges.
Kotlicki la regardait avec convoitise, se rongeait les lèvres et bouillonnait de colère.
— Comédienne ! — finit-il par murmurer, quittant le théâtre.
— Quel menteur !... Oui, mais pourquoi a-t-il osé me dire cela ?... pourquoi ? — pensait-elle, alors que son indignation allait crescendo, et qu'au fur et à mesure elle se remémorait son comportement depuis le jour de la fête de Cabińska.
— Il m'aime !
Et elle souriait avec un certain sentiment d'humiliation, et simultanément de révolte. Elle sentait confusément que par ces déclarations il l'avait offensée dans sa dignité ; il l'avait offensée ne serait-ce que parce qu'il avait pu la considérer comme semblable aux autres femmes du théâtre.
— Qu'est-ce que l'amour ?... — elle continuait à ressasser inconsciemment cette question de départ, regardant ses collègues pressées de s'habiller pour se rendre encore plus vide à leur rendez-vous ; elle entendait les rires et les chuchotements, les querelles, dont les hommes et l'amour constituaient le seul et permanent objet. Elle en souriait ironiquement, mais au fond d'elle-même la taraudaient cette interrogation et un certain vide, un certain manque en elle, et tout cela l'agaçait.

Elle arriva chez elle et alla se coucher tout de suite, mais ne put s'endormir, ne faisant qu'écouter les murmures confus affluant de la rue. Les heures s'écoulaient lentement, et cette inquiétude, ce pressentiment de quelque chose, grandissaient constamment en elle.

— Quelque chose va m'arriver ! — murmurait-elle, tendant presque l'oreille.

Elle entendait le bruit mesuré des pas d'un passant dans la rue, puis les coups de bâton réguliers du gardien de nuit.

Quelqu'un sonna à la porte cochère.

— Qui est-ce ?!... — demanda-t-elle presque à voix haute, levant la tête comme pour voir à travers les murs, mais retomba aussitôt dans l'oubli complet de toute chose, n'ayant qu'une seule idée en tête :

— Que va-t-il m'arriver ?...

Elle était couchée silencieuse et, les yeux immobiles et à moitié fermés, contemplait un espace infini...

Elle frissonna violemment et s'enfonça encore plus profondément dans les oreillers ; avec toute la concentration des yeux de son âme elle contemplait des ombres qui s'esquissaient devant elle. Elle frissonna de nouveau, car elle avait comme senti un regard venant de l'infini, plein de puissance et de lueurs vitreuses, larmoyantes...

Elle s'endormit... mais quand elle se réveilla un peu plus tard, elle aperçut de nouveau, par quelque sombre association d'idées, ces mêmes ombres, sentit qu'elles remuaient imperceptiblement, les vit plus distinctement, mais ne pouvait reconnaître les silhouettes et les visages ; elle sentait qu'elles se rapprochaient de plus en plus. Elle reprit tous ses esprits, mais cette inquiétude devant quelque pressentiment était insupportable. Elle regardait tout autour d'elle, car il lui semblait entendre les pas de quelqu'un, que quelqu'un était entré dans la chambre et s'approchait de son lit sur la pointe des pieds, que même il se penchait sur elle...

Une terreur immense la figea, elle n'osait bouger, ni dire quoi que ce soit, ne faisant que penser avec difficulté : Qui est-ce ?... qui ?... tremblant d'une excitation intérieure.

Elle ne s'endormit pour de bon que vers le matin, lorsque les premiers rayons rouges du soleil levant pénétrèrent dans la chambre.

VII

Elle se réveilla à dix heures et demie du matin ; Sowińska lui apportait justement le déjeuner.
— Quelqu'un est venu pour moi ?... — demanda Janka.
Sowińska fit un signe affirmatif de la tête et lui remit une lettre.
— Il y a peut-être une heure de ça, un rustaud rougeaud me l'a donnée et m'a priée instamment de la remettre...
Janka lui arracha nerveusement l'enveloppe des mains et reconnut aussitôt l'écriture de Grzesikiewicz.
« Mademoiselle ! Je suis venu spécialement à Varsovie pour vous voir à propos d'une affaire très importante. Si vous avez la bonté d'être présente, je passerai à onze heures, en vous priant d'excuser mon audace. Je vous demande pardon et vous baise les mains. Votre serviteur
Grzesikiewicz ».
— Que sera-ce ?... — pensait-elle en s'habillant rapidement. — Qu'est-ce que cette affaire très importante ?... Mon père !... serait-il malade et je lui manquerais ?... Oh non, non !...
Elle but son thé en hâte, mit de l'ordre dans la chambre, attendant cette visite avec impatience. Elle se prit même à penser avec une certaine joie qu'elle verrait enfin quelqu'un des siens de Bukowiec.
— Peut-être va-t-il encore me faire sa déclaration ?... — pensa-t-elle.
Et elle voyait sa grande face brûlée par le soleil et ces yeux bleus, au regard si bienveillant sous sa tignasse couleur de lin, et se rappela sa maladive timidité.
— Un homme bon, honnête ! — pensait-elle, arpentant la chambre ; mais il lui revint à l'esprit que cette visite était susceptible de lui gâcher son excursion aux Bielany et ses sentiments pour lui refroidirent, elle décida d'avoir une explication claire et nette avec lui.
— Que peut-il bien vouloir ?... — se demandait-elle avec inquiétude, échafaudant les plus impossibles des conjectures.
— Mon père doit être très malade et me mande auprès de lui — se fit-elle en réponse, presque effrayée.
Elle s'arrêta au milieu de la chambre, tellement cette supposition qu'il lui faudrait peut-être retourner à Bukowiec la plongea dans un abîme d'appréhension.
— Non, ce n'est pas possible ; je ne pourrais tenir là-bas une seule semaine... du reste, il m'a chassée pour toujours...
Un obscur combat entre la haine, le chagrin et un sentiment de

manque, silencieux et à peine perceptible, commença soudain à mettre son cœur en effervescence.

La sonnette retentit dans l'entrée.

Janka s'assit et attendit tranquillement. Elle entendit la porte s'ouvrir, les voix de Grzesikiewicz et de Sowińska, le bruit d'un manteau qu'on suspendait et celui d'une canne qui tombait par terre, mais ne put trouver la force de se soulever et d'aller à la rencontre du visiteur.

— On peut ? — demanda-t-on de l'extérieur.

— Je vous en prie — murmura-t-elle, la gorge serrée par la crainte, en se levant de sa chaise.

Grzesikiewicz entra.

Il avait le visage encore plus hâlé, et ses yeux paraissaient encore plus bleus. Il devait être ému, car il se déplaçait raide comme un piquet, comme une masse de viande pétrifiée, qu'une redingote étriquée emprisonnait avec difficulté. Il jeta presque son chapeau sur une manne qui se trouvait près de la porte et, baisant la main de Janka, dit tout bas :

— Bonjour mademoiselle…

Il se redressa, laissa son regard errer un moment sur son visage, et s'assit lourdement sur une chaise.

— J'ai failli ne pas vous retrouver… — commença-t-il en parlant plus haut, s'interrompit soudain, et pour se donner de l'assurance, voulut écarter une chaise qui le gênait dans ses mouvements et la repoussa si fort qu'elle se renversa.

Il se leva brusquement, tout rouge, et commença à s'excuser.

Janka sourit, cela lui rappelait tellement sa dernière conversation avec lui et sa malheureuse déclaration. Et il y eut un bref instant où elle s'imagina que c'était à présent, justement, qu'il devait se déclarer, qu'ils se trouvaient dans l'intimité du petit salon de Bukowiec. Elle ne savait s'expliquer l'impression qu'il lui faisait maintenant, avec ce visage débonnaire et très fatigué, ces yeux clairs, comme s'il avait ramené avec lui l'écho de ces champs et forêts bien-aimés, de ces ravins retirés, du soleil et de l'exubérance d'une nature que rien ne bridait. Elle réfléchit à cela l'espace d'un instant, mais simultanément se remémora tous les tourments et son bannissement…

Elle lui glissa un paquet de cigarettes et, interrompant un assez long silence, dit sur un ton dégagé :

— Vous faites preuve d'un courage peu commun et… de bonté, pour venir me voir après tout ce qui s'est passé…

— Vous rappelez-vous ce que j'ai dit lorsque nous avons discuté la dernière fois ?... — dit-il, baissant et adoucissant sa voix — que jamais et toujours !... que jamais je ne cesserai et que toujours je vous aimerai.

Janka fit un mouvement d'impatience ; son accent profond et sincère lui avait fait mal.

— Pardonnez-moi... puisque cela vous fâche, je ne parlerai plus du tout de moi...

— Et comment ça va là-bas à la maison ? — demanda-t-elle, levant les yeux sur lui.

— Comment ça va ?... C'est Sodome et Gomorrhe ! Vous ne reconnaîtriez plus votre père : c'est devenu paraît-il un maniaque pas possible au boulot, et en dehors du boulot il va à la chasse, fréquente les voisins, fait le malin... mais a tellement maigri, fondu, qu'il n'est plus reconnaissable. Le souci le ronge comme un ver.

— Pourquoi ?... Quel souci peut avoir mon père ?...

— Jésus, Marie ! vous demandez pourquoi ? quel souci il peut avoir ?... Vous plaisantez, ou bien n'avez pas une once de cœur ?... Pourquoi ?... mais parce que vous n'êtes pas là... parce que, comme nous tous, il se dessèche de chagrin de ne plus vous voir !...

— Et Kręska... — demanda-t-elle avec un calme apparent, mais se sentant intérieurement troublée.

— Qu'est-ce que Kręska vient faire ici ?... il l'a virée dès le lendemain de votre départ ; puis il s'est mis en congé et est parti... Il est revenu une semaine après, mais tellement amaigri, tellement miséreux qu'on ne pouvait le reconnaître. Les étrangers versent des larmes sur lui, mais vous, vous n'avez pas eu pitié et êtes partie dans le vaste monde, et quel monde ! chez des comédiens !...

Janka se leva violemment de sa chaise.

— Vous pouvez vous fâcher contre moi, oui, mais je vous aime trop... nous tous vous aimons trop et souffrons à cause de vous, pour que je n'aie pas le droit de parler. Faites-moi mettre dehors, oui, j'attendrai à la porte cochère, je vous trouverai bien quelque part et je vous dirai que votre père se meurt sans vous, qu'il est toujours plus malade ! Ma mère l'a rencontré il n'y a pas longtemps dans la forêt : il était étendu dans un taillis et pleurait comme un enfant... Vous l'avez tué. Vous deux vous vous tuez l'un l'autre avec votre orgueil et votre entêtement. Vous êtes la meilleure, la plus sainte des femmes ; je sais, je sens que vous ne l'abandonnerez pas, que vous reviendrez et quitterez ce vil théâtre... Vous n'avez pas honte d'être avec une telle bande de voyous ?... comment pouvez-vous vous montrer sur une scène ?!

Il s'arrêta brutalement et, haletant, s'essuyait les yeux de son mouchoir. Il ne lui avait jamais parlé autant d'un seul jet et ne savait d'où lui était venue cette farouche et rude éloquence.

Janka était assise, tête baissée, pâle comme un mouchoir, les lèvres pincées et le cœur bouleversé de révolte et de souffrance. Cette voix sévère qu'elle entendait avait de tels accents l'émouvant aux larmes, la déchirant par leur profonde sensibilité, et ces paroles : « Votre père souffre... votre père pleure... votre père se languit de vous !... vous aime !... » la pénétraient d'une douleur aiguë et la rongeaient si cruellement que par moments elle avait envie de se lever et courir là-bas, chez lui ; mais les souvenirs du passé affluaient à nouveau et la refroidissaient ; le théâtre lui revint à l'esprit et elle tomba dans une complète indifférence.

— Non ! il m'a chassée pour toujours... je suis seule et resterai seule... Je ne pourrais vivre sans théâtre ! — pensait-elle et une furieuse envie de conquérir le monde naissait en elle.

Grzesikiewicz se taisait lui aussi, ses yeux commençaient à s'embrumer de plus en plus souvent, et il sentait naître en lui une tempête de plus en plus impétueuse de chagrin et d'amour pour elle. Il l'embrassait du regard et avait une grande envie de tomber à ses genoux, lui baiser les mains, les pieds, le bord de sa robe et la prier... Ou encore, quand tout lui revenait en mémoire, il s'arrachait à sa chaise et eût démoli, brisé et fracassé tout ce qui lui tombait sous la main ; ou bien un tel attendrissement s'emparait de lui qu'il eût pleuré tout haut en se frappant la tête contre le mur, rongé qu'il était de désespoir...

Il restait assis et regardait ce visage chéri, pâle et aux traits tirés, que l'air de la ville et la vie nocturne, fébrile, marquaient déjà de leur empreinte, et aurait donné son sang et sa vie pour elle, pourvu qu'elle eût daigné les prendre.

Elle leva sur lui des yeux brûlant d'une résolution ferme et sans appel.

— Il faut que vous sachiez à quel point mon père me hait ; que vous sachiez aussi que lorsque je vous ai refusé ma main, il m'a chassée de la maison pour toujours... il m'a quasiment maudite et chassée... — répéta-t-elle avec amertume. — Je suis partie, car j'ai été obligée, mais je ne reviendrai plus jamais. Je n'échangerai pas ma liberté et le théâtre pour un esclavage domestique. C'est arrivé, parce que cela devait arriver. Mon père, alors, m'a dit qu'il n'avait pas de fille, et maintenant moi je dis que je n'ai pas de père. Nous nous sommes séparés et nous ne nous rejoindrons plus jamais. Moi je me suffirai entièrement à moi-même ; l'art me suffira pour tout.

— Et donc vous ne reviendrez pas ? — demanda-t-il, car c'est tout ce qu'il avait compris de ses paroles.

— Non ; je n'ai pas de maison et ne sortirai pas du théâtre — répondit-elle tranquillement, le regardant froidement, seules ses lèvres pâles tremblaient un peu et sa poitrine se soulevait rapidement, secouée d'une lutte intérieure.

— Vous allez le tuer... il vous aime tant... il ne le supportera pas... — dit-il doucement.

— Non, monsieur André, mon père ne m'aimait pas et ne m'aime pas... Quand on aime quelqu'un, on ne le tourmente pas pendant des années et on ne le chasse pas de la maison, comme la dernière... Un chien ne chasse pas ses chiots de sa niche... même le chien, un animal, ne fait jamais ce qu'on m'a fait !...

— Mademoiselle Janina ! Moi je suis profondément convaincu que, même si dans un moment de colère et d'emportement il vous a renvoyée de sa maison, il n'a jamais pu y penser sérieusement un seul instant, ni même pu supposer que vous prendriez cela au pied de la lettre. Moi j'ai vu et je sais les terribles regrets qu'il a d'avoir prononcé ces paroles à la légère, combien durement il ressent votre absence... Mademoiselle Janina ! je jure que vous le comblerez de bonheur en revenant !... que vous lui rendrez la vie !...

— Il vous a dit qu'il souhaitait que je rentre à Bukowiec ? Peut-être m'a-t-il écrit ?... — avança-t-elle avec vivacité. — Dites-moi toute la vérité, je vous prie.

Grzesikiewicz s'arrêta net et se renfrogna davantage.

— Non... il ne m'en a pas parlé, ni chargé de message — répondit-il plus bas.

— Voilà donc à quel point il m'aime et aspire à me voir ?... ha, ha, ha ! — elle fut prise d'un rire sec et convulsif.

— Comme si vous ne le connaissiez pas ?... Il mourra de soif, mais ne demandera à personne un verre d'eau. A mon départ, après que je lui eus dit où j'allais, il ne me dit pas un seul mot, mais me regarda d'une telle façon, me serra la main si fort, que je l'ai parfaitement compris...

— Non, monsieur André, vous ne l'avez pas du tout compris. Mon père ne s'intéresse pas à moi, ce qui l'intéresse, c'est seulement que toute la contrée doit parler de mon départ et de mon entrée au théâtre... Kręska déjà n'a pas dû chômer... Ce qui l'intéresse seulement, c'est qu'ils me couvrent tous de cancans, qu'ils lui déchirent son nom ; ce qui l'intéresse, c'est qu'il est obligé d'avoir honte de moi... ce qui l'intéresse, c'est de me voir brisée et mendiant à ses pieds, de pouvoir satisfaire son instinct de haine à mon encontre, afin de pouvoir, comme par le passé, me tourmenter et me torturer. Voilà ce qui l'intéresse !

— Vous ne le connaissez pas !... Ces cœurs...

Elle le coupa rapidement :

— Ne parlons pas de cœurs là où, d'une part, ils n'entrent pas du tout en jeu, là où ils sont complètement absents, où seule la folie...

— Donc ?... — dit-il en se levant, car un accès de colère l'étouffait.

La sonnette retentit vigoureusement dans l'entrée, visiblement actionnée avec énergie.

— Je ne reviendrai jamais.

— Mademoiselle Janina !... ayez donc pitié...

— Je ne comprends pas ce mot — répondit-elle avec emphase — et je dis : jamais ! ou alors... une fois morte.

— Ne parlez pas comme ça, car il est des moments...

Il n'avait pas achevé que soudain la porte s'ouvrit en grand et s'y précipitèrent Mimi accompagnée de Wawrzecki.

— Allons, en route ! Préparez-vous, on part tout de suite ! ah, excusez-moi ! je n'avais pas remarqué... — s'exclama Mimi, regardant Grzesikiewicz avec curiosité, lequel prit son chapeau, s'inclina comme un automate et, ne regardant personne, chuchota sur un ton méprisant :

— Je vous salue mademoiselle !

Et il sortit.

Janka bondit, comme voulant le retenir, mais Kotlicki et Topolski entraient dans la pièce et la saluaient joyeusement. Un troisième larron les suivait.

— Quel est ce monsieur d'envergure ?... Puissé-je crever, mais c'est la première fois que je vois une telle masse de viande en redingote ! — criait ce troisième.

— Głogowski ! Dans une semaine nous jouons sa pièce, et dans un mois... succès européen ! — dit Wawrzecki en faisant les présentations.

— Et dans trois... je serai célèbre sur Mars et ses dépendances !... Tant qu'à plaisanter.

Janka saluait tout ce monde et répondit à mi-voix à Mimi qui, curieuse, l'interrogeait à propos de Grzesikiewicz :

— Une ancienne connaissance, notre voisin, un très brave homme...

— Friqué ce jeunot... apparemment ! — s'exclamait Głogowski.

— Même très riche. Ils possèdent le plus grand troupeau de moutons du Royaume[118]...

---

[118] Royaume du Congrès, ou *Kongresówka*, entité créée par le Congrès de Vienne en 1815 sur les ruines de la défunte République polonaise ou République

— Un berger !... on dirait plutôt un cornac s'occupant d'éléphants !... — blaguait Wawrzecki.
Kotlicki se contenta de sourire et observait discrètement Janka.
— Il a dû se passer quelque chose... elle est émue et pas qu'un peu... — pensa-t-il... — C'est peut-être son ancien amoureux ?...
— Dépêchons-nous, Mela nous attend dans le fiacre.
Janka s'habilla rapidement et tous sortirent sans tarder.
Ils se rendirent en bord de Vistule et de là prirent une barque pour les Bielany.
Tous étaient d'humeur printanière, seule Janka était imperméable à ce qui se passait autour d'elle. Elle restait lugubre et pensive.
Kotlicki devisait joyeusement, Wawrzecki faisait le pitre avec Głogowski ; les femmes, en verve, leur emboîtaient le pas, mais Janka était pratiquement sourde à tout cela. Elle digérait encore la récente discussion et ce tourment qui lui était resté dans le cœur.
— Vous avez un problème ?... — lui demanda Kotlicki avec prévenance.
— Moi ?... aucun !... je méditais sur la misère humaine... — répliqua-t-elle, contemplant le flot qui les portait silencieusement.
— Seul le plaisir mérite qu'on pense à lui, le plaisir plein de vitalité et de jeunesse...
— Ne racontez pas de bêtises. Ne manger que le beurre sur une tartine, puis songer en présence du pain sec qu'on était tout de même assez naïf ! — reprit Głogowski.
— Je vois que vous n'aimez pas manger, mais seulement lécher.
— Monsieur...
— Kotlicki ! — lança-t-il, railleur.
— J'ai l'honneur de le savoir depuis la primaire. Il ne s'agit pas de cela ; il s'agit que vous recommandez des choses tout bonnement naïves, la jouissance, et vous avez déjà pu vérifier sur vous-même les tristes conséquences de cette joyeuse théorie.
— Vous êtes toujours paradoxal, dans la vie comme en littérature.
— Puissé-je crever, si vous n'avez pas des poumons fragiles, de l'arthrose, un petit « tabes »[119], de la neurasthénie et... — vous pouvez

---

des Deux Nations. Cette entité sous tutelle tsariste subsista jusqu'en 1915. Parallèlement, la Prusse puis l'Empire allemand ainsi que l'Empire autrichien se partageaient le reste des territoires de l'ancienne République polonaise.
[119] Consomption, langueur, dérèglement de santé... en latin.

compter jusqu'à vingt.

Ils entamèrent une violente controverse, qui tourna en vraie dispute.

Ils dépassèrent le pont de chemin de fer et un grand silence les enveloppa. Le soleil était lumineux, mais le froid montait des eaux troubles du fleuve. Des vaguelettes, saturées de lumière, pareilles à des serpents à l'échine luisante, s'ébattaient alentour dans le soleil. De longs bancs de sable, semblables à des monstres marins, réchauffaient au soleil leurs ventres jaunes. Un cordon de barges passa devant eux : le chef de file, sur une petite barque de la taille d'une coque de noix, louvoyait en tête et lançait régulièrement un cri, qui se dispersait aussitôt et leur parvenait comme une simple pelote de sons enchevêtrés… Une dizaine de mariniers manœuvraient leurs rames comme des automates ; une chanson triste volait depuis leurs esquifs et se dispersait au-dessus des têtes. Le silence qui s'ensuivit était encore plus grand.

La paisible végétation des rives, l'eau dont les bandes luisantes chatoyaient comme un satin moelleux, les légères oscillations de la barque, le choc cadencé des rames, et cette mélancolie qui se dégageait de l'espace, avaient calmé tout le monde.

Ils se taisaient et se tenaient assis comme envoûtés dans leur silence.

On pouvait rester sans rien penser, sans rien sentir en dehors de la volupté d'une vie contemplative. Il était si bon de voguer en réfléchissant au néant.

— Je ne reviendrai pas ! — pensait Janka, se répétant ces paroles en boucle ; elle plongeait les yeux dans l'azur de l'espace, poursuivait du regard la course des vagues qui s'enfuyaient en hâte dans le lointain. — Je ne reviendrai pas !

Elle sentait la solitude l'embrasser encore plus amplement et faire le vide autour d'elle ; elle la dévisageait crânement. Son chagrin, son père, Grzesikiewicz, toutes ses anciennes connaissances, tout son passé, lui semblaient voguer loin derrière elle, elle ne les voyait plus que faiblement à travers la brume grise de l'éloignement, et par moments seulement lui parvenait, tel un écho, une bribe de prière ou de pleur.

Non ! elle n'aurait pas la force de faire demi-tour et voguer contre ce courant qui l'emportait. Mais elle sentait aussi des larmes s'écouler sur son cœur et l'enflammer d'amertume.

Aux Bielany ils descendirent au débarcadère et montèrent lentement.

Janka partit en avant avec Kotlicki qui ne la quittait pas.

— Vous me devez une réponse — dit-il après un moment, prenant un air tendre.

— Je vous ai répondu hier, et aujourd'hui c'est vous qui me devez une explication — dit-elle durement, car à présent, après sa récente discussion avec Grzesikiewicz, après tant d'émotions, elle ressentait à l'encontre de Kotlicki une haine proprement physique ; il lui parut repoussant et présomptueux.

— Une explication ?... Peut-on donner une explication à l'amour, analyser un sentiment ?... — commença-t-il à dire, se mordillant nerveusement ses lèvres fines. Le ton de la voix de Janka ne lui avait pas plu.

— Soyons sincères, car ce que vous venez de dire... — s'exclama-t-elle avec emportement.

— ... Est justement de la sincérité.

— Non, ce n'est que de la comédie ! — lança-t-elle abruptement, ayant envie de le frapper au visage.

— Vous m'offensez... On peut croire quelqu'un, même sans partager ses sentiments — dit-il plus bas, pour ne pas être entendu de ceux qui suivaient.

— Monsieur ! Je vous dirai que cette comédie non seulement m'ennuie, mais commence à me contrarier. Je suis encore trop peu actrice-hystérique et trop femme ordinaire et normale pour prendre plaisir à ce jeu... Ma mère, mes tantes ou mes éducatrices ne m'ont jamais appris de secrets sur la manière de se comporter avec les hommes, ni ne m'ont mis en garde devant leur duplicité et leur bassesse. Je l'ai vu trop vite moi-même et l'observe tous les jours en coulisses. Vous pensez qu'on peut sans hésiter parler de son amour à n'importe quelle femme faisant du théâtre, comme ça... on ne sait jamais, ça pourrait marcher ?... Les actrices sont si drôles et si stupides, pas vrai ?... — dit-elle avec une impitoyable détermination.

— Auriez-vous osé me dire la même chose si j'avais été chez moi ?... Non, vous ne l'auriez pas dit, n'aimant pas vraiment, car là-bas j'eusse été une femme pour vous, alors qu'ici je ne suis qu'une actrice ; car là-bas, enfin, il y aurait eu derrière moi un père, une mère, un frère, ou quelque règle de savoir-vivre, qui vous auraient interdit de commettre une vilénie à l'égard d'une jeune et peut-être naïve demoiselle... Mais ici vous n'avez pas hésité un seul instant, pourquoi se priver !... ici je suis seule et une actrice, c'est-à-dire une femme à qui on peut impunément raconter des mensonges, qu'on peut impunément prendre puis jeter et voir plus loin, sans rien perdre de sa réputation d'homme honnête et honorable !... Oh, vous pouvez être sûr, monsieur Kotlicki, que je ne deviendrai pas votre amante, ni celle de personne, si je ne l'aime pas... J'ai beaucoup réfléchi, trop réfléchi, pour me laisser séduire par des discours ! — dit-elle sur un rythme accéléré, et ses paroles dures, brutales

même, s'abattaient sur la tête de Kotlicki comme des coups de hache.
Elle l'humilia si profondément qu'il était à peine en état d'écouter, tremblait d'exaspération et la regardait avec stupéfaction. Il ne la connaissait pas, et n'avait supposé un seul instant qu'il pût rencontrer une actrice susceptible de lui mettre dans le nez de telles choses. Il s'aplatissait, clignait des yeux et bégayait de plus en plus, telle était son admiration pour elle. Elle le ravissait par sa force et sa droiture, car à ces paroles, à son visage qui reflétait toutes ses sensations intérieures avec la plus grande fidélité, aux sincères accents de sa voix, il reconnaissait que c'était une fille loyale et peu commune ; et de surcroît elle était si belle !

— Les lanières étaient en cuir, avec des plombs aux extrémités... Vous avez frappé avec un acharnement féminin les coupables comme les innocents — dit Kotlicki, et voyant que Janka ne répondait pas, ajouta après un moment :

— Cela ne vous suffit pas ?... Si cela me permet de vous baiser les mains pendant tout cet acte, continuez, je vous prie...

Voyant son air sombre, il voulait tout tourner en dérision.

— Kotlicki !... Attendez un peu, vous autres, et aidez-nous à porter les paniers ! — cria Wawrzecki au moment où Janka s'arrêtait involontairement, s'apprêtant à lancer à la face de Kotlicki quelque expression bien sentie de son mépris ; elle n'en eut pas le temps.

Les hommes portaient les paniers avec les provisions ; ils longeaient le bord escarpé, cherchant un endroit convenable pour installer le bivouac.

Le bois était désert et murmurait du friselis des jeunes feuilles de chêne et des buissons de genévrier.

Ils s'étalèrent sous un bosquet de chênes verdoyants. Derrière eux il y avait le bois tranquille, tandis qu'en bas la Vistule miroitait au soleil, faisant clapoter ses vagues qui se brisaient sur ses bords.

Après les premières vodkas et les zakouskis, tous s'animèrent.

— Bien ! maintenant buvons à la santé des organisateurs de l'excursion ! — s'écria Głogowski, remplissant les verres.

— Ou plutôt buvons au succès de votre pièce.

— Non, cela ne lui sera d'aucun secours... elle va faire un four de toute façon...

— Peut-être que Topolski pourrait nous présenter maintenant son projet secret — dit Kotlicki, tranquillement étendu sur une couverture, presque à côté de Janka.

— Laissez-nous respirer !... On va d'abord bien manger, boire encore mieux, et alors seulement... Peut-être, mesdames, allez-vous défaire ces bannettes et nous offrir quelque chose d'extra — s'écria Wawrzecki.

On étala une nappe sur l'herbe, déballa toutes sortes de bonnes choses, les disposa au milieu des rires car Mimi ne s'en sortait pas et Majkowska ne voulait pas l'aider. Seuls Janka et Głogowski parvinrent à tout mettre en place correctement.

— Très bien, mais où est le thé ?... — cria Janka.

Kotlicki se redressa en sursaut.

— On a du thé, on a le samovar, y a plus qu'à amener l'eau. Allez, monsieur, y en a dans la Vistule ! — s'écria Majkowska, secouant un récipient pour en faire tomber des morceaux de charbon.

Kotlicki fit un peu la grimace, mais s'exécuta. En quelques minutes on fit marcher le samovar, dont Głogowski s'avéra être un grand maître.

— C'est ma spécialité ! — criait-il, faisant office de soufflet. — Et il faut que vous sachiez, mesdames, que souvent, trop souvent à mon goût, je manque de charbons, et alors se manifeste mon génie d'inventeur : je charge avec du papier ou sinon avec un petit bout de latte prélevé dans le plancher ; pas question de se passer de thé.

— Vous ne pouvez pas vous acheter un petit réchaud à pétrole ?...

— Bah ! je n'aime que les instruments traditionnels… et par ailleurs, si je viens à manquer de pétrole, une petite latte, même provenant du canapé, ne me sera d'aucun secours.

— Vous devez avoir un mode de vie très éclectique ! — dit Topolski en riant.

— Un petit peu ! un petit peu… mais que cela soit la panacée, je ne le dirai pas.

— Je déclare à la cantonade et à chacun en particulier que ça commence à bouillir !... Jouez, mesdames, à la déesse Hébé[120].

Janka servit le thé à tout le monde et alla s'asseoir, le verre à la main, à proximité de Mimi.

— C'est le bon moment pour bavarder — lança Kotlicki.

— Parle, Topolski… Nous sommes tout ouïe ! — criait Wawrzecki.

— Je fonde une troupe dramatique — commença Topolski.

— Je vais t'indiquer le seul moyen pour ce faire : on engage une quinzaine de théâtreux en leur promettant de bons cachets, on leur donne de petits acomptes ; on cherche une caissière assez maligne pour avoir une caution et suffisamment naïve pour la déposer, on prend les affaires de la troupe, on les expédie contre remboursement — et le tour est joué, on

---

[120] Déesse de la jeunesse, faisant office d'échanson au service des dieux.

peut y aller, et deux mois plus tard refaire la même chose, et ainsi de suite.

— Wawrzek, cesse de dire des bêtises ! — cria Topolski irrité, buvant verre sur verre. — Une telle troupe, tout idiot, tout Cabiński, peut en créer. Je n'ai pas besoin d'une bande qui se dispersera dès qu'on lui fera miroiter des acomptes, mais d'une organisation solide, avec un plan sûr, d'une organisation aussi solide qu'un mur !...

— Plus d'une fois tu as toi-même démoli des troupes et tu en es toujours à croire que tu finiras par discipliner des acteurs ?...

— J'en suis sûr. Ecoutez ! voilà comment je procède : première condition, de l'ordre de cinq mille roubles pour démarrer ; je siphonne les meilleurs éléments de toutes les troupes, une trentaine de personnes au maximum ; je paie moyennement, mais correctement ; j'attribue des *feu[121]*, des primes...

— Laissez tomber vos rêves de primes ! — marmonna Kotlicki.

— Il y aura des primes ! il le faut ! — criait Topolski, s'enflammant de plus en plus. — Je choisis les pièces : un répertoire typique et classique ; ce seront les murs et les fondations de mon édifice ; ensuite toutes les nouveautés dignes d'intérêt et toutes les pièces populaires, mais exit l'opérette, exit les bouffonneries, exit le cirque, exit tout ce qui n'est pas vraiment de l'art !

— Je veux un théâtre, et pas une crèche ! — criait-il de plus en plus fort — des artistes, et pas des clowns !... Pas d'exhibitions sur scène !... universalité, voilà mon idéal ! authenticité sur scène, voilà mon but ! Le théâtre c'est un autel ! les représentations, des mystères sacrés en l'honneur de la divinité ! Le théâtre actuel c'est de la bouffonnerie !... Je ne sais pas encore ce qu'il faut pour créer un théâtre exemplaire, parfait, mais par moments je sens que je vais le créer, car l'actuel est ridicule, c'est un chapiteau pour enfants où se produisent des marionnettes rembourrées de banalités. Le théâtre était jadis une institution religieuse, un culte et doit le redevenir !...

Il fut pris d'une telle quinte de toux que tous les vaisseaux de son cou ressortaient comme des cordes. Il toussa longtemps, puis but de la vodka et recommença à parler, mais cette fois plus calmement et plus lentement, ne regardant personne et ne voyant rien en dehors de ce rêve de toute sa vie, qu'il leur avait raconté en phrases brèves et embrouillées.

---

[121] « Terme de théâtre. C'est ce qu'un acteur reçoit en sus de ses appointements fixes, chaque fois qu'il joue » (Le Littré 1880)

— Il faut bannir toutes les imitations actuelles, fausses et stupides : *paludamenta*[122], décors, miroirs peints, et autres bric-à-brac de saltimbanques. S'il faut qu'il y ait un salon sur scène, que ce soit un véritable salon ; s'il faut un bal, que les gens y dansent, flirtent, se pressent, que ce soit un bal réel, et non une imitation ; une étable, que ce soit une étable avec tout ce qu'il faut, la plus exacte, non pas une utopie, mais la réalité... Et le jeu sur scène ! parce qu'ils jouent ! ils déclament, simulent des gens réels, minaudent avec art, ânonnent leur leçon apprise par cœur comme des enfants. L'acteur devrait oublier que le public le regarde ; il ne fait pas d'exhibition, tel un bouffon, mais reconstitue le mystère de la vie, l'acteur n'est pas un but en soi, mais un moyen, un instrument... L'acteur devrait toujours passer au second plan, car c'est toujours l'idée qui parle au travers de lui — l'auteur. Oui, je fonde une véritable troupe d'artistes, je crée un véritable théâtre, je joue les œuvres véritables du talent et de l'inspiration, et avec une telle troupe je pars dans le vaste monde — vous verrez le succès ! Je parcours le pays, puis l'Europe — vous verrez le triomphe !... Je ferai la conquête de l'Amérique ! Vous verrez la victoire de l'art véritable ! — criait-il presque hors de lui, aphone, fasciné par ce combat à venir et la victoire.

Il levait les bras au ciel comme pour réduire en miettes tout ce qui n'était pas art véritable, se défonçait la poitrine avec les poings, souriait à l'avenir, se projetait en avant, secouait le monde entier, incendiait tout de son âme enflammée portée au comble de la fureur, et fonçait déjà devant, guide et réformateur, énergie et irrépressible soif d'action... Les Bielany, ses compagnons, tout avait disparu à sa vue, il se sentait seul face au tout ; les ailes lui poussaient dans le dos et il s'envolait vers les hauteurs — vers l'idéal !

Kotlicki, que ce discours, plein de fougue mais aussi d'irrationalité, n'avait pas ravi un seul instant autant que le reste de la compagnie, dit :

— Vous retardez un peu. Antoine[123] à Paris a déjà fait pareil il y a assez longtemps ; ce sont ses idées...

— Non, c'est mon idée, mon rêve à moi ; je porte cela en moi depuis l'âge de vingt ans déjà ! — s'écria Topolski, bleuissant soudain comme

---

[122] *Paludamentum* : manteau porté par les généraux et empereurs romains ; nous parlerions de *peplum* aujourd'hui.
[123] André Antoine (1858-1943), comédien, metteur en scène et directeur de théâtre a introduit une nouvelle conception du jeu scénique dans les années 1880, en ligne avec le courant naturaliste d'Emile Zola.

frappé par la foudre, et regardant Kotlicki d'un air hagard.

— Qu'importe, si d'autres ont déjà partiellement réalisé ces rêves et leur ont donné leur nom…

— Des voleurs ! ils m'ont volé mon idée ! volé mon idée ! — criait Topolski, tombant inconscient dans l'herbe, la tête cachée dans les mains et murmurant au travers de lourds sanglots spasmodiques et de bégaiements avinés :

— Ils m'ont volé mon idée !... Au secours ! ils m'ont volé mon idée !... et il sanglotait, se débattant dans l'herbe, comme un enfant en proie au chagrin.

— Ce n'est pas parce que l'idée est déjà connue que je considère ce projet irréalisable — entama tranquillement Głogowski — mais parce que notre public n'est pas encore mûr pour un tel théâtre et ne ressent pas le besoin d'une telle scène. Pour l'instant, continuez à lui donner des farces, avec des cabrioles et des galipettes, des ballets à moitié nus, des hurlements de cancan, un peu de sentimentalité de bazar, de cuisine, quantité de sentences à propos de la vertu, de la moralité, de la famille, du devoir, de l'amour et…

— Comptez jusqu'à vingt…

— Tel public, tel théâtre ; ils se valent ! — se manifesta Majkowska.

— Qui veut avoir la foule et régner sur elle doit la flatter et faire ce que cette foule veut ; lui donner ce dont elle a besoin ; il lui faut d'abord en être l'esclave afin d'en devenir ensuite le maître — disait Kotlicki lentement et pompeusement.

— Et moi je dis : non ! Je ne veux ni obtempérer à la populace, ni régner sur elle ; je préfère marcher seul…

— Magnifique position ! on peut à partir de là se moquer à satiété de tout le monde.

— Pour fouetter et dire aux uns : stupides ! aux autres : misérables !

— Mademoiselle Janina, du thé je vous prie ! — cria Głogowski, à présent sous le coup de la colère ; il se bougea violemment, lança son chapeau contre un arbre, fourrageant fébrilement ses cheveux clairsemés.

— Vous êtes toujours sacrément radical dans votre genre — dit Kotlicki avec une bienveillante ironie.

— Et vous, vous êtes, puissé-je en crever, une carpe, un phoque, une baleine…

— Comptez jusqu'à vingt !

— Beaux arguments !... en voilà un meilleur… — cria Wawrzecki en lui tendant sa canne.

Głogowski se maîtrisa, promena un regard circulaire à l'entour de lui, et commença à boire son thé.

Majkowska écoutait en silence, tandis que Mimi, allongée sur le pardessus de Wawrzecki, dormait comme une souche.

Janka servait le thé à tout le monde et ne perdait pas un mot de la discussion. Elle avait déjà oublié Grzesikiewicz, son père, la discussion avec Kotlicki ; les questions soulevées la passionnaient, tandis que les rêves de Topolski l'éblouissaient par leur magie. Elle était complètement accaparée par ce genre de discussions générales sur l'art et les questions artistiques.

— Alors que devient la troupe ? — demanda-t-elle à Topolski qui relevait la tête.

— Elle continuera... il le faut ! — répondit Topolski.

— Je vous garantis qu'elle continuera — intervint Kotlicki — pas de la façon dont le veut Topolski, mais de la meilleure façon possible. On pourra même introduire un certain progrès, question diversification et force attractive, mais laissons la réforme du théâtre à quelqu'un d'autre ; il faut pour cela des centaines de milliers de roubles et être à Paris.

— La réforme théâtrale ne viendra pas des directeurs, et la création dramatique actuelle, qu'est-elle au juste ?... une recherche à tâtons, un peignage de girafe, une errance sans but, ou bien des sauts... Il faut qu'un génie arrive, qui réalisera cela ; moi je le pressens déjà !...

— Comment cela ? Il ne suffit des chefs-d'œuvre existants pour créer un théâtre exemplaire ? — interrogea Janka.

— Non... ces chefs-d'œuvre sont des chefs-d'œuvre du temps passé ; nous avons besoin d'autres créations. Pour nous ces chefs-d'œuvre sont d'une grande importance archéologique, qu'il est bon d'examiner dans les musées et les cabinets d'antiquité.

— Et donc Shakespeare, c'est de l'archéologie ?

— Chut !... ne parlons pas de lui ; c'est l'univers tout entier : on ne peut que le révérer, mais pas le concevoir...

— Et Schiller ?...

— Un utopiste et un classique : écho des encyclopédistes et de la Révolution française. C'est la grandeur, l'ordre, le caractère doctrinaire teuton, la déclamation pathétique et ennuyeuse.

— Et Goethe ?... — lança Janka, à qui les formulations paradoxales de Głogowski plaisaient énormément.

— C'est-à-dire uniquement *Faust*, mais Faust c'est une machine tellement compliquée que depuis la mort de son inventeur personne ne sait la remonter et la remettre en marche. Les commentateurs la poussent, la démontent en pièces détachées, la nettoient, la dépoussièrent, mais la machine reste immobile et la rouille commence quelque peu à la ronger... Du reste, c'est une furieuse aristocratie. Ce monsieur Faust, ce n'est pas avant tout le parangon de l'homme, mais un expérimentateur ; ce n'est que le cerveau d'un de ces rabbins savants qui toute leur vie réfléchissent à cela : comment entrer dans une synagogue, du pied droit ou du gauche ; c'est un vivisecteur, et comme le cœur de Marguerite lui a éclaté lors d'une expérience, qu'il risquait d'aller en taule et que sa myopie ne lui permettait pas de voir quoi que ce soit au-delà de son atelier et de ses cornues, alors il s'est fait un sport de récriminer et radotait que la vie est bassesse et que la science ne valait rien. Vraiment, il faut une grande arrogance, une arrogance vraiment allemande, pour affirmer que si, par exemple, on a un rhume, alors tous l'ont, ou devraient l'avoir...

— Je préfère encore ces joyeuses farces à vos pièces pleines de sagesse — chuchota Kotlicki.

— Monsieur... et Shelley ? et Byron ? — interrogeait Janka en proie à la curiosité.

— Je préfère encore la bêtise, quitte à ce qu'elle prenne la parole, plutôt qu'elle ne cherche à faire des choses — lança rapidement Głogowski.

— Ah oui, Byron !... Byron, c'est une machine à vapeur, produisant de l'énergie de révolte, un lord qui se trouvait mal en Angleterre, mal à Venise avec Guiccioli[124], car bien qu'étant au chaud et ayant de l'argent, il s'ennuyait. C'est un révolté-individualiste, une puissante bête de passion ; un monsieur qui enrage en permanence, et dépense toutes les forces de son merveilleux talent pour nuire à ses ennemis. Il a souffleté l'Angleterre avec ses chefs-d'œuvre. C'est un redoutable protestant par ennui, et par intérêt personnel.

— Et Shelley ?

— Shelley, lui, c'est un bavardage divin destiné au public de Saturne ; poète des éléments, pas pour nous humains.

Głogowski se tut et alla se servir du thé.

— On vous écoute ; moi, au moins, j'attends la suite avec impatience — disait Janka.

— Bien, mais je vais faire des impasses pour en finir plus vite.

— A condition de ne pas agiter de grelots et de ne pas jouer du tambourin.

---

[124] La comtesse Teresa Guiccioli, célèbre maîtresse de Lord Byron.

— Kotlicki, taisez-vous ! Vous êtes un minable philistin, typique représentant de sa misérable espèce, et n'avez pas la parole quand on discute entre humains !

— Restez donc tranquilles, messieurs, je ne peux pas dormir — implorait Mimi.

— Oui, oui, car ce n'est pas drôle du tout ! — dit Majkowska, bâillant vigoureusement.

Wawrzecki une nouvelle fois remplit les verres. Głogowski se rapprocha de Janka et lui exposait sa théorie avec ardeur.

— Ibsen est pour moi étrange ; il laisse présager quelqu'un de plus puissant, c'est comme l'aurore avant le lever du soleil. Quant aux Allemands les plus récents, célébrés et surfaits, Sudermann[125] et compagnie, c'est beaucoup de bruit pour rien. Ils veulent convaincre le monde que, supposons : porter des caleçons avec bretelles n'est pas indispensable, car on peut parfois en porter sans bretelles...

— Donc, on en arrive à ce que — s'immisça Kotlicki — il ne reste plus personne. L'un a reçu un coup sur la tête, l'autre au côté, le troisième un coup de pied très poli au...

— Si, moi, monsieur ! — répondit Głogowski, s'inclinant de façon comique.

— Nous avons renversé des monuments pour... une bulle de savon.

— Peut-être, mais le soleil se reflète aussi sur les bulles de savon...

— Alors buvons encore un peu de vodka ! — intervint Topolski, qui était resté silencieux jusqu'à présent.

— Fi de tout cela !... Buvons et ne pensons pas !

— C'est toi qui le résumes ainsi, Wawrzecki !

— Buvons et aimons ! — dit Kotlicki en élevant la voix, s'animant et faisant tinter son verre contre une bouteille.

— D'accord, foi de Głogowski, d'accord, car seul l'amour constitue l'âme du monde !

— Attendez, je vais vous chanter quelque chose sur l'amour...

Aime-moi donc, aime-moi
Puisque tu as commencé —
Ne les fais pas pleurer,
Mes yeux bleus,

---

[125] Hermann Sudermann (1857- 1928), écrivain et dramaturge originaire de Prusse orientale.

Olé !

— Bravo Wawrzek !

Tous s'animèrent et on n'analysait plus rien, ne faisant que blablater au gré de sa salive.

— Respectables compagnons et compagnes !... Dans le ciel il y a des nuages et sur terre plus rien dans les bouteilles. Tirons-nous.

— Comment ?

— A pied, il y a au maximum un mille jusqu'à Varsovie.

— Et les paniers ?

— On va embaucher un porteur... Je vais m'en occuper — cria Wawrzecki et courut en direction du monastère.

Tous étaient sur le départ quand il revint. L'ambiance était encore montée d'un cran, car Mimi dansait la valse sur l'herbe avec Głogowski. Topolski était tellement ivre qu'il ne cessait de parler avec lui-même, ou bien se querellait avec Majkowska. Kotlicki souriait et se tenait à proximité de Janka, qui était en verve et extraordinairement gaie. Elle lui souriait et discutait, ne se souvenant pratiquement plus des déclarations qu'il lui avait faites. Lui était certain que sa réaction n'avait fait que glisser sur son âme et s'était abîmée dans l'oubli.

Ils marchaient en désordre, comme lorsqu'on revient d'excursion.

Janka tressait une couronne de feuilles de chêne, avec l'aide de Kotlicki qui l'amusait de ses remarques mordantes. Elle l'écoutait, mais lorsqu'ils pénétrèrent dans une vraie futaie, touffue, elle se fit plus sérieuse, regardant les arbres avec une telle joie, effleurant leurs troncs et leurs branches de façon si caressante, les yeux et la bouche illuminés d'un tel bonheur, que Kotlicki demanda en désignant la forêt :

— Sûrement des connaissances à vous ?...

— Familières, sincères et non des comédiens — répondit-elle avec une nuance d'ironie dans la voix.

— Vous avez une mémoire rancunière. Vous ne croyez, ni ne pardonnez... Je n'ai qu'une envie : pouvoir vous convaincre...

— Alors mariez-vous avec moi ! — s'exclama-t-elle vivement en se tournant vers lui.

— Je vous demande votre main ! — lui répondit-il sur le même ton.

Ils se regardèrent droit dans les yeux et s'assombrirent. Janka fronça les sourcils et commença à mordiller machinalement sa couronne inachevée, et lui baissa la tête et se tut.

— Accélérons, car nous allons être en retard pour la représentation.

— C'est donc demain qu'on lit ma pièce en répétition ?...

— Effectivement, c'est simplement une lecture de la pièce, puisque Dobek n'a pas fini de copier les rôles...

— Grands dieux ! et quand allez-vous la présenter ?

— N'ayez crainte ! les philistins vous siffleront bien assez tôt ! — le titillait Kotlicki.

— Nous allons la présenter mardi prochain, dans une semaine... du moins c'est mon souhait à moi !... — dit Topolski.

— Autrement dit, en comptant précisément, il restera environ quatre jours pour les répétitions et l'apprentissage des rôles. Personne ne saura, personne n'aura le temps de travailler son rôle un tant soit peu... C'est véritablement aller au casse-pipe, au casse-pipe !

— Vous offrirez une paire de vodkas à monsieur Dobek, et lui prendra la pièce en main.

— Oui, il va crier pour tout le monde... Mieux vaut encore annoncer que la pièce sera lue.

— Pour moi, vous pouvez être tranquille, j'apprendrai mon rôle.

— Moi aussi.

— Je sais que les dames savent toujours leurs rôles, mais les hommes...

— Les hommes même sans apprendre joueront bien. Savez-vous que Glas jamais, au grand jamais, n'apprend ses rôles ; quelques répétitions le familiarisent avec les situations de la pièce, et le reste c'est l'affaire du souffleur.

— Vous parlez d'un acteur !

— Que lui reprochez-vous, c'est un bon acteur, pas mauvais comique du tout.

— Oui, car il improvise toujours des bouffonneries avec lesquelles il masque tout « plantage ».

— Je vous prie de me répondre tout à fait sérieusement. Ces dernières paroles étaient-elles une plaisanterie, ou bien l'expression de vos souhaits, une condition ?... — chuchotait à nouveau Kotlicki, auquel une idée était venue.

— Chaque genre est bon, pourvu qu'il ne soit... ennuyeux. Vous connaissez cela ? — répondit-elle avec agacement.

— Merci ! je m'en souviendrai... mais connaissez-vous cela : la patience est la première condition de la réussite.

Il ferma à moitié les yeux, inclina la tête en signe de salutation et passa derrière. Il avait une insolente confiance en soi et, quoi qu'il arrive, avait décidé d'attendre.

Kotlicki n'était pas de ceux qu'une femme peut repousser par le mépris, ou tout simplement par une vexation. Il encaissait tout et l'emmagasinait consciencieusement dans sa mémoire pour le prochain décompte. C'était un homme qui méprisait la femme, qui à toutes leur disait tout, droit dans les yeux, toujours à les désirer et désirer leur amour. Il n'avait cure d'être laid, car il se savait assez riche pour se payer n'importe laquelle de celles dont il aurait envie. Il appartenait à l'espèce — des prêts-à-tout.

A présent il marchait en souriant à quelque pensée, tout en abattant de sa canne les mauvaises herbes sur le bord du chemin.

La lumière se fit plus sombre et la pluie commença à tomber à grosses gouttes.

— Nous allons être mouillées comme des poules ! — se mit à rire Mimi en ouvrant son ombrelle.

— Mademoiselle Janina, mon parapluie est à votre service — criait Głogowski.

— Merci beaucoup mais, dans la mesure du possible, je ne me protège jamais de la pluie ; j'adore me faire tremper.

— Vous avez un instinct… — il s'arrêta soudain et se mit la main devant la bouche avec un geste comique.

— Achevez-donc… je vous en prie…

— Vous avez un instinct de poisson-oie. Curieux, d'où peut vous venir cela ?...

Janka sourit, se souvenant de ses anciennes excursions en automne ou en hiver, au milieu des plus grandes tempêtes et tourmentes de neige, et répondit gaîment :

— J'aime ces choses. Depuis que je suis enfant j'ai l'habitude de supporter pluies et intempéries… je raffole véritablement de chaque tempête.

— Sang ardent, quelque chose d'atavique, fantaisie, etc.

— Simplement habitude ou besoin intérieur, qui se sont développés au point de devenir passion.

Głogowski offrit son bras à Janka ; elle l'accepta et lui racontait sur un ton naturel et amical diverses aventures lors de ses excursions. Elle se sentait aussi à l'aise avec lui que si elle le connaissait depuis l'enfance. Par moments même, elle oubliait qu'elle le voyait pour la première fois de sa vie. Son visage serein et la sincérité, un peu farouche, de son caractère la ravissaient ; elle pressentait en lui une âme fraternelle et intègre.

Głogowski l'écoutait, lui répondait et la regardait avec curiosité ; finalement, guettant le moment opportun, il lui dit sincèrement :

— Puissé-je crever, mais vous êtes une curieuse bonne femme… très curieuse ! Je vais dire quelque chose ; une idée vient de me passer par la tête et je vous la livre toute chaude, surtout que cela ne vous étonne pas. Je ne souffre pas les conventions, l'hypocrisie en société, les minauderies des actrices et vous pouvez compter jusqu'à vingt !... et justement cela, je ne le vois pas encore en vous… Oui, oui ! j'ai vu tout de suite que cela vous était totalement étranger. Vous me plaisez carrément, en tant que type de femme qu'on rencontre assez rarement. Curieux, curieux ! — disait-il, se parlant presque à lui-même. — Nous pourrions rester amis ! — s'écria-t-il tout joyeux, exprimant tout haut sa pensée. — Bien que les bonnes femmes finiront toujours par m'avoir, car tôt ou tard de chacune d'elle sortira une petite femelle, une nouvelle expérimentation vaudrait peut-être le coup…

— Franchise pour franchise — dit-elle, riant de la fulgurante rapidité de sa résolution — vous aussi êtes un curieux spécimen.

— Alors, nous sommes d'accord !... serrons-nous la main et soyons amis ! — s'exclama-t-il, tendant la main.

— Je n'ai pas fini : c'est que moi je me passe complètement de confidentes et d'amis ; cela sent la sensiblerie et n'est pas très sûr.

— Paroles ! L'amitié vaut mieux que l'amour… Je vois qu'il commence à pleuvoir pour de bon ! Ce sont les chiens qui pleurent sur mon amitié refusée. Je vais continuer à vous rencontrer, n'est-ce pas ? car vous avez en vous quelque chose, quelque chose… comme un bout d'âme qu'on rencontre rarement.

— Je suis au théâtre tous les jours aux répétitions et presque tous les jours aux représentations…

— Puissé-je crever, mais ça ne sert à rien !... Si je vous escortais pendant une semaine, il en naîtrait tellement de ragots, de bavardages, de suppositions, etc., vous pouvez compter jusqu'à vingt !

— Et que m'importe ce qu'on dit là-bas de moi !... — s'esclaffa-t-elle avec décontraction.

— Hoho ! du genre cocotte à crête. J'aime quand on ne prend pas de gants avec ce torchon appelé opinion publique.

— Je pense que n'ayant rien à me reprocher je peux tranquillement voir et entendre ce qu'on dit de moi.

— Orgueil, je vous jure, orgueil dément !

— Pourquoi ne présentez-vous pas votre pièce au Théâtre de Varsovie ?

— Parce qu'ils n'en ont pas voulu. Voyez-vous, c'est un établissement super parfumé, élégant, et réservé à un public délicat, au nez très subtil ; et ma pièce ne sent pas du tout le salon ; tout au plus sent-elle les champs, un peu les bois, un peu la chaumière paysanne. Là-bas il leur faut non pas de la vérité, mais seulement du flirt, des convenances, du baratin, etc., et vous pouvez compter jusqu'à vingt. Du reste je n'avais pas de piston et ils ont déjà leurs propres fabricants patentés de pièces.

— Et moi je pensais qu'il suffit d'écrire quelque chose de bien pour que cette chose soit aussitôt jouée.

— Mon Dieu !… puissé-je crever, ce n'est pas du tout comme ça. Considérez ce que je dois endurer pour qu'un Cabiński présente ma pièce !... Maintenant élevez cela au carré, et vous aurez alors une petite idée des joies d'un auteur de comédies débutant, qui de surcroît ne sait pas utiliser de patrons[126] pour ses pièces…

Ils se turent. La pluie tombait sans désemparer et commençait à former des flaques d'eau sur le chemin.

Głogowski jetait des regards lugubres à la ville qui dessinait ses clochers sur l'horizon embrumé.

— Ville infâme ! — marmonna-t-il avec colère. — Depuis trois ans je n'arrive pas à la prendre… Je lutte, je me tue… et pas un chien ne me connaît !

— Ce n'est pas en leur disant qu'ils sont infâmes et stupides, que vous arriverez un jour à les conquérir…

— J'y arriverai. Ils ne m'aimeront pas, mais ils devront compter avec moi, oui, puissé-je crever !... Ceux qui ont le plus de facilité pour prendre de telles forteresses, ce sont les acteurs, les chanteurs, les danseuses ; en une seule représentation, on emporte tout.

— Mais pour un seul jour. Une fois descendu de scène, on ne laisse pas de trace de soi, c'est comme un caillou dans l'eau ! — disait Janka avec une certaine amertume, contemplant les denses constructions de Varsovie, de plus en plus proches.

Ce n'est qu'à ce moment qu'elle songea que cette gloire dont elle rêvait n'était qu'une gloire éphémère.

— J'ai l'impression que vous avez de l'appétit pour le même plat ?

— Oui ! — répondit-elle avec force et sa voix se propagea comme une explosion longtemps entretenue.

— Oui ! — répéta-t-elle, mais déjà beaucoup plus bas et sans ardeur.

Ses yeux avaient perdu de leur éclat et erraient sur ces sommets, sans

---

[126] Peut être compris dans le double sens de protecteur, sponsor et aussi de pochoir, calque, gabarit…

rien comprendre, car la tourmentait la pensée de cette gloire éphémère, car elle se rappelait ces couronnes fanées de Cabińska, la gloire passée de Stanisławski, car elle pensait avec une amertume croissante à ces milliers d'acteurs célèbres, qui avaient vécu, étaient morts, et dont on ne connaissait pas même le nom. Elle ressentait un trouble déplaisant au cœur. Elle s'appuya plus fermement sur Głogowski, et marchait sans dire un mot.

Ils prirent un fiacre rue Zakroczymska, avec Kotlicki à leurs basques comme troisième passager.

Janka lui jeta un regard irrité, mais il faisait semblant de ne rien voir et la regardait avec son éternel sourire. Ils la reconduisirent à son appartement. Elle n'avait le temps que d'y faire une incursion, se changer, prendre ses affaires et se rendre immédiatement au théâtre.

Plusieurs choristes furent également en retard du fait de la pluie.

Cabiński, qu'irritaient les places vides prévisibles du fait de la pluie, s'agitait sur la scène et criait à l'intention des arrivantes :

— Grouillez-vous mesdemoiselles… Il est huit heures passées et aucune d'entre vous n'est encore habillée !

— Nous étions aux vêpres à l'église Charles Borromée — se justifiait Zielińska.

— Pas avec moi, le coup des vêpres ! et quoi encore !... — Veillez à ce qui vous donne du pain !

— C'est vrai que vous nous en donnez énormément ! répliqua Ludka avec colère, car elle s'était cassé son ombrelle en entrant.

— Je n'en donne pas ?... et de quoi vous vivez alors ?

— De quoi ?... sûrement pas de ces ridicules cachets, qu'on ne voit qu'en promesse.

— Oh ! vous aussi vous êtes en retard ?! — cria-t-il à l'adresse de Janka qui arrivait.

— Je ne joue qu'au troisième acte, j'ai encore le temps…

— Wicek ! cours chercher Rosińska… Où est la petite Zosia ? On commence, plus vite que ça !... que les chiens vous bouffent !

Il jeta un coup d'œil par une ouverture du rideau.

— C'est plein dans le théâtre, je vous jure, et personne dans les loges… ensuite ils râlent que je ne paie pas ! Messieurs, pour l'amour de Dieu, qu'on s'habille et qu'on commence !

— Tout de suite, on finit la banque.

Une douzaine d'acteurs déshabillés, et même à moitié maquillés, poursuivaient un petit stos[127]. Seul Stanisławski était assis dans un coin des loges devant un bout de miroir, et « se faisait le visage ».

Pour la troisième fois déjà, il s'enlevait son maquillage avec une petite serviette et recommençait à se grimer ; il grimaçait des lèvres, fronçait les sourcils avec colère, plissait le front, jetait des regards les plus divers ; il composait un personnage et marmonnait à mi-voix à chaque changement de physionomie les passages correspondants du rôle, se contentant de lancer de temps en temps une pièce de dix kopecks en direction des joueurs, ainsi que ces deux mots :

— Sur le quatre ! dix kopecks.

— Le public s'énerve ! Il est temps de sonner et de commencer — implorait Cabiński.

— Ne dérangez pas. Qu'ils attendent... Dix kopecks, on mise... vite !

— Valet ! un gros zloty !

— Petite dame de cœur... cinq petites pièces !

— On y va ! Misez sur Desdémone, directeur.

Il mélangea les cartes, les rassembla, les tassa en un paquet compact qu'il battit et cria :

— On y va ! Misez, directeur.

— Elle va me trahir ! — siffla Cabiński entre ses dents, jetant une pièce d'argent sur une carte.

— Et en temps normal, elle ne vous trahit pas ?

— Qu'on sonne ! — cria Cabiński au régisseur, entendant trépigner dans la salle.

Pendant un moment on n'entendit rien d'autre que le bruit des cartes qui s'abattaient sur la table à la vitesse de l'éclair.

— Quatre gros as... dans la gueule !

— Par ici les dix kopecks !

— Valet, dans le baba !

— Un cinq, c'est bon. Petit bénef.

— Dame de cœur, dans la gueule !

— Ayez des égards pour le sexe faible.

— Dame de pique, dans la gueule. Par ici la monnaie !

— Ça suffit ! Habillez-vous. Là-bas, je vous jure, ils sont déjà en train de hurler...

— Si ça les amuse, pourquoi les en empêcher ?

— Ça va vous amuser quand ils sortiront récupérer leur argent à la

---

[127] Jeu de cartes et d'argent.

caisse ! — s'écria Cabiński, sortant en courant.

On abandonna les cartes et tous achevaient fébrilement de s'habiller et de se maquiller.

— Qui commence ?
— *Le serment*.
— Stanisławski !
— On peut sonner, j'arrive ! — cria Stanisławski.

Et il se mit en route sans se presser.

— Plus vite ! ils vont démolir le théâtre ! — criait Cabiński à la porte.

Ils jouaient ce qu'on appelle un bouquet dramatique, ou « pot-pourri », à savoir : une petite comédie, une opérette en un acte, un extrait de drame et une danse en solo. Pratiquement toute la troupe participait à la représentation.

Janka, déjà en tenue, assise en coulisse, regardait la scène, attendant son tour. Elle se sentait très remuée par les émotions de la journée. Elle fermait les yeux à demi, plongée dans une silencieuse remémoration des paroles de Grzesikiewicz qui se rappelait à son souvenir, mais elle se ressaisit, voyant par-delà son visage émerger des profondeurs le sourire de Kotlicki avec son visage de satyre ; et ensuite dansait devant elle la grosse tête de Głogowski avec son regard bienveillant. Elle se frottait les yeux, comme si elle voulait chasser des spectres, mais ce sourire se cramponnait à sa mémoire.

— Quel caniche repoussant que cette Rosińska ! — chuchota Majkowska, debout devant Janka. Celle-ci se ressaisit et la regarda avec une certaine hostilité.

Que lui importait le monde en ce moment ?...

Et cette éternelle lutte de tous contre tous commençait à la contrarier et à l'agacer.

Que lui importait Rosińska, qui effectivement avait un jeu impossible, qui en rajoutait ou tombait dans un sentimentalisme stéréotypé là où il n'était besoin que d'un peu d'émotion ; elle minaudait en direction des premiers rangs avec une grâce routinière et passe-partout, ce qui donnait carrément une impression de mauvais goût.

— Cabiński pourrait lui interdire de monter en scène — disait Majkowska, imperméable au silence de Janka, mais s'interrompit bientôt car la petite Zosia, la fille de Rosińska, se présentait pour danser en solo un *pas* de châle[128].

---

[128] Pas de danse où la danseuse évolue en agitant un voile vaporeux.

Elle vint prendre place à côté de Majkowska, dans sa tenue de danseuse. Dans ce costume elle avait l'air d'avoir douze ans ; elle avait une silhouette manquant de formes, le visage maigre et mobile, dans ses yeux gris l'expression d'une courtisane expérimentée, et des lèvres vermillonnées cyniquement grimaçantes. Elle observait le jeu de sa mère, et sifflant entre ses dents des mots de mécontentement, finit par se pencher vers Majkowska et chuchota de façon que Janka aussi pût l'entendre :

— Regardez-donc cette vieille en train de jouer !

— Qui ? ta mère ?...

— Il paraît. Regardez. Comme cela minaude en direction de ce type en haut-de-forme. Elle fait des petits bonds comme une vieille dinde... Oh ! et comment elle s'est habillée ! Elle veut à tout prix se faire jeune, mais n'est même pas capable de se faire un visage correct. Il me faut avoir honte pour elle... Elle pense que tout le monde est assez bête pour ne pas la reconnaître... Ah, non ! moi elle ne m'aura pas. Quand elle s'habille, elle s'enferme devant moi pour que je ne la voie pas en train de s'affubler, ha ! ha ! ha ! — riait-elle presque avec haine. — Les hommes, c'est tellement bête, ça croit tout ce que ça voit... Elle s'achète tout pour elle, et moi je n'arrive même pas à mendier une ombrelle.

— Zosia, a-t-on déjà vu médire ainsi de sa mère !

— Pff ! la belle affaire pour moi, ma mère ! Dans quatre ans, dès que je le voudrai, je pourrai le devenir une paire de fois ; mais je ne suis pas folle, holà ! des mioches !... pas folle !...

— Tu es un mioche odieux et sot ! Je vais le dire tout de suite à ta mère... — chuchota Majkowska indignée en s'éloignant.

— C'est elle la sotte, bien qu'actrice patentée. Elles me font marrer !... — lui jeta petite Zosia, pinçant les lèvres.

— Arrête, tu m'empêches d'écouter...

— Il y a vraiment de quoi écouter, mademoiselle Janina !... La vieille chante comme une marmite fêlée — poursuivait-elle, non découragée.

Janka fit un geste d'impatience.

— Et comme elle m'insulte, si vous pouviez savoir ! A Lublin venait nous voir un certain monsieur Kulasiewicz ; je l'appelais « Kulas[129] », car il ne m'apportait même pas de bonbons. Elle me donna une raclée et me dit que c'était mon petit papa... Ha ! ha ! ha ! je connais ce genre de petits papas... Là-bas c'était Kulas, à Łódź Kamiński, et maintenant j'en ai deux... Elle les cache devant moi... Elle croit que je vais être jalouse ;

---

[129] Littéralement : boiteux, bancal, éclopé...

je me demande de qui ! Ce genre de soupirants fauchés, il n'en manque jamais...
— Arrête, Zośka[130], tu es vilaine — chuchota Janka, profondément indignée par le cynisme de cet enfant d'acteur.
— Et qu'est-ce que je dis de mal ?... Est-ce qu'il n'en est pas ainsi ?... — répondit-elle avec un merveilleux accent de véritable candeur.
— Tu le demandes !... Qui donc médit ainsi de sa propre mère ?...
— Alors pourquoi faut-il qu'elle soit si bête, je vous le demande ? Toutes ont des « galants » qui ont de quoi... mais elle !... Moi aussi je vivrais mieux si elle était plus maligne... Mais je vais bientôt me débrouiller autrement !...
Janka eut un mouvement de recul et la regarda avec étonnement ; mais Zośka ne le comprit pas et, simplement se penchant plus près, chuchota d'une façon entendue :
— Vous avez déjà quelqu'un, mademoiselle Janina ?...
Elle se retira aussitôt car le rideau était tombé et la danse allait commencer aussitôt pendant l'entracte.
Janka fit un mouvement, comme si quelque chose d'immonde l'avait effleurée. Un frisson glacial la parcourut, une rougeur de honte et d'humiliation recouvrit son visage.
— Quelles obscénités ! — murmura-t-elle, voyant Zośka entrer en scène, souriante et radieuse.
Son museau effilé de levrette ne faisait que papillonner au rythme effréné de la valse.
Elle dansa avec une telle conviction et une telle virtuosité qu'une tempête d'applaudissements se leva dans l'assistance. Quelqu'un lui jeta même un bouquet ; elle le ramassa et se retirant de la scène souriait avec coquetterie, comme une actrice consommée, inspirant par ses narines dilatées ces manifestations de satisfaction.
— Mademoiselle Janina — cria-t-elle en coulisse — un bouquet, oh ! maintenant il faudra que Caban me donne un acompte. Ils sont venus pour me voir danser... ils me rappellent !...
Elle bondit sur la scène ouverte, saluant le public.
— Vos blablas ça vaut des clopinettes !... S'il n'y avait pas ma danse, ce serait un four pas possible !...
Elle fit demi-tour sur la pointe des pieds, eut un large sourire de triomphe et courut aux loges.

---

[130] Diminutif de *Zosia*.

Ils commencèrent à jouer un drame des plus larmoyants, *La Fille de Fabricius*[131]. Fabricius était joué par Topolski, sa fille par Majkowska. Ils jouaient tout à fait bien, bien que Moryś fût encore tellement ivre qu'il ne savait absolument pas ce qui lui arrivait ; mais il jouait de façon telle que personne ne s'apercevait de son état. Seul Stanisławski se tenait en coulisse et riait tout haut de ses gestes automatiques et de ses regards absents. Majkowska le soutenait sans arrêt pour lui éviter de tomber sur scène.

— Mirowska ! venez-donc et voyez comme ils jouent ! — disait-il à la vieille actrice, qui aujourd'hui était d'humeur apathique, et les yeux lui brûlaient d'une haine ardente.

— Ce rôle est à moi !... c'est moi qui devrais le jouer. Qu'en a-t-il fait ?... Un bestiau saoul ! — persiflait-il au travers de ses dents serrées et lorsque les bravos chaleureux et malgré tout mérités éclatèrent, Stanisławski bleuit et se retint à la coulisse pour ne pas s'effondrer, tellement il était étouffé par une terrible jalousie.

— Bétail ! bétail ! — murmurait-il, menaçant le public de son poing fermé.

Il courut ensuite voir le régisseur, ne put le trouver et revint ; alors, il se mit à marcher, traînant la patte avec peine, excédé et mauvais.

— ... « Ma fille ! mon enfant chéri ! tu ne repousses donc pas ton vieux père ?... tu presses sur ton cœur pur un père meurtrier ?... tu ne fuis pas ses larmes et ses baisers ?... » — le fervent murmure de Topolski s'écoulait de la scène et venait frapper le vieil acteur, et celui-ci se dressait, oubliant tout en un clin d'œil, emporté par le jeu, chuchotant les mêmes paroles et introduisant dans ces doux accents d'amour paternel tellement de sentiment et de larmes, tant de sang et d'ardeur, et en même temps était si ridicule à la lumière incertaine des coulisses, les bras pathétiquement tendus vers le vide, la tête projetée vers l'avant, les yeux rivés sur le cordon du rideau, que Wicek ayant aperçu cela courut dans les loges en criant :

— Messieurs !... Stanisławski là-bas en coulisse fait encore des siennes...

Ils accoururent tous comme un seul homme, contemplant le spectacle, et le voyant toujours dans la même attitude pathétique, éclatèrent d'un rire unanime.

---

[131] Drame d'Adolf von Wilbrandt (1837-1911), dramaturge allemand, créé en 1883.

— Ha ! ha ! un singe américain !

— C'est un mammouth africain ! un qui vit cent ans ! un qui a mangé des gens, du papier, des rôles, qui a mangé de la gloire et pi qui est devenu marteau d'avoir tant mangé ! — criait Wawrzecki, imitant le ton et la façon de parler de quelque montreur de curiosités de province.

Stanisławski revint à lui et, se retournant, rencontra les regards moqueurs, frémit et laissa tristement retomber sa tête sur sa poitrine.

Janka, témoin de toute la scène, qui au moment de son extase n'avait osé bouger le petit doigt pour ne pas le déranger, ne put résister davantage, voyant les larmes dans ses yeux et toute cette bande de bétail railleur — elle s'approcha de lui et lui baisa la main avec une instinctive vénération.

— Mon enfant ! mon enfant ! — chuchota-t-il tout bas, tournant la tête pour cacher ses larmes de plus en plus abondantes, lui serra très fort la main et sortit.

Une tempête de chagrin dément, de douleur et de haine le secouait si fort qu'il put à peine descendre les escaliers.

Il alla au jardin, de là embrassa dans un regard infiniment triste ceux qui jouaient et le public, et traversant la véranda se dirigea vers la rue, mais se ravisa soudain et resta.

— Il ferait un sérieux protecteur ! — cria quelqu'un à Janka après le départ de Stanisławski.

— Il va fonder une troupe et ils joueront ensemble les amants ! — rajouta quelqu'un d'autre à voix haute.

— Chacals ! chacals ! — s'exclama Janka avec un regard de défi.

Et elle eut grande envie de leur cracher à tous dans la figure, si puissante était la vague de haine qui avait submergé son cœur, et tellement tous lui avaient paru minables et sans pitié, mais elle se retint et revint s'asseoir, longtemps incapable de se tranquilliser.

Elle entra en scène avec le chœur, encore tremblante et ébranlée, et la première personne qu'elle aperçut dans l'assistance fut Grzesikiewicz, assis dans les premiers rangs. Leurs yeux se rencontrèrent ; il fit mine de vouloir sortir, tandis qu'elle, l'espace d'un instant, se figea de stupeur au milieu de la scène, mais retrouva immédiatement ses esprits, car elle aperçut également Kotlicki, assis à proximité et observant attentivement Grzesikiewicz, et plus loin vit Niedzielska, debout près des loges, lui souriant amicalement et affectueusement.

Elle ne regardait pas Grzesikiewicz, mais sentait son regard peser sur elle, ce qui commença à l'agacer et l'énerver de plus belle. Il lui vint à l'esprit qu'elle avait une tenue trop courte, et une étrange honte l'envahit d'être là devant lui dans ces hardes de théâtre criardes...

Ce qui commençait à se passer en elle était proprement indéfinissable. Jamais auparavant elle n'avait ressenti quelque chose de semblable. Sur scène, habituellement, elle considérait le public de haut, comme une foule esclave et presque stupide, et aujourd'hui il lui sembla se trouver sur le devant d'une énorme cage, ou bien être quelque animal sous une tente de curiosités, que ce public était venu regarder faire ses distrayantes cabrioles : on la regardait de tous côtés, à la lorgnette, on la touchait presque du bout de sa canne ou de son ombrelle.

Pour la première fois elle observa chez eux ce sourire, qui n'existait pas sur chaque visage pris individuellement, mais qui cependant flottait sur les visages de tous et semblait remplir le théâtre ; c'était le sourire d'une bienveillante et naturelle ironie, le sourire d'une atterrante supériorité, que les aînés manifestent en regardant leurs enfants jouer. Elle sentait ce sourire partout.

Puis elle ne vit que les yeux de Grzesikiewicz, immobiles et rivés sur elle. Elle s'arracha de lui par un violent effort et regarda dans une autre direction, mais put tout de même le voir se lever et sortir du théâtre. Certes, elle ne l'attendait pas, n'espérait plus le rencontrer, mais cette sortie la toucha douloureusement. Elle regardait avec un certain sentiment de déception cette place vide qu'il avait occupée il y a un instant.

Elle recula avec le chœur à l'arrière-plan, car Glas commençait à chanter son duo comique avec Kaczkowska.

Glas se tenait à la bouche même du souffleur, et sollicitait Dobek avec insistance car se présentait un passage en solo dont, comme à son habitude, il ne connaissait un traître mot.

Halt lui fit signe de sa baguette et Glas, la mine comiquement inspirée, commença à chanter une parole dont il se souvenait, tendant l'oreille pour la suite, mais Dobek ne soufflait mot.

Halt frappa énergiquement sur son pupitre, mais Glas continuait à chanter la même chose, lançant pendant les courts arrêts un silencieux et implorant :
— Souffle ! souffle !

Les chœurs, dispersés à l'arrière, commencèrent à s'emmêler du fait de la situation, et des coulisses quelqu'un donnait à voix haute les paroles de la malheureuse chanson, mais Glas, tout en sueur, rouge de colère et d'émotion, chantait toujours en boucle : « Tu es à moi, belle Rózia[132] ! »,

---

[132] Diminutif de Rose.

n'entendant ni ne voyant plus rien de ce qui se passait autour de lui !

— Souffle ! — chuchota-t-il encore une fois avec désespoir, car l'orchestre et une partie du public s'étaient rendu compte de la situation et des rires fusèrent. Il donna un coup de pied au visage de Dobek et se retrouva soudain immobile, le regard absent, face au public.

Dobek, ayant reçu un coup dans les dents, lui avait en effet pris le pied et le retenait fermement.

— Tu vois, mon garçon ! ne fais pas le cabri ! — chuchotait le souffleur, le retenant avec une telle force qu'il ne pouvait bouger. — Tu es foutu !... Tu as embarbouillé Dobek, Dobek t'a embarbouillé... A présent nous sommes quittes !

Halt et Kaczkowska sauvèrent la situation en commençant à interpréter le numéro suivant.

Dobek lâcha le pied de Glas et se recula aussi loin qu'il put dans sa niche, continuant le plus tranquillement du monde à souffler de mémoire, souriant d'un air bonasse aux choristes et à Cabiński qui lui faisait les gros yeux en coulisses.

Janka ne put même pas bien se rendre compte de ce qui se passait sur scène car elle vit Grzesikiewicz revenir avec un énorme bouquet à la main.

Il se rassit à sa place ; ce n'est que lorsque le chœur revint sur l'avant-scène qu'il se leva, s'avança jusqu'à l'orchestre, jeta les fleurs aux pieds de Janka, puis fit demi-tour le plus tranquillement du monde, traversa la salle et disparut, n'ayant cure de la sensation qu'il avait provoquée dans le théâtre.

Janka ramassa machinalement les fleurs et se retira au fond de la scène, derrière ses collègues, car elle sentit tous les yeux du public braqués sur elle.

— Une âme-sœur ? — lui chuchota Zielińska.

— Regardez à l'intérieur, entre les fleurs, il y a peut-être quelque chose... — lui chuchota à nouveau une autre.

Elle ne regarda pas, mais se sentit profondément reconnaissante à Grzesikiewicz pour ces fleurs.

Elle descendit de scène, ne prêtant pas attention à la sévère algarade qui s'était déclenchée entre Glas et Dobek à la tombée du rideau.

Glas faisait des bonds de fureur, mais Dobek endossait tranquillement son pardessus et répondait calmement mais méchamment :

— Barbouillage pour barbouillage. Douce est la vengeance au cœur de l'homme.

Il s'était vengé car la veille Glas l'avait soûlé et, une fois ivre, l'avait, en compagnie de Władek, grimé en nègre. Dobek, lorsqu'il avait un peu dessoulé, s'était rendu le plus tranquillement du monde du bistrot au théâtre, ne sachant rien de ce qui était arrivé à son visage. Ce fut une rigolade peu commune en coulisse, mais Dobek jura vengeance et tint parole, menaçant de ne pas pardonner à Władek non plus.

Cabiński, irrité au plus haut point, racontait diverses bêtises à Glas, mais celui-ci ne répondait pas, profondément vexé par son « plantage » sur scène.

Janka déjà habillée n'attendait plus que Sowińska pour rentrer à la maison, lorsque Władek s'approcha d'elle et demanda délicatement :

— Me permettrez-vous de vous raccompagner ?...

— Je pars avec Sowińska, d'ailleurs vous habitez dans la direction opposée…

— Justement Sowińska m'a demandé de vous prévenir qu'elle ne reviendrait pas d'ici une heure… Elle est à la direction.

— Bon, allons-y.

— Peut-être que le bouquet vous gêne, je peux le porter… — dit-il, tendant la main pour récupérer les fleurs.

— Oh non ! merci…

— Très cher !... — dit-il, soulignant ses mots d'un sourire.

— Je ne sais pas combien il coûte — répondit-elle froidement, ne manifestant aucune envie de parler.

Władek eut un large sourire ; puis il parla de sa mère, et finit par dire :

— Peut-être ferez-vous un tour par chez nous… Maman est malade ; depuis quelques jours elle ne quitte plus du tout son lit…

— Votre maman est malade ?... Je l'ai vue aujourd'hui au théâtre.

— Pas possible !... — s'écria-t-il, véritablement embarrassé. — Je vous donne ma parole, j'étais sûr… car ma mère m'a dit que depuis quelques jours elle ne quitte...

— Maman me prépare quelque chose… — finit-il par ajouter, sombre.

Niedzielska ne faisait rien d'autre que l'espionner continuellement et avec persévérance, il lui fallait toujours savoir avec qui il entretenait quelque flirt, car elle redoutait constamment que Władek n'épousât une actrice…

Avec un respect excessif, il prit congé d'elle juste devant la porte cochère, disant qu'il devait courir auprès de sa mère afin de s'assurer de sa maladie.

Dès que Janka fut entrée, il rebroussa chemin vers le théâtre et, rencontrant Sowińska, lui parla longuement et secrètement. La vieille lui jetait des regards railleurs et lui promit son assistance.

Władek courut en hâte chez Krzykiewicz pour la partie de cartes, car ils organisaient souvent à tour de rôle de telles soirées, auxquelles participaient fréquemment des relations du public.

Janka, arrivée dans sa chambre, mit les fleurs dans l'eau et, allant se coucher, regarda les roses encore une fois et susurra tendrement :

— Le brave !

VIII

— La circulaire, mademoiselle ! — cria Wicek.
— Qu'y a-t-il de neuf ?...
— La lecture de cette nouvelle pièce, ou quelque chose comme ça !... — répondit-il, fouillant la chambre des yeux.

Janka signa la circulaire, dans laquelle le metteur en scène convoquait toute la troupe à midi pour la lecture de la pièce de Głogowski, intitulée *Les Rustres*.

— Super bouquet ! — s'écria Wicek, admirant les fleurs dans le vase. — On pourrait encore gratter…
— Parle comme tout le monde ! — dit Janka, lui rendant la circulaire signée.
— Je pourrais encore vendre ce bouquet si vous vouliez bien me le donner.
— Et qui vend et achète de tels bouquets ?...
— Vous êtes encore une débutante, mademoiselle !... Certaines dames, quand elles reçoivent des fleurs, les vendent immédiatement à la fleuriste, celle qui le soir vend les fleurs dans le jardin… Oh là là !... on pourrait en tirer un bon petit rouble comme rien. Moi si je l'avais…
— Tu ne l'auras pas… Voici autre chose et porte-toi bien !

Wicek baisa humblement la main de Janka, ravi d'avoir reçu un rouble et sortit en courant.

Elle dépensait son argent sans compter.

Après le départ de Wicek, Janka changea l'eau dans le vase et était en train de reposer celui-ci sur le guéridon lorsque Sowińska entra avec le déjeuner.

Elle était rayonnante aujourd'hui : une amabilité si suave émanait de ses yeux gris, ronds, que Janka en fut frappée.

La vieille posa le café sur le guéridon et, montrant le bouquet, dit en souriant :

— Magnifiques fleurs !... C'est ce monsieur ?...
— Oui — répondit-elle laconiquement.
— Je connais quelqu'un qui avec grand plaisir vous en enverrait de pareilles tous les jours… — commença négligemment Sowińska, mettant la chambre en ordre.
— Des fleurs ?
— Oui… et autre chose encore, si cette autre chose était acceptée.
— Ce quelqu'un devrait être très naïf, mais alors très naïf, et ne pas

me connaitre...

— Mademoiselle, il paraît que l'amour fait perdre la tête à tout le monde.

— C'est possible — répondit-elle brièvement en écoutant de plus en plus attentivement, car elle pressentait quelque proposition.

— Vous ne devinez pas de qui il s'agit ?

— Je ne suis pas curieuse à ce point.

— Et pourtant vous le connaissez bien...

— Je vous remercie, mais je n'ai besoin d'aucune information.

— Ne vous fâchez pas... Que peut-il y avoir de mal à cela ?... — insinuait lentement Sowińska.

— Ah ! c'est vous qui dites ça ?...

— Oui, moi, et vous savez que je vous souhaite, comme à ma propre fille...

— Vous me le souhaitez comme à votre propre fille ? — demanda lentement Janka, la regardant droit dans les yeux.

Sowińska baissa les yeux, ne pouvant supporter son regard et quitta la chambre en silence, mais s'arrêta derrière la porte, menaçant du poing.

— Toi la sainte ! Attends !... — murmura-t-elle avec haine.

Le jour était brumeux et froid, un crachin, pareil à de la rosée, bruinait sans arrêt, formant une épaisse couche de boue dans les rues et sur les trottoirs ; les nuages gris défilaient dans le ciel et rappelaient l'automne.

Au théâtre, Janka ne trouva que Pieś, Topolski et l'auteur.

Głogowski vint à sa rencontre en souriant et dit, lui tendant la main :

— Bonjour ! J'ai pensé à vous hier ; il faut absolument que vous m'en remerciez...

— Merci ! mais je suis très curieuse...

— Je ne pensais pas à mal... Je ne pensais pas à vous comme mes semblables pensent à de jolies femmes comme vous, non ! puissé-je crever !... Je pensais... Jésus, Marie ! je ne peux me dépêtrer de ce « je pensais » !... Pourquoi avez-vous cette chose en vous, cette force ?... d'où vient-elle ?...

— Probablement de là où commence aussi ma faiblesse : de ma nature — répliqua Janka en s'asseyant.

— Vous devez avoir votre petit catéchisme, et les yeux braqués sur lui vous avancez. Ce catéchisme a des cheveux blond-roux, environ dix mille roubles de revenu annuel, porte des binocles et...

— Et... n'en dites pas plus !... Il sera toujours temps d'énoncer une ânerie ; elle ne se périmera pas... — Głogowski coupa la parole à Topolski.

— La cinq ! quatre cognacs, car vous allez nous accompagner, mademoiselle ?...
— Merci ! je n'ai jamais bu et ne bois pas.
— Mais c'est obligé... au moins tremper vos lèvres. C'est l'entame du repas funèbre qui suivra ma pièce.
— Exagération ! — marmonna Pieś.
— Eh bien, nous verrons ! Alors, monsieur Pierre, monsieur Topolski, encore un... pour l'échafaud !... — cria Głogowski versant le cognac dans les verres.

Il riait, plaisantait sans arrêt, conduisait au buffet les acteurs qui arrivaient, se démenait, mais on voyait que derrière cette gaîté factice se cachaient l'inquiétude et l'incertitude quant au succès.

Sous la véranda s'était élevé un petit brouhaha car Głogowski offrait à boire à tout le monde, mais l'ambiance était partiellement plombée par le mauvais temps.

Cabiński ne cessait de regarder le ciel, enlevait son haut-de-forme et se grattait la tête de mécontentement ; la directrice déambulait sombre comme un jour d'automne ; Majkowska jetait des regards pleins d'étincelles à Topolski et avait envie de lui faire une scène, car elle avait les lèvres violacées et les yeux rougis par les pleurs ou l'insomnie ; Glas lui aussi se mouvait comme empoisonné par le « plantage » d'hier et ne racontait aucune blague ; Razowiec se regardait la langue dans un miroir et se plaignait à Piesiowa ; même Wawrzecki n'était pas « en situation », comme il le disait de son humeur.

Une torpeur, pareille à celle qui avait envahi l'air, pénétrait tout le monde d'ennui et d'apathie.

— Midi et demi... allons-y pour la lecture — dit le metteur en scène.

On tira une table au milieu de la scène, disposa les chaises et Topolski, armé d'un crayon, se mit à lire.

Głogowski ne s'assit pas, ne faisant qu'arpenter la scène, décrivant d'énormes cercles et passant sans arrêt à côté de Janka, lui chuchotant quelque remarque, dont elle riait à mi-voix, et lui s'éloignait, fourrageant dans ses cheveux en faisant sauter son chapeau, fumant cigarette sur cigarette, et malgré tout écoutant attentivement la lecture.

La pluie continuait à bruiner et l'eau s'écoulait bruyamment par les gouttières. Le jour inondait la scène d'une lumière trouble. L'ambiance était si pesante qu'ils ne purent se tenir cois, et les chuchotements se faisaient de plus en plus fréquents.

Glas jetait des mégots au nez de Dobek, et Władek soufflait délicatement sur la tête d'une Mirowska qui sommeillait.

Des loges des artistes parvenait le bruit de bois qu'on sciait, de clous qu'on plantait : le machiniste préparait ses décors pour le soir.

— Monsieur Głogowski, ici il faut en supprimer un peu — disait Topolski de temps en temps.

— Supprimez ! — répondait Głogowski, continuant à se promener.

Les chuchotements se faisaient de plus en plus intenses.

— Kamińska, vous viendrez avec moi aux Nalewki[133] ? Je voudrais m'acheter une robe.

— D'accord, on en profitera pour voir les petits manteaux d'automne.

— Qu'est-ce que ce sera ?... une garniture ?... — demanda Rosińska à Piesiowa attelée avec zèle à un ouvrage au crochet.

— Oui. Vous voyez, comme le modèle est beau… La directrice m'a fourni le canevas.

Survint un nouveau moment de total silence, au cours duquel on n'entendait que la voix tranquille et mélodieuse du metteur en scène, le clapotis de la pluie et le grincement de la scie.

— Donne-moi une cigarette — demanda Wawrzecki à Władek — Tu as gagné quelque chose hier ?

— J'ai été rincé, comme toujours. Je te dis — chuchotait Władek en se rapprochant — j'ai misé sur le quatre, vingt-cinq roubles la mise. Je double, ça passe ; je dis : quadruple — c'est bon ! Kotlicki me propose d'engranger la moitié. Je refuse ; tous s'arrêtent de jouer, car il commence à faire chaud ; je continue : six, sept, huit, dix — je n'engrange pas ! Ils ne font plus que se regarder. Kotlicki est en colère, car ça fait déjà quelque trois cents roubles pour moi ; je tire la onzième fois — ça passe ! Ils me crient de retirer la moitié… Je refuse ! Je tire la douzième fois et patatras ! Une paire de centaines de roubles comme jetés dans la boue, c'est la poisse, non ?... J'ai imaginé un plan !...

Il se pencha et lui chuchotait secrètement à l'oreille.

— Qu'as-tu fait de ton appartement ? — demanda Krzykiewicz à Glas, lui donnant une cigarette.

— Rien ! je continue à y habiter.

— Tu paies ?

— Rien, mais ça va venir ! — répondit le comique, clignant d'un œil.

— Ecoute Glas ! Il paraît que Cabiński achète une maison sur la rue Leszno.

---

[133] Grande rue qui traversait le quartier juif de Varsovie situé au nord-ouest de la VieilleVille. Elle a été détruite pendant la deuxième guerre mondiale.

— Pas vrai ! Si c'était le cas, je vous jure, j'emménagerais séance tenante chez lui en échange de mes cachets. Mais c'est de la blague ! Où aurait-il pris tant de sous ?...

— Ciepiszewski l'a vu avec des agents immobiliers.

— Nounou ! — appela Cabińska.

La nounou marchait à vive allure, portant une lettre dans son tablier.

— Ce n'est pas moi, c'est Felka[134] qui a cassé le miroir ; elle a lancé la flûte à champagne en visant le chandelier et a trouvé le miroir... Bing !... et voilà trente roubles qui s'ajoutent à l'addition. Le gros s'est contenté de faire la grimace.

— Ne mens pas ! je n'étais pas saoule, voyons, et je me souviens très bien de qui l'a cassé.

— Tu te souviens ?... Et tu te souviens quand tu as sauté de la table, et ensuite enlevé tes escarpins et... ha ! ha ! ha ! ha !...

— Silence !... — cria rudement Topolski aux choristes, qui se racontaient leurs impressions de la veille.

Elles se calmèrent mais Mimi commença à raconter presque à voix haute à Kaczkowska comment était confectionné le nouveau chapeau qu'elle avait aperçu rue Długa[135].

— Si ça continue comme ça, je ne tiendrai pas le coup. Le propriétaire a résilié ma location. Hier, j'ai mis en gage pratiquement mes dernières fringues, car j'ai dû acheter du vin pour Janek. Le malheureux récupère si lentement ; il veut déjà se lever, s'ennuie et fait des caprices ; il faudrait mieux le nourrir, alors qu'on a à peine de quoi acheter du thé... Si je ne m'engage pas chez Ciepiszewski et ne reçois pas d'acompte, le propriétaire me mettra à la rue car je n'aurai pas de quoi payer...

— Mais c'est sûr qu'il fonde une troupe ?

— Sûr ; je dois le voir ces jours-ci pour signer le contrat.

— Vous ne resterez pas chez Cabiński ?

— Il ne veut pas me payer mes arriérés de cachets — chuchotait l'actrice de genre Wolska.

Trente années s'inscrivaient bien marquées sur son visage fatigué et raviné par les soucis. Une épaisse couche de fond de teint et de fard à joues ne pouvait recouvrir ses rides ni effacer l'inquiétude qui brillait dans ses yeux. Elle avait un petit garçon de six ans, malade depuis le printemps. Elle le défendait désespérément, quitte à souffrir la faim ; elle

---

[134] Diminutif de Félicie.
[135] Elégante rue du centre-ville, à proximité de la Vieille Ville.

se privait de tout pour le sauver, et l'avait sauvé, mais elle-même était devenue squelettique.

— Mécène ! bienvenue chez nous ! — cria Glas, voyant le vieux qui depuis plusieurs semaines n'avait pas remis les pieds au théâtre.

Le mécène entra et salua tout le monde. On interrompit la lecture, car tous se levèrent spontanément de leurs sièges.

— Bonjour ! Bonjour !... Je gêne, peut-être ?

— Non, non !

— Asseyez-vous donc, mécène — s'écria Cabińska — nous allons écouter ensemble...

— Ah, jeune maître ! mes respects !

— Vieil idiot ! — grommela Głogowski, lui faisant un signe de tête et se cachant en coulisse, car ces constantes interruptions et discussions finissaient par le rendre fou.

— Silence !... je vous jure, une vraie synagogue ! — criait Topolski en colère tout en continuant à lire.

Mais plus personne n'écoutait. La directrice sortit avec le mécène, et derrière elle tous se défilaient en silence.

La pluie se mit à tomber à verse et tambourinait avec un fracas assourdissant sur le toit métallique du théâtre. La lumière se fit si sombre que Topolski ne pouvait plus lire.

Ils se transportèrent tous dans les loges des hommes ; il y faisait un peu plus clair et plus chaud et ils commencèrent à papoter.

Janka était debout avec Głogowski dans l'embrasure de la porte et tenait quelque propos enflammé à propos du théâtre lorsque Rosińska l'interrompit, railleuse :

— Le théâtre vous a vraiment pris la tête !... incroyable, si je ne le voyais de mes yeux...

— C'est pourtant simple ; pour moi le théâtre renferme tout.

— Moi c'est le contraire, je ne vis qu'en dehors du théâtre.

— Alors pourquoi ne quittez-vous pas la scène ?

— Si seulement je pouvais m'échapper, je ne resterais pas une heure de plus !... — répondit-elle amèrement.

— C'est ce qu'on dit ! Chacune d'entre nous le pourrait, seulement on n'arrive pas à s'arracher du théâtre — dit doucement Wolska. — Moi je l'ai plus dure que tous et je sais que si je quittais la scène je serais mieux, mais chaque fois que je pense qu'il faudra bien un jour arrêter de jouer, une telle peur m'envahit qu'il me semble que je mourrais si j'étais privée de scène...

— Oh, le théâtre !... c'est un empoisonnement lent et une agonie quotidienne ! — murmura Razowiec sur un ton larmoyant.

— Ne juge pas, car tu es malade de l'estomac, et non du théâtre.

— Cette agonie et cet empoisonnement lent c'est pourtant aussi une certaine volupté ! — reprit Janka.

— Hi !... tu parles d'une volupté !... à moins qu'on appelle volupté la faim, une jalousie permanente et l'impossibilité de vivre autrement.

— Heureux sont ceux qui n'ont pas été frappés par cette maladie, ou se sont retirés à temps.

— Mieux vaut pourtant vivre ainsi, souffrir ainsi, agoniser ainsi, mais avoir un but : l'art ; plutôt que de vivre comme un mollusque. Je préfère mille fois vivre ainsi que d'être la servante d'un mari, l'esclave d'enfants, d'instruments ménagers et ne connaître aucun souci — éclata Janka.

Władek se mit à déclamer sur un ton comiquement pathétique :

« Prêtresse ! à toi un autel
Dans ce temple de l'art
Je ferai élever !... »

— Pardonnez-moi. Moi-même je prétends qu'en dehors de l'art... il n'y a rien !... que s'il n'y avait pas le théâtre...

— Tu serais devenu rafistoleur de talons !... — s'immisça Glas.

— Seul quelqu'un de très jeune et très naïf peut parler ainsi ! — s'exclama méchamment Kaczkowska.

— Ou bien celle qui ne connaît pas encore le goût des cachets de Cabiński.

— Personne digne de pitié ! vous avez de l'enthousiasme... la misère vous l'enlèvera ; vous avez de l'ardeur... la misère vous l'enlèvera ; vous avez de la jeunesse, du talent, de la beauté... la misère vous enlèvera tout ! — disait Pieś d'une voix sévère et sur un ton de prédicateur.

— Non, cela n'est rien !... mais une troupe comme celle-ci, des artistes comme ceux-ci, des pièces comme celles-ci vous enlèveront tout... Et si vous arrivez à supporter un tel enfer sans dégât, alors vous serez une grande artiste ! — murmurait Stanisławski avec acrimonie.

— Le maître a parlé, baisse-donc la tête, foule, et dit amen ! — raillait Wawrzecki.

— Bouffon !... — marmonna Stanisławski et sortit.

— Mammouth !

— Je vais vous raconter mes débuts — dit Władek.

— On sait, chez un coiffeur.

— Ne déconne pas, Glas !... il faut à tout prix que tu te rendes plus bête que tu n'es !

— J'étais en quatrième quand j'ai vu Rossi[136] dans *Hamlet*... et je suis devenu enragé !... Je chouravais des sous à mon père pour m'acheter des tragédies et j'allais au théâtre ; jour et nuit j'apprenais des rôles. Je rêvais de conquérir le monde entier...

— Et te voilà débutant chez Caban — ironisait Dobek.

— J'ai appris que Rychter[137] était venu à Varsovie et envisageait d'ouvrir une école d'art dramatique. Je suis allé le voir, car je me sentais du talent et voulais apprendre. Il habitait sur la Świętojańska... J'arrive et je sonne ; c'est lui-même qui m'ouvre, me fait entrer et ferme la porte à clé. La peur m'a donné chaud... Je ne sais par quoi commencer... Je fais le pied de grue. Lui, le plus tranquillement du monde, nettoie une casserole, puis verse du pétrole dans un réchaud ; il enlève sa redingote, met une veste d'intérieur et commence à éplucher des pommes de terre.

Après un long silence, voyant que ça n'en finissait pas, je commence à bredouiller des choses sur la vocation, l'amour de l'art, l'envie d'apprendre et ainsi de suite.

Lui continuait à éplucher ses pommes de terre.

Je finis par lui demander s'il voulait bien me donner des leçons.

Il me regarda et marmonna :

— « Quel âge avez-vous, jeune homme ? »

Je me sentis devenir tout bête, et lui poursuit :

— « Vous êtes venu avec votre maman ? »

Les larmes commencèrent à me brouiller les yeux, et lui reprend :

— « Papa va vous flanquer une raclée... une sacrée !... et on va vous virer du bahut ».

Je me sentis si malheureux et humilié que je ne pouvais dire mot.

— « Déclamez donc quelque chose, jeune homme, par exemple « Staś[138] a fait une tache sur la robe... », « La nuit était obscure... », quelque chose des extraits de Łukaszewski[139]... » — dit-il doucement, épluchant imperturbablement ses pommes de terre.

Je ne saisis pas l'ironie, car le ciel s'ouvrait devant moi. Déclamer

---

[136] Ernesto Rossi (1827-1896) : acteur italien, interprète de nombreux personnages shakespeariens ; il s'est produit à Varsovie en 1877-1878.

[137] Józef Rychter (1820-1885) : acteur, metteur en scène et directeur de théâtre polonais.

[138] Diminutif de Stanislas.

[139] Plus exactement Lesław Łukaszewicz (1809-1855), historien de la littérature, auteur d'une *Esquisse de la littérature polonaise* très populaire au 19ème siècle.

devant lui !... J'en avais rêvé !... je pensais que je l'éblouirais et le ravirais, car toutes mes cousines et tout le collège se pâmaient devant ma voix.

— C'est de cette époque que tu as gardé un penchant pour les cris ?...
— Glas, ne fais pas suer...
— Ha ! pensé-je, il faut lui en mettre plein la vue !... et bien que tremblant d'émotion, j'ai pris une pose tragique et je commence... quoi donc ?... *Le châle noir*[140], qui était alors à la mode... J'ai surmonté mon trac et le pathos m'a donné des ailes, je me fends, je me tords les articulations, je crie, j'explose comme Othello, je siffle de haine comme un samovar et termine en sueur...

— « Autre chose ? » — dit-il, continuant à éplucher ses pommes de terre, aucun muscle de son visage ne trahissant sa pensée.

Il me semblait que ça se passait bien et je choisis *Hagar*[141] ; j'y vais à fond la caisse : je désespère comme Niobé, je maudis comme Lear... j'implore, je menace et termine complètement excité ; et lui de dire :
— « Encore ! »

Il laissa tomber ses pommes de terre et se mit à hacher de la viande.

Ebloui par ce consentement et cet encouragement qu'il me semblait percevoir dans sa voix, je choisis dans le *Mazepa* de Słowacki[142] cette scène du quatrième acte et la récite en entier...

Je geins pour Amélia, radote pour Chmara, maudis pour Zbigniew, tempête pour le Voïévode... J'y mets tant de sentiment, tant de voix, que celle-ci s'éraille ; les cheveux se dressent sur ma tête, je tremble, j'oublie où je suis, l'inspiration me soulève, je crache des flammes, comme un four ; j'ai la voix larmoyante, un point au côté à force, et je récite... Déjà, j'ai fini de maudire, malmener Amélia, je me déchire de douleur et d'amour ; je termine le quatrième acte et comme un torrent m'engouffre dans le cinquième. Le tragique m'emporte, me soulève presqu'au plafond, la pièce se met à danser autour de moi, je vois trente-six chandelles, le souffle commence à me manquer — je faiblis, l'émotion m'étouffe, mon âme tombe en morceaux — je défaille...

Là-dessus — il se met à éternuer et s'essuyer les larmes avec sa manche.

---

[140] De Kornel Ujejski (1823-1897), poète romantique et patriote polonais.
[141] De Kornel Ujejski également.
[142] Juliusz Słowacki (1809-1849), célèbre poète romantique et dramaturge polonais, rival et adversaire de Mickiewicz, mort dans l'émigration à Paris.

J'ai cessé de parler.

Lui reposa l'oignon qu'il coupait, me mit une cruche entre les mains et me dit le plus tranquillement du monde :

— « Apportez-moi donc de l'eau… »

Je l'apporte.

Il mit les pommes de terre dans l'eau, les posa sur le réchaud et alluma la mèche.

Je lui demande timidement si je peux venir pour les leçons.

— « Venez, venez si vous voulez !... — répondit-il. — Vous balaierez, porterez l'eau. Et savez-vous le chinois par hasard ?... »

— « Non ! » — je réponds, ne voyant pas où il voulait en venir.

— « Alors apprenez-le, et quand vous le saurez, venez me voir ; on bavardera alors un peu de théâtre ! »

Je sortis désespéré, mais cela ne me refroidit pas du tout. De ma vie je n'oublierai jamais ce moment !...

— Ne fais pas de sentiment, Głogowski ne proposera plus de bière.

— Vous avez beau dire, mais seul l'art rend la vie digne d'être vécue.

— Et vous n'avez plus revu Rychter ? — demanda Janka curieuse.

— Vous voyez bien qu'il n'a pas encore appris le chinois…

— Non, je ne l'ai pas revu ; du reste, quand ils m'ont viré de l'école, je me suis tout de suite sauvé de la maison et me suis engagé chez Krzyżanowski.

— Tu étais chez Krzysio[143] ?...

— J'ai marché toute l'année avec lui, sa femme, l'immortel Leoś[144], son fils, et encore une autre débutante : je dis « marché » car on se servait très rarement d'autres moyens de locomotion. Très souvent il n'y avait pas de quoi manger, mais je pouvais jouer et déclamer tout mon soûl. J'avais un répertoire immense. Nous jouions Shakespeare et Schiller à quatre personnes, trafiquées le plus merveilleusement à notre usage par Krzysio qui, en outre, avait énormément de pièces de son cru, ayant chacune trois ou quatre titres. Krzyżanowski en personne les portait dans un grand coffre et parfois lors des haltes disait en tapotant la caisse :

— Là-dedans, il y a un Shakespeare ou un Molière polonais. La misère c'est rien du tout !... quand on a l'immortalité assurée. Leoś, souviens-toi de ce que dit ton père !

Tous se mirent à rire de bon cœur.

---

[143] Diminutif de Christophe… ou raccourci du nom Krzyżanowski.
[144] Diminutif de Léon, Léo.

Janka fut désagréablement affectée par ce rire et, se souvenant de Stanisławski, intervint énergiquement :

— Ce n'est pas si drôle la misère et l'errance du talent.

— Oh oui, âme-sœur ! oui !... C'était un apôtre de l'art, un génie sans chaussures entières et... sans situation !... Un Shakespeare de bazar ! Un Talma des tavernes !... — criait pathétiquement Glas.

— Populace ! bétail ! fripouilles ! et comptez jusqu'à vingt ! — marmonnait Głogowski, car on riait tellement que les loges en tremblaient.

— Et quelles coumédies nous donnions avec lui, quand j'avais ma propre troupe, il fallait voir ça !... Et même que vous n'en verrez plus des pareilles ! — dit amèrement le régisseur.

Ils commencèrent à se moquer et le chiner à propos de cette « troupe » galicienne[145].

— Vous êtes des comédiens, et non des artistes !... — s'écria le régisseur en colère et sortit dans le jardin. Ils commencèrent à raconter chacun leur tour les anecdotes les plus variées, car le sujet était inépuisable et il se trouvait toujours des personnes pour en parler ou écouter.

La pluie continuait à tomber et, le monde à l'entour se faisant de plus en plus froid et lugubre, ils se regroupèrent en un cercle plus serré et racontaient.

Là-dessus ils furent interrompus par de grands cris provenant de la scène.

— Silence ! Qu'est-ce que c'est ?... Ah, Majkowska *contra* Topolski ; une scène d'amour libre.

Janka sortit pour voir ce qui se passait.

Sur la scène, plongée pratiquement dans l'obscurité, se disputait le couple de héros de la troupe.

— Où étais-tu ?! — criait Majkowska, l'agressant avec les poings.

— Laisse-moi tranquille, Mela.

— Où étais-tu toute la nuit ?

— S'il te plaît, va-t'en... Si tu es malade, va à la maison.

— Tu as joué, n'est-ce pas ?... et moi je n'ai pas de robe à me mettre ! Hier je n'avais pas de quoi me payer à souper !...

— Pourquoi n'as-tu pas voulu ?...

— Ah ! Tu aurais voulu, toi, je sais ! Tu voudrais que j'aie de l'argent, tu aurais de quoi jouer... Tu m'aiderais même à en avoir, de l'argent...

---

[145] La Galicie (région de Lwów), autre partie de la Pologne démembrée, ne faisait pas partie du Royaume du Congrès et était placée sous tutelle autrichienne.

salaud ! infâme !

Elle se jeta sur lui, excitée et acharnée. Son beau visage de statue brûlait de courroux et de sa gorge serrée sortaient des sifflements brefs et prolongés. Elle tomba au paroxysme de l'hystérie : elle le saisit par l'épaule, le pinçant et le secouant, inconsciente de ce qu'elle faisait.

Topolski, exaspéré, la frappa et la repoussa violemment.

Majkowska, avec un quasi-rugissement, tant sa voix n'avait plus rien d'humain, entrecoupé de rires et de pleurs, s'écroula tragiquement et tomba devant lui à genoux.

— Moryś !... amour de mon âme, pardon !... Mon soleil !... ha ! ha ! ha ! Salopard d'arsouille ! toi !... toi !... Mon chéri, pardonne-moi !...

Elle se traîna jusqu'à ses pieds, lui saisit les mains et se mit à les baiser avec ferveur.

Topolski se tenait debout, sombre ; éprouvant de la peine et ayant honte de son propre emportement, il se contentait de mordiller sa cigarette et de chuchoter tout bas :

— Lève-toi donc... ne joue pas la comédie... Tu n'as donc pas de pudeur !... Ils vont tous se précipiter ici...

La mère de Majkowska, une vieille femme ressemblant à une sorcière, accourut ; elle s'efforça de la soulever.

— Mela ! ma petite fille !

— Emportez cette cinglée ; elle ne fait que du scandale... — lui dit Topolski, et sortit au jardin.

— Ma petite fille !... tu vois... je te l'avais dit, je t'ai suppliée, ne le prends pas... un amoureux pareil ! Il est incapable de te respecter et en plus ne fait que te ruiner la santé, tandis que l'autre... Tu l'auras voulu, ma chérie, ma petite Mela ! Lève-toi, mon petit enfant, lève-toi !

— Allez au diable ! — s'écria Majkowska.

Elle repoussa la vieille, s'arracha du sol, s'essuya le visage et se mit à arpenter vivement la scène.

Elle avait dû, par ces furieux va-et-vient, décharger le reste de colère qui subsistait en elle, car elle commençait à fredonner et se sourire à elle-même, et après appela Janka de sa voix la plus naturelle :

— Viendriez-vous avec moi en ville ?...

— D'accord, la pluie a même cessé de tomber... — répondit Janka, lui regardant le visage.

— Eh bien ! j'ai un beau petit coquart... vous avez vu ?

— Oui, j'ai vu et... je ne peux encore calmer mon indignation.

— Hi... bêtises !

— Il y a déjà beaucoup de choses que j'ai comprises, avec difficulté, au théâtre et que je me suis expliquées comme j'ai pu, mais une telle scène, je ne peux pas. Comment ! vous pouvez supporter pareille chose ?...

— Je l'aime trop pour prêter attention à de telles broutilles.

Janka se mit à rire nerveusement.

— On ne peut voir de telles choses que dans une opérette, et… dans les coulisses.

— Bah, je vais me venger !

— Vous allez vous venger ?... Ça m'intéresse beaucoup… car moi jamais, au grand jamais je ne pardonnerais.

— Je vais l'épouser… Il faut qu'il se marie avec moi.

— C'est ça votre vengeance ? — s'écria Janka étonnée.

— Pas besoin de meilleure. Moi je vais la lui arranger sa vie ! Et si nous passions d'abord à la confiserie, je dois acheter des chocolats…

— Mais vous n'aviez pas de quoi souper !... s'exclama Janka malgré elle.

— Ha ! ha ! vous êtes encore bien naïve…ha ! ha ! Vous avez vu celui qui m'envoie des bouquets et vous pensez que je suis sans le sou ! ha ! ha ! Où donc avez-vous été élevée de la sorte ? C'est carrément savoureux !...

Et de nouveau elle riait comme une folle, au point que les passants dans la rue les suivaient du regard ; elle changea soudain de ton et demanda avec curiosité :

— Vous avez quelqu'un ?...

— J'ai… l'art ! — répondit Janka avec sérieux, même pas vexée par la question, car elle savait que ce sont là choses assez courantes au théâtre.

— Vous êtes soit très ambitieuse, soit très maligne… je ne vous connaissais pas… — dit Majkowska en lui prêtant une oreille plus attentive.

— Ambitieuse, c'est possible ! car je n'ai qu'un seul but au théâtre : l'art.

— Ne me prenez-pas pour une dinde ! ha ! ha ! L'art : but de la vie ! c'est un thème pour jolis couplets, bien qu'éculé.

— Ça dépend pour qui…

Majkowska se tut ; elle commença à penser obscurément à quelque chose, car elle pressentait en elle une rivale, et dangereuse avec ça, car intelligente.

— J'ai eu de la peine à vous rattraper ! — appela quelqu'un derrière elles.

— Vous ici, mécène ?... vous n'êtes pas de service ?... — chuchota

malicieusement Majkowska, car il allait toujours avec la directrice.
— Je veux changer de maîtresse... et cherche justement une place.
— Chez moi il y a beaucoup d'obligations.
— Alors, merci !... je suis trop vieux pour ça... Je connais quelqu'un qui serait plus compréhensif pour mon âge.
Et il s'inclina avec une exquise politesse devant Janka.
— Vous venez avec nous ?
— Volontiers, mais si vous permettez, je vais faire le guide.
— Pas de problème.
— Je propose de déjeuner au « Versailles ».
— Moi je dois rentrer — dit Janka — on n'a pas encore fini la lecture de la pièce.
— Ils finiront bien sans vous. On y va.

Ils marchaient lentement, la pluie avait complètement cessé et le soleil de juillet séchait la boue des rues.

Le mécène se pavanait, regardait Janka dans les yeux, et affichait de larges sourires ; il saluait les gens qu'il connaissait et arborait un air de vainqueur en présence des jeunes passants.

Le « Versailles » était désert. Ils s'installèrent à l'aise près de la balustrade et le mécène commanda un déjeuner assez raffiné.

Janka était un peu gênée au début, mais voyant que Majkowska se comportait avec son aisance habituelle, elle retrouva sa bonne humeur et ne prêtait pas attention aux garçons ni aux passants qui regardaient en souriant.

Le mécène ne s'occupait que de Janka, ne la lâchait pas d'un pouce et lui servait force compliments dont Majkowska riait tout haut. Cela étonna un peu Janka au début, mais ces efforts lui parurent si comiques par la suite qu'elle aussi riait de bon cœur avec Mela.

Le déjeuner était parfait, les vins extra, le soleil brillait si joyeusement qu'elle se sentait pénétrée d'une chaleur amollissante, et trouvait si bon de rester assise sans souci, sans penser à rien et se distraire, mais elle rappela incidemment la répétition.

— Qu'ils attendent ! Ce n'est tout de même pas à moi de m'adapter à eux !

Majkowska était souvent despotique dans ses caprices, et elle faisait alors trembler le théâtre, imposant les pièces dans lesquelles elle pourrait briller. Cabiński lui cédait par obligation, craignant qu'en pleine saison elle ne lui démolît sa troupe en la quittant avec Topolski.

Il était déjà trois heures passées lorsqu'elles revinrent au théâtre. La répétition de la représentation du jour battait son plein.

Cabiński voulut leur faire quelque remontrance, mais Majkowska lui décocha un regard si redoutable qu'il se contenta de grimacer et s'éloigna.

Sa mère accourut à elle avec une lettre. Majkowska la lut, griffonna aussitôt quelques mots de réponse et la rendit à la vieille.

— Rapportez ça, mais tout de suite.

— Mais s'il n'est pas là ?... — s'enquit la vieille.

— Alors attendez, c'est à lui remettre en main propre... Voilà pour vous...

Et s'approchant le pouce du gosier à la façon d'un ivrogne, elle lui donna une pièce de quarante kopecks.

Les yeux verdâtres de la vieille brillèrent de reconnaissance, elle baisa la main de sa fille et détala.

Janka chercha Głogowski, mais il n'était plus là ; elle se dirigea alors vers les sièges, vers le mécène, qui les avait raccompagnées, car elle se rappela cette lecture des lignes de la main d'il y a quelque temps.

— Monsieur le mécène... vous me devez quelque chose... — l'entreprit-elle, s'asseyant à ses côtés.

— Moi ?... moi ?... vraiment, je ne me rappelle pas... aurais-je...

— Vous m'avez promis de dire ce que vous avez vu dans les lignes de ma main...

— Je me souviens, mais il me faut regarder encore une fois...

— Mais pas ici. Il est préférable d'aller dans les loges, au moins personne ne le remarquera...

Ils se rendirent dans les loges des choristes.

Le mécène examina ses deux mains en détail et assez longtemps, et finit par dire, quelque peu embarrassé :

— Parole d'honneur, c'est la première fois que je vois des mains aussi singulières... Je ne sais pas en vérité si...

— Mais, je vous prie, dites-moi tout, sans rien me cacher, absolument. Voyez-vous, mécène, même si on devait se moquer de moi, je vous dirais que je crois presque en de telles prédictions, de même que je crois en certains rêves et pressentiments... C'est peut-être ridicule, mais j'y crois.

— Je ne peux pas le dire, et du reste moi-même je ne suis pas convaincu que cela soit vrai.

— Peu importe que cela soit vrai ou pas, mais il faut absolument que vous me le disiez, mécène adoré ! Je vous promets solennellement que je ne prendrai pas à cœur ce que j'entendrai — implorait câlinement Janka, dévorée par la curiosité et une peur inexpliquée.

— Une maladie vous attend, comme une maladie du cerveau... Je ne sais pas, je n'y crois pas, parole d'honneur. Je dis ce que je vois, mais… mais…

— Et le théâtre ? — demanda-t-elle.

— Vous serez célèbre… très célèbre ! — chuchota-t-il vivement, sans la regarder.

— Pas vrai ; cela vous ne l'avez pas vu !... — dit-elle, traquant le mensonge dans ses yeux.

— Parole ! parole d'honneur, tout y est !... Vous arriverez, mais par de telles souffrances, par tant de larmes… Gardez-vous des rêves.

— Même par tous les enfers, pourvu qu'on arrive ! — dit-elle avec force, des éclairs dans les yeux.

— Permettez toujours qu'on vous apporte conseil, qu'on vous aide en ami. Les cœurs humains sont là pour se soutenir mutuellement…

Et il lui baisa la main avec respect.

— Je vous remercie, j'irai seule ; si je suis malheureuse, ce sera également seule. Je vous remercie beaucoup, mais je ne supporterais jamais la pitié de la part des gens, et vous, vous voudriez avoir de la pitié pour moi…

Le vacarme de quelques dizaines de personnes, entremêlé de musique, afflua d'en bas et pénétra le silence dans lequel ils s'étaient plongés tous les deux.

Le mécène serra le bras de Janka et dit en partant :

— Ne croyez pas à ça, mais gardez-vous de l'eau !...

Elle resta seule encore un moment, déchirée par des pressentiments confus, crainte et douleur à la fois, puis descendit.

Elle alla chez elle, dîna, et même lut quelque chose, mais entendait toujours ces prédictions.

— Je suis curieuse de voir ce qu'il en sera et comment ?... — pensait-elle, arpentant sa chambre avec inquiétude.

— « Vous serez très célèbre !... Gardez-vous des rêves ! » — répétait-elle.

— Bêtise !... je me suis énervée inutilement ! — ajoutait-elle.

Mais elle ne put se débarrasser aussi aisément de ces sombres pressentiments, car ils tourbillonnaient encore quelque part dans son subconscient.

— Je serai célèbre !...

Elle souriait, répétant lentement ces mots en les allongeant.

— « Gardez-vous des rêves !... »

Puis elle s'assit et médita sur elle-même.

Elle passait en revue tout ce temps qu'elle avait vécu au théâtre, avec une telle précision qu'elle voyait presque les jours les uns après les autres, les scènes les unes après les autres.

— Qu'ai-je fait ?... — se demanda-t-elle à elle-même, nettoyant le bouquet presque fané de Grzesikiewicz.

— Je suis au théâtre — répondait-elle.

Et de nouveau se dessina dans son cerveau tout ce monde dans lequel elle vivait et il lui parut étrange, très étrange, comparé à son ancien monde. Elle contemplait les deux comme d'une hauteur et ressentit qu'elle se trouvait à la croisée des chemins et que ces deux mondes avaient des mouvements et des centres d'attraction différents.

Elle réfléchit longuement sur son avenir mais, comme inconsciemment, craignait d'approfondir en pensée et d'avancer des conjectures plus précises, car elle se sentait aussitôt happée par quelque obscurité qui commençait à lui entraver l'esprit.

Elle s'occupa à quelque travail de couture et peu à peu ses pensées prirent un autre cours. Elle reprit presque ses esprits et, bien que pensant encore de temps à autre à ces prédictions du mécène, celles-ci ne faisaient plus le même effet sur elle.

Le soir de ce jour le mécène lui fit remettre en coulisse un bouquet, une boîte de bonbons et une lettre l'invitant à souper à la « Sielanka[146] », mentionnant qu'il y aura aussi Majkowska et Topolski.

Elle lut et ne sachant que faire demanda à Sowińska.

— Vendre le bouquet, manger les bonbons et aller au souper.

— C'est ce que vous me conseillez ?...

Sowińska haussa les épaules avec mépris et répondit sèchement :

— Hi !... tôt ou tard ça doit arriver... Vous êtes toutes...

Elle ne finit pas sa phrase et sortit.

Janka jeta avec colère le bouquet dans un coin, distribua les bonbons et rentra directement chez elle après la représentation, infiniment fâchée contre le mécène, qui lui avait paru un homme très sérieux et respectable.

Le lendemain à la répétition Majkowska lui fit une remarque incisive :

— Vous êtes une immaculée... romantique.

— Non, mais j'ai à préserver ma dignité humaine.

— « Serais-tu aussi pure que la neige, tu n'échapperas pas à la calomnie... Va dans un couvent ! »[147] — déclara Mela.

---

[146] Plusieurs établissements de Varsovie ont porté ou portent encore ce nom signifiant « l'idylle ».
[147] Réminiscence de Hamlet, acte III, scène 1.

— Peu m'importe ce qu'on pense ; si je veux rester pure, c'est vis-à-vis de moi-même seulement... Toute souillure m'est abjecte et même pour réaliser mes rêves, je ne commettrais pas de bassesse.

— Pff ! si je savais ce que sont la bassesse, la souillure et autres expressions du même genre, et qu'elles permettent de faire une bonne fiesta, je commencerais tout de suite à en prendre matin et soir, à la place du beurre sur mes tartines.

Elles se regardèrent dans les yeux avec un sourire méprisant et se séparèrent.

Janka commençait à ressentir une profonde antipathie pour ses collègues, jointe même à un certain dégoût. Maintenant elle les connaissait toutes parfaitement, au point qu'elles lui paraissaient une colonie de perruches, tant elles étaient frivoles, méchantes et sottes. Elles l'irritaient par leurs éternels papotages à propos des tenues et des hommes. Leurs visages souriants et leurs pensées futiles la pénétraient carrément de colère. Elle qui riait très rarement et seulement des lèvres, presque jamais du cœur, ne pouvait supporter une gaîté spontanée.

Elle se rendit à la leçon chez Cabińska, mais ne pouvait oublier ce haussement d'épaules méprisant de Sowińska, ni les paroles d'aujourd'hui de Majkowska.

— « Serais-tu aussi pure que la neige, tu n'échapperas pas à la calomnie. Va dans un couvent ! » — répéta-t-elle plusieurs fois, mais fut frappée non pas par la première phrase, mais la deuxième.

— Non, non !... — disait-elle, repoussant avec horreur la vision de spectres.

Elle termina la leçon et pendant longtemps joua des nocturnes de Chopin, trouvant dans leur mélancolie un soulagement à sa propre tristesse.

— Mademoiselle Janina !... Mon mari a laissé un rôle pour vous !... — cria la directrice dans l'autre pièce.

Janka referma le piano et commença à parcourir le rôle. Il se composait d'une dizaine de phrases de la pièce de Głogowski, et ne la satisfaisait pas du tout, car ce n'était qu'un petit épisode, mais son cœur palpita plus vivement : ce devait être sa première véritable apparition sur scène.

La pièce fut reportée au jeudi suivant et l'on devait la répéter tous les jours l'après-midi car Głogowski y tenait et tous les jours offrait à boire à tout le monde, pourvu qu'on apprît les rôles.

Quelques jours après l'obtention de ce premier rôle, le mois de séjour de Janka chez Sowińska s'était écoulé. La vieille le lui rappela le matin, lui demandant de payer le plus vite possible.

Janka lui donna dix roubles, promettant solennellement de lui payer le reste d'ici quelques jours, car il ne lui restait en tout que quelques roubles à peine.

Elle fit ses comptes, se demandant avec étonnement où et pour quoi elle avait dépensé en l'espace de cinq semaines les quelque deux cents roubles qu'elle avait amenés de Bukowiec.

— Comment cela va-t-il se passer pour la suite ? — murmurait-elle, décidant de parler au plus vite à Cabiński de ses cachets en retard.

Elle le fit dès la première répétition.

Cabiński fit un bond comme si on voulait l'assassiner.

— Je n'ai pas, je vous jure, je n'ai pas ! Du reste... aux débutantes je ne paie jamais rien pour les premiers mois. Hum ! curieux que personne ne vous l'ait expliqué. D'autres restent toute la saison et ne me tracassent pas avec leurs cachets... Pour l'instant vous devriez vous estimer heureuse de figurer dans une troupe de premier rang. Hum !... du reste... on vous doit apparemment quelque chose pour les leçons ?...

Elle écoutait avec frayeur et répliqua tout simplement :

— Mais monsieur le directeur ! moi dans une semaine je n'aurai plus de quoi vivre... Je ne disais rien jusqu'à présent car j'avais encore de l'argent venant de chez moi.

— Et ce vieux... mécène... ne peut rien donner ?... on sait bien que...

— Directeur !... — chuchota-t-elle, devenant toute rouge.

— Le porte-bonheur !... — grogna-t-il, pinçant les lèvres avec malice.

Elle s'efforça de calmer son indignation et dit :

— En attendant j'ai besoin absolument de dix roubles : je dois m'acheter une tenue pour *Les rustres*.

— Dix roubles ?... ha ! ha ! ha ! Vous êtes trop drôle ! Même Majkowska ne touche pas autant d'un seul coup ! Dix roubles !... J'aime cette naïveté !...

Il riait de bon cœur, puis au moment de partir il lui lança :

— Rappelez-le moi ce soir, je vais vous faire un bon pour la caisse.

Le soir elle reçut un rouble.

Elle s'abîma tristement dans ses pensées, car elle avait compris que la misère était déjà à sa porte, et que dans quelque temps elles se regarderaient dans les yeux.

Elle savait bien que les choristes recevaient dans le meilleur des cas 50 kopecks d'acompte, et habituellement deux zlotys[148] ou quarante sous.

---

[148] Le zloty n'avait plus cours depuis 1850, mais l'ancienne équivalence subsistait, de 15 kopecks pour un zloty et de ½ kopeck pour un sou (*grosz*).

Maintenant seulement elle se remémorait ces visages tristes et abattus des actrices d'un certain âge.

Elle remarquait à présent beaucoup de choses semblables, qu'auparavant elle ne voyait pas ou, les voyant, ne prenait pas en compte. Son propre manque lui ouvrit largement les yeux sur la misère qui les écrasait tous, sur ce combat secret de tous les jours contre elle, souvent masqué par une gaîté tapageuse aux répétitions et aux représentations.

Cette gaîté factice, cette posture, ces bouffonneries, ce n'étaient que des apparences, ou plutôt le deuxième visage de ces gens, peut-être même plus authentique ; mais elle vit ensuite leur triste vie, menée jour après jour, au milieu des tracas et d'une lutte de tous les instants. Elle se sentit elle-même descendre dans ces bas-fonds, où se déroulait le combat permanent de tous contre tous et contre tout nouveau-venu susceptible de leur prendre un rôle et rogner leur acompte.

Jusqu'à présent elle avait été à peine spectatrice, il lui fallait maintenant prendre elle-même part à la lutte.

Elle ressentait instinctivement que le sol de ce théâtre était mouvant, qu'il fallait bien se tenir pour ne pas tomber sous les pieds des autres et avancer ; combien il fallait user de forces, de volonté, ce qu'il fallait endurer, à quel point il fallait s'affranchir de tous et de tout, afin de pouvoir arriver…

— Arriver, j'arriverai !... — répondait-elle avec force à ces sombres tableaux qui ne faisaient que s'esquisser dans son cerveau ; lui venaient à l'esprit, en effet, les prédictions du mécène.

Ces stations, devenues à présent quotidiennes, devant la caisse après la représentation et cette quasi-mendicité pour avoir de l'argent, jetèrent une ombre sur son âme et la pénétrèrent de fiel.

Quels que fussent ses efforts en vue d'obtenir un rôle plus important et s'extraire de cet horrible chœur, elle ne pouvait y parvenir et cela lui occasionnait une douleur indicible et l'humiliait profondément.

Kotlicki tournait autour d'elle en permanence ; il ne renouvelait pas ses déclarations, mais attendait.

Władek était le plus proche d'elle en tant que collègue et racontait à qui voulait l'entendre qu'elle rendait visite à sa mère.

Janka effectivement était allée plusieurs fois voir Niedzielska, ne pouvant se dérober aux invitations de la vieille, qu'elle rencontrait souvent soit au théâtre, soit dans la rue. Niedzielska espionnait son Władeczek en permanence, car elle le suspectait d'avoir un penchant pour elle.

Janka accueillait avec indifférence les politesses et les allusions de Władek, comme elle accueillait avec indifférence les regards pleins de respect affecté de Kotlicki, les bouquets et les bonbons du mécène, que ce dernier lui envoyait quotidiennement.

Aucun de ces trois admirateurs silencieux ne l'intéressait le moins du monde ; elle les tenait à distance par sa froideur.

Les actrices se moquaient de son inflexibilité, mais en silence la jalousaient sincèrement.

Elle ne répondait pas à leurs remarques acerbes afin de ne pas provoquer une avalanche encore plus grande de moqueries.

Elle n'aimait que Głogowski qui, en raison de la représentation de sa pièce, passait ses journées entières au théâtre. Il la distinguait ostensiblement de toutes les autres femmes et ne discutait qu'avec elle des sujets les plus importants et elle était la seule qu'il traitât comme un être humain. Cela la flattait beaucoup et elle lui en était reconnaissante. Elle l'aimait pour le caractère paradoxal et sincère des discours qu'il lui tenait parfois sur les questions sociales les plus délicates et, de surcroît, il ne lui parlait jamais d'amour et ne racontait pas d'histoires.

Ils allaient souvent se promener aux Łazienki.

Elle entretenait avec lui une relation de sincère amitié ; elle le traitait non pas comme un homme, mais comme une âme supérieure, à qui tous les misérables détails étaient étrangers.

Après la répétition générale des *Rustres* il quitta le théâtre en même temps qu'elle.

Głogowski était ce jour-là plus sombre que d'habitude, prononçait plus souvent « puissé-je en crever » et « comptez jusqu'à vingt ». L'inquiétude du soir le travaillait, et cependant il riait bien fort.

— Nous pourrions faire un tour au Jardin Botanique avec la « jument belge »[149]. D'accord ?...

Janka acquiesça d'un signe de tête et ils partirent.

Ils trouvèrent une place libre à proximité du bassin, sous un énorme érable, et restèrent assis en silence pendant un certain temps.

Le jardin était assez désert. Une douzaine de personnes, telles des ombres, flottaient sur les bancs, dans l'air surchauffé. Les dernières roses transperçaient de leurs couleurs la verdure des branches affaissées ; l'odeur des giroflées du grand parterre se diffusait en effluves toujours plus capiteux. Les oiseaux endormis dans la frondaison émettaient de rares pépiements. Les arbres se dressaient immobiles, comme plongés

---

[149] Sans doute un transport public hippomobile tracté par un solide cheval Trait belge, ou Brabant.

dans l'écoute du silence ensoleillé de cette journée d'août. Par moment, seules quelque feuille ou branche sèche tombaient sur les pelouses en spiralant. Les taches dorées du soleil, filtrant à travers les branches, formaient une mosaïque mouvante sur l'herbe, chatoyant comme des copeaux de pâle platine.

— Que le diable emporte tout ! — lançait par moments au milieu du silence Głogowski, fourrageant énergiquement dans ses cheveux.

Janka se contentait de le regarder et n'avait pas le courage de troubler par des paroles cette paix dans laquelle elle baignait, ce silence d'une nature écrasée de chaleur, et un attendrissement d'un genre inconnu, indépendant de toute chose, coulant sans doute de l'espace, de l'azur, des nuages blancs et diaphanes qui défilaient lentement, et de la verdure noirâtre des arbres, la faisait rêver.

Elle respirait voluptueusement l'odeur des giroflées, mais à chaque fois qu'elle regardait Głogowski qui ne pouvait rester en place, ne faisait que se jeter, lui lançait des regards, s'arrachait les cheveux, il lui venait invariablement la même pensée : il voulait lui déclarer son amour.

— Dites quelque chose, car je vais devenir fou furieux... — s'écriat-il soudain.

Elle éclata de rire, tant il était comique en ce moment, et très éloigné de tout rêve amoureux.

— Discutons, par exemple de... ce soir...

— Vous voulez m'achever ?... Puissé-je en crever, je crois que je ne tiendrai pas jusqu'à ce soir !...

— Mais vous disiez que ce n'était pas votre première pièce, et donc...

— Oui, mais à chacune d'elle je tremble de fièvre, car à chaque fois, au dernier moment, je m'aperçois que j'ai écrit une cochonnerie, une saloperie, une nullité.

— Moi je ne prétends pas être experte, mais la pièce m'a plu énormément, parce qu'elle est si sincère...

— Quoi, sérieusement ? — s'exclama-t-il avec une nuance de contentement dans la voix.

— Vous savez bien que je n'oserais tout simplement pas mentir.

— Parce que, voyez-vous, je me suis dit que si cette pièce faisait un four, eh bien... puissé-je en crever, alors...

— Vous abandonneriez l'écriture ?

— Non, mais je disparais de l'horizon pour quelques mois, et j'en écris une autre... J'en écris une autre, une troisième... j'écris jusqu'à ce que, il le faut, j'en crée une absolument parfaite, il le faut !... Dussé-je en crever, je l'écrirai !... Je suis prêt à entrer au théâtre, pour mieux le connaître et comprendre... Vous pensez qu'on peut arrêter d'écrire comme ça ?... on peut devenir furieux, se tuer, crever, mais arrêter d'écrire !?... cela, je ne le pourrais. Car alors, je vous le demande, à quoi me servirait de vivre ?... — ajouta-t-il en regardant devant soi.

Son visage clair, ses traits irréguliers et anguleux, exprimaient un étonnement intense, comme s'il se posait pour la première fois seulement cette question : à quoi lui servirait de vivre s'il arrêtait d'écrire ?...

— A votre avis, Majkowska fera-t-elle une bonne Antka ? — interrogea-t-il soudain.

— Il me semble que ce rôle est dans ses cordes.

— Moryś aussi sera pas mal, mais le reste... misère et clopinettes ! Et bien sûr le bide assuré !...

— Mimi ne connaît pas du tout le monde paysan et parle le patois de façon comique.

— J'ai entendu et j'en ai eu mal au ventre ! Vous connaissez, vous, les paysans ?... Ah ! je vous jure ! — s'écria-t-il avec force — pourquoi ne jouez-vous pas ce rôle ?...

— Tout simplement parce qu'on ne me l'a pas donné.

— Pourquoi ne m'en avez-vous pas parlé plus tôt ?... Puissé-je en crever, j'aurais démoli le théâtre et vous auriez joué !... Tout s'est ligué contre mes malheureux *Rustres* et vous m'en remettez une couche !

— Je n'ai pas osé vous en parler, et du reste le directeur m'a attribué le rôle de Filipowa.

— Une figurante, un épisode... n'importe qui pouvait le tenir. Puissé-je en crever, mais je sens que Mimi va parler comme une soubrette d'opérette... Vous m'en avez fait de belles... Jésus, Marie ! Si vous pensez que la vie c'est une jolie opérette, vous vous trompez !

— J'en sais déjà quelque chose... — répondit-elle avec un sourire amer.

— Pour l'instant vous ne savez encore rien... vous saurez plus tard. Du reste les femmes s'en tirent plus facilement d'habitude ; le sort lui-même est souvent galant avec les dames : il leur tend la main et permet de franchir les passages plus difficiles. Nous, nous devons faire notre trou et payer pour un bénéfice minable. Dieu sait à quel prix.

— Et les femmes, elles ne paient rien ?

— Voyez-vous, il en est ainsi : les femmes, et particulièrement à la scène, doivent une part minime de leur succès à leur talent — à elles-mêmes ; et une autre part, aux amants qui les protègent, et le reste à la galanterie d'hommes qui espèrent les protéger un jour...

Janka, bien que se sentant atteinte, ne répondit rien, car lui apparurent en un éclair Majkowska, et derrière elle Topolski, Mimi avec Wawrzecki dans l'ombre, Kaczkowska et l'un des journalistes, et ainsi de suite, presque toutes, si bien qu'elle baissa la tête assez tristement et se tut.

— Ne m'en veuillez pas, car cela ne vous concerne pas. Je constate simplement un fait qui m'est venu à l'esprit.

— Non, je ne vous en veux pas, car je reconnais que vous avez entièrement raison.

— Ça ne se passera pas comme ça avec vous, je le sens… Allons-nous-en !… — cria-t-il soudain, s'arrachant du banc.

— J'ajouterai encore quelque chose… — dit Głogowski alors qu'ils rentraient déjà en suivant les allées. — Je dirai la même chose que le premier jour, quand je vous ai connue aux Bielany : restons amis !… On a beau dire, mais l'homme est un animal grégaire : il a toujours besoin d'avoir quelqu'un à proximité, pour se sentir tant soit peu à l'aise dans ce monde… L'homme n'est pas autonome ; il lui faut s'appuyer, s'engrener sur d'autres, il lui faut joindre son existence à d'autres, cheminer ensemble et sentir ensemble, afin d'arriver à quelque chose… Et même qu'il lui suffit pleinement d'avoir une seule âme affine. Restons amis !…

— D'accord — répondit Janka — mais à une condition.

— Dites plus vite, pour l'amour de Dieu, car je ne l'accepterai peut-être pas !

— Voilà : donnez-moi votre parole d'honneur que jamais, jamais vous ne me parlerez d'amour, que vous ne tomberez pas amoureux de moi et que vous vous comporterez avec moi comme avec un collègue un peu plus jeune. Vous pourrez même confesser votre amour et toutes vos peines de cœur…

— D'accord sur toute la ligne ; je scelle cela d'une solennelle parole d'honneur ! — s'écria Głogowski exultant de joie. — Mes conditions sont les suivantes : totale et absolue sincérité, confiance illimitée… Amen !

Ils se serrèrent la main avec sérieux.

— C'est l'union d'âmes pures, portées vers des buts idéaux ! — riait-il, clignant des yeux. — Je suis à présent tellement joyeux que je prendrais ma propre tête pour l'embrasser de tout cœur…

— C'est le pressentiment du succès… des *Rustres*.

— Ne me rappelez pas cela. Je sais ce qu'il m'attend. Je dois vous quitter maintenant…

— Vous ne me reconduirez pas jusqu'à mon appartement ?

— Non… bon d'accord, si vous voulez, mais je vais parler… d'amour ! — s'écria-t-il joyeusement.

— Dans ce cas, au revoir ! Que Dieu vous garde de tels mensonges.

— Vous avez dû en avaler de ces saloperies, pour en avoir la nausée rien qu'à l'odeur...

— Allez-vous en... je vous raconterai un jour...

Głogowski se jeta dans un fiacre et fila sur la Hoża tandis que Janka rentra chez elle à pied.

Elle essaya la tenue paysanne que Mme Anna lui avait confectionnée pour *Les Rustres* et pensait en souriant à ce pacte qu'elle avait conclu avec Głogowski.

En coulisses et dans les loges on sentait la « première » de ce jour.

Tous arrivaient plus tôt, s'habillaient et se maquillaient avec plus de soin, seul Krzykiewicz, comme à son habitude, à moitié déshabillé, le maquillage à la main, déambulait dans les loges et sur la scène.

Stanisławski, qui lorsqu'il jouait avait l'habitude d'arriver deux heures avant le commencement, était déjà habillé et se contentait de parfaire continuellement son maquillage.

Wawrzecki, son rôle à la main, arpentait les loges et se le récitait à mi-voix.

Le régisseur courait plus vite que d'habitude, et dans les loges des femmes on se disputait avec acharnement ; tous avaient les nerfs davantage à fleur de peau. Le souffleur surveillait l'arrangement de la scène et jetait des coups d'œil au public qui remplissait densément le jardin. Les choristes en costumes populaires, déjà prêtes, car devant faire la foule, passaient dans toutes les directions.

— Dobek ! — cria Majkowska. — Mon adoré, tiens-moi bien !... Je sais mon texte, mais au deuxième acte, dans la scène avec Hrehor, souffle-moi le monologue plus fort.

Dobek acquiesça d'un signe de tête et n'était pas encore revenu à sa place qu'il fut à nouveau accroché par Glas.

— Dobek ! tu prendras une vodka ?... peut-être un zakouski ?... — demanda-t-il avec sollicitude au souffleur.

— Commande une bière avec le zakouski — répondit Dobek, souriant benoîtement.

— Mon adoré, je compte sur toi pour bien me tenir !... Aujourd'hui je le sais vraiment bien, mais je peux me planter par endroits...

— Ça va, ça va ! Garde-toi et je te garderai.

Et ainsi, sans désemparer, quelqu'un ou quelqu'une accourait à lui, le priait, lui offrait de la vodka, et Dobek se contentait de faire un signe de tête et promettait solennellement à tous de les « tenir ».

— Dobek ! moi je n'ai besoin que des premiers mots... souviens-toi !

— termina Topolski.

Głogowski tournait en rond sur la scène, aménageait lui-même l'intérieur de la chaumière, donnait des indications aux acteurs et à plusieurs reprises jeta des regards inquiets sur le premier rang, occupé par les représentants de la presse.

— Demain j'aurai chaud aux fesses !... — se murmura-t-il.

Et il se mit à marcher fébrilement, incapable de rester en place, debout ou assis, et finit par sortir au jardin, s'arrêta près d'un marronnier et regarda le cœur battant le premier acte qui venait de commencer, et là non plus il ne put tenir, car il ne voyait pas toute la scène et avait le public sur le côté.

Il revint en coulisse et par les fentes de la porte observait le public.

Celui-ci était froid et écoutait tranquillement : un silence oppressant affluait du jardin. Il voyait des centaines d'yeux et de têtes immobiles, et aperçut même les garçons debout sur les chaises sous la véranda, en train de regarder la scène. Il tendait l'oreille, à l'affût d'un murmure qui eût parcouru la salle... rien ! le silence... De temps en temps quelqu'un toussait, remuait un programme, et le silence à nouveau.

Les voix des interprètes se répandaient distinctement, et coulaient vers cette masse humaine noire, compacte.

Głogowski s'assit dans le recoin le plus sombre, sur un tas de pièces de décor, le visage entre les mains, et écoutait.

Les scènes se succédaient, correctement et sans anicroche, et toujours ce même silence, silence de mauvais augure dans la salle, silence d'église en coulisses car on y circulait sur la pointe des pieds et, dans toute la mesure du possible, restait immobile.

Non ! il n'était pas capable de rester en place !...

Il entendait la voix de baryton de Topolski, celle de soprane de Majkowska, celle un peu éraillée de Glas, mais ce n'était pas cela qu'il voulait entendre, pas cela !

Il se mordait tellement les doigts qu'il en avait les larmes aux yeux. Il se leva ; il voulait aller quelque part, faire quelque chose, ne serait-ce que crier, mais se rasseyait et écoutait.

L'acte se termina.

Une douzaine de bravos froids retentirent et s'abîmèrent dans le silence général.

Głogowski se leva en sursaut et le cou tendu, les yeux brûlants de fièvre, attendait, mais ne perçut que le bruit du rideau qui tombait et le brouhaha des discussions qui s'animaient brutalement.

Pendant l'entracte il observa à nouveau le public : il faisait un drôle d'air. La presse grimaçait ; ils chuchotaient des choses entre eux et certains prenaient des notes.

— J'ai froid !... — murmura-t-il, pris d'un frisson glacial.

Et s'en fut errer comme un somnambule dans le théâtre.

Les habitués des coulisses y affluaient comme un seul homme et y mirent un peu d'animation, mais sur le visage des acteurs se reflétait une sourde inquiétude pour le sort des quatre actes restants.

— Félicitations !... Trop dure, trop brutale, mais originale ! — disait Kotlicki, serrant la main à Głogowski

— Autrement dit : ni chien, ni loup, quelque chose comme un chapon !... — répondit Głogowski pour dire quelque chose.

— On va voir la suite... Le public s'étonne : une pièce populaire et sans danses...

— Bon Dieu !... ce n'est pas un ballet !... — grogna Głogowski avec mauvaise humeur.

— Mais vous connaissez le public et savez bien qu'il raffole de chants et de danses.

— Qu'il aille voir alors une crèche cracovienne[150] ! — dit Głogowski.

Il tourna les talons et s'en alla, car la colère le mettait hors de lui.

A l'issue du deuxième acte, les bravos se firent plus drus et plus prolongés.

L'ambiance se réchauffait dans les loges pour atteindre son niveau habituel.

Cabiński par deux fois avait déjà envoyé Wicek à la caisse pour s'enquérir de la situation... La première fois Gold avait fait dire « C'est bon », la deuxième fois « Tout est vendu ».

Głogowski continuait à endurer le supplice, mais déjà d'une autre façon, car entendant ce qu'il attendait avec tant de fièvre, à savoir les bravos, il s'était quelque peu calmé et, assis en coulisse, regardait jouer.

Il bleuissait de colère, frappait du pied dans son chapeau et bouillait d'impatience, car ne pouvait en supporter davantage... De ses figures paysannes, pleinement authentiques, on avait fait de mièvres figurines de mélodrame à l'eau de rose, des mannequins costumés en tenues folkloriques. Les hommes, encore, se tenaient à peu près, mais les femmes, à l'exception de Majkowska et de Mirowska jouant le rôle de la bonne femme-mendiante, jouaient à en pleurer ; au lieu de parler, elles

---

[150] Les crèches cracoviennes étaient des théâtres portables présentant des spectacles de marionnettes caractéristiques de la culture populaire.

gazouillaient, simulaient la haine, l'amour, les rires ; tout était si factice, artificiel, sans la moindre once de vérité et de sincérité, que le désespoir littéralement l'étouffait... Ce n'était qu'une mascarade et rien d'autre.

— Plus incisif !... plus franc !... plus énergique !... — chuchotait-il en tapant du pied.

Mais personne ne prêtait attention à ses exhortations.

Un sourire glissa sur ses lèvres car il avait vu Janka entrant en scène. Elle aperçut ce sourire et c'est ce qui la sauva, car sa voix s'était éteinte dans sa poitrine et elle se sentait littéralement paralysée en entrant sur la scène, tremblant d'un tel trac qu'elle ne voyait ni la scène, ni les acteurs, ni le public ; il lui semblait se noyer dans une explosion de lumière...

Elle aperçut ce sourire bienveillant et reprit aussitôt ses esprits.

Elle n'avait qu'à se saisir d'un balai, puis prendre son mari ivrogne par le colbac, clamer une dizaine de phrases de réprimandes et de récriminations, et ensuite le mettre de force à la porte.

Elle le fit trop fougueusement, mais saisit le paysan par la peau du dos avec une telle sincérité et maudit l'aubergiste si énergiquement, qu'elle faisait une bonne femme de la campagne absolument authentique, déchaînée.

La situation était assez comique car le paysan se justifiait et faisait de la résistance, si bien qu'une vague de rires se leva dans l'assistance lorsqu'ils descendirent de scène.

Głogowski partit à la recherche de Janka. Elle était debout dans les escaliers menant aux loges et ne pouvait encore reprendre ses esprits ; ses yeux rayonnaient d'une profonde satisfaction.

— Très bien !... une vraie petite paysanne ! Vous avez du tempérament et de la voix, deux choses primordiales ! — lui dit Głogowski en s'éloignant sur la pointe des pieds vers sa place.

— Peut-être faut-il bisser, — lui chuchota à l'oreille Cabiński.

— Crevez et allez au diable ! — lui répondit-il également tout bas, ressentant une folle envie de lui flanquer son poing dans sa figure maquillée, mais une nouvelle idée lui germa dans l'esprit quand il vit la nounou, debout à proximité, l'air sévère, et regardant la scène avec une certaine religiosité.

— Nounou !

La nounou s'approcha à contre-cœur de Głogowski.

— Dites-moi, nounou, que pensez-vous de cette coumédie ? — demanda-t-il, curieux.

— C'est pas très politique de l'appeler comme ça... Les Rustres !... Pour sûr, les gens de la campagne c'est pas des gentilshommes, mais aller les appeler comme ça pour se fiche d'eux, c'est péché !

— Peu importe !... mais est-ce que ces gens ressemblent à ceux de la campagne ?

— C'est bien visé, c'est vrai !... les paysans y sont comme ça, mais seulement y sont pas si élégants, et marchent pas et parlent pas si bien… Mais, pardon pour ce que je vais dire : à quoi ça rime tout ça ?... Les seigneurs, les juifs, ou bien ces péteux, vous pouvez les montrer tant que vous voulez, mais des braves fermiers c'est honteux de les traîner comme ça pour faire rire le monde et faire des coumédies sur leur dos ! Le bon Dieu peut vous punir pour une telle débauche !... Un fermier, c'est un fermier… bas les pattes ! — ajouta-t-elle pour finir.

Et elle continuait à regarder la scène toujours plus sévèrement et presque avec des larmes d'indignation.

Głogowski n'eut pas le temps de s'étonner, car l'acte se termina aussitôt sur un tonnerre de bravos ; on réclamait l'auteur, mais il ne sortit pas saluer.

Quelques journalistes vinrent lui serrer la main et vanter la pièce. Il écoutait avec indifférence, car un projet de remaniement de celle-ci lui trottait déjà dans la tête.

A présent seulement, il voyait dans tous leurs détails les manques les plus divers, les inconséquences, et les complétait immédiatement en pensée, rajoutait des scènes, déplaçait des situations et était si absorbé dans ce nouveau travail qu'il ne prêtait plus attention à la façon dont ils jouaient le quatrième acte.

Les bravos retentissaient sur toute la ligne et derechef se fit entendre un appel unanime :

— L'auteur ! L'auteur !

— Ils vous réclament, allez-y donc ! — lui chuchota quelqu'un à l'oreille.

— Puissé-je crever, allez-donc au diable, gentil petit frère !

On réclamait également Majkowska et Topolski.

Majkowska accourut tout essoufflée à Głogowski.

— Monsieur Głogowski !... venez-donc, plus vite ! — appela-t-elle, le prenant par la main.

— Laissez-moi donc tranquille ! — cria-t-il, menaçant.

Majkowska se retira, et lui restait assis, continuant à penser. A présent les bravos ne l'intéressaient plus, ni les rappels, ni le succès de sa pièce, car le rongeait affreusement cette conscience qu'il avait du caractère radicalement mauvais de la pièce. Il se posait des questions, c'est-à-dire qu'il la voyait de mieux en mieux et en venait à trembler de douleur à cause de ce nouvel effort pour rien !

Avec une impuissante colère, il entendait le public applaudir les épisodes grossièrement comiques, l'indispensable toile de fond sur laquelle devaient se dessiner les âmes de ses Rustres, tandis que l'essence même de la pièce, sa thèse, les laissait froids.

— Monsieur Głogowski, je veux que vous sortiez au cinquième acte s'ils vous réclament — lui dit résolument Janka, car elle trouvait étrange cette indifférence, comme elle le pensait.

— Qui réclame ?... Vous ne voyez pas que c'est la galerie ! Vous ne voyez pas les moqueries dans les yeux de la presse et du public des premiers rangs, non ?... Je dis que la pièce est mauvaise, minable... une cochonnerie ! Vous verrez demain ce qu'ils auront écrit.

— Demain est un autre jour. Aujourd'hui c'est un succès et la pièce est formidable.

— Formidable ! — cria-t-il douloureusement. — Si vous la voyiez couver dans mon cerveau, comme elle y est formidable et parfaite, vous verriez que ce qu'ils sont en train de jouer est une loque, un haillon minable...

Cabiński, le metteur en scène et Kotlicki accoururent aussitôt et insistaient vigoureusement auprès de Głogowski pour qu'il se montrât au public, mais il faisait encore de la résistance.

La pièce terminée, quand vraiment tout le public applaudissait avec obstination et réclamait l'auteur, Głogowski sortit avec Majkowska, salua avec de grands gestes, s'arrangea les cheveux et se retira gauchement en coulisse.

— S'il y avait des danses, des chants et de la musique, je vous garantis qu'on pourrait jouer jusqu'à la fin de la saison — dit Cabiński.

— Vous pouvez mourir, cramer, vous saouler, directeur, mais ne me dites pas de conneries — criait Głogowski. — A coup sûr le restaurateur va se pointer ici et me faire une scène parce que, pour les mêmes raisons, il aura vendu moins de bière et de vodka, puisque le public, contraint d'écouter et riant avec parcimonie, préfère le thé brûlant...

— Monsieur, personne n'écrit de pièces pour soi-même, mais pour les gens.

— Oui, pour les gens, mais pas pour des Cingalais...

Kotlicki se présenta à nouveau et lui parla pendant longtemps. Głogowski fit la grimace et dit :

— D'abord : je n'ai pas de quoi, car cela coûterait un max, et ensuite : je ne veux en aucun cas être « notre bien connu et estimé » ; c'est de la prostitution !...

— Je peux mettre ma caisse à votre disposition… je pense que nos anciens rapports de camaraderie…

— Laissons cela !... — l'interrompit vivement Głogowski. — Mais cela m'a donné une idée… Faisons-nous un petit souper, mais comme ça, à quelques personnes, qu'en pensez-vous ?...

— Bien, il faut tout de suite faire une liste.

— Cabiński, Majkowska et Topolski, Mimi et Wawrzecki, Glas comme amuseur, vous-même, ça va de soi. Qui encore ?...

Kotlicki voulait nommer Janka, mais était gêné d'en parler tout haut.

— Ah ! je sais… Orłowska… Filipka ! Vous avez vu comme elle l'a magnifiquement jouée…

— En effet, elle l'a bien jouée… — répondit-il, le regardant d'un air soupçonneux, pensant que Głogowski aussi devait avoir quelque visée sur elle.

— Allez donc tous les inviter… moi j'arrive tout de suite.

Kotlicki se rendit au jardin, tandis que Głogowski courut là-haut en vitesse dans les loges des choristes et appela à travers la porte :

— Mademoiselle Orłowska !

Janka passa la tête.

— Habillez-vous vite ; nous allons souper toute une bande, surtout pas question de protester.

Une demi-heure plus tard ils se trouvaient dans le salon d'un des plus grands restaurants du Nowy Świat.

On se jeta avec ardeur sur la vodka et les zakouskis, car cette excitation de plusieurs heures avait considérablement aiguisé les appétits. On parlait peu, mais buvait beaucoup.

Janka ne voulait pas boire, mais Głogowski la priait et la morigénait :

— Il vous faut boire et basta ! A des funérailles aussi prestigieuses que celles d'aujourd'hui vous devez boire…

Elle but un verre pour essayer, mais il lui fallut ensuite continuer ; du reste elle sentait que cela la mettait dans de bonnes dispositions, car elle avait encore en elle un reliquat de trac et de frisson pour le sort de la pièce.

Après toutes sortes de plats les garçons disposèrent toute une batterie de bouteilles de vin et de liqueurs.

— Il va y avoir de quoi se battre !... s'exclama joyeusement Glas, tapant sur une bouteille avec son couteau.

— Tu tomberas victime de ta propre victoire, tu vas voir, si tu continues à attaquer avec une telle ardeur.

— Parlez toujours, et nous, buvons ! — s'écria Kotlicki en levant son verre. — A la santé de l'auteur !

— Etrangle-toi, Cingalais !... — marmonna Głogowski, se levant et trinquant avec tout le monde.

— Qu'il vive et tous les ans écrive un nouveau chef-d'œuvre ! — cria Cabiński, déjà bien éméché.

— Vous aussi directeur tous les ans pratiquement vous créez des chefs-d'œuvre, et personne pourtant ne vous le reproche.

— Avec l'aide de Dieu et des hommes, messieurs, eh oui ! — dit Cabiński.

Zarzecka éclata de rire, et tous l'imitèrent.

— Que je vous embrasse !... pour une fois vous ne mentez pas ! — cria Glas.

Cabińska se pâmait carrément de rire.

— A la santé des directeurs ! — s'exclama Wawrzecki.

— Qu'ils vivent et avec l'aide de Dieu et des hommes créent davantage de chefs-d'œuvre.

— A la santé de toute la troupe !

— Et maintenant buvons en l'honneur du public.

— Avec votre permission. Comme je suis ici son seul représentant, c'est à moi que revient l'hommage. Venez à moi avec respect, buvez à ma santé... vous pouvez même m'embrasser et solliciter quelque grâce ; j'y réfléchirai et ce que je pourrai donner, je le donnerai ! — cria Kotlicki en verve.

Il prit un verre sur la table, se positionna devant le miroir — et attendait.

— Vanité, je vous jure ! Je vais le premier au feu ! — s'exclama Głogowski.

Et le verre plein, déjà un peu vacillant sur ses jambes, il s'approcha de Kotlicki.

— Très estimée et gracieuse dame[151] !... Je vous donne des pièces écrites avec mon sang et mon cœur ; je vous demande juste de les comprendre et de les juger équitablement ! — cria-t-il pathétiquement en l'embrassant sur le visage.

— A condition, maître, que vous les écriviez pour moi, que vous ne m'offensiez pas par des insanités, que vous me preniez en considération, et n'écriviez que pour moi, pour que je puisse m'amuser et me distraire,

---

[151] La « dame » est censée représenter le public, *publiczność*, nom féminin en polonais.

je vous accorderai le succès !

— Je te donnerai plutôt un coup de pied, et crève ! — chuchota amèrement Głogowski.

— Cher public ! Vous êtes soleil, beauté, omnipotence, sagesse, compétence ! C'est pour vous qu'existe, joue, chante, cette progéniture de Melpomène, elle est à vous !... Dites, toute-puissante dame, pourquoi ne nous êtes-vous pas propice ?... Je vous supplie, lumineuse clarté, donnez-nous tous les jours un théâtre rempli !...

— Mon bien-aimé ! Aie un peu d'argent quand tu viens à Varsovie, un répertoire fourni, une troupe bien assortie, des chœurs superbes, et puis joue ce que j'aime, et tes caisses vont craquer sous le poids de l'or.

— Très estimé public ! — s'écria avec un pathos comique Glas, embrassant Kotlicki sur le menton.

— Parle ! — dit Kotlicki.

— Noble dame !... Donnez-moi du fric et faites-vous raser la tête, laissez-vous poser une camisole jaune, ligoter dans du papier vert, et nous, nous nous chargeons de vous envoyer chez qui de droit.

— Tu en auras, mon garçon, mais du... *delirium tremens*...

— Topolski ! à votre tour !

— Laissez-moi tranquille !... j'en ai assez de vos crèches.

La directrice refusa également ; Zarzecka en revanche fit une révérence comique et caressa le visage de Kotlicki.

— Ma chère !... mon adorée !... — implora-t-elle affectueusement. — Que Wawrzek n'en aime pas constamment d'autres et... voyez-vous... j'aurais besoin d'un bracelet, et puis d'un ensemble vert pour l'automne, d'une petite fourrure pour l'hiver et... si seulement le directeur pouvait me payer...

— Tu auras ce que tu as voulu, car tu l'as voulu sincèrement, voilà où t'adresser.

Il lui remit sa carte de visite.

— Formidable ! Bravo !

— Au tour de Mademoiselle Majkowska, car d'avance je lui promets beaucoup.

— Vous êtes une vieille fourbe !... vous promettez toujours, mais ne donnez jamais rien ! — dit Mela.

— Je vous donnerai... de débuter d'ici un an dans un théâtre varsovien et je vous engagerai à coup sûr.

Majkowska haussa négligemment les épaules et se rassit.

— Mademoiselle Orłowska...

Janka se leva ; la tête lui tournait un peu mais elle se sentait si gaie et cette farce lui paraissait si comique qu'elle s'avança et cria d'une voix suppliante :

— Je ne veux qu'une chose : pouvoir jouer... je ne demande que des rôles...

— Nous en parlerons avec le directeur et vous les aurez.

— Laissez tomber, ça devient fatigant... Kotlicki ! venez, on va commencer une deuxième série.

On se mit à boire pour de bon. La pièce s'emplit de vacarme et de fumée de cigarette. Chacun racontait son affaire et argumentait, et tous criaient des bêtises, car tous étaient déjà bien ivres.

Majkowska s'appuya sur la table et chantait, battant la mesure avec son couteau sur une bouteille de champagne.

La directrice se chamaillait bruyamment avec Zarzecka et mâchonnait sans arrêt des raisins secs.

Topolski se taisait et buvait à soi-même. Wawrzecki racontait toutes sortes d'anecdotes à Janka, tandis que Głogowski, Glas et Kotlicki se disputaient à propos du public.

— Moi je vais vous chanter quelque chose sur ce thème — s'exclama Glas.

« Si j'avais une telle maîtresse
Je la regarderais en permanence
Et même que je me coucherais à côté
Pour que personne ne me la pique.
Olé !... »

Ils ne l'entendaient pas, occupés qu'ils étaient à discuter.

Janka riait, se querellait avec Wawrzecki, mais ne savait plus très bien où elle en était. La pièce commençait à tourner avec elle, les bougies s'allongeaient en forme de torches ; elle avait une folle envie tantôt de danser, tantôt de balancer à l'eau des bouteilles en forme de canards car les immenses miroirs commençaient à ressembler à des mares ; ou bien voulait à tout prix comprendre Głogowski, lequel, tout rouge, complètement ivre, les cheveux ébouriffés et la cravate dans le dos, criait le plus fort, faisait de grands gestes, tapait du poing non sur la table mais sur le ventre de Glas et crachotait sur les genoux de Cabiński qui, sommeillant à côté sur une chaise, se contentait de marmonner :

— Vous permettez !...

Mais Głogowski ne l'entendait pas et continuait à crier :

— Au diable la sagacité du public ! La pièce est mauvaise, c'est moi qui vous le dis !... Et que d'autres aient braillé... que vous, vous disiez...

c'est justement la raison pour laquelle moi seul j'ai raison… Vous étiez mille, et c'est d'autant plus difficile de parvenir à la vérité quand on est mille… Seul l'individu est homme, la foule est bétail, ignorante de tout…

— « Le groupe est un grand homme » dit le proverbe… — murmura sentencieusement Kotlicki.

— Et dit des bêtises ! Le groupe, ce n'est qu'un grand cri, une grande illusion, une grande hallucination.

— Vous êtes, cher maître, un aristocrate et un individualiste.

— Moi je suis Głogowski… Głogowski, monsieur, du berceau jusqu'au-delà de la tombe.

— Ce qui veut dire ?...

— Vous pouvez vous l'expliquer comme vous voulez.

— Vous laissez un très large champ aux conjectures.

— Et pensez-vous, espèce de philistin, que moi j'ai une âme unicellulaire, qu'on peut prendre dans son poing, serrer, examiner et constater qu'elle est de telle ou telle espèce !?... N'étiquetons pas, monsieur Kotlicki. Au diable les classifications ! Vous autres ne savez plus rien faire d'autre que spécifier !

— Maître, vous êtes diablement sûr de vous.

— Dilettante, je ne suis que conscient.

— Nom d'un chien !... tant de conneries dans un si misérable écrin ! — murmurait Glas, tâtant la poitrine de Głogowski.

— Le génie ne réside pas dans la viande… Un homme gras, ce n'est qu'un bestiau gras. Une âme supérieure ne supporte pas la graisse. Un bon estomac, la normalité, c'est la moyenne, et la moyenne ce sont des béotiens.

— Et de tels paradoxes, ce n'est que paille de seigle hachée.

— Pour ânes et autres beaux esprits.

— *Dixi*[152], mon frère ! Le vin du Rhin parle par votre bouche.

— Recommencez ! — les interrompit Glas, les saisissant tous deux par le cou.

— Si c'est pour boire, d'accord ; si c'est pour discuter, je vais me coucher ! — braillait Kotlicki.

— Donc buvons !

— Wawrzek, nom d'un chien ! prends-donc Mimi et quelqu'autre nana et on va former un petit chœur.

Ils entonnèrent aussitôt une chanson gaie ; seul Głogowski ne chantait

---

[152] J'ai dit.

pas, car il s'endormit comme un loir, appuyé sur Cabiński, et Janka était incapable d'émettre un son.

La chanson se faisait de plus en plus gaie, et Janka sentait une irrésistible somnolence l'envahir, elle vacille sur sa chaise, puis quelqu'un la soutient, lui met un vêtement sur le dos, la conduit... il lui semble rouler en fiacre.

Elle sent quelque chose à côté d'elle, qu'elle ne peut identifier, une haleine chaude lui souffler dessus, des bras l'enlacer ; elle entend le bruit des roues et une voix qui chuchote... qu'elle discerne faiblement, répète presque : « Je t'aime, je t'aime ! » mais ne comprend rien...

Elle frissonna, sentant sur ses lèvres des baisers brûlants, passionnés... Elle se précipita violemment vers l'avant et — revint à elle.

Kotlicki était assis à ses côtés, la tenait par la taille et l'embrassait, elle voulut le repousser, mais ses bras retombèrent ; elle voulut crier à tue-tête, mais les forces lui manquèrent... la somnolence la paralysa de nouveau et la plongea dans une quasi-léthargie.

Le fiacre s'arrêta et ce brusque silence la réveilla.

Elle vit qu'elle se trouvait sur un trottoir, et que Kotlicki sonnait à la porte cochère d'une maison.

— Mon Dieu ! Mon Dieu ! — chuchotait-elle, stupéfiée, ne pouvant comprendre où elle était. Elle ne le comprit, et en un éclair, que lorsque Kotlicki s'approcha d'elle et lui susurra tendrement :

— Allons-y !

Elle s'arracha à lui avec toute la force que lui procurait son immense frayeur. Il voulut la ceinturer, mais elle le repoussa si fort qu'elle l'envoya valdinguer contre un mur... et elle courut droit en direction de l'octroi de Mokotów[153].

Elle courut sans réfléchir car il lui semblait qu'il la poursuivait, la rattrapait déjà et la saisissait... son cœur battait la chamade, son visage brûlait de honte et de consternation.

— Mon Dieu ! Mon Dieu ! — murmurait-elle, fuyant de plus en plus vite.

Les rues étaient désertes ; elle était terrorisée par l'écho de ses propres pas, les fiacres aux coins des rues, les ombres au pied des maisons et ce terrible silence minéral de la ville endormie, au sein duquel semblaient palpiter des bribes de pleurs, de sanglots, d'horribles ricanements, de rires débauchés, de cris avinés... Elle marquait des arrêts dans l'ombre

---

[153] A l'époque faubourg huppé de Varsovie, intégré à la capitale en 1916.

des portes cochères, regardait à l'entour avec alarme, et peu à peu lui revenait en mémoire tout ce qui s'était passé : la représentation, le souper, elle buvait… les chansons… et à nouveau quelqu'un l'obligeait à boire, et au milieu de ces fragments de souvenirs lui apparurent le visage allongé, chevalin, de Kotlicki, le parcours en fiacre et les baisers !…

— Misérable ! misérable ! — murmurait-elle, revenant complètement à elle et serrant les poings, submergée qu'elle était par une puissante vague de colère et de haine…

Des larmes l'étouffaient, d'impuissance et d'une telle humiliation qu'elle rentrait à la maison en pleurant convulsivement.

Le jour pointait déjà.

Sowińska lui ouvrit.

— On aurait pu rentrer de jour et ne pas réveiller les gens la nuit ! — chuchota la vieille en colère.

Janka ne lui répondit pas, baissant la tête comme sous le choc.

— Misérables ! misérables !… — elle n'avait que ce cri au cœur, saturé de révolte et de haine.

Elle ne ressentait à présent ni honte, ni humiliation, mais une colère infinie ; elle courait dans la chambre comme une folle, se déchira involontairement son corset et, absolument incapable de se débarrasser de son courroux, tomba tout habillée sur le lit.

Son sommeil lui fut une énorme torture ; sans arrêt elle se réveillait en sursaut, criant, voulant courir, fuir, ou bien levait la main comme si elle tenait un verre, s'exclamant dans son sommeil : « Santé ! » Elle se mettait à chanter, ou criait de temps en temps au travers de ses lèvres enfiévrées : « Misérables ! misérables ! »

IX

Quelques jours après la présentation des *Rustres*, qui restaient à l'affiche mais attiraient de moins en moins de spectateurs, Głogowski accourut chez Janka.

— Que vous arrive-t-il ?... — s'écria-t-elle, lui tendant amicalement la main.

— Rien, sinon une petite « gueule de bois » pendant quelques jours après cette fiesta, et puis... j'ai amélioré un peu la pièce... Vous avez lu les critiques ?...

— Un peu.

Elle s'empourpra au souvenir de cette soirée, car elle n'avait pu l'oublier jusqu'à ce jour. La taraudait la pensée que probablement tout le théâtre savait déjà qu'elle était partie avec Kotlicki ; mais elle n'avait pas l'intention de démentir, ni de donner d'explication à quiconque et portait la tête encore plus haut, conversant encore moins avec ses collègues.

— J'ai apporté toutes les recensions de ma pièce. Je vais vous les lire, histoire de vous donner une heure de franche rigolade.

Il commença à lire.

Un des hebdomadaires sérieux affirmait que : « *Les Rustres* sont une très bonne pièce, originale et extraordinairement réaliste, dont l'auteur très talentueux a un brillant avenir devant lui ; avec Głogowski est apparu enfin un véritable dramaturge qui a introduit un courant d'air frais dans l'atmosphère rancie et anémiée de notre créativité dramatique, a représenté des gens et la vie réels ; dommage que la réalisation ait été en dessous de tout et l'interprétation, à une petite exception près, scandaleuse ».

Un autre hebdomadaire, non moins sérieux, affirmait : « L'auteur des *Rustres* a un vrai talent d'écrivain... de nouvelles, il en a créé plusieurs, mais il ne devrait pas toucher à la scène qui n'est pas son domaine ; il manque totalement de fibre théâtrale, ce qui fait que les gens de sa pièce sont des mannequins, et la vie et les concepts qu'il met en scène, ce n'est pas la vie de nos paysans, mais tout au plus celle de papous » etc.

Dans l'un des quotidiens les plus populaires, un chroniqueur dissertait deux jours de suite du théâtre en France, des acteurs en Allemagne, de l'art à Nuremberg[154]... Il évoquait l'influence décisive de la critique sur

---

[154] Allusion au *Jugendstil*, version allemande de l'Art Nouveau, qui se développa à Nuremberg à partir de 1896 ?

la qualité de la création dramatique : il parlait des nouveautés théâtrales, toutes les deux lignes mentionnait entre parenthèses : je l'ai vu à l'Odéon... je l'ai entendu à « Berg »... j'ai admiré ce jeu à Londres... Il rapportait toutes sortes d'anecdotes des milieux du théâtre, encensait des acteurs morts il y a plus d'un demi-siècle, rappelait les temps passés de la scène, évoquait en une dizaine de lignes les oripeaux rouges du radicalisme qui commençait à se pointer sur les scènes, vantait avec une indulgence paternelle les acteurs jouant *Les Rustres*, vantait Cabiński, et pour finir écrivait qu'il parlerait sans doute de la pièce proprement dite quand l'auteur en aurait écrit une autre, car pour ce qui était de la présente, elle ne pouvait être pardonnée qu'à un auteur débutant.

Un deuxième quotidien écrivait que la pièce était carrément idiote en tant que thèse et œuvre, que le cynisme et la barbarie avec lesquels l'auteur raillait les principes « fondamentaux » dépassaient même ce qu'on ne peut voir que dans les productions importées d'une France décrépite ; mais ce qu'on peut pardonner à celles-là parce que... (ici suivait tout une parenthèse d'éclaircissements et de raisons expliquant pourquoi un Français peut écrire des insanités), on ne peut l'admettre d'un auteur-mollusque autochtone... Et pour qu'un auteur osât écrire ainsi, rabaisser ainsi les idéaux éthiques de la vie, semer la haine, cracher sur ce qu'il y a de plus sacré à tout cœur polonais, il fallait être un... (là suivaient des pointillés et des métaphores transparentes, qui voulaient dire infâme).

Un troisième constatait que la pièce n'était pas mauvaise du tout, qu'elle eût pu être carrément parfaite si l'auteur avait voulu en l'occurrence respecter les traditions et ajouter de la musique et des danses.

Un quatrième avait une position carrément opposée, affirmant que la pièce ne valait absolument rien, que c'était une cochonnerie, mais que l'auteur avait au moins ce mérite de s'être gardé du conformisme et n'avait pas introduit de chants et de danses, qui rabaissent toujours la valeur des pièces populaires.

Dans le cinquième un spécialiste des jardins-théâtres avait écrit cent lignes, disant en substance : *Les Rustres* de monsieur Głogowski — hum !... pas mal... cela eût pu même être parfait... mais... à y réfléchir à deux fois... par le fait... il faut oser dire la vérité... En tout cas... quoi qu'il en soit... avec une petite réserve, l'auteur a du talent. La pièce est... hum... comment dire cela ?... Il y a deux mois, j'ai déjà écrit quelque chose à ce sujet, et donc j'y renvoie les lecteurs intéressés... Ils ont joué magnifiquement !... Et il avait recopié toute la distribution, avec à côté du nom de chaque actrice une gentille épithète, un petit mot doux, une expression aimable, un calembour mélancolique et banal...

— Qu'est-ce que tout ça ?
— Un livret pour une opérette ; qu'on l'intitule : *Critiques de théâtre*, qu'on le mette en musique et voilà une farce à laquelle le peuple viendra comme à une fête patronale...
— Et vous, qu'en dites-vous ?
— Moi ?... rien !... Je leur ai tourné le dos, et comme j'ai un super projet de nouvelle pièce, je me mets tout de suite au travail. J'ai obtenu un tutorat dans le district de Radom[155] et je vais m'y rendre pour tout un semestre. J'attends justement la confirmation.
— Et il faut absolument que vous partiez ?...
— Oui !... le tutorat est mon seul gagne-pain. Je suis resté deux mois sans rien faire. Je suis complètement rincé : j'ai présenté une pièce, j'ai salué le public, j'ai profité de Varsovie, et maintenant basta ! Il faut baisser le rideau pour préparer une autre farce. Au revoir, mademoiselle Janina ! Avant de partir, je ferai un saut ici, ou au théâtre.

Il lui serra la main, cria : « puissé-je crever » et sortit en courant.

Et Janka se fit toute triste. Elle s'était tellement habituée à Głogowski, à ses bizarreries, ses paradoxes et à cette rudesse qui ne faisait que masquer une timidité naturelle et une délicatesse sublimée, qu'elle devint toute chose à l'idée de rester toute seule.

Maintenant qu'il s'en allait, elle comprit que s'occuper uniquement de théâtre ne lui suffirait pas et elle ressentait de plus en plus le besoin de se rapprocher sincèrement de quelqu'âme humaine, car sa situation commençait à se détériorer.

Elle n'avait plus d'argent à elle, mais vivait véritablement du théâtre.

Elle n'osait se l'avouer, mais chaque demande d'argent lui rappelait sa maison et cette époque où elle n'avait besoin de penser à rien, car elle avait tout. Elle était très humiliée par cette quasi-mendicité quotidienne pour quelques misérables dizaines de kopecks, mais il n'y avait pas d'issue, sinon celle qu'elle lisait constamment dans les yeux gris de Sowińska et qu'elle voyait dans la vie de ses collègues, collègues qu'elle traitait avec un mépris croissant à chaque prise de conscience de cela. On le lui rendait au double. On cancanait des choses incroyables à propos de ses excursions nocturnes et habitudes bizarres, car depuis quelque temps il lui fallait arpenter les rues pendant plusieurs heures d'affilée afin de se calmer, tout simplement satisfaire ne serait-ce qu'en partie sa folle envie de bouger, son besoin de se transporter d'un endroit à un autre, et

---

[155] Ville du centre de la Pologne actuelle.

pratiquement tous les jours il lui fallait se rendre le soir place du Théâtre.

Quand elle était très pressée, elle se contentait de traverser la place, jeter un coup d'œil au Grand Théâtre et rentrer à la maison, et si elle avait du temps, elle s'asseyait dans le square, ou sur un banc à proximité d'une guérite de tramway, et de là regardait les rangées de colonnes, les figures altières et pures du fronton, et s'immergeait dans ses rêves... Elle ne cherchait pas les raisons de ce comportement ; elle sentait simplement que ces murs l'attiraient irrésistiblement... Elle éprouvait un moment de plaisir intense et véritable lorsqu'elle déambulait sous la colonnade, ou quand elle contemplait dans le silence d'une nuit claire le corps gris et allongé du bâtiment.

Ce monstre de pierre lui parlait, elle écoutait les chuchotements qui lui parvenaient de là-bas, les échos et les sons ; les images des scènes récemment jouées, flottant dans l'obscurité et que seule son âme pouvait voir, défilaient devant son imagination. Elle aimait cet édifice... plus, elle l'adorait ; elle le révérait, lui adressait les prières nées de ses rêves et de ses pensées confuses, échappant à toute formulation.

Ces rêves commençaient par moments à prendre la forme d'une pure et simple distension de son cerveau. C'était un orage qui en un clin d'œil voulait posséder le monde entier et que le premier obstacle venu contraignait à des efforts épuisants, que n'importe quel paratonnerre pouvait mettre à la terre.

Elle rêvait pour une autre raison encore : ne pas sentir la misère, car la deuxième moitié de la saison fut, du point de vue financier, bien pire que la première. Le public venait de moins en moins nombreux à cause des pluies fréquentes et des soirées fraîches ; il va de soi que les acomptes en étaient réduits au carré.

Il arrivait même que Cabiński, au milieu d'une représentation, emmenât la caisse et se tirât, feignant d'être malade et ne laissant qu'une douzaine de roubles à partager entre quelques dizaines de personnes et, si on le coinçait avant qu'il ne s'échappât, pleurait presque de misère et se plaignait :

— Une poignée de personnes... avec en plus la moitié des billets non payants ; pour l'amour de mes enfants, la moitié... Que vais-je faire ?... moi-même je n'ai pas de quoi payer mon loyer, je n'ai pas un sou vaillant !... Demandez à Gold ; lui vous convaincra avec les billets invendus. Je vais faire la manche si ça continue !... Venez à la caisse, s'il y a quelque chose... je le donnerai.

Et s'il conduisait quelqu'un à la caisse en le prenant sous le bras, en ami, c'était un signe convenu avec Gold : il ne devait plus y avoir d'argent ; et dans le cas contraire, le caissier faisait une mine déconfite et geignait :

— Il n'y aura pas assez pour payer le gaz... et que dire du théâtre, du matériel ?... Il n'y a tout simplement pas de quoi payer les charges.

— Donnez quand même quelque chose... Peut-être qu'aujourd'hui il n'y aura pas d'extra à payer... — feignait d'intercéder Cabiński.

Il laissait un bon pour paiement et s'en allait.

Mais pratiquement il se passait toujours que Gold n'avait pas assez pour régler la valeur du bon. Ne serait-ce qu'une dizaine de kopecks, il fallait toujours qu'il manquât quelque chose. On le traitait de youpin et de voleur, mais tout le monde prenait ce qu'il y avait, de peur de ne rien recevoir du tout.

Gold faisait l'offensé, et s'en rapportait habituellement à la directrice qui passait son temps à la caisse chaque fois qu'elle ne jouait pas.

Cabińska s'en prenait alors vivement aux acteurs et parlait haut et fort de l'honnêteté de Gold qui, en dépit de la petite paye qu'il recevait, aidait encore sa sœur. Gold rayonnait à l'évocation de sa sœur ; les yeux lui brillaient de tendresse et il assurait alors chaudement qu'il verserait à coup sûr demain l'argent qui manquait, mais ne le faisait pas.

Au théâtre commençaient les embrouilles, les disputes généralisées avec la direction et l'interruption des représentations. La plus grande partie de la troupe se débattait rongée par une infortune permanente et par la misère. Des projets de plus en plus nombreux de nouvelles troupes se tramaient dans les cerveaux et on tenait de plus en plus fréquemment conseil autour d'un café noir dans un salon du Nowy Świat.

On bâclait carrément les représentations, au plus vite, car le relâchement, du fait des truanderies manifestes de Cabiński, était de plus en plus grand, et en outre la proximité du départ de Varsovie, les dettes dont tous étaient submergés, l'hiver qui arrivait et le souci de se faire engager, ne prédisposaient personne à jouer.

Et Cabiński toujours se plaignait, embrassait, promettait et ne payait pas.

Il savait si bien se métamorphoser, si parfaitement jouer celui qui était soucieux du sort de tous, que Janka, compatissant à ses tracas et le croyant, parfois n'osait lui parler argent ; elle savait du reste qu'entre le directeur et la directrice se déroulait une lutte permanente à propos des dépenses et que souvent la nounou achetait sur ses propres économies diverses choses aux enfants, que Cabińska passait deux fois plus de temps que d'habitude au salon de thé afin de ne pas entendre les doléances et rencontrer le moins possible de membres de la troupe.

On en arriva à ce que Janka, de doléances à propos de la misère, passât à d'autres, car Mme Anna à chaque dîner parlait de la toujours plus grande cherté de la vie et de l'augmentation du loyer.

Ces doléances lui coupaient l'appétit car elle devait un demi-mois de loyer et n'avait pas de quoi le payer.

La misère l'enserrait petit à petit, mais d'une étreinte de plus en plus prégnante, et commençait à recouvrir son visage d'un voile de constante préoccupation.

On ne lui apportait plus ses déjeuners, on oubliait de lui nettoyer ses bottines, de lui donner sa lampe pour le soir, et il s'accumulait tant de ces menus manquements et négligences, que chaque fois qu'elle arrivait pour dîner et se mettait à table, avec une honte et une appréhension mal dissimulées, toutes les fois que Mme Anna élevait la voix, elle tremblait, regardait avec inquiétude les visages des convives, car il lui semblait lire dans tous les yeux une réticence et un mépris à son égard, ou encore cette expression de pitié de la part de gens sans souci d'argent, et cette expression de dédain lui faisait horriblement peur.

Extérieurement elle se fit plus posée, mais en son for intérieur se déroulait le triste et épuisant combat entre ses rêves d'art et de gloire — et le sentiment de sa misère. Elle commença à redouter quelque chose et regardait avec crainte ce qu'il y avait devant elle.

En outre, la ville l'étouffait de plus en plus. L'étouffaient les murs des maisons, l'abrutissaient cet éternel chaos et cette course précipitée de la vie citadine, cette vie qui lui dégoûtait car elle se rendit compte qu'elle était encore plus superficielle, plus réglementée et plus ennuyeuse que la vie à la campagne. Ici chacun était esclave de ses propres besoins, et pour satisfaire ceux-ci, travaillait, volait, trompait et menait sa propre vie à la va comme je te pousse...

Sa situation la torturait encore davantage du fait qu'elle ne pouvait s'isoler des gens comme elle le faisait à Bukowiec après chaque dispute avec son père ; elle ne pouvait se déchaîner avec les tempêtes et se calmer intérieurement en s'épuisant physiquement.

Elle déambulait dans la ville, mais partout rencontrait trop de gens. Elle aurait volontiers confié à Głogowski tous ses tourments, mais ne l'osait ; sa fierté l'en empêchait. Głogowski semblait deviner sa situation, au du moins ses tracas, et lui rappelait constamment qu'elle devait tout dire en sa présence... tout... Elle ne le fit pas.

Elle séjournait le moins possible chez elle, et chaque fois qu'elle rentrait, elle s'efforçait de le faire avec suffisamment de discrétion pour n'être entendue de personne, ne risquer de rencontrer personne et ne pas provoquer de discussion à propos de sa dette.

Elle n'était pas tant terrifiée de se retrouver demain à la rue, mais que Mme Anna ou Sowińska pussent lui dire tout de go : « Payez-nous ce que vous nous devez ! » sans la possibilité pour elle de s'exécuter...

Et ce moment finit par arriver.

En dînant ce jour-là, elle savait déjà que cela lui tomberait dessus aujourd'hui, immanquablement, bien que Stępniak, Mme Anna, et même Sowińska fussent d'excellente humeur ; mais captant un regard de Mme Anna en train de servir la soupe, elle devina tout.

Elle mangeait lentement car son cœur était tellement alarmé qu'elle avalait avec difficulté et s'attardait le plus possible à table, reculant encore un peu plus cette discussion prévisible ; mais il lui fallut finalement rentrer dans sa chambre.

Mme Anna l'y suivit aussitôt et avec l'air le plus dégagé se mit à parler d'une cliente fantasque, et ensuite, passant du coq à l'âne, comme si elle se souvenait brusquement, dit :

— Ah mais, au fait !... pouvez-vous me régler ce demi-mois, car je dois payer la location aujourd'hui.

Janka pâlit et parvint à peine à balbutier :

— Je n'ai pas de quoi aujourd'hui...

Elle voulut rajouter encore quelque chose, mais la voix lui manqua.

— Que veut dire : je n'ai pas de quoi ?... Veuillez me payer ce que vous me devez !... Vous ne pensez tout de même pas que je peux nourrir quelqu'un gratuitement... comme ça !... pour décorer l'appartement !... Beau décor, qui ne rentre que le matin à la maison !...

— Mais je vais vous payer !... — s'écria Janka, revenant brusquement à elle sous le coup des paroles de Mme Anna.

— J'ai besoin de l'argent tout de suite !

— Vous l'aurez... dans une heure ! — répondit-elle, prenant une soudaine résolution et la regardant avec un tel mépris que Mme Anna sortit sans mot dire en claquant la porte.

Janka connaissait par ses collègues l'existence d'un prêteur sur gages et alla le voir sur-le-champ pour engager un bracelet en or, le seul qu'elle possédât.

Une fois de retour, elle régla immédiatement la stupéfaite mais néanmoins pas très agréable Mme Anna, ajoutant :

— Je vais prendre mes repas en ville ; je ne veux pas vous causer de problèmes...

— Comme vous voulez. Si vous n'êtes pas bien chez nous, la voie est libre ! — chuchota Mme Anna, profondément humiliée.

Cet agissement suffit à la mette en guerre avec toute la maisonnée.

— Je vendrai tout… complètement tout ! — s'entêtait Janka.

Et elle compta qu'avec la moitié de ce qu'elle payait à Mme Anna elle pourrait parfaitement se nourrir.

Wolska la conduisit dans une popote bon marché et elle y allait pour dîner ; et quand elle n'avait même plus assez pour cela, il lui fallait se contenter souvent et pour toute la journée de saucisses avec un petit pain.

Mais un jour on annula le spectacle, car il n'y avait qu'une vingtaine de roubles en caisse, et le lendemain on ne joua pas non plus en raison d'une pluie torrentielle. De même que tous ses collègues, elle ne reçut pas un sou de Cabiński et pendant ces deux jours ne mangea absolument rien.

Cette première faim qu'elle ne pouvait satisfaire produisit un énorme effet sur elle. Elle ressentait une permanente douleur intérieure, étrange et continue.

— La faim !... la faim !... — murmurait-elle terrorisée.

Jusqu'à présent, elle ne la connaissait que de nom. Ce sentiment l'étonnait ; elle s'étonnait d'avoir vraiment faim, de n'avoir pas même de quoi acheter — un petit pain !

— Est-ce que vraiment je n'ai rien à manger ? — se demandait-elle.

De l'entrée lui arrivait l'odeur de viande grillée. Elle referma la porte avec soin, car cette odeur lui donnait la nausée.

Elle se rappela avec une étrange émotion que la plupart des grands artistes à différentes époques ont aussi souffert de la misère, et cela la consola pendant un moment ; elle se sentit comme ointe du premier martyre au nom de l'art…

Prenant une pose mélancolique, elle souriait dans le miroir à son pauvre visage jaunâtre ; elle essaya de lire, de s'oublier, de se débarrasser de sa propre personnalité, mais ne le put, car elle ressentait continuellement sa faim la travailler.

Elle regardait par la fenêtre la cour tout en longueur, que dominaient de tous côtés des corps d'immeubles élevés, mais vit que dans quelques appartements on se mettait à table pour dîner ; des ouvriers étaient assis contre les murs en bas et mangeaient eux aussi leur repas, préparé dans des marmites en terre cuite rouge… Elle se recula, sentant que la faim, telle une main d'acier aux ongles acérés, la déchirait de plus belle.

— Tous sont en train de manger ! — murmura-t-elle, comme étonnée, comme si elle remarquait cela pour la première fois.

Ensuite elle se coucha et dormit jusqu'au soir, sans aller à la répétition ni chez Cabińska, mais s'en trouva encore davantage affaiblie, éprouvant de douloureux vertiges, et cette immense force de succion qu'elle ressentait en elle l'irritait jusqu'à la faire pleurer.

Le soir, dans les loges, une gaîté tapageuse la saisit ; elle riait sans arrêt, faisait des plaisanteries, se moquait de ses collègues, se disputa avec Mimi pour une bagatelle, et de la scène aguichait les premiers rangs.

Elle accueillit avec joie le mécène, qui dès l'entracte était apparu en coulisse avec une boîte de bonbons, et lui serra la main si fort que le vieux en fut tout confus. Puis, dans un sombre recoin où elle s'était assise en attendant que le régisseur criât « on y va ! », lorsque l'obscurité et le silence l'eurent envahie, elle éclata en pleurs convulsifs.

Après le spectacle elle reçut un quadruple acompte, jusqu'à deux roubles. Cabiński en personne le lui donna et en cachette des autres, car il s'assurait de cette façon les leçons pour sa fille.

Elle alla souper sous la véranda et s'enivra complètement avec un seul verre de vodka, si bien qu'elle-même pria Władek de la reconduire chez elle.

Depuis ce soir-là, Władek la suivait comme son ombre et commença à lui manifester ouvertement son amour, ne prêtant aucune attention à sa mère qui au théâtre s'enquérait de lui auprès de tout le monde et les espionnait continuellement tous les deux.

Un jour Głogowski déboula dans l'appartement de Janka et cria depuis la porte :

— Ça y est, je pars rejoindre mes Cingalais !...

Il jeta son chapeau sur la malle, s'assit sur le lit et commença à rouler une cigarette.

Janka le regardait tranquillement et pensa que tout lui était égal à présent, car avant cet ami l'eût intéressée davantage.

— Alors, vous ne pleurez pas ?... Ah, tant pis !... les chiens sans doute me pleureront, puissé-je en crever ! Mais vous ne savez pas ce que devient Kotlicki ?... On ne le voit pas au théâtre et je ne peux le rencontrer nulle part... Il a dû certainement partir...

— Je ne l'ai pas revu depuis ce souper... — répondit-elle en prenant son temps.

— Il y a quelque chose là-dessous !... scandale, amourette, taule... comptez jusqu'à vingt ! Mais qu'ai-je à faire d'un sagouin pareil ? pas vrai ?...

— En effet, c'est vrai ! — murmura-t-elle, se tournant vers la fenêtre.

— Oh ! mais qu'est-ce que cela ?... — s'écria-t-il, la regardant au fond des yeux. — Comme vous êtes changée !... Les yeux enfoncés, le teint jaune, le regard vitreux, les traits tirés... Qu'est-ce que ça veut dire ?... — dit-il plus bas.

Soudain il se frappa le front et commença à courir dans la chambre comme un fou-furieux.

— Idiot, hottentot, monstre que je suis !... Moi je me promène dans Varsovie, et ici la misère artistique a pris ses quartiers pour de bon !... Mademoiselle Janina ! — cria-t-il, lui prenant la main et la regardant résolument dans les yeux — mademoiselle Janina ! je veux tout savoir, comme à confesse… Puissé-je crever !... mais il faut que vous me disiez !...

Janka se taisait ; mais voyant son visage bienveillant et entendant cette voix compatissante qui avait des accents vous remuant étrangement le cœur, elle ressentit soudain un grand attendrissement et des larmes lui embuèrent les yeux, mais elle ne put articuler une seule parole à cause de l'émotion.

— Allons, allons, on pleure pour rien, car je vais partir de toute façon… — disait-il en plaisantant pour cacher sa propre émotion. — Ecoutez-moi donc… mais sans protestation aucune et sans opposition bruyante… j'ai horreur du parlementarisme ! Vous vous payez une cure de misère, théâtrale de surcroît… je connais. Ne rougissez pas, que diable… La misère, acquise honnêtement, n'est pas du tout une honte ! une simple variole que tout ce qu'il y a de meilleur au monde se doit d'attraper… Hoho ! est-ce que moi par exemple je ne joue pas depuis une petite année à colin-maillard avec les soucis !... Bon, je termine au galop… Voilà comment on va faire !...

Il se retourna, sortit de son portefeuille trente roubles, c'est-à-dire tout l'argent qu'on lui avait envoyé pour le voyage, les plaça sous l'oreiller et revint à sa place.

— « Nous sommes maintenant d'accord entre nous, mon cousin… » a dit Louis XI en coupant la tête au duc d'Anjou… Je n'accepterai plus de recours, et si vous osez… alors !...

Il saisit son chapeau et dit doucement, tendant la main :

— Au revoir, mademoiselle Janina !

D'un mouvement rapide, Janka s'interposa dans l'embrasure de la porte.

— Non, non !... ne m'humiliez pas !... Je suis assez malheureuse comme ça — murmurait-elle, tenant sa main avec force.

— Allons bon, voilà bien une philosophie de bonne femme !... Puissé-je crever, cela va pourtant de soi, de même que moi, je vais me flinguer et vous, vous allez devenir une grande actrice !

Janka commença à lui expliquer, le prier, et pour finir insister pour qu'il reprît l'argent ; elle n'avait besoin de rien, elle n'accepterait rien et ressentait de l'horreur pure et simple pour cette aide.

Głogowski s'assombrit et dit crûment :

— Eh bien ?... puissé-je crever, mais de nous deux ce n'est pas moi le sot !... Non ! je ne vais pas me mettre en colère ; je m'assois très calmement et nous allons causer sérieusement... Je ne veux pas que vous vous fâchiez contre moi pour quelques kopecks... Vous ne voulez pas les accepter, bien que vous en ayez besoin, et pourquoi ?... parce qu'une fausse pudeur vous l'interdit, parce qu'on vous a appris que des choses aussi courantes et humaines que de s'entraider sont une offense à la dignité. Elles puent, ces conceptions, sont bonnes à envoyer à Pociejów[156] ! Ce sont des préjugés stupides et malsains. Pour l'amour de Dieu, il faut un cerveau européen et une subtilité d'hystérique pour répugner à accepter de l'argent de son semblable quand on en a besoin. Pour quoi faire et pourquoi, d'après vous, la meute humaine se regroupe-t-elle en société ?... pour s'entredévorer et se voler les uns les autres, ou bien pour s'entraider ? Vous allez me dire qu'il en va autrement, et je vous répondrai que c'est justement pour ça que le monde va mal ; et du moment qu'on juge que quelque chose est mauvais, il convient de l'éviter. L'homme devrait faire le bien, c'est son devoir. Faire le bien, c'est justement la plus sage des mathématiques. Mon Dieu !... à quoi bon m'étendre, finalement !... — s'écria-t-il courroucé.

Il parla encore longtemps : raillant, jurant par moments, criant « puissé-je crever ! », se mettant en colère, — mais avec tant de sincère et profonde bienveillance, tant de cœur dans la voix, que Janka, bien que pas convaincue du tout, mais uniquement pour ne pas le rebuter par un refus, accepta en lui pressant la main en guise de remerciement.

— Voilà, je préfère cela !... Et maintenant... au revoir !

— Au revoir ! Je vous remercie et vous suis si reconnaissante et si obligée...

— Si vous saviez combien les gens m'ont fait de bien !... Moi je voudrais seulement faire le centième de cela aux autres... J'ajouterai que nous nous rencontrerons certainement au printemps.

— Où ?...

— Bah ! je ne sais pas !... mais sûrement au théâtre, car j'ai décidé d'entrer au théâtre au printemps, ne serait-ce que pour six mois, afin de

---

[156] Grand bazar, sorte de marché aux puces, qui était situé dans la rue Bagno (*Le Marais*) en centre-ville.

mieux connaître la scène.

— Ce serait vraiment bien !

— Maintenant nous sommes au clair, comme disait mon père quand il m'avait si bien briqué la peau qu'elle brillait comme si on l'avait fraîchement tannée. Je vous laisse mon adresse et ne vous dis rien, mais vous rappelle seulement que vous allez tout m'écrire par courrier… tout !... Alors, parole ?...

— Parole ! — répondit-elle avec sérieux.

— Moi je crois en votre parole, comme en celle d'un homme, bien qu'en général chez les bonnes femmes la parole ne soit qu'une façon de s'exprimer, qu'on ne tient jamais. Au revoir !

Il lui serra fortement les deux mains, les souleva un peu comme s'il avait envie de les baiser, mais les relâcha aussitôt, la regarda dans les yeux, sourit un peu artificiellement — et sortit vite.

Janka pensa longtemps à lui. Elle ressentit une reconnaissance si sincère à son égard, reprit d'un seul coup tant de forces et de bonne humeur après cette discussion, qu'elle regretta d'ignorer par quel train il allait partir, car elle avait envie de le revoir encore une fois.

Alors, brusquement, quelque chose se réveilla en elle, qui protestait bruyamment contre cette aide, quelque chose qui voyait dans cette bienveillance — un affront.

— Une aumône ! — murmurait-elle amèrement et une douleur d'humiliée la consumait.

— Comment cela ? je ne peux vivre seule, voler de mes propres ailes, me suffire à moi-même ?... je dois éternellement m'appuyer sur quelqu'un ?... il faut toujours quelqu'un pour veiller sur moi !? Et eux pourtant ils y arrivent…

Elle médita cela pendant un moment, mais peu après s'en fut récupérer son bracelet chez le prêteur à gages et sur la route s'acheta un petit chapeau d'automne.

Sa vie se traînait tout doucement, paresseusement et dans l'ennui.

Seuls l'espoir, ou plutôt la foi profonde, que tout cela allait changer du tout au tout et bientôt, maintenaient Janka, et c'est dans cette nostalgique attente qu'elle commença à prêter de plus en plus attention à Władek. Elle savait qu'il l'aimait… Elle entendait pratiquement tous les jours ses épanchements et déclarations, souriant en son for intérieur et pensant que, malgré tout, elle ne deviendrait pas ce qu'étaient devenues ses compagnes, pour lesquelles elle nourrissait une profonde aversion car elle ressentait véritablement un dégoût organique pour tout ce qui était fange. Mais cette cour que lui faisait Władek avait fini par éveiller en elle, pour la première fois, la conscience de l'amour.

Elle rêvait par moments à l'amour d'un homme à qui elle se donnerait pour toujours et totalement ; à une vie à deux, passionnée et amoureuse, à une vie telle que la présentaient les poètes dans les pièces — et alors défilaient dans son cerveau des images d'amants, des murmures passionnés, des étreintes brûlantes, des passions volcaniques et toute cette vie d'amour intense dont rien que l'évocation la parcourait de frissons de la tête aux pieds...

Elle ne savait d'où sortaient de tels rêves, mais ils se faisaient de plus en plus fréquents en dépit de la misère qui reprenait crescendo, en dépit d'une faim fréquente qui la prenait dans ses étreintes décharnées. Le bracelet se retrouva chez le prêteur à gages, car il lui fallait en permanence acheter quelque nouvelle harde indispensable pour la scène, si bien que parfois il lui fallait jeûner, mais tout de même acheter... Ils donnaient sans arrêt de nouvelles pièces pour accrocher le succès, mais le succès ne venait pas.

Cette situation lui pesait énormément et la tourmentait, la débilitait, mais soulevait en elle une révolte d'un type nouveau qui commençait à s'agiter sourdement en elle.

Elle ressentit une rancune, indéfinie au début, envers tout le monde. Elle observait les femmes dans la rue avec une certaine jalousie farouche ; parfois elle brûlait d'une folle envie d'aborder telle dame élégante, magnifique, et lui demander si elle savait ce qu'était la misère.

Elle observait attentivement leurs visages, leurs robes et leurs sourires et en arrivait à la douloureuse conviction que ces dames ne devaient pas savoir qu'il existe d'autres gens qui souffrent, pleurent et ont faim.

Mais ensuite elle se mit à raisonner qu'elle aussi était habillée comme elles ; que peut-être elle n'était pas la seule et que d'autres, passant peut-être à côté d'elle et tout aussi affamées et désespérées qu'elle, s'accrochaient du regard aux passants... Elle voulut distinguer dans les foules les visages souffrants et ne le put. Tous avaient l'air contents et heureux.

Alors quelque chose comme le triomphe de sa propre supériorité sur la foule élégante et repue fit rayonner son visage. Elle se sentait bien supérieure à ce monde...

— J'ai une idée, un but ! — pensait-elle.

— Pourquoi vivent-ils ?... pour quoi faire ?... — se demandait-elle parfois.

Et, incapable de se répondre à elle-même, elle souriait avec condescendance de la misère de leur existence.

— Engeance de papillons ! Ne sachant d'où ils viennent... pour quoi faire... et où ils vont... — murmurait-elle, s'imprégnant à volonté de ce mépris silencieux des gens qui se développait démesurément en elle.

Elle haïssait à présent de toute son âme la directrice, car bien que Pepa fût toujours d'une douce amabilité avec elle, elle ne lui payait pas ses leçons, usant et abusant avec un bienveillant sourire de la situation et des forces de Janka.

Janka ne pouvait rompre avec elle, car elle sentait clairement que derrière le masque de gratitude recouvrant son visage se cachait une harpie qui ne le lui eût pas pardonné ; du reste, elle la haïssait en tant que femme, mère et actrice. Elle la connaissait maintenant parfaitement, et d'ailleurs dans ses déchirements et combats intérieurs permanents, il lui fallait soit aimer énormément, soit haïr quelqu'un.

Elle n'aimait encore personne, mais déjà haïssait.

— Vous savez, c'est incroyable qu'une personne aussi peu experte que la directrice fasse seule la distribution des rôles ! — dit-elle un jour à Władek, très amère d'avoir été laissée de côté pour la représentation d'un vieux mélo intitulé *Martin l'enfant trouvé*[157].

— Dommage que vous ne lui ayez pas demandé un rôle car, comme vous le constatez, le directeur ne peut rien...

— C'est vrai ! très bonne idée !... Je vais essayer demain...

— Demandez le rôle de Marie dans *Le Docteur Robin*[158] ; ils vont la donner la semaine prochaine. Un amateur veut s'engager chez nous et doit jouer Garrick[159] pour ses débuts.

— Quel est ce rôle de Marie ?...

— Formidable pour briller ! Il me semble que vous le joueriez magnifiquement... Je peux apporter la pièce...

— Bien, nous la lirons ensemble.

Le lendemain elle reçut une promesse solennelle de Cabińska.

L'après-midi Władek apporta *Le Docteur Robin*. Il venait chez elle pour la première fois, et donc se fit particulièrement beau, coquet, gentil, avec un air mélancoliquement rêveur. Il jouait parfaitement l'amour et le respect, était très silencieux, comme par un excès de bonheur.

— C'est la première fois que je suis timide et heureux ! — dit-il, lui

---

[157] « Martin l'enfant trouvé ou Mémoires d'un valet de chambre » : roman social d'Eugène Sue (1804-1857) publié en 1846-1847.
[158] Comédie-vaudeville en un acte de Jules-Martial Regnault, dit Jules de Prémaray (1818-1868) créée à Paris en 1842.
[159] Personnage inspiré de David Garrick, acteur et dramaturge anglais du 18ème siècle ayant beaucoup contribué à remettre Shakespeare au goût du jour.

baisant la main.

— Pourquoi timide ?... Vous, toujours si à l'aise sur scène ! — lui répliqua-t-elle, un peu troublée.

— Oui, sur scène, quand on ne fait que jouer le bonheur ; mais pas ici, où l'on est... véritablement heureux.

— Heureux ?... — répéta-t-elle.

Il la regarda avec une telle ardeur, souligna d'un sourire si expressif et avec une telle maestria composa sur son visage l'extase et la pâmoison amoureuses que s'il avait montré cela sur scène il eût à coup sûr recueilli des bravos.

Janka le comprit parfaitement et quelque chose frétilla en elle, comme si l'on avait fait vibrer légèrement quelque nouvelle corde de son cœur.

Il commença à lire la pièce. A chaque mot de Marie, la nature enthousiaste de Janka explosait ; retenant sa respiration, en contemplation devant Władek, elle écoutait, n'osant troubler par un mot ou par un geste l'émoi qui l'envahissait ; elle craignait de briser le charme se dégageant du son de sa voix et de la couleur de ses yeux de velours noir.

Quand il eut fini de lire, Janka s'écria, enivrée :

— Formidable rôle !

— Je parierais que vous y ferez fureur.

— Oui... je sens que je pourrais le jouer pas mal.

— « Garrick, ce créateur d'âmes, si génial dans *Coriolan* ! » — murmura-t-elle, rentrant dans le rôle et répétant une phrase qu'elle avait retenue.

Et son visage s'illumina d'une telle ferveur, s'éclaira tellement d'une profonde joie intérieure, que Władek ne la reconnaissait pratiquement plus.

— Vous êtes une enthousiaste.

— Oui, car j'aime l'art ! Tout pour lui, et tout en lui !... c'est ma devise. En dehors de l'art je ne vois presque rien !... disait-elle, s'enflammant soudain.

— Même l'amour ?...

— L'art me paraît être une figuration plus grande et plus complète d'un idéal que l'amour...

— Mais plus étranger aux gens et moins indispensable à la vie que l'amour. Le monde pourrait exister sans art, mais sans amour... jamais !... d'ailleurs l'art est à l'origine de déceptions plus douloureuses...

— Mais aussi de plaisirs plus grands... L'amour, c'est une émotion individuelle ; l'art, c'est une émotion collective, c'est une synthèse. On l'aime par son humanité, on souffre à cause de lui, mais ce n'est que par lui qu'on devient parfois immortel !

— Ce sont là des rêves… Des milliers ont donné leur vie pour s'en convaincre, et des milliers ont maudit ce mirage hors d'atteinte…

— Mais ces milliers avaient leur vie remplie de ce mirage et sentaient davantage que ce qu'il est possible de sentir si on ne rêve à rien…

— Mais puisqu'ils n'étaient pas heureux, qu'est-ce que cela vaut ?...

— Et le gros des gens, il est heureux ?...

— Mille fois plus que… nous !

Il insista lourdement sur le *nous*.

— Jamais ! — s'écria Janka — car notre bonheur est autant dans la douleur que dans la joie, dans l'affliction que dans le ravissement ; est aussi bien bonheur : pouvoir se développer spirituellement, désirer l'infini ; se créer des mondes sous son crâne, plus grands et plus beaux que ceux qui nous entourent ; chanter des hymnes, ne serait-ce qu'au travers de larmes et de souffrances, en l'honneur de l'immortalité et du beau ; rêver, mais rêver si fort qu'on en oublie complètement de vivre et qu'on vit dans le rêve !

Janka sentait en soi un tel afflux de bonheur et d'enthousiasme qu'elle n'énonçait sa pensée que par bribes, afin de pouvoir l'exprimer, ne serait-ce que partiellement.

Elle ne s'était pas sentie ainsi emportée et éblouie par ses propres visions depuis longtemps ; elle parlait oubliant que quelqu'un l'écoutait ; elle tramait à haute voix des rêves de plus en plus grandioses et de moins en moins définis…

Władek l'écoutait, avec intérêt au début, mais s'impatientait ensuite.

— Comédienne ! — pensait-il avec ironie.

Et il ne doutait pas que Janka déployait devant lui les plumes de paon de sa ferveur et de son enthousiasme pour l'éblouir et le subjuguer… Il ne lui répondait ni ne l'interrompait car cela finissait par le lasser ; pour lui le bonheur se résumait en trois mots : « bistrot, argent et fille ».

— Ce rôle de Marie est un peu trop sentimental… — ajouta Janka après un assez long silence.

— Il m'a paru à moi seulement lyrique.

— Je voudrais un jour jouer Ophélie.

— Vous connaissez *Hamlet* ?

— Ces deux dernières années je n'ai lu que des drames et rêvé de la scène — répondit-elle tout simplement.

— Vraiment, c'est à s'agenouiller devant une telle ferveur !

— Pour quoi faire ?... Il suffit de l'aider… lui donner du champ…

— Si je pouvais… Croyez-moi si je vous dis que de tout cœur j'aspire à vous voir sur les sommets.

— Je vous crois — dit-elle plus bas. — Merci beaucoup pour *Robin*.

— Peut-être voulez-vous que je vous copie le rôle ?...

— Je vais le copier moi-même ; cela me fera plaisir.

— Lors de l'apprentissage du texte, si vous le voulez bien, je pourrais vous souffler.

— Je vais vous prendre du temps…

— Laissez-moi quelques heures libres par jour pour la représentation, et vous pouvez disposer à volonté du reste de mon temps — dit-il avec ardeur.

Ils se regardèrent un moment.

Janka lui tendit la main ; il la garda et la baisa pendant longtemps.

— Je commencerai à apprendre à partir de demain, car j'ai une journée libre.

— Et moi non plus je n'ai rien.

Il sortit un peu fâché contre lui-même, car il avait eu beau la qualifier de « comédienne », elle l'intimidait par son caractère direct et son enthousiasme ; en outre, il sentait en elle une espèce de supériorité intellectuelle et artistique.

Il marchait en souriant avec ironie de son discours, mais elle lui plaisait follement, de plus en plus.

Janka se mit fébrilement à travailler *Robin*.

En quelques jours elle savait non seulement son rôle, mais aussi toute la pièce par cœur. Elle s'était tellement enflammée pour jouer ce rôle que toute sa vie était suspendue à cette représentation. Ses anciens rêves, quelque peu assombris par la misère et la vie fiévreuse du théâtre, se mirent à irradier de nouvelles flammes qui l'éblouissaient et l'hypnotisaient. Le théâtre reprit une telle dimension chez elle que sa conscience ne pouvait plus contenir autre chose ; aux heures d'extase elle se le représentait comme un autel mystique, suspendu bien haut au-dessus de l'existence quotidienne, et embrasé comme un autre buisson de Moïse, ressemblant pour elle à un miracle, un miracle permanent.

Władek venait tous les jours chez elle, entre la répétition et la représentation, bien qu'immensément ennuyé par ces éternels rabâchages et agacé par cette folle dévotion à l'art qui empêchait Janka de lui accorder beaucoup d'attention ; il ne parvenait pas à se frayer un chemin pour son amour au travers de cet enthousiasme maladif, mais il persévérait.

Son désir amoureux allait croissant. La naïveté et le talent qu'il pressentait en Janka l'excitaient, n'avait-il pas désiré depuis longtemps une amante aussi élégante et cultivée ? Sa nature brutale, sensuelle, se complaisait d'avance dans l'idée de sa victoire.

Il voulait absolument la posséder, cette fille racée, en laquelle il voyait une énorme différence par rapport à ses anciennes amantes, elle le subjuguait par une espèce de charme émanant de sa supériorité ; son triomphe serait d'autant plus grand qu'elle ressemblait pour lui à une de ces dames du grand monde, qu'il observait parfois avec convoitise sur les Aleje Ujazdowskie[160].

Elle ne lui avait pas dit qu'elle l'aimait, mais il le voyait déjà en elle et il l'embobinait dans un maillage toujours plus serré de sourires, de paroles enflammées, de soupirs et de respect excessif.

Pour Janka cette période était la plus belle qu'elle eût connue à ce jour. Elle traitait sa misère avec mépris, comme quelque chose qui la tourmentait passagèrement et ne tarderait pas à disparaître.

Sowińska, par suite des fréquentes visites de Władek, se rapprocha d'elle à nouveau avec son ancienne sollicitude et lui conseilla de vendre une partie de sa garde-robe, dont elle n'avait que faire ; elle proposa même de lui faciliter la tâche.

Et ainsi s'écoulait son existence, dans l'impatiente attente de cette représentation.

Elle vivait comme dans un rêve lancinant. Au travers du prisme de ses songes le monde lui était réapparu lumineux et les gens pleins de bonté. Elle oublia tout, même Głogowski, dont elle rangea la lettre, lue à moitié, dans un tiroir, remettant la lecture du reste à plus tard, car elle ne vivait que dans l'avenir.

Elle se défendait du présent en rêvant à ce qui serait.

Et puis elle aimait Władek.

Elle ne savait pas comment cela était arrivé, mais le fait est qu'elle ne pouvait se passer de lui ; elle se sentait très heureuse et tranquille quand, appuyée sur son épaule, elle marchait dans la rue et entendait sa voix grave et mélodieuse, ses jurons…

Le regard velouté de ses yeux noirs la pénétrait du feu d'une douce langueur…

Tout l'attirait chez lui.

Il était si magnifique sur scène ! avec quels ardeur et lyrisme il jouait les amants malheureux dans les mélodrames ! avec quelle gracieuse simplicité il parlait, bougeait et posait !... C'était le chouchou du public, et la presse ne lui ménageait pas ses compliments, lui prédisant un brillant

---

[160] Grande avenue de Varsovie, un peu les Champs Elysées de la capitale.

avenir d'artiste.
 Janka éprouvait du plaisir même lorsqu'il recevait des bravos sur scène. Et il savait si habilement jouer des ressources de son cerveau qu'il passait généralement pour cultivé, alors qu'il ne possédait que l'astuce et le culot d'un galopin des rues de Varsovie et d'un bateleur ; d'autre part, il était l'unique, le premier à qui elle se fût donnée. Il lui semblait que cela les avait unis pour toujours, et rendus inséparables.
 Cela se passa tout naturellement, après une répétition de *Robin*, où Władek jouait Garrick en tant que remplaçant.
 Il lui dit alors, ou plutôt déclama, son amour avec un élan volcanique, corroborant son sentiment par un tel pathos, qu'elle en fut émue au plus profond d'elle-même ; dans ses yeux elle sentit soudain des larmes d'attendrissement, et une formidable envie de bonheur, à la vie et à la mort, s'installa dans son cœur rêveur. Son âme tout entière devint simple désir amoureux.
 Elle ne savait même pas ce qui lui arrivait, incapable de s'opposer au charme de sa voix ; ce gazouillis amoureux, ces baisers brûlants, ces regards passionnés, l'inondaient tout entière d'un formidable désir de volupté.
 Elle se donna à lui avec la passivité des êtres éblouis, sans un mot de résistance, mais aussi sans en avoir conscience ; elle était proprement hypnotisée.
 Elle ne savait même pas ce qu'elle aimait en lui : l'acteur, jouant à la perfection sur sa sensibilité et son enthousiasme, ou l'homme.
 Elle ne pensait pas à cela.
 Elle l'aimait parce qu'elle l'aimait, parce que le théâtre et l'art s'accomplissaient en lui et que dans ces moments il était pratiquement leur personnification.
 Il lui semblait que par ses yeux elle voyait plus loin et plus profond.
 Son âme croissait (dans le sens où les paysans désignent certains stades de développement chez la jeunesse), et donc, en plus de projets lointains, de gloire à venir, avait besoin d'avoir quelque chose rien que pour elle, avait besoin de se renforcer et de s'appuyer sur un cœur qui lui servirait en même temps de tuteur pour grandir. Elle ne se sentait pas esseulée, car elle pouvait dévoiler devant lui ses pensées et rêves les plus secrets, échafauder des projets pour l'avenir ; expérimenter avec lui différents rôles d'héroïne ; il était pour elle un genre de complément physique, un exutoire dans lesquels elle déversait son excédent de bouillonnante énergie et de rêveries...
 Elle ne se noyait ni ne se perdait en lui, mais au contraire l'absorbait

en elle.

Et pas un seul instant elle ne pensa s'être donnée à lui, à lui ! ni que dorénavant il était son amant et seigneur ; qu'elle était sa propriété.

Elle ne se demandait même pas s'il avait une âme ; il lui suffisait qu'il fût beau, assez connu, qu'il l'aimât et lui fût nécessaire.

Il y avait même dans ses aveux les plus intimes, ses chuchotements amoureux, un certain ton d'inconsciente supériorité. Elle parlait toujours avec lui, mais ne lui demandait pratiquement jamais son avis et écoutait rarement sa réponse.

Władek ne le comprenait pas, mais le sentait et cela le gênait désagréablement, car malgré leur relation étroite, il ne parvenait pas à être à son aise avec elle. Cela blessait son amour-propre, mais il ne pouvait rien y faire. Il ne possédait que son corps, mais son âme, mais ce quelque chose… cet amour qui se donne véritablement à la vie et à la mort et se fait reposoir pour l'amant — cela il ne le sentait pas en elle.

Cela l'irritait, l'ennuyait par moments, mais l'attirait à elle si irrésistiblement qu'il redoublait de marques d'amour, pensant qu'avec une dose plus forte de mensonge sentimental, un jeu plus lyrique, il finirait par la vaincre et la conquérir complètement.

Mais cela ne marchait pas.

Janka, en dehors de cet amour, se désintéressait progressivement de tout ; mais se sentait contente malgré tout. Elle avait parfois faim, soif, mais il lui suffisait de l'avoir à ses côtés, et de s'immerger dans son rôle pour oublier le monde entier.

Quant à la présentation de *Robin*, on la remettait de jour en jour, car cet amateur devant y faire ses débuts tomba malade. Il fallait donner autre chose en attendant, car les affaires périclitaient toujours plus, et elle attendait… rongée par l'impatience et l'ambition de se hisser d'un seul coup au-dessus de la foule de ses collègues, poussée par cette misère qui alors devait se terminer, et aussi tout simplement par l'exigence de son âme qui, ayant conçu cette figure de Marie, se devait de l'expulser hors d'elle.

Elle ne remarquait même pas qu'en coulisse cela s'agitait de plus en plus, qu'on complotait partout, que tous les jours naissaient des projets de nouvelles troupes et, quelques jours plus tard — tombaient à l'eau.

Krzykiewicz lui avait déjà discrètement laissé entendre à plusieurs reprises que si elle voulait elle pouvait s'engager immédiatement chez Ciepiszewski. Elle refusait, se souvenant du projet du metteur en scène Topolski et souhaitant attendre sa concrétisation, sachant qu'on comptait fermement sur elle.

Topolski effectivement organisait sa troupe ; c'était encore un soi-disant secret, mais tout le monde était au courant. Il se disait ouvertement que Mimi, Wawrzecki, Pieś et sa femme et plusieurs renforts plus jeunes avaient déjà signé ; que Topolski avait passé un accord en douce pour le théâtre de Lublin, flambant neuf à l'époque ; on savait avec certitude que Kotlicki et un autre le finançaient.

Il va de soi que Cabiński était au courant de tout cela et se moquait haut et fort de ces projets ; il savait bien qu'il aurait tous ceux qui s'étaient ralliés à Topolski, pourvu qu'il leur fît miroiter une avance un peu plus importante ; il augurait que Topolski ne tiendrait pas une saison et « se ramasserait », car il ne croyait pas que quelqu'un accepterait de lui prêter de l'argent pour fonder sa troupe.

— Des sots pareils ça n'existe plus ! — clamait-il avec conviction.

Ce qui le faisait le plus rire c'était cette réforme que Topolski avait l'intention d'introduire ; il l'appelait purement et simplement folie... Lui connaissait parfaitement notre public et savait ce qu'il lui fallait.

Topolski organisait de très fréquentes soirées chez lui, auxquelles il conviait ceux dont il pouvait avoir besoin ; mais il ne parlait pas encore ouvertement de la troupe ; c'est Wawrzecki qui s'en chargeait pour lui, traitant cette affaire avec ferveur, comme la sienne propre, et de ce fait titillant Cabiński en permanence et lui faisant de fréquentes histoires pour ses cachets.

Janka assista plusieurs fois à ces soirées chez Topolski, mais s'y ennuyait mortellement, car les hommes habituellement jouaient aux cartes, tandis que les femmes, quand elles ne cancanaient pas et ne se plaignaient pas, se regroupaient pour des messes basses auxquelles on se gardait d'admettre Janka, sachant qu'elle fréquentait les Cabiński tous les jours pour les leçons.

A la dernière de ces soirées, Majkowska la pria discrètement autour d'un thé de rester plus longtemps, les deux allaient la reconduire.

Władck n'y venait jamais car c'était un partisan déclaré et constant de Cabiński.

Après que tous furent partis, Topolski s'assit en face de Janka et commença à lui parler de la troupe qu'il fondait.

— Ce sera un théâtre exemplaire, dédié à l'art véritable !... J'ai un effectif formidable ; j'ai déjà passé contrat avec une des meilleures villes, la bibliothèque est empaquetée, les costumes à moitié prêts... et donc tout est presque au complet...

— Et que manque-t-il encore ?... — demanda Janka, décidant aussitôt de demander à être engagée.

— Un peu d'argent… Une bagatelle !... de l'ordre de mille roubles de capital de réserve pour le premier mois…

— On ne pourrait pas l'emprunter ?...

— On pourrait… et c'est justement ce que je veux discuter en confiance avec vous, puisque nous vous comptons déjà comme des nôtres. Je vous donnerai de bons cachets et des rôles en doublure avec Mela, car je sais que vous pouvez faire… Vous avez le look, la voix et le tempérament ; c'est juste ce qu'il faut, sans parler de l'intelligence, pour faire une parfaite actrice.

— Merci !... merci de tout cœur ! — s'écria Janka rayonnante.

Et dans sa joie elle embrassa Majkowska qui, selon son habitude, était presque couchée sur la table et contemplait bêtement la lampe.

— Mais il vous faut nous aider ! — dit Topolski après s'être interrompu un moment.

— Moi ?!... que puis-je donc faire ?... — demanda-t-elle étonnée.

— Enormément !... pour peu que vous le vouliez…

— Bon !... si vous le dites, il va de soi que je le voudrai, car c'est non seulement mon devoir, mais aussi mon propre intérêt !... mais je suis curieuse de savoir ce que je peux, oui curieuse !...

— Il s'agit ici de ce millier de roubles… L'argent est assuré… il n'y a qu'une seule petite condition…

— Laquelle donc ? — demanda-t-elle curieuse.

Topolski se rapprocha plus près d'elle, lui prit les mains en ami et ensuite seulement lui répondit :

— Mademoiselle Janina ! De cela dépend non seulement notre théâtre, mais aussi votre avenir d'artiste… je serai donc direct et vous dirai qu'il y a quelqu'un qui est prêt à donner même deux mille roubles, mais veut vous les remettre personnellement, sinon il a dit qu'il ne les donnerait pas…

— Qui est-ce donc ?... — demanda-t-elle avec inquiétude.

— Kotlicki !

Elle baissa la tête et le silence envahit la pièce. Topolski la regardait avec inquiétude, tandis que Majkowska avait sur le visage un sourire de vague ironie.

Janka faillit crier de douleur tant elle avait été choquée par ce nom et cette proposition, et après un moment, se levant de son siège, elle dit sur un ton décidé :

— Non, monsieur !... je n'irai pas voir Kotlicki… et ce que vous m'avez dit est tout simplement abominable !... Il n'y a qu'au théâtre que les gens peuvent à ce point perdre le sens moral, pour encourager la bassesse, pour pousser exprès les autres au fond de l'infamie, pourvu qu'ils en profitent eux-mêmes... vous avez fait un mauvais calcul !... je ne suis pas encore tombée si bas... Seul me fait mal que vous ayez pu penser ne serait-ce qu'un instant que je serais d'accord, que j'irais voir Kotlicki, Kotlicki qui m'est plus odieux que le plus dégoûtant des mollusques !... — criait-elle en s'emballant.

— Mademoiselle Janina ! parlons raisonnablement, sans emballement...

— Vous osez me dire : parlons sans emballement ?!...

— Je le dois, car vous êtes tout simplement sans expérience ; vous avez l'impression que ce que je vous demande est quelque chose de monstrueux, qui vous précipite immédiatement dans la fange, vous couvrira de honte, vous écorchera de votre honneur...

— Et qu'est-ce donc sinon, pardieu !? — s'exclama-t-elle étonnée.

— Ne jouons pas la comédie, ne jouons pas à cache-cache et regardons les choses froidement, et nous verrons que c'est la chose la plus normale... Que vous ai-je demandé ?... d'aller voir Kotlicki pour avoir de l'argent, un argent qui constitue le fondement de notre avenir commun... un argent qui nous donnera un théâtre et sans lequel nous tous sommes coincés à Varsovie. Qu'y a-t-il donc de mal à cela ?... qu'y a-t-il de mal à ce qui nous rendra presque tous heureux ?...

— Comment cela ? vous ne voyez rien de mal à ce que moi, une femme, j'aille seule dans l'habitation d'un homme ?... Et en échange de quoi me donnera-t-il ces mille ou deux mille roubles ?...

— Quand vous viviez avec Głogowski personne ne trouvait de mal à cela ; et maintenant que vous vivez avec Władek, qui vous le reproche ?... En quoi est-ce là, finalement, une chose si honteuse ?... Nous vivons tous ainsi et est-ce que nous commettons pour cela quelque bassesse ?... Non !... car c'est là chose secondaire, nous avons quelque chose de plus important dans nos cerveaux : l'art !

— Non, je n'irai pas... — répondit-elle doucement, atterrée par le fait que tous étaient au courant de sa liaison avec Władek.

Elle continuait à écouter Topolski, mais pratiquement n'entendait ni ne comprenait plus ses paroles. Il commença à lui exposer, à la prier, à lui expliquer que, voyons, tous vouent leur vie au théâtre, et que c'était là autre chose qu'un simple câlin de femme... que par son refus elle porterait un coup mortel à la troupe, qu'ils comptaient sur elle, qu'ils lui seraient reconnaissants jusqu'à la mort, car par son dévouement elle assurerait leur existence à des dizaines de personnes ; que ce théâtre serait associé à son nom. Il voulait absolument briser cette résistance qu'il ne pouvait concevoir, mais Janka restait inébranlable.

— Quand bien même ma vie en dépendrait, je n'irais pas... je préférerais mourir !...

— Alors... salut ! — dit Topolski avec colère.

Janka le regardait et voulait encore s'expliquer, mais Majkowska lui jeta son petit manteau sur les épaules, lui enfonça brutalement son chapeau sur la tête et lui déversant une bordée d'injures ouvrit tout grand la porte devant elle.

Janka obéit telle un automate, telle un automate descendit l'escalier et regagna sa maison en marchant par les rues.

Elle regrettait cette troupe, ces perspectives auxquelles elle renonçait en rompant avec Topolski, mais en même temps une horrible honte l'envahissait, qu'ils la considérassent si bas pour oser lui faire de telles propositions et compter sur elle pour y donner suite...

Elle ne pouvait trouver la paix.

La nuit elle rêvait tantôt de Kotlicki, tantôt de Władek, tantôt du théâtre... Elle les entendait tous la maudire et l'injurier, une bande d'individus couverts de haillons la poursuivaient et, jurant, le regard haineux, cherchaient à s'emparer d'elle et la frapper... Dans ces visages s'esquissant à peine, elle reconnaissait Mela, Topolski, Mimi, Wawrzecki...

Elle rêva encore qu'elle marchait dans la rue et que tout le monde la regardait d'une façon si bizarre, si terrifiante, qu'elle eût voulu s'enfoncer sous terre pour ne plus voir ces regards, mais elle n'avait pas la force de se bouger et cette foule défilait lentement à côté d'elle, tandis que Topolski se tenait debout et sur un ton moqueur parlait si fort que tous se retournaient :

— Voyez !... elle vivait avec Głogowski, et maintenant est l'amante de Władek !

C'était insupportable ; elle poussa un cri terrible dans son rêve car elle vit son père avec Kręska à son bras disant en la montrant :

— Elle vivait avec Głogowski, et maintenant est l'amante de Władek !...

— O Jésus ! — murmurait-elle, se torturant dans ce rêve lancinant. — O Jésus !

Et la foule des visages grossissait : le curé de Bukowiec, ses supérieures au pensionnat, ses anciennes camarades, Grzesikiewicz — tous, tous passaient rapidement à côté d'elle et la regardaient avec ce terrible, hideux sourire qui la transperçait comme avec une lame et la battait comme avec un fouet...

Elle se réveilla en pleurs et mortellement fatiguée.

Władek se présenta avant même la répétition.
Pour la première fois elle se jeta d'elle-même dans ses bras.
— Tous savent !... — murmura-t-elle en cachant son visage contre sa poitrine.
Il devina de quoi il retournait.
— Et alors ?... c'est un crime ou quoi !?... — répondit-il.
Il s'assit, sombre, se frottant le genou et s'agitant nerveusement sur sa chaise.
Elle s'aperçut de son état, et cessant de penser à elle, demanda :
— Qu'as-tu ?... tu es malade ?...
— Je vais bien... Simplement je dois une dizaine de roubles et ne peux les rendre... Je ne peux en parler à ma mère, car je l'achèverais... elle est à nouveau malade !... Cabiński ne veut rien me donner et cogne-toi la tête contre le mur !...
Il mentait, bien sûr, car il avait joué toute la nuit et avait tout perdu.
Janka se rappela la dette qu'elle avait contractée auprès de Głogowski et donc sans réfléchir enleva sa montre en or avec sa petite chaîne et la déposa devant lui.
— Je n'ai pas d'argent. Mets-ça en gage, rembourse ta dette et ramène-moi ce qu'il reste, car moi aussi je n'ai plus rien — dit-elle avec cœur.
— Non, jamais ! Il ne manquerait plus que ça !... Je n'en ai pas du tout besoin... allons, mon enfant !... — protestait Władek dans un premier élan d'honnêteté.
— Prends, je t'en prie... Prends, si tu m'aimes...
Władek fit encore la fine bouche pendant un moment, mais pensa qu'ayant l'argent il pourrait se refaire.
— Non !... à quoi cela ressemblerait-il ! — chuchota-t-il, se défendant de moins en moins.
— Va tout de suite, et passe ici en revenant, nous irons déjeuner.
Il l'embrassa, comme s'il était gêné, marmonna quelque chose à propos de la gratitude etc., mais prit la montre et s'en fut la gager.
Il revint en vitesse, rapportant trente roubles. Il lui en emprunta tout de suite vingt, et voulut même lui faire un reçu. Elle se fâcha tellement qu'il dut lui demander pardon et ils partirent déjeuner.
Ils vivaient quasiment ensemble. Au théâtre, on était au courant de cette liaison, mais personne ne prêtait attention à une chose si commune.
Seule Sowińska par moments titillait Janka avec des allusions narquoises, et autant elle avait encensé Władek il y a peu de temps encore, autant elle racontait à présent quantité d'horreurs à son sujet... Elle

trouvait un immense plaisir à persécuter ainsi Janka.

C'était sa façon de venger son fils.

On programma enfin les répétitions scéniques de *Robin*. C'est Władek qui l'en informa car depuis quelques jours elle ne sortait plus du tout de la maison, se sentant très faible. Elle était prise tantôt d'une pénible somnolence, tantôt d'une douleur insupportable dans les reins ; où alors une certaine langueur et un découragement s'emparaient d'elle, si bien qu'elle avait envie de pleurer, n'avait pas le courage de se lever, restait au lit des journées entières, contemplant le plafond. Elle avait comme avant la tête qui lui tournait et une telle soif la brûlait que rien ne pouvait l'étancher, mais quand elle sut qu'elle allait jouer, d'un seul coup elle se sentit forte et en bonne santé.

Elle se rendit à la répétition avec terreur, mais voyant le futur Garrick elle eut vite fait de se maîtriser. L'amateur en question était un garçon maigre, mollasson et empoté ; il ne prononçait pas les *ł*[161], marchait en canard, mais comme il était le cousin d'un journaliste influent qui le soutenait, il se permettait de regarder le théâtre de haut et traitait tout le monde avec condescendance.

Ils se moquaient discrètement de lui en face, mais en faisaient des gorges chaudes par derrière.

Comme si la troupe s'était donné le mot, tous se présentèrent au complet à la répétition.

Dès que Janka entra sur scène, Majkowska ostensiblement se retira en coulisse, tandis que Topolski ne la salua même pas d'un signe de tête.

Elle comprit que les ponts étaient rompus avec eux pour de bon ; elle n'eut plus le temps d'y penser, car la répétition démarra immédiatement. Bien qu'elle fût décidée à simplement simuler le jeu, elle ne put s'empêcher d'esquisser son rôle, ne serait-ce que dans les grandes lignes.

L'exaspérait le fait que tous la regardaient, qu'elle sentait, venant de toutes les directions, les regards rivés sur elle ; il lui semblait voir de la raillerie dans ces regards, de la moquerie sur les lèvres, ce qui faisait qu'à certains moments elle s'emportait et explosait de tout son tempérament, et à d'autres, parlait trop bas.

Majkowska sifflait ses sarcasmes et riait avec Zarzecka, commentant tout haut son jeu. Topolski à plusieurs reprises lui fit recommencer son entrée, car dans son énervement elle entrait mal sur scène.

---

[161] Le *ł* (l barré) se prononce « oue » en polonais : *Władek* par exemple se dit « Wouadek ». Le *l* prononcé comme un *l* normal trahit souvent un accent russe.

Janka savait à quoi tout cela rimait et donc ne prenait pas trop à cœur les moqueries de Mela ni les indications tatillonnes du metteur en scène. Elle continuait à jouer ; son rôle ressortait inégalement, mais avec force.

Un silence caractéristique s'établit ; personne ne riait ni ne faisait l'imbécile à voix haute. Le régisseur allait de coulisse en coulisse, se frottait les mains et marmonnait :

— C'est bien, mais il faut encore plus de pathos, encore plus !...

— Mais elle crie déjà au lieu de parler ! — lui lança Majkowska, narquoise.

— Ma petite dame !... vous, vous avez des convulsions sur scène, et personne par courtoisie ne vous le reproche — répondit Stanisławski en lieu et place de son ami.

— Pas comme ça !... Vous vous transformez en moulin, ou quoi ?... qui donc agite les bras de la sorte ? — criait le metteur en scène.

— Ne charriez pas, c'est la première répétition ! — s'exclama Cabińska depuis les sièges.

— Vous marchez sur scène comme une oie ! — lui balança à nouveau Topolski en colère.

— Elle n'est pas mal, mais pour la blanchisserie ! — siffla Mela sarcastique.

Malgré tout cela, bien que se sentant au bord de larmes de colère, elle jouait, ne se laissant pas désarçonner de son personnage et ne perdant à aucun moment la maîtrise de soi.

Quand elle eût fini, Cabińska l'embrassa ostensiblement et se mit à la complimenter haut et fort, afin que Majkowska pût l'entendre.

— Je vous félicite, vous allez jouer ce rôle à la perfection !

— Travaillez davantage les détails — lui conseilla Stanisławski.

— C'est seulement la répétition !... j'ai déjà tout le personnage dans la tête.

— Nous allons avoir maintenant une véritable héroïne, car à la fois belle et talentueuse ! — s'écria très fort Rosińska.

Majkowska lui lança un regard furieux, mais se tut.

Janka se sentait si gaie et si généreuse qu'elle avait envie d'embrasser tout le monde.

La représentation devait avoir lieu dans deux jours.

Ce laps de temps lui fut un immense faisceau de lumière dans lequel elle parut s'absorber, tout encouragée. Il lui semblait être au comble de la félicité.

— Enfin ! enfin !... — murmurait-elle enivrée. — Finie la misère, finies les humiliations !...

Elle pensait qu'elle obtiendrait tout de suite un répertoire de rôles. Elle lâchait la bride à son imagination et se voyait déjà sur quelque sommet. Elle était déjà sur cette terre promise des sensations fortes dont elle avait rêvé tous les jours, dans ce monde qui devant elle grouillait d'une foule de splendides figures héroïques, de sentiments surhumains, d'aveuglante beauté, où régnait une parfaite harmonie entre rêves et réalité.

Elle souriait avec commisération à ces jours de disette, comme si elle s'en séparait pour les siècles. Tout, même Władek, pâlit devant ses yeux hypnotisés.

Des milliers de fois elle répéta ce rôle de Marie. Elle passait des heures entières devant son miroir à se composer des mimiques et l'attente lui donnait des fièvres d'impatience.

En état de demi-sommeil, elle s'asseyait la nuit sur son lit et regardait ; il lui semblait voir le théâtre plein, les représentants de la presse… entendre les murmures du public, voir le rayonnement des regards, entrer en scène et jouer… Elle répétait son rôle à demi conscience, s'enflammait en déclamant avec enthousiasme, et puis, tombant dans une plus grande somnolence, souriait au travers de larmes de bonheur, car entendant le plus distinctement ce fracas bien connu, bouleversant, des bravos ainsi que les cris :

— Orłowska ! Orłowska !…

Et elle s'endormait avec ce sourire et se réveillait pour poursuivre ses rêves.

Elle vendit tout ce qu'elle pouvait vendre afin de s'habiller convenablement pour son rôle. Avec un rire de satisfaction elle chassait Władek de chez elle afin qu'il ne la gênât pas.

En ce jour, si important et décisif pour elle qui précédait la répétition générale, Cabiński lui enleva son rôle et le donna à Majkowska.

L'intrigue et la jalousie avaient fait leur œuvre.

Cabiński avait cédé, car Topolski l'avait menacé de partir immédiatement avec la moitié de la troupe s'il ne reprenait pas le rôle à Janka pour le confier à Majkowska.

C'était la vengeance de Kotlicki.

Janka perdit tout simplement connaissance, frappée en plein cœur ; elle commença à vaciller sur ses jambes, sentant que le théâtre se mettait à tourbillonner avec elle et que tout cela s'abîmait avec elle dans une nuit noire… Elle promena sur tous un regard d'ineffable douleur, comme cherchant du secours, mais les visages de la plupart des membres de la troupe trahissaient l'amusement en présence d'un tour si pendable et la satisfaction animale de crétins en présence de l'étouffement du talent. Ils narguaient la vaincue de leurs regards : les sous-entendus, les railleries acerbes commençaient à fuser de tous côtés et pleuvoir sur son âme paralysée par ce coup inattendu. Des rires brutaux s'élevaient, cinglants comme des coups de fouet, et toute la bassesse humaine, se complaisant dans le malheur des autres, trouvait ici un point d'application et un exutoire.

Et elle restait aphone et figée, avec cette horrible douleur au cœur, comme si toutes ses artères se rompaient et inondaient ce cœur du sang du désespoir.

Elle trouva assez de forces pour demander :

— Pourquoi ne puis-je jouer ?...

— Vous ne pouvez pas, c'est comme ça et basta ! — répondit brièvement Cabiński.

Et il décampa aussitôt du jardin, craignant quelque scène, touché également par un peu de chagrin pour elle.

Janka resta en coulisse, en proie à un sentiment d'énorme, mordante, et douloureuse déception. Elle ressentit un tel vide et esseulement qu'il lui semblait par moments être seule au monde, que quelque chose l'avait écrasée de sa masse immense et l'étouffait ; qu'elle se perdait dans des abîmes, qu'elle en dévalait la pente à la vitesse de l'éclair, jusqu'au fond où une eau gris-verdâtre grondait sourdement...

Ses pensées se rompaient et ses sentiments se déchiraient, l'inondant de larmes d'un abandon sans espoir. Elle se rendit dans les loges et s'assit dans le coin le plus sombre.

Ses rêves tombaient en lambeaux : ces mondes merveilleux s'abîmaient dans la brume du lointain, ces visions enchanteresses, telles des haillons effilochés, pendaient dans son cerveau et son âme.

Une grisaille se dégageant de ces parois et décors sales, de cette foule miteuse de misérables railleurs, la pénétrait tout entière.

Elle se sentit si fatiguée, démolie, malade et inapte à quoi que ce soit, qu'elle alla au jardin chercher Władek pour qu'il la reconduisît chez elle, car elle n'avait plus de forces.

Elle ne le trouva pas ; il s'était prudemment tiré, et elle revint dans les loges et restait assise, hébétée.

— Gardez-vous des rêves !... gardez-vous de l'eau !... — répétait-elle, se rappelant avec difficulté celui qui lui avait dit cela.

Et soudain elle pâlit et eut un mouvement de recul, car un tel chaos s'était emmêlé dans son cerveau qu'elle crut qu'elle allait devenir folle...

Elle resta longtemps assise, inconsciente et pleurant. Elle pleurait sans pouvoir s'en empêcher, car lorsqu'elle retrouvait un peu ses esprits, elle se rappelait toutes ses souffrances et les déceptions subies.

Finalement, morte d'épuisement, bercée par le silence qui avait envahi le théâtre après la répétition — elle s'endormit.

Rosińska, qui ce jour-là était venue plus tôt dans les loges car elle devait commencer la pièce, la réveilla, et voyant la dormeuse, fut prise de pitié ; les restes d'une féminité grimée par la vie de théâtre remuèrent en elle à la vue de son visage pâle, maltraité par la misère et le désarroi.

— Mademoiselle Janina ! — chuchota-t-elle attendrie.

Janka se leva et commença à essuyer nerveusement les traces de larmes sur ses joues.

— Vous n'avez pas vu Niedzielski ? — demanda-t-elle à Rosińska.

— Non. Pauvre enfant ! ils vous bien ont arrangée !... mais il ne faut pas non plus prendre cela tant à cœur… Vous voulez être une artiste, vous devez supporter, endurer beaucoup de choses… Ma chère, j'ai vécu et vis, aujourd'hui encore, des choses autrement plus difficiles. Si vous preniez à cœur toutes les misères, vous fâchiez pour tous les cancans qu'ils vont répandre sur vous, et pleuriez à chaque intrigue dans laquelle ils vont vous embobiner, vous n'auriez pas assez de vos larmes, ni de vos yeux, ni de vos forces !... une déception, c'est une expérience de plus.

— Peut-être ont-ils raison ?... Je dois manquer complètement de talent, puisque Cabiński m'a repris le rôle…

— Vous êtes formidablement naïve pour une actrice ! C'est justement parce que vous en avez qu'ils vous ont joué ce tour… J'ai entendu ce qu'a dit le cousin de cet amateur à la première répétition.

— A quoi tout cela me servira-t-il, si je ne peux pas jouer et n'ai pas de quoi vivre ?

— Tout cela est l'œuvre de Majkowska. C'est elle qui a obligé Cabiński à vous reprendre le rôle !...

— Elle est fâchée contre moi, je le sais, mais de là à se venger d'une façon aussi inhumaine !...

— Vous ne la connaissez pas… Je ne sais pas pourquoi vous vous êtes brouillées, mais ce que je sais, c'est que quand elle vous a vue à la première répétition, elle a tellement eu peur que vous lui preniez la première place qu'elle a aussitôt commencé à miner le terrain. Je l'ai vue tourner autour de cet amateur, minauder auprès de son cousin et de Cabiński, baiser les mains de la directrice ! je l'ai vue moi-même !... A-t-on déjà vu s'abaisser de la sorte ?... Mais elle accomplissait son œuvre. Ce n'est pas la première qu'elle trucide. Vous ne savez peut-être pas ce que moi, actrice confirmée, avec un si grand répertoire, je dois endurer à cause d'elle… Oh, c'est une mégère enragée ! Vous ne pouviez rien remarquer, car cela se faisait en catimini, si bien qu'à part moi, personne certainement ne le savait. Une pareille... ça a toujours de la chance !... Mais attendez, je vais m'en occuper aujourd'hui ; je vais la payer pour nous deux !...

Les loges commençaient à se remplir petit à petit d'actrices, de brouhaha et de l'odeur de poudre et de fard que l'on réchauffait à proximité des bougies. Elles commençaient à s'habiller.

Arriva enfin Majkowska, superbe, triomphante, un bouquet à la main, des roses au corsage, et voyant Janka assise auprès de Rosińska, prit un air sombre :

— Il me semble que ce ne sont pas les loges des choristes ! — s'exclama-t-elle avec colère.

— Il vous semble à tort, artiste de pantomime — répondit Rosińska.

— Je ne vous parle pas, vous.

— Mais c'est moi qui réponds. Restez, mademoiselle, je vous prie — s'adressa-t-elle à Janka qui s'apprêtait à sortir.

— Foutez-moi la paix... Je devrais m'habiller avec les débutantes ?

— Attendez un peu, vous allez l'avoir votre chambre particulière avec camisole et soins particuliers, vous n'y échapperez pas.

— Taisez-vous ! ingénue de quarante ans.

— Ne vous occupez pas de mon âge, héroïne détraquée.

— Sur scène ça ressemble à une poule pondeuse mouillée, et ça veut la ramener.

Les loges se tordaient de rire, et elles à présent se disputaient de plus en plus vulgairement, n'arrêtant pas un instant de se maquiller et de s'habiller en vitesse.

Janka écoutait la dispute en silence. Elle n'en voulait presque pas à Mela de lui avoir pris son rôle, mais ressentait seulement une espèce de dégoût physique envers sa personne. Elle lui semblait à présent si sale, minable, vile et dépouillée d'humanité que même sa voix avait une tonalité abjecte.

Ce n'est que lorsqu'on commença à jouer *Le Docteur Robin* qu'elle se rendit en coulisse pour voir ce rôle qui était le sien. On ne peut décrire cette douleur, subtile torture, qui déchirait son âme lorsqu'elle vit Majkowska — Marie, sur scène. Elle sentait que l'autre lui arrachait du cerveau, lui décollait du cœur, chaque parole, chaque geste, chaque pose et accent, les uns après les autres.

— Ils sont à moi ! à moi ! — murmurait-elle désemparée. — A moi ! — et elle dévorait Mela des yeux, ou bien les fermait afin de ne plus rien voir et ne pas faire saigner son âme en se souvenant. — Voleuse ! —

murmura-t-elle enfin si haut que Majkowska tressaillit sur scène.

Rosińska était assise dans la coulisse d'en face ; dès que Majkowska fut entrée, se déroula une scène dans la scène, car elle répétait à mi-voix chaque parole de Mela avec une fausse intonation, riait tout haut de son jeu, se moquait, imitait ses gestes de la façon la plus burlesque, faisait véritablement le pitre...

Majkowska au début n'y prêtait pas attention, mais ensuite ne put s'empêcher de regarder en coulisse, ne parvenant plus à ne pas entendre les moqueries et les imitations. Elle commença à se mélanger les pinceaux et oublier : par moment elle n'entendait pas le souffleur et s'arrêtait au milieu d'une phrase, et Rosińska l'enfonçait toujours plus fort.

Majkowska rageait d'une fureur impuissante, mais jouait mal et le sentait, se jetant sur scène comme une démente. Dans toutes les coulisses elle voyait les faces hilares, même Dobek dans sa niche allait jusqu'à se mettre la main devant la bouche, tellement il s'amusait de bon cœur à ces pitreries, et cela lui ôtait le reste de ses moyens.

Dès qu'elle fut descendue de scène elle se jeta poings en avant sur Rosińska.

Un tel grabuge en résulta que les hommes durent les séparer, car elles s'étaient déjà un peu crêpé les perruques.

Majkowska fut conduite de force dans les loges ; elle était carrément folle-furieuse et cet état d'exaspération lui occasionna comme une crise d'hystérie. Elle fracassa les miroirs, déchirait les habits, et se démenait tellement qu'il fallut appeler le docteur et lui lier les mains et les pieds.

De désespoir Cabiński s'arrachait ce qui lui restait de cheveux, mais dans les loges les acteurs riaient et s'amusaient extraordinairement.

On dut baisser le rideau en plein milieu de la pièce, et Topolski, presque bleu de colère, annonça :

— Cher public ! En raison d'une soudaine et forte indisposition de mademoiselle Majkowska, *Le Docteur Robin* ne peut être mené à bonne fin. La pièce suivante à l'affiche va démarrer à l'instant.

Janka, en dépit d'une certaine satisfaction à la suite d'un tel fiasco de son adversaire, eut du chagrin lorsqu'elle la vit inconsciente et souffrante. Elle n'était pas encore assez actrice pour rester indifférente et alla la voir, mais voyant dans les loges le docteur et Cabiński, lequel se disputait avec Rosińska, elle fit rapidement machine arrière.

Rosińska, Wolska et Mirowska déclarèrent carrément à Cabiński que si Majkowska restait dans la troupe, on ne les verrait plus dès demain...

Cabiński déguerpit, mais tomba sur Stanisławski et Krzykiewicz qui lui dirent la même chose, et en outre qu'ils ne resteraient pas un jour de plus car ils avaient honte d'être dans une troupe où se passent de tels scandales publics…

Le directeur faillit devenir fou car il n'était pas préparé à un tel incident ; il louvoyait comme il pouvait, promettait, donnait des bons de caisse à tous ceux qui le demandaient et voyant Janka, l'appela bien fort afin de rattraper un peu son faux-pas :

— Si vous voulez quelque chose à la caisse, je vous donne un bon, car je dois partir tout de suite…

Elle demanda cinq roubles ; il ne fit même pas la grimace, les donna et courut tout de suite voir Pepa, mais sur sa route il tomba sur ce débutant avec son cousin et il se fit un tel boucan en coulisses que le public écoutait avec inquiétude.

Le spectacle se termina dans le silence du public, pas un bravo ne retentit…

Janka, quittant la caisse avec son argent, tomba sur Niedzielska qui marchait à petits pas.

Elle s'arrêta, voulant la saluer, mais Niedzielska la regarda d'un air menaçant :

— Qu'est-ce que tu veux, espèce de ! espèce de… !

Elle fut prise d'une violente quinte de toux, la menaça de la canne sur laquelle elle s'appuyait et continua son chemin en se traînant.

Janka porta machinalement un regard à l'entour, pour voir si Władek n'était pas quelque part, mais visiblement il avait disparu… elle ne l'avait pas vu depuis le matin.

Il faisait exprès de l'éviter, il en était arrivé à la conclusion catégorique qu'il valait mieux avoir affaire à des femmes normales : il n'y avait pas besoin de se gêner, simuler et toujours faire attention à tout.

Du reste, elle s'était ramassée : elle n'était toujours que choriste, et sa mère menaçait purement et simplement de le déshériter à cause d'elle…

Elle suivit longtemps la vieille du regard, qui certainement allait à la recherche de son fils, et s'en fut lentement chez elle.

X

Janka était alitée, malade.

Il lui semblait qu'elle reposait au fond d'un puits et que de ces profondeurs où on l'avait précipitée elle ne voyait que le pâle azur du ciel, parfois la nuit noire, parfois le scintillement des étoiles, tantôt des ailes qui en volant jetaient une ombre sur ses yeux, au point qu'elle perdait la conscience de toute chose ; elle sentait seulement ce flux et reflux de l'existence avec ses échos, ses tourments, cris, larmes et désespoirs, suinter des lisses margelles et se déverser dans son âme comme dans un réservoir et la pénétrer tout entière d'une douleur inconsciente, qu'elle ressentait cependant à chaque pulsation de son moi.

Il lui semblait qu'elle s'éloignait de plus en plus non seulement de la vie, mais aussi de ses rêves, car chaque fois qu'elle voulait penser, échafauder quelque chose, imaginer quelque tableau ou concept, tout lui échappait du cerveau, comme au travers d'énormes brèches, et elle ne ressentait que du vide et de la solitude.

Les jours se traînaient si lentement qu'on les eût pris pour les maillons d'une chaîne séculaire, comme ils se traînent pour ceux qui ont tout perdu, même l'espoir.

Elle avait prévenu la direction qu'elle était malade, mais personne ne lui rendit visite, seule Cabińska avait fait savoir par Wicek que Jadzia s'ennuyait de ses leçons, et rien d'autre.

Là-bas ils jouent, apprennent, créent des choses, vivent ! Elle, elle était couchée, plongée dans une totale apathie, telle une âme broyée, qui à peine, par moments, ose penser qu'elle existe encore, et retombe à nouveau dans une agonie qui cependant ne peut s'éteindre dans l'oubli — la mort.

A vrai dire, elle n'était pas malade physiquement, n'ayant mal nulle part, mais était mourante d'épuisement intérieur.

Il lui semblait qu'elle avait dépensé toutes ses réserves au cours de ces trois mois de vie de théâtre et qu'à présent son âme agonisait de faim, n'ayant plus de quoi vivre.

Pendant ces longues journées, cette interminable torture du silence de la nuit, elle ruminait ses pensées, ou plutôt ressentait tout, hommes et choses, et cette prise de conscience lente, mais totalement à sens unique, de son environnement, l'emplissait d'une corrosive tristesse.

— Il n'y a pas de bonheur en ce monde... — murmurait-elle ; et il lui semblait avoir eu jusqu'à présent une cataracte sur les yeux, que le sort lui avait brutalement enlevée. Elle voyait clair, mais il était des moments où elle regrettait ses anciennes ténèbres et sa marche à tâtons.

— Il n'y a pas de bonheur ! — disait-elle amèrement — et ce pessimisme, pessimisme des femmes et des caractères passionnés, rebelle et violent, s'empara complètement de son âme.

Partout elle ne voyait que le mal et l'abjection.

Comme dans une lanterne magique, défilaient devant elle toutes les figures connues et elle les poussait toutes dans la même fosse avec mépris, y compris Władek, qui une seule fois vint la voir, commença à se justifier, mais elle l'arrêta avec agacement et le pria de s'en aller.

Elle le connaissait suffisamment maintenant et se surprit à penser qu'assurément elle ne l'avait jamais aimé pour de vrai.

— Pourquoi ? pourquoi ? — se demandait-elle.

La honte et le chagrin commencèrent à l'envahir, d'avoir pu tomber si bas, et pour quelqu'un de semblable !...

Il lui parut à présent si minable et si vulgaire...

Elle ne pouvait se le pardonner.

La tourmentait énormément le fait de ne plus rien pouvoir changer.

— Quelle fatalité l'a mis sur mon chemin... — continuait-elle à se demander.

Elle se sentait profondément humiliée vis-à-vis de soi-même.

— Je ne l'aimais pas... — pensait-elle — et un frisson d'aversion et de dégoût la parcourut.

Elle commença à le haïr.

Le théâtre aussi perdit beaucoup de son lustre au cours de ces heures de méditation.

Elle le voyait au travers de ces disputes et intrigues permanentes en coulisse, du caractère minable de ses prêtres, et de ses propres déceptions.

— Je ne le voyais pas ainsi auparavant ! — déplorait-elle.

Tout rapetissait en elle et devenait de plus en plus gris ; elle commençait à découvrir des haillons, de la duperie et du mensonge partout... Les gens s'interposaient entre elle et toute chose.

Elle n'aspirait plus à régner sur la scène.

— Qu'est-ce que c'est ?... — murmurait-elle. — Qu'est-ce que c'est ?...

Et elle voyait un public bigarré, hétéroclite, à qui il était indifférent que la pièce eût quelque valeur ou non. Il venait uniquement pour se distraire et rire, voulait des bouffonneries et du cirque.

— Qu'est-ce que c'est ?... De la comédie à but lucratif et pour amuser la foule…

La scène lui semblait une véritable arène pour des exploits de clowns et de singes dressés.

— Oh… oh… — gémissait-elle, douloureusement affectée par cela. — J'ai voulu être l'amuseuse de la populace… et où est l'art, alors ? — se demandait-elle en noyant son regard dans un espace sans limite. — Qu'est-ce que l'art pur ? un idéal ?... un idéal auquel des centaines de gens vouent leur vie ?... Qu'est-ce que c'est et où cela se trouve-t-il ? — se demandait-elle à nouveau sans répit, mais commençait à voir que tout est plutôt distraction que finalité.

La littérature, la poésie, la musique, la peinture, tous les beaux-arts défilèrent dans son esprit et elle ne pouvait séparer leur côté utilitaire de leur côté purement artistique.

Elle voyait que tous jouent, chantent, créent uniquement pour distraire cette foule énorme, brutale… Ils lui sacrifient leur vie, leur sang et leurs rêves ; ils combattent et souffrent pour elle, pour elle ils vivent et meurent…

En cette monstrueuse foule des Grzesikiewicz, des Kotlicki, des mécènes, elle reconnut le maître, sévère dans sa sottise et ses bas instincts, observant avec un sourire à moitié moqueur et à moitié bienveillant toute cette multitude qui devant lui peint, joue, lit, crée et mendie avec un regard exalté ses faveurs et sa reconnaissance…

Et elle voyait la grande et impressionnante vague humaine, s'étalant dans les dépressions, oscillant doucement et sans orientation aucune, et d'autre part tous ceux qui la fendaient dans tous les sens, péroraient haut et fort, chantaient avec enthousiasme, pointaient vers l'espace, attiraient l'attention sur les étoiles, voulaient introduire quelqu'ordre dans cette chaotique cohue, frayaient des chemins, suppliaient gravement, conjuraient, mais la foule ou bien riait, ou bien acquiesçait sourdement et restait sur place, fluctuant et bannissant ces gens ou les piétinant.

— Qu'est-ce que c'est ? Pourquoi ? — elle lançait des interrogations, profondément inquiète. — Ils n'ont pas besoin de nous, alors laissons les livrés à eux-mêmes et tenons-nous à l'écart, ne vivons que pour nous-même et avec nous-même — pensait-elle. Mais derechef tout cela se mélangeait dans sa tête, si bien qu'elle ne pouvait concevoir qu'on pût vivre à l'écart de tous, que dans ce cas il ne vaudrait pas la peine de vivre. De semblables pensées lui faisaient exploser le crâne d'affolement.

Sowińska qui la surveillait avec une sollicitude maternelle mit fin à ses délires.

— Rentrez chez vous — lui dit-elle avec sincérité.

— Jamais.
— Pourquoi vous éreinter de cette façon. Vous vous reposerez un peu, reprendrez des forces, et reviendrez à nouveau au théâtre.
— Non — répondit-elle doucement.
— Au fait, la vieille Niedzielska est venue me voir hier.
— Vous la connaissez ?
— Du tout, mais elle avait une petite affaire à régler. Ah, sacrée crapule de bonne femme ! — ajouta-t-elle.
— Peut-être un peu trop avare, sinon c'est quand même une femme honnête.
— Honnête, vous allez encore en faire l'expérience, de son honnêteté.
— Pourquoi ? — demanda Janka, mais sans curiosité : que lui importait à présent ?
— Je ne dirai qu'une chose, c'est qu'elle ne vous aime pas du tout, mais pas du tout !
— C'est bizarre, je ne lui ai pourtant rien fait de mal.
Sowińska changea brutalement d'attitude, la regardant avec colère et voulant lui lancer une pique, mais lisant une complète indifférence sur son visage, s'abstint et sortit.
Janka commença à penser à Bukowiec.
— Je n'ai pas de maison — pensait-elle, sans même éprouver d'amertume. — Le monde est assez vaste pour cela — ajouta-t-elle, mais elle se rappela ce que Grzesikiewicz lui avait dit de son père et s'émut, comme prise d'une soudaine douleur.
Une inquiétude, pas de celle qu'on éprouve à la veille de quelque chose, mais semblable à celle qu'on ressent en évoquant un bien perdu à jamais, s'empara de son cœur.
C'était la douleur du passé, silencieuse évocation des défunts à l'heure des réflexions et comptes avec soi-même.
Mais ces évocations de Bukowiec et de ces nuits solitaires où elle rêvait, oubliant tout, et se créait des mondes si merveilleux, illuminèrent puissamment son cerveau. Le seul souvenir d'une nature exubérante et magnifique, des champs immenses, des ravins reculés et pourtant pleins de murmures et de chants, d'une végétation et d'un univers sauvage d'une formidable beauté, la plongeait dans une atmosphère mélancolique, enchantait et berçait son âme fatiguée de vivre et de lutter.
Mais ces forêts où elle avait grandi, ces profondeurs obscures pleines d'ineffables merveilles, ces arbres énormes, au milieu desquels elle vivait presque comme avec des frères, se sentant des milliers d'affinités avec eux, prenaient de plus en plus de relief dans son cerveau.

Elle s'ennuyait d'eux à présent, tendait l'oreille la nuit car il lui semblait entendre le grave murmure automnal de la forêt, le bruissement endormi des branches, sentir en elle le lent et interminable balancement de ces monstres, ces mouvements souples, baignés de lumière dorée, les joyeux chants d'oiseaux, l'arôme des jeunes pousses de pin et de genévrier, cette lente maturation de la nature tout entière.

Elle restait couchée des heures entières sans dire un mot, sans penser et sans bouger, car son âme était là-bas, dans ces bois verdoyants ; elle marchait dans les prés où fleurissaient framboisiers sauvages et myrtilles, s'égarait dans les champs recouverts de seigles aussi hauts et denses qu'une forêt, qui se balançaient au vent en bruissant et chatoyaient de rosée au soleil ; elle se frayait un chemin à travers les halliers pleins de petits sapins et de lourds arômes résineux. Elle empruntait toutes les routes, toutes les délimitations, toutes les sentes et saluait tout ce monde, disait aux champs, aux bois, aux cieux et aux monts :

— Me voilà ! Me voilà ! — Et souriait, comme si elle retrouvait un bonheur perdu.

Elle recouvra presque la santé grâce à ces évocations revigorantes.

Le huitième jour elle se leva et se sentant assez solide, partit se promener. Elle eut envie d'air frais, de verdure non polluée par la poussière de la ville, de soleil et de grands espaces que la vue ne pourrait embrasser.

Elle sentait que cette ville l'étouffait de plus en plus, qu'ici il lui fallait à chaque pas brider son moi, se ratatiner et se cogner en permanence à toutes les barrières érigées par l'habitude et la dépendance.

Elle dépassa la place d'Armes[162] et derrière la citadelle emprunta les rives sablonneuses et humides en direction des Bielany.

Un silence total s'empara d'elle.

Le soleil brillait, lumineux et chaud, mais de l'eau montait un courant d'air frais, vivace et ravigotant.

Elle regardait le fleuve qui coulait en clapotant doucement, irisé de petites taches d'écume blanche, avec des silhouettes floues de barques glissant au milieu. Elle respirait à pleins poumons cette paix qui l'avait environnée ; elle sentit comme renaître en soi ses forces en charpie.

Elle se coucha sur le sable jaunâtre de la berge et, contemplant le

---

[162] *Plac Broni* : place aménagée en 1824 dans les faubourgs nord-ouest de la capitale, sur la rive gauche de la Vistule ; elle fut liquidée en tant que champ d'exercices militaires dans les années 1890, mais conserva son nom jusqu'en 1945. La citadelle fut bâtie après le soulèvement de 1830-1831.

ruban miroitant de l'eau, oublia tout. Elle avait l'impression qu'elle se contentait de dériver au fil de l'eau, dépassait les berges, les maisons, les bois et continuait à dériver dans une espèce de lointain infini et bleuté, comme démesurément suspendu au-dessus d'elle ; elle n'avait plus conscience de rien, ne ressentait plus que l'indicible volupté de fluctuer au gré des vagues, appréciant comme une chance incommensurable de pouvoir s'en remettre aux éléments et, sans volonté aucune, sans réfléchir, se laisser ravir, emporter, et s'endormir toujours plus profondément au délicat murmure des vagues, se laisser imprégner de sa douceur, ne pas vivre, ne pas se souvenir, mais uniquement sentir confusément les couleurs, les odeurs, les sons, le scintillement des étoiles, l'existence de ces arbres, les chuchotements de l'infini, toute cette pulsation de la terre-mère et de l'immensité.

Elle se réveilla de ce demi-sommeil, car passait à côté d'elle un vieil homme, une canne à pêche à la main.

Il lui jeta un regard, et s'assit pratiquement à côté d'elle, tout au bord de l'eau, lança tranquillement sa ligne, et attendait.

Il avait un air si brave qu'elle eut envie de bavarder avec lui, se demandait déjà comment engager la conversation, lorsqu'il prit les devants :

— Vous voulez faire un tour de l'autre côté ?

Janka le regarda d'un air dubitatif.

— Ah ! je vois que nous ne nous comprenons pas. Je pensais que vous vouliez vous noyer.

— Je ne pensais même pas à la mort — répondit-elle doucement.

— Hoho ! ce serait un honneur inespéré pour le fleuve.

Il rectifia la position de sa canne et se tut, concentrant toute son attention sur les petits poissons qui commençaient à frétiller autour de l'appât et de l'hameçon.

Le silence se répandit, encore plus profond, et plongea dans la béatitude son âme qui se tranquillisait ; elle se sentait pénétrée d'un immense bien-être, sentait que cette majesté de l'espace, de l'eau et de la végétation la soulevait et lui arrachait de la poitrine l'hymne muet d'action de grâce et de pure joie de vivre, pure car indépendante de toute condition d'existence. Elle se déployait, en quelque sorte, et se faisant géante, commençait à vivre de la vie de tous les jours.

Le vieux la regardait du coin de l'œil et sur ses lèvres fines se dessinait un insondable sourire.

Elle sentit ces yeux sur elle et lui jeta un regard. Leurs regards se rencontrèrent et se noyèrent l'un dans l'autre longuement et affectueusement.

Elle fut saisie d'une soudaine et irrépressible envie de tout lui dire, absolument tout.

Cet inconnu avait un air si bienveillant, une telle sagesse empreinte de gravité brillait dans ses yeux, qu'il éveilla en elle une irrésistible sympathie.

Elle se rapprocha et dit doucement :

— Je ne pensais pas à la mort.

— Alors vous cherchiez à vous tranquilliser ?

— Oui. Je voulais voir la nature et oublier.

— Oublier quoi ?

— La vie ! — murmura-t-elle sourdement et un accès d'attendrissement fit briller des larmes dans ses yeux.

— Vous êtes une enfant. Une telle humeur tragique vient sûrement de quelque déception amoureuse, d'une petite ambition, ou peut-être de l'absence de dîner ?

— Tout cela pris ensemble n'est pas suffisant pour se sentir très, très malheureuse.

— Tout cela pris ensemble est un seul rien car, comme je le pense, il n'y a tout simplement rien qui puisse rendre malheureuse une personne pleinement consciente d'elle-même.

— Qui êtes-vous ? — demanda-t-il après un temps d'arrêt — je veux dire, que faites-vous ?

— Je suis dans le théâtre.

— Aha ! le monde des comédiens ! Des simulacres, que vous prenez ensuite pour la réalité, des chimères ! cela gâte l'âme humaine. Les plus grands acteurs ne sont que des machines, remontées parfois par des sages, parfois par des génies, mais le plus souvent par la bêtise, s'adressant à une bêtise encore plus grande. Les acteurs, les artistes, les créateurs ! ce ne sont que les instruments aveugles de la nature, qui les utilise pour se manifester et dans des buts qu'elle seule connaît. Il leur semble qu'ils sont quelque chose de réel — triste illusion, ce sont des instruments qui iront à la casse quand ils cesseront d'être utiles, ou deviendront obsolètes.

— Qui êtes-vous ? — interrogea-t-elle machinalement, émue par ses paroles.

— Un vieil homme, comme vous voyez, qui pêche des poissons et aime papoter. Oh oui, je suis très vieux. Je viens ici tous les jours en été, quand il fait beau, pour quelques heures et j'attrape des poissons quand ils veulent bien se laisser attraper. A quoi bon ? Mon nom ne vous dira rien. Je ne suis qu'un élément de la totalité, qui a son numéro de venue au monde et aura le sien à la sortie. Je suis un corpuscule de sensibilité, depuis longtemps inscrit et classé par ses proches sous la rubrique « incapables » — dit-il avec un sourire facétieux.

— Je ne voulais pas vous vexer en demandant cela.

— Je ne me fâche jamais pour quoi que ce soit. Seule se fâche ou se réjouit la bêtise — répondit-il. — L'homme devrait regarder, observer, et aller son chemin — ajouta-t-il, décrochant un goujon de son hameçon.

Elle était un peu refroidie par ce sérieux et le ton catégorique, n'admettant pas de réplique, de son discours.

— Vous êtes au Théâtre de Varsovie ? — demanda-t-il, rejetant sa ligne à l'eau.

— Non, je suis dans la troupe de Cabiński, vous connaissez certainement.

— Non, ça ne me dit rien.

— Comment, vous n'avez jamais entendu parler de Cabiński et du Tivoli, vous n'avez rien lu ? — demandait-elle, stupéfaite qu'il pût y avoir quelqu'un à Varsovie qui ne connût ni ne s'intéressât au théâtre.

— Je ne vais pas du tout au théâtre et je ne lis pas les journaux.

— Mais ce n'est pas possible !

— On voit tout de suite que vous avez vingt ans, car vous criez étonnée : Pas possible ! et me regardez comme un handicapé mental ou comme un barbare.

— Mais il m'était invraisemblable de supposer un moment, discutant avec vous, que...

— Que je ne m'intéresse pas au théâtre, oui, que je ne lis pas de journaux, oui — répondit-il à sa place.

— Je n'arrive même pas à comprendre pourquoi ?

— Eh bien, parce que je n'en ai rien à faire — répondit-il franchement.

— Vous n'avez rien à faire de ce qui se passe dans le monde, de comment on vit, de ce qu'on fait, de ce qu'on pense ?

— Non. Cela vous paraît certainement monstrueux, mais c'est tout naturel. Est-ce que nos gugusses de la campagne s'occupent de théâtre ou des affaires du monde ? Non, n'est-ce pas ?

— Mais ce sont des paysans, c'est tout à fait différent.

— C'est la même chose, excepté que pour eux n'existent absolument pas vos gloires et grandeurs, et qu'il leur est parfaitement égal que Newton ou Shakespeare aient été ou non. Ils s'en portent très bien, très bien.

Janka se taisait car cela lui paraissait paradoxal et pas très vrai.

— Que vont m'apprendre vos journaux et théâtres ? qu'on s'aime, qu'on se hait, qu'on se dévore, que règnent, comme ont régné, le mal et la force, que le monde et l'existence c'est un grand moulin dans lequel se broient les cerveaux et les consciences. A ce compte, il est plus confortable de ne rien savoir.

— Mais a-t-on le droit de se retirer aussi égoïstement de tout ?

— En cela réside justement la sagesse. Ne rien exiger pour soi, n'avoir cure de rien, et être indifférent, c'est vers cela qu'on devrait tendre.

— Est-il possible de l'atteindre, cet état de complète insensibilité ?

— On y tend par l'expérience de la vie et la réflexion. Souvenez-vous que le moindre plaisir, contentement momentané, nous coûtent toujours plus cher que ce qu'ils valent réellement. L'homme moyen ne paiera pas, mettons, mille roubles pour une poire, car il va de soi que ce serait une folie et du reste il connaît la valeur du millier de roubles et celle de la poire, mais de son capital vital il est prêt à dépenser des milliers pour une bagatelle — pour une amourette qui dure le temps de maturation d'une poire de deux sous, car il n'a jamais réfléchi à la cherté proprement inestimable de sa propre énergie vitale, il s'aveugle comme un taureau quand le toréador agite une cape rouge devant lui, et cet aveuglement lui coûte un maximum de vie. La plupart meurent non pas par nécessité naturelle, comme une lampe lorsque tout son pétrole a brûlé, mais de banqueroute, de dilapidation de leurs forces pour des bêtises valant mille fois moins qu'une seule journée d'existence.

— Je ne voudrais pas d'une vie aussi froide et calculée, sans folies, rêves et amour.

— Le monde ne s'abîmerait pas dans le néant, quand bien même les gens ne s'aimeraient pas.

— Mieux vaudrait se tuer que vivre et se dessécher comme du bois.

— Le suicide, c'est le cri vulgaire d'un animal souffrant, c'est la révolte de l'atome contre les lois générales, et avec cela un cri dans lequel il peut rester un reliquat de conscience douloureuse, susceptible de perdurer des siècles dans les espaces. Il faut se consumer tranquillement jusqu'à la fin — en cela réside le bonheur.

— C'est ça le bonheur ? — demanda-t-elle, transie par un frisson glacé.

— Oui. La tranquillité est le bonheur. Négation de tout, anéantissement des envies, des convoitises en soi, éradication des illusions et des caprices. C'est mettre son âme sous le ferme contrôle de sa conscience et ne pas lui permettre de se disperser pour des bêtises.

— Qui voudra vivre sous un tel joug ? quelle âme le supportera ?
— L'âme — c'est la conscience.
— Rien d'autre qu'une indifférence minérale, qu'une tranquillité ! Le rien en permanence ; je préfère, tout compte fait, vivre normalement.
— Il y a encore un moyen : le meilleur remède contre la souffrance du cerveau est la dilatation de nos cœurs, l'unification avec la nature.
— Laissons tomber, je n'aime pas cela, cela me remue.
Ils restèrent longtemps silencieux.
Le vieux avait le regard plongé dans l'eau et marmonnait quelque chose, Janka méditait.
— Tout est bêtise — reprit-il. — Regardez et admirez ne serait-ce que l'eau, cela vous suffira pour longtemps. Observez les oiseaux, les étoiles, les éléments ; suivez la croissance des arbres, plongez-vous dans l'écoute du vent, buvez les odeurs et les couleurs, et partout vous trouverez des miracles inouïs, durant éternellement, vous éprouverez des voluptés indicibles. Cela vous suffira amplement pour vivre parmi les gens. Ne vous contentez pas de regarder avec l'œil du vulgaire, car alors le plus beau des chants d'oiseaux deviendra un cri, les forêts les plus magnifiques — du bois de chauffe ; dans les animaux vous ne verrez que de la viande ; dans les prés — du foin ; car alors au lieu de sentir, vous allez calculer.
— Ils sont tous comme ça.
— Il en est quelques-uns, peu nombreux, qui lisent dans le livre de la nature et en tirent de la nourriture pour leur existence.
Ils se plongèrent à nouveau dans le silence.
Le soleil s'abaissait derrière les collines de l'autre berge, comme consumé, brillait de plus en plus froidement, ensanglantant l'eau de ses dernières rougeurs.
Les bouquets d'arbres semblaient se contracter, car ils paraissaient moins hauts mais plus larges. Le jaune des rives sablonneuses se nuançait du gris du crépuscule. Les horizons au loin semblaient s'abîmer dans les brumes, qui montaient comme des fumées de combustion du soleil.
Le silence était encore plus profond et se répandit en somnolence au dessus de la terre qui semblait pressée de s'endormir après les soucis de la journée.
Janka méditait les paroles du vieux et une tristesse silencieuse, lugubre, emplissait son cœur et voilait son cerveau d'une crainte indéfinie ; une soumission passive, sorte de torpeur intérieure, s'emparait d'elle.
Elle se leva pour partir, car le crépuscule était déjà presque tombé.
— Vous venez ?
— Il est temps, il y a un bout de chemin jusqu'à Varsovie.

— Nous irons ensemble.

Il replia sa canne à pêche, introduisit les petits poissons qu'il avait pêchés dans une boîte en fer-blanc, et se mit à marcher assez rapidement.

— Je ne sais pas comment vous vous appelez — commença-t-il doucement — cela ne me regarde en rien, mais je vois que vous ne devez pas vous sentir très bien en ce monde. Moi je suis un vieux cinglé, comme m'appellent mes voisins : un vieux maçon[163], comme l'ajoutent les commères de la Vieille Ville ; je suis seul et réconcilié avec mon sort, j'attends la fin… Jadis, on a souffert un peu, aimé, mais c'est déjà passé depuis longtemps, longtemps ! — murmurait-il, les yeux plongés dans quelque passé lointain, se le remémorant avec un pâle sourire. — Le plus grand bien pour l'homme est de pouvoir oublier, sinon il ne pourrait absolument pas vivre. Vous n'en avez rien à faire, n'est-ce pas ? Parfois je radote et je me surprends à discuter avec moi-même, j'oublie souvent, c'est ça la vieillesse. Vous avez une bonne tête, et je vais donc vous donner un conseil d'expérience : chaque fois que vous souffrez, que vous êtes déçue de tout, que la vie vous fait mal — fuyez la ville, allez dans la campagne, respirez un air pur, baignez-vous dans le soleil, contemplez le ciel, pensez à l'infini et priez… et vous oublierez tout. Vous vous sentirez meilleure et plus forte. La misère des gens d'aujourd'hui vient de leur détachement de la nature et de Dieu, de leur esseulement intérieur. — Et je vous dirai encore une chose : pardonnez tout et ayez de la pitié pour tout. Les gens sont mauvais par bêtise, soyez bonne. La sagesse la plus élevée est bonté la plus profonde. Ne gaspillez pas vos forces pour des bêtises. Je suis ici tous les jours tant qu'il fait chaud. Peut-être nous rencontrerons-nous un jour. Allez, soyez heureuse. — Il lui fit un signe de tête en guise de salut et sourit affectueusement.

Elle le suivit longtemps du regard jusqu'à ce qu'il disparût à sa vue près de l'église de la Vierge Marie[164].

Elle se frotta les yeux, car il lui sembla avoir succombé à une hallucination.

— Non — murmura-t-elle, car elle sentait encore sur son visage ce regard pur d'une vieillesse sereine, entendait sa voix :

— Soyez bonne ! Priez ! Pardonnez ! — répétait-elle en marchant par les rues.

---

[163] *Mason* : terme utilisé pour désigner les francs-maçons.
[164] Sans doute l'église carmélite de l'Assomption de la Vierge et de Saint Joseph sur le Krakowskie Przedmieście, au sud de la Vieille Ville.

— Pardonnez ! — et elle voyait son père, puis le théâtre, Cabiński, Majkowska, Kotlicki, Mme Anna, Sowińska et se rappelait ces jours où elle avait faim, était meurtrie dans sa dignité humaine, ses souffrances.
— Soyez bonne ! — et elle voyait encore Mirowska, qui éludait d'un sourire les plus douloureux des outrages, qui n'avait jamais fait de tort à personne et pourtant était la risée de toute la troupe ; Wolska qui au prix de sa propre vie arrachait son enfant des griffes de la mort, qu'on avait trompée et précipitée dans la misère ; la nounou qui se dévouait pour des enfants qui n'étaient pas les siens ; le régisseur ; les paysans à la campagne, traités comme des bêtes ; les ouvriers exploités ; les impostures, les escroqueries, les meurtres, dont elle entendait parler en permanence et qui arrivaient toujours et sans désemparer. Elle sentait quelque chose trembler en elle, se briser, crier ; qu'un mal universel la distendait, que toutes les injustices, tous les griefs, toutes les larmes, souffrances se tenaient devant elle, et qu'une voix là-haut lui disait gravement :
— Sois bonne… pardonne… prie… tandis qu'un rire railleur montait autour d'elle, comme en réponse.
Elle arriva chez elle et ne put retrouver la paix pendant longtemps. Elle se prenait la tête, tellement tout s'y enchevêtrait, s'y engrenait, y roulait avec fracas, ne lui permettant pas de savoir où était le vrai, où était le faux. Car elle s'aperçut dans un éclair de clairvoyance que les mauvais souffraient à l'égal des bons, que tous se débattaient, tous appelaient à cor et à cri quelque chose qui ressemblait à un salut, et déploraient de vivre.
— Je vais devenir folle ! folle ! — murmurait-elle.
Le matin accourut Władek. Il était si bon aujourd'hui, lui baisait les mains avec tant d'insistance, qu'elle le remarqua. Il se plaignit de Cabiński et, pendant longtemps, de sa mère.
Elle le regardait froidement et comprit presque tout de suite qu'il voulait lui emprunter de l'argent.
— Achète-moi de la poudre, car il me faut aller au théâtre aujourd'hui.
Il se leva avec empressement.
— Ferme cette porte, car je vais m'habiller.
Il ferma la porte de sa chambre au verrou car il en possédait une clé, et partit.
Dans la rue, pratiquement devant la porte cochère, il aperçut le mécène. Une idée lui vint soudainement à l'esprit car il sourit et aborda le vieux avec amabilité.
— Bonjour, très estimé mécène.
— Bonjour, comment va la santé ?

— Merci, pour moi ça va tout à fait bien, mais c'est mademoiselle Orłowska. Justement madame la directrice m'a demandé de m'enquérir en son nom de la santé de la malade…

— Quoi ? mademoiselle Janina est malade ! On m'en a parlé en coulisses, mais je ne l'ai pas cru, je croyais…

— Elle est malade, je cours justement lui chercher un médicament.

— C'est grave ?

— Oh non ; mais vous voulez vous rendre compte de visu ?

Le mécène réagit vivement, mais dit modestement, arrangeant ses binocles :

— J'en serais vraiment heureux, j'ai voulu plus d'une fois, mais elle est tellement inaccessible.

— Je vais vous aider.

— Vous plaisantez, si c'était possible… Au moins mon sincère dévouement…

— C'est possible. Voici la clé du verrou. Elle vous recevra, elle m'a même dit qu'elle serait heureuse de voir des connaissances chez elle ; que voulez-vous, elle passe des journées entières dans une telle solitude.

— Mais… si…

— Allez, si elle était visible pour moi, elle le sera d'autant plus pour vous, mécène. Moi je reviens dans une heure, on passera un moment ensemble. Il partit en pressant le pas.

Le mécène s'essuyait ses binocles, tournait sur place et ne pouvait se décider à entrer, quand Władek revint sur ses pas et s'exclama :

— Monsieur ! Mon mécène adoré, prêtez-moi cinq roubles. Je devrais chercher Cabiński pour qu'il me donne de l'argent, et il faut le médicament tout de suite. J'ai accepté une obligation peu agréable, mais que faire… la camaraderie. Je vous les rendrai ce soir, mais vous demande la discrétion et votre pardon, cher mécène.

Le mécène sortit son portefeuille sans hésiter et donnant dix roubles dit :

— Avec plaisir. S'il faut davantage à l'avenir, dites à mademoiselle Janina qu'il lui suffit d'un mot.

Władek partit avec l'argent, sifflotant joyeusement.

Le mécène se décida, ouvrit la porte en silence, enleva son pardessus dans le vestibule et entra.

Janka se peignait, ne prêtant pas attention à la porte qui s'ouvrait, car elle pensait que c'était Władek qui rentrait.

Le mécène toussotait depuis la porte et s'avançait vers elle, la main tendue.

Elle sursauta vivement, jetant une serviette sur ses épaules nues.
— Monsieur Władysław vient justement de m'expliquer que vous étiez malade, et donc ce n'est pas péché que de vous rendre visite — dit-il en parlant rapidement, arrangea ses binocles, souriant de son sourire doucereux et convenu.

Janka le regardait avec étonnement, et dès qu'elle eut senti le contact de sa main froide et humide, rougit tout entière, se précipita vers la porte, laissant tomber au passage la serviette et dévoilant des épaules superbement dessinées, et cria en ouvrant la porte d'un geste énergique :

— Sortez !
— Mais je vous donne ma parole d'honneur, loin de moi l'idée de vous offenser. Je voulais seulement, en toute bonne foi, venir vous apporter l'expression de ma compassion. Monsieur Władysław...
— Est une canaille.
— Je suis bien d'accord, mais vous n'avez pas besoin de vous fâcher contre moi, et m'exprimer votre indignation à ce point c'est un tout petit peu...
— Sortez, je vous prie — criait-elle, tremblant de colère.
— Une comédienne ! Une comédienne, parole d'honneur — murmurait-il en endossant rapidement son pardessus, car il était irrité et vexé. Il claqua la porte derrière lui avec colère.
— Ah le scélérat, ah !... et dire que j'ai appartenu à un tel individu, moi !... Ah !... Des chacals, et non des hommes, des chacals ! On ne peut rien toucher, car il y a de la fange partout.

Et cette indignation prit une telle force en elle qu'elle criait presque, au travers de ses larmes :
— Misérables ! misérables ! misérables !

Bientôt Władek arriva ; il apportait la poudre, une bouteille de vodka et des zakouskis enveloppés dans du papier. Il la regardait et scrutait la chambre.
— Le mécène est venu ici ! — lui lança-t-elle brutalement.

L'acteur éclata d'un rire cynique et s'exclama en jargon de bistrot :
— Je l'ai roulé. On va se faire une petite bouffe.

Elle voulut lui jeter à la face sa canaillerie, mais en un éclair ces mots retentirent à ses oreilles :
— Sois gentille... pardon !...

Elle se retint et commença à rire, mais d'un rire si aigu, convulsif et prolongé, qu'elle se jeta sur le lit et se roulant dessus, répétait à travers ce rire hystérique et horrible :
— Sois gentille... Pardon !... Ha ! Ha ! Ha !

Après une interruption d'une semaine, reprirent la vie, aussi pénible qu'avant, et la lutte, encore plus pénible qu'avant, car le seul objectif désormais était de gagner son pain.

Comme avant, elle chantait dans les chœurs, s'habillait, regardait le public à travers le rideau, public qui venait de moins en moins nombreux ; comme avant, elle traînait sur scène pendant les entractes, dans les loges, écoutait les chuchotements, la musique, les disputes ; mais comme ses sensations et pensées étaient différentes, comme elle aussi était différente et ne ressemblait plus à l'ancienne Janka !

Elle ne recherchait plus l'enthousiasme et l'amour de l'art dans les yeux du public, ne jetait plus de regards de défi sur les premiers rangs, car la misère lui avait appris à faire, de la scène, le décompte de ce public et en déduire l'importance de l'acompte.

La faim lui avait appris à prendre du pain en cachette au magasin des accessoires, pain souvent utilisé pour la scène et elle le mangeait sur la route du retour ; c'était souvent sa seule nourriture de la journée. Personne ne l'admirait ni ne la reconduisait, elle n'avait plus de controverse à propos de l'art.

Kotlicki était disparu on ne sait où, le mécène était fâché et ne venait plus, et Władek ne discutait avec elle que de temps en temps et passait la voir de plus en plus rarement, expliquant que sa mère se faisait de plus en plus faible, et qu'il devait rester auprès d'elle. Elle savait qu'il lui mentait, mais ne le contrariait pas, car il lui était complètement indifférent. Elle ressentait un profond mépris pour lui mais, comme si elle se souvenait inconsciemment de ces jours ensoleillés, elle n'arrivait pas à rompre complètement avec lui. Elle le traitait avec froideur, ne permettait pas qu'il l'embrassât, mais était incapable de lui dire en face — misérable, car il était comme le dernier maillon auquel son âme bizarre restait rattachée.

Elle avait énormément maigri ; son visage au teint maladif, bleuâtre, se couvrit de tâches jaunâtres, et dans ses yeux agrandis et vitreux se lisait une faim continuelle, permanente, énorme !

Elle déambulait dans le jardin-théâtre telle une ombre, silencieuse et apparemment tranquille, mais avec cette sensation d'éternelle faim qui lui déchirait les entrailles : décidée à tout désormais.

Elle passait des jours entiers sans la moindre nourriture, au cours desquels elle ressentait un vide douloureux sous le crâne, et où une seule chose flashait dans son cerveau — manger !

Se remplir le ventre !... En dehors de cela tout avait disparu et n'avait pas d'importance.
Semblable misère régnait sur toute la troupe.
Les femmes se débrouillaient comme elles pouvaient ; mais les hommes, en particulier ceux qui étaient honnêtes, vendaient tout ce qu'ils avaient, même leurs perruques, afin de ne pas mourir de faim, tout simplement.
Combien d'alarme apportait chaque soirée !
— Est-ce qu'on va jouer ?
On entendait ce murmure partout, il s'introduisait dans le jardin, où le vent d'automne faisait trop souvent le diable à quatre, il retentissait sous la véranda déserte, repris par les garçons qui attendaient vainement les clients. Il était répété par Gold, recroquevillé de froid dans sa guérite de caissier.
Un silence oppressant régnait dans les loges des acteurs. Les blagues les plus spirituelles de Glas ne parvenaient pas à chasser les soucis obscurcissant les yeux.
Ils négligeaient leur grimage. Personne n'apprenait son rôle, car chacun attendait la représentation avec terreur, traînant dans le coin de la caisse et en murmurant ;
— Est-ce qu'on va jouer ?
Cabiński donnait tous les jours une nouvelle pièce et c'étaient toujours les mêmes fours. Il donna *Le voyage autour de Varsovie*[165] — personne. Ils jouèrent *Les Brigands* — personne. Ils jouèrent des monuments comme *Don César de Bazan*[166], *La statue du commandeur*[167], *La Voisin*[168] — personne et encore personne.
— Je vous jure, qu'est-ce que vous voulez ? — criait le directeur au public à travers le rideau.
— Parce que vous pensez qu'ils le savent eux-mêmes ? S'il y avait trois cents personnes, il en viendrait encore certainement trois cents, mais comme il y en a une cinquantaine, et qu'en plus il fait froid et il pleut, il en reste alors seulement vingt — expliquait à Cabiński le rédacteur, qui seul était

---

[165] Pièce de Feliks Schober (1846-1879), acteur et chanteur polonais ; elle fut créée au théâtre Tivoli de Varsovie en 1876.
[166] Opéra-comique de Jules Massenet (1842-1912), créé à l'Opéra-Comique en 1872.
[167] Il s'agit probablement d'extraits de la comédie Dom Juan de Molière.
[168] Drame en cinq actes de Paul Foucher (1810-1875) et de Jules-Edouard Alboize de Pujol (1805-1854), créé au Théâtre de la Gaîté en 1841.

resté, parmi les nombreuses connaissances qui venaient en coulisse, les autres s'étant volatilisées en même temps qu'arrivaient les premières pluies.

— C'est un troupeau qui aujourd'hui ne sait pas où il roulera sa bosse demain — dit haineusement monsieur Piotr.

Eh oui, ils haïssaient ce public, et lui adressaient des prières. Ils le maudissaient, l'appelaient troupeau, bestiau, le menaçaient de leurs poings, lui crachaient dessus, mais s'il venait à se montrer plus nombreux, ils tombaient devant lui face contre terre et ressentaient une profonde reconnaissance pour cette dame capricieuse qui changeait d'humeur tous les jours et tous les jours accordait son estime à un autre.

— Catin ! Catin ! — murmurait Topolski en menaçant. — Aujourd'hui chez un grand, demain chez un saltimbanque !

— Tu dis vrai, mais cela ne te donnera pas un rouble — répondit Wawrzecki, dont l'humour tenait encore, mais était devenu plus amer et caustique depuis que Mimi avait quitté la troupe pour s'engager à Poznań.

Ils commençaient peu à peu à se disperser, bien qu'il restât encore une semaine entière avant la fin de la saison. Les chœurs, en particulier, se désintégrèrent complètement car c'étaient eux qui souffraient la plus grande misère.

Il pleuvait matin, midi et soir.

L'atmosphère à l'intérieur du théâtre devenait proprement insupportable. Courants d'air dans les loges, boue sur les planchers, car la pluie filtrait à travers toutes les toitures ; le froid littéralement les chassait.

Il semblait à Janka que ce théâtre se disloquait petit à petit et les ensevelissait tous sous ses ruines. Et l'autre, sur la Place du Théâtre, tenait bon. Il avait noirci sous la pluie, lui paraissait plus austère, plus grandiose encore et la pénétrait d'une terreur inexpliquée, religieuse, chaque fois qu'elle le regardait. Il lui semblait parfois que cet énorme édifice appuyait ses colonnes sur des montagnes entières de cadavres, qu'il s'abreuvait de leur sang, de leurs vies et de leurs cerveaux à eux tous, ce qui le faisait croître et se renforcer toujours plus...

Dans ses rêves hallucinés, qui la visitaient de plus en plus fréquemment, elle se voyait parfois nez à nez avec l'art, et mourait d'épouvante, car ce n'était pas une de ces douces muses célestes telles que les représentaient les peintres et les poètes. C'était la face redoutable de la Diane de Tauride, austère et d'une inflexible férocité. Il n'y avait pas de trace de pitié sur son front lisse, virginal, que fendait une ride de concentration ; sa bouche exprimait une force sanguinaire et ses yeux, remplis

d'une divine rigueur, regardaient au loin — à l'infini ; insensibles à la misère humaine, indifférents aux cris et aux gesticulations des mortels qui s'arrachaient vers elle et voulaient la posséder.
Immortelle et jamais conquise !
— Je vais devenir folle, folle ! — murmurait parfois Janka, pressant sa tête brûlante entre ses mains, car ces rêves, ces hallucinations, la persécutaient encore davantage que la faim.

Il y avait encore une chose qui la déprimait mortellement : elle s'absorbait des heures entières à l'écoute de soi-même ; pendant des heures elle pensait à ces impressions et sensations bizarres et indéterminées qui la pénétraient de plus en plus fréquemment. Elle sentait qu'il se passait en elle quelque chose d'effrayant, que ces tressaillements soudains, ces pleurs qui la transportaient on ne sait pourquoi, ces folles sautes d'humeur auxquelles elle succombait, ces étranges souffrances, étaient quelque part anormales et provenaient de quelque chose — à laquelle elle avait peur de penser.

Elle n'avait pas de mère, ni personne à qui se confier et qui l'eût affranchie, mais il vint un moment où son instinct de femme lui fit connaître qu'elle allait être mère.

Elle pleura longtemps après cette découverte ; ce n'étaient pas des larmes de désespoir, mais celles d'un apitoiement attendri, sentimental et honteux à la fois. Elle ressentit alors la présence de la mort derrière elle, si proche que la folie la fit trembler de tout son corps, la précipitant dans une indifférence hébétée, apathique. Elle cessa de penser, se soumettant passivement, avec le fatalisme de ces gens qui ont longtemps souffert ou ont été broyés par un coup puissant, à une vague qui la portait, sans même se demander où cette vague l'emmenait.

Un jour, ne pouvant plus supporter la torture de la faim, elle commença à chercher quelque chose à vendre.

Elle fouilla fébrilement dans ses mannes. Elle n'avait que quelques tenues de théâtre, légères, élégantes, enrubannées. Elles lui avaient coûté cher et lui rappelaient une série de soirées passées dans l'ivresse de la scène...

Sowińska recommençait à lui rappeler tous les jours son loyer en retard, et elle ressentait cruellement la torture de ce harcèlement quotidien.

Elle ne pouvait lui demander de vendre ces reliques car, sans scrupule, elle eût récupéré l'argent.

Elle décida de les vendre toute seule.

Elle empaqueta une tenue dans du papier et sortit dans l'escalier pour attendre un marchand ambulant, mais le gardien se promenait dans la cour, des servantes passaient, et elle voyait à travers les vitres des fenêtres les visages de femmes qui parfois lui jetaient des regards méprisants.

Non, ce n'était pas possible ici, car bientôt toute la maison serait au courant de sa misère. Elle se rendit à la maison voisine et n'eut pas longtemps à attendre.

— On achète ! On vend ! — criait un vieux juif d'une voix cassée.

Elle l'appela.

Le marchand ambulant se retourna et s'approcha. Il était aussi vieux que sale.

Elle le suivit dans une cage d'escalier.

— Vous vendez quelque chose ?

Il posa son baluchon et son bâton sur les marches et dirigea son visage maigre, aux yeux rougis, vers le paquet.

— Oui.

Elle enleva l'emballage.

Le juif prit la tenue dans ses mains sales, la déploya au soleil, l'examina, la retourna plusieurs fois, sourit imperceptiblement, la reposa dans son papier, l'enveloppa, reprit son baluchon et son bâton et dit :

— Une telle merveille c'est pas pour moi — et il descendit les marches avec des claquements de lèvres ironiques.

— Je ne vends pas cher — cria-t-elle derrière lui.

Un rouble au moins, un demi, pensait-elle, terrorisée.

— Vous avez peut-être des vieilles bottines, des robes, des oreillers, ça j'achète, mais une chose pareille, c'est pas du gâteau. Qui en voudrait ? Poubelle !...

— Je ne vends pas cher — murmura-t-elle.

— Alors combien ?

— Un rouble.

— Je veux bien mourir si ça vaut plus de vingt kopecks. Qu'est-ce que ça vaut, qui achètera ça ? — et il revint sur ses pas, redéballa et derechef examinait avec indifférence.

— Rien que les rubans m'ont coûté quelques roubles.

Elle se tut, acceptant déjà son prix par avance.

— Hi les rubans ! tu parles, rien que des bouts — disait-il, regardant rapidement — J'en donne trente kopeks. Ça vous va ? Par ma conscience, je peux pas plus, j'ai bon cœur, mais je peux pas. Alors, je vous paie ?

Ce marchandage la dégoûta à un tel point, l'imprégna d'une telle honte et la frustra tellement qu'elle pensa tout jeter et s'enfuir.

Le juif compta l'argent, prit la tenue et s'en alla. Par la fenêtre elle le revit dans la cour, en train de regarder encore une fois le jupon, en pleine lumière du jour.

— Que faire avec ça ? — murmurait-elle, déconcertée, en serrant dans sa main les pièces de cuivre collantes de saleté.

Elle devait de l'argent pour son logement, au buffet du théâtre, à quelques collègues, mais elle n'y pensa plus ; elle se rendit vite à l'épicerie avec cet argent, pour s'acheter de quoi manger.

Elle rentra chez elle et, après avoir mangé les victuailles qu'elle avait ramenées, voulut faire un somme, mais Sowińska arriva disant qu'une bonne l'attendait déjà depuis environ une demi-heure, et aussitôt se présenta la servante de Niedzielska, toute rouge et en pleurs.

— Je vous en prie, mademoiselle, venez avec moi car ma maîtresse est très mal et veut absolument vous voir.

— Madame Niedzielska est si malade ? — s'exclama-t-elle, se levant de son lit en sursaut et mettant rapidement son chapeau.

— Le curé des Augustins est déjà venu cet après-midi avec le seigneur Jésus, elle peut à peine respirer — chuchotait la vieille confidente et domestique à travers ses larmes — tout ce que j'ai pu comprendre de ce qu'elle disait, c'est qu'il fallait courir vous chercher, elle veut absolument vous voir. Et où est monsieur Władysław ?

— Et comment pourrais-je le savoir, il devrait être auprès de sa mère.

— Il devrait, pour ça oui qu'il devrait, mais avec un fils pareil — chuchota-t-elle sourdement. — Il n'a pas mis le nez à la maison depuis une semaine, car ils se sont terriblement disputés avec ma maîtresse. Mon Dieu ! mon Dieu ! comme il jurait, quel grabuge il faisait, il voulait même battre ma maîtresse. Ah, Dieu de miséricorde, tout ça parce qu'elle l'aimait si fort, qu'elle se privait pour lui donner tout le temps de l'argent. Elle était avare, ne voulait pas du docteur, ni d'aucun médicament, pour que cela ne coûte pas, et lui, ah ! le bon Dieu le punira lourdement pour les larmes de sa mère. Moi je sais que c'est pas votre faute, mademoiselle... c'est c'que j'me dis... mais... — disait-elle tout bas, piétinant à côté de Janka et, avec un bout du fichu qui la couvrait, s'essuyant sans arrêt ses yeux rouges d'avoir pleuré et veillé.

Janka n'entendit presque rien de ce discours car le vacarme dans la rue, le ruissellement de la pluie s'écoulant des gouttières sur les trottoirs étaient assourdissants.

Elle y allait uniquement pour répondre à l'appel d'une mourante.

La première pièce était quasiment pleine de monde, elle passa outre, saluant au passage, mais personne ne lui répondit et tous les regards la suivaient avec une singulière curiosité.

Dans la pièce où Niedzielska était couchée il y avait également plusieurs personnes assises autour du lit.

Elle se dirigea directement vers la malade.

La vieille était couchée sur le dos, mais depuis le seuil avait les yeux braqués sur elle.

Les conversations s'arrêtèrent si vite que ce silence pénétra Janka d'un étrange frisson. Elle rencontra le regard de Niedzielska et ne put s'en arracher. Elle s'assit près du lit, la saluant à mi-voix.

La vieille lui saisit la main avec force et à voix basse, mais avec une incroyable intensité, demanda :

— Où est Władek ?

Une ride sévère se dessina sur son front, quelque chose comme de la haine fulgura dans le blanc jaunâtre de ses yeux.

— Je ne sais pas. Comment pourrais-je le savoir ? — répondit-elle, presqu'effrayée.

— Tu ne le sais pas, voleuse ! tu ne le sais pas, tu m'as volé mon fils ! — chuchotait-elle, s'efforçant d'élever un peu la voix, mais le son en était sourd et sauvage. Ses yeux se dilataient de plus en plus et brillaient, menaçants et haineux, ses lèvres bleues tremblaient nerveusement, tandis que son visage jaune et décharné était constamment parcouru de tics. Elle se souleva un peu et, d'une voix rauque, comme puisant dans ses dernières forces, cria :

— Catin, voleuse, espèce de... — et retomba en arrière avec un sourd gémissement d'épuisement.

Janka, comme électrocutée, sursauta, mais la main de la vieille se resserra si fort sur la sienne qu'elle retomba sur sa chaise, incapable de libérer son bras. Elle jeta à tous un regard désespéré, mais leurs visages étaient menaçants. Un instant, elle ferma à demi les yeux, afin de ne pas voir les visages jaunes, ridés, de ces femmes qui se tenaient debout en face d'elle, pareilles à des fantômes perçant de leurs visages squelettiques la pénombre inondant la pièce.

— C'est elle ! Si jeune et déjà...

— Misérable créature.

— Moi je l'aurais tuée comme un chien si elle avait fait la même chose avec mon Antek.

— Je l'aurais remise à la police, à la poudrière[169].

---

[169] Cette ancienne poudrière de la Brama Mostowa, dite *Boleść* (souffrance), à proximité de la Vieille Ville, avait été transformée en prison au 18ème siècle.

— Des pareilles on les mettait au pilori de mon temps... en punition, je m'en souviens bien.
— Chut, chut ! — un vieillard essayait de calmer les femmes.
— Et c'est pour elle qu'il est parti chez les comédiens, pour elle qu'il dépensait tant, c'est pour cette dernière des conasses qu'il a battu sa mère, puisses-tu dépérir, misérable !...

Derrière et devant elle, leurs voix sifflaient de haine et de mépris et la colère suintait de leurs paroles et de leurs regards, noyant son cœur dans un océan de douleur et de honte.

Elle voulut crier : pitié, braves gens ! je suis innocente, mais elle penchait la tête toujours plus bas et savait de moins en moins où elle était et ce qui lui arrivait ; son âme était devenue trop faible pour affronter un tel coup. Une gigantesque vague de peur commença à l'agiter, car il lui semblait que cette main de la vieille qui la tenait si fort et ces yeux monstrueux, exorbités, l'attireraient dans un précipice, que la mort et la fin de toutes choses étaient arrivées...

Elle n'entendit plus aucune parole, ni ne vit plus personne, à l'exception de cette femme agonisante. Par moments elle voulut encore se lever d'un bond et se sauver de là, mais cette étincelle de volonté ne faisait que parcourir ses nerfs sans se concrétiser.

Tant de sensations antérieures et ce coup porté en plein cœur obscurcirent son cerveau d'une silencieuse folie. Elle pâlit affreusement, resta assise comme morte, le regard plongé dans le regard de l'agonisante ; ces mêmes lambeaux de pensées et images tourbillonnaient sous son crâne que l'autre fois ; comme l'autre fois, l'énorme masse d'eau verdâtre engloutissait sa conscience. Elle ne sentit même pas qu'on l'avait arrachée à la vieille et poussée dans un coin, où elle se tenait debout, immobile et inconsciente.

Niedzielska agonisait ; comme si elle n'avait plus attendu que Janka pour mourir. La colère et la haine la maintinrent en vie encore quelques heures.

A présent tout se dénouait.

Elle gisait figée, redressée, les mains posées sur la couverture et tirant sur celle-ci instinctivement, les yeux lugubrement dirigés vers le haut, comme braqués sur l'infini, dans lequel elle s'abîmait.

Un cierge jetait une lumière jaunâtre sur son visage perlé de la sueur de l'ultime effort et de la souffrance de l'agonie. Les cheveux gris, étalés en désordre, formaient comme un fond sur lequel ressortait d'autant mieux la tête osseuse de l'agonisante, secouée du tremblement mécanique, horrible, des affres de la mort.

Elle haletait avec peine et lentement, râlant péniblement, avalant l'air de ses lèvres bleuies. Par moments elle faisait grimacer son visage avec une contraction de la bouche affreusement douloureuse et soulevait ses mains, paumes dirigées vers le haut, comme si elle voulait se déchirer la gorge pour inspirer davantage d'air. Elle tirait convulsivement une langue blanche, enrobée de fièvre, et bandait tellement son corps dans ce combat avec la mort que ses veines, telles des cordes noires, se tendaient sur ses tempes et son cou.

Les pleurs et les sanglots des gens à genoux, les gémissements déchirants de l'agonisante emplissaient le silence. Les prières chuchotées fiévreusement, les ruisseaux de larmes, les sanglots de la servante et des enfants, et toute cette douloureuse disposition des âmes déversaient dans l'atmosphère un tragique énorme et impressionnant.

Les ombres dans les recoins de la pièce tremblotaient, comme si elles absorbaient cette vie qui là-bas s'écoulait. Le cierge mortuaire et une bougie sur un guéridon répandaient une lumière jaunâtre pénétrée de douleur.

La pièce s'était complètement remplie de personnes agenouillées, seule était triomphalement couchée sur sa dernière couche et régnait depuis le trône de la mort sur ces gens recourbés vers la terre et mendiant miséricorde, celle qui là-bas gisait redressée, inconsciente et agonisante.

Un vieillard, blanc comme une colombe, se fraya un chemin vers le lit, s'agenouilla, sortit un livre de sa poche, et à la lumière du cierge, lut les Psaumes pénitentiels.

Sa voix était pure et mélodieuse, et ces paroles de psaumes, comme un murmure d'arc-en-ciel, comme des éclairs terrifiants, pleins de larmes, de puissance et de grâce, se répandaient au-dessus de toutes les têtes.

« Aie pitié de moi, Seigneur ! car je suis malade ; guéris-moi, Seigneur ! car je suis en peine ».

« Tu es mon refuge dans la détresse qui s'est emparée de moi. O Dieu ! arrache-moi à la souffrance... »

« Il y a beaucoup de fouets pour le pécheur, mais la miséricorde enveloppera celui qui a confiance dans le Seigneur... »

« Mes amis et mes proches se dressèrent contre moi... »

« Et ceux qui étaient à mes côtés se tenaient à l'écart, me faisaient violence et me trahissaient, se répandaient en reproches pendant toute la journée... »

Les intonations de la voix se faisaient de plus en plus fortes et se propageaient en grands cercles, telles le souffle d'une formidable puissance qui courbait ces gens toujours plus bas, les précipitait dans la poussière, avec des larmes de regret, de pénitence et de prière.

Tous répétaient derrière le récitant et ce murmure de voix entremêlées, pénétrées de larmes, monotones — tira Janka de sa léthargie. Elle sentit qu'elle était encore vivante, s'agenouilla sur le seuil même, et ses lèvres brûlantes de fièvre murmuraient ces douces paroles qu'elle avait oubliées depuis longtemps, et elle en tirait une profonde consolation, pleine de tristesse et d'attendrissement.

« Tu me laveras, et je deviendrai plus blanc que neige... »

« Ne détourne pas Ta face de moi, car je deviendrai pareil à celui qui descend dans la fosse... »

« Tu feras périr tous ceux qui tourmentent mon âme, car je suis Ton serviteur... »

Elle répétait avec ferveur, les larmes lui coulaient telles des perles sur le visage et, comme se mêlant à celles de tous les autres, lui purifiaient l'âme de ses maux et de ses souvenirs, mais ces larmes ensuite commencèrent à l'inonder et l'étouffer, au point qu'elle se leva silencieusement et sortit.

Dans la rue elle tomba sur Władek, pressé et courant tout alarmé ; il voulut se renseigner auprès d'elle, mais elle poursuivit sa route sans même lui jeter un regard.

Elle ne ressentait pratiquement rien, sauf une mortelle fatigue.

Elle entra dans l'église éclairée de Sainte Anne sur le Krakowskie Przedmieście, er resta assise sur son banc. Elle regardait l'autel éclairé, la foule des gens agenouillés, entendait le son grave de l'orgue, un chant majestueux ; elle voyait les sereines et heureuses figures de saints qui la regardaient depuis les murs et les autels, mais ne ressentait rien.

— Tu feras périr tous ceux qui tourmentent mon âme. Tu feras périr... périr... — répétait-elle machinalement en sortant de l'église ; non, elle ne pouvait prier, non elle ne le pouvait.

Après tout cela, elle dormit d'un sommeil de plomb, sourd, sans rêves ni hallucinations.

Le lendemain Cabiński lui donna un grand rôle, en remplacement de Mimi ; elle l'accepta avec indifférence. Elle alla à l'enterrement de Niedzielska avec la même indifférence. Elle marchait en queue de cortège, remarquée de personne ; elle regardait avec indifférence les milliers de tombes des Powązki[170] et le cercueil, et rien ne remua en elle, même

---

[170] Le plus grand cimetière de Varsovie, sorte de Père Lachaise.

lorsqu'elle entendit pleurer autour de la tombe.

Quelque chose s'était brisé en elle, quelque chose comme la faculté de ressentir ce qui se passait autour d'elle.

Le soir elle se rendit à la représentation ; elle s'habilla comme à l'habitude et resta assise, portant un regard vide sur la rangée de bougies collées aux tables, sur les parois couvertes d'inscriptions, ou encore sur les actrices alignées devant leurs miroirs.

Sowińska tournait en permanence dans les loges et l'observait avec attention.

On lui parlait, elle ne répondait pas ; elle tombait à chaque instant dans cet état cataleptique où l'on regarde — sans voir, où l'on vit — sans le sentir ; et au fond, au tréfonds de son cerveau, était imprimée l'image de l'agonisante, se bousculaient et sifflaient ces chuchotements sanglants, mêlés aux paroles des Psaumes pénitentiels.

Elle tressaillit soudain, car le son d'une voix lui parvint de la scène ; il lui passa par l'esprit que c'était certainement Grzesikiewicz, elle se leva pour aller voir.

Władek était sur la scène et discutait vivement avec Majkowska, embrassant ses épaules dénudées.

Elle s'arrêta en coulisse, une sensation inqualifiable glissa une lame froide au travers de son cœur, mais disparut bientôt, lui faisant recouvrer quelque peu ses esprits.

— Monsieur Niedzielski — cria-t-elle.

L'acteur haussa les épaules ; une nuance d'agacement et d'ennui passa sur son visage rasé ; il chuchota quelque chose à l'oreille de Mela, qui se mit à rire et sortit, tandis que lui, tranquillement, ne cachant pas sa mauvaise humeur, s'approcha d'elle.

— Tu voulais quelque chose ? — demanda-t-il avec agressivité.

— Oui...

Elle voulait lui dire, dans un accès momentané d'abattement, qu'elle était malheureuse et malade. Elle aspirait à entendre une parole plus chaleureuse, éprouvait tout simplement le besoin irrépressible de se plaindre, de pleurer sur une poitrine bienveillante, mais le son tranchant de sa voix lui rappela combien elle avait souffert à cause de lui, combien il était vil, et donc elle ravala pour ainsi dire ces aspirations plus profondément en elle.

— Allons-nous jouer aujourd'hui ?

— Oui. Il y a quelque cent roubles en caisse.

— Réclame de l'argent pour moi.

— Et quoi encore ! Je ne vais pas m'exposer à des moqueries,

d'ailleurs je rentre tout de suite à la maison.
Elle le regarda et lui dit d'une voix faible et atone :
— Tu vas me reconduire, je me sens si mal.
— Je n'ai pas le temps, je dois me sauver tout de suite à la maison, car là-bas tout le monde m'attend.
— Ah ! que tu es ignoble, ignoble ! — chuchota-t-elle.
L'acteur eut un mouvement de recul, ne sachant quel air prendre, rire, ou faire l'offensé.
— Tu me dis ça à moi, à moi, toi ?...
Il n'osa pas jurer. Cette fille, avec son regard de dame et son visage altier lui avait toujours inspiré le respect, lui faisant ravaler, en quelque sorte, les insanités qu'il voulait dégorger sur elle.
— A toi ! Tu es ignoble ! le plus ignoble des hommes, tu entends ! le plus ignoble !
— Ma petite Janka ! — s'écria-t-il, comme si, par cette exclamation, il voulait se protéger de ses affronts.
— Je vous interdis de me parler ainsi, cela m'offense.
— Tu es devenue folle ou quoi ? Qu'est-ce que cette plaisanterie ! — s'étrangla-t-il de colère.
— Je sais maintenant qui vous êtes et je vous méprise de toute mon âme.
— Pff ! Tu t'es choisi un rôle bien pathétique. Est-ce pour tes débuts au Théâtre de Varsovie ?
Elle répondit par un regard méprisant et s'en alla.
Sowińska accourut vers elle et murmura avec une mystérieuse mais horrible compassion :
— Ne vous fâchez pas comme ça et ne serrez pas tant votre corset.
— Pourquoi ?
— Ça peut être mauvais, parce que ça... parce que... et elle lui dit le reste à l'oreille.
Elle devint rouge de honte et d'émotion en sachant que Sowińska avait deviné son état, qu'elle dissimulait. Elle n'eut plus la force de répondre, ni le temps, car il lui fallait entrer en scène.
Ils jouaient *L'émigration paysanne*[171], elle entrait en scène au premier acte en tant que « peuple ».
Une tempête éclata ce soir-là dans les loges des hommes.

---

[171] Drame en cinq actes du dramaturge polonais Władysław Ludwik Anczyc (1823-1883), créé en 1876 au Théâtre de Cracovie.

Pendant l'entracte, avant le tableau dénommé « Nuit de Noël », Topolski jouant le rôle de Bartek Kozica, envoya une lettre à Cabiński, sorte d'ultimatum, exigeant cinquante roubles pour lui et Majkowska, sinon il s'arrêtait de jouer. Dans l'attente de la réponse de Cabiński, il commença tout doucement à se dégrimer.

Cabiński arriva presque en pleurant.

— Je donnerai vingt roubles. O mes gens ! mes gens !...

— Cinquante — et nous continuons, sinon, voilà — et il se décolla une moustache et commença à enlever ses bottes de cavalier.

— Jésus, Marie ! Mais il n'y a que quelque cent roubles en tout et pour tout dans la caisse, ça suffira à peine pour les frais.

— Cinquante roubles et tout de suite, sinon vous terminerez la pièce tout seul ou rembourserez le public — disait tranquillement Topolski, enlevant sa deuxième botte.

— Je pensais jusqu'à présent que vous au moins, vous étiez humain ! Réfléchissez, qu'est-ce que vous êtes en train de nous faire à nous tous.

— Vous le voyez, je suis en train de me déshabiller.

L'entracte se prolongeait, le public commençait à crier et à trépigner.

— Non, je me serais plutôt attendu à mourir. Vous, mon meilleur ami, vous...

— Cher directeur, pas de discussion. Vous pouvez tous les rouler, mais avec moi ça ne marche pas.

— Je n'ai pas de quoi ; si je vous donne trente roubles maintenant, il ne restera pas de quoi payer le théâtre — criait désespérément Cabiński, courant à travers les loges.

— J'ai dit : on rentre tout de suite à la maison...

Le jardin devenait un véritable enfer de cris et de sifflets.

— Bien, tenez, les voilà vos cinquante roubles ; vous volez vos propres collègues, mais vous n'en avez rien à faire car vous aurez de quoi fonder une troupe. Tenez ! mais nous sommes quittes !

— Ne vous faites pas de souci pour ma troupe, je vous laisserai le poste de machiniste.

— Vous serez plus vite préposé au vestiaire chez moi que moi dans votre troupe.

— Silence, bouffon !

— Je vais appeler la police, ils vont vous calmer tout de suite — criait Cabiński furieux.

— C'est moi qui vais tout de suite vous calmer, saltimbanque — cria Topolski, se rhabillant déjà, et prenant Cabiński au collet, lui donna un coup de pied et le jeta hors des loges ; et lui courut sur scène.

La représentation s'acheva tranquillement, mais les disputes reprirent devant la caisse.

Ils se tenaient en formation serrée, seules leurs têtes et leurs visages, luisants du saindoux qu'ils utilisaient pour se démaquiller, étaient visibles à la lumière.

Tous réclamaient de l'argent à cor et à cri et exigeaient le paiement des arriérés de cachets. Leurs poings se tendaient, menaçants, vers le guichet, leurs yeux lançaient des éclairs et leurs voix étaient enrouées à force de crier.

Cabiński, encore rouge et tremblant du récent affront qu'il avait subi, se disputait avec chacun d'eux et pestait, ne voulant donner que des acomptes ordinaires.

— Qui n'est pas d'accord, qu'il aille chez Topolski. — Ça m'est égal. Janka se glissa devant le guichet.

— Vous m'avez promis de me payer aujourd'hui, directeur.

— Je n'ai pas de quoi !

— Mais moi non plus je n'ai pas de quoi — demandait-elle doucement.

— A d'autres non plus je ne donne rien, et elles ne réclament pas avec autant d'insistance.

— Monsieur Cabiński, moi je meurs pratiquement de misère — dit-elle sans ambages.

— Alors gagnez-le, votre argent. Toutes y arrivent de quelque manière... J'aime les naïves, mais sur la scène... Comédienne ! Allez voir Topolski, il vous donnera une avance.

— Oh ! certainement que Topolski ne permettra pas à sa troupe de souffrir la misère et paiera à chacun ce qui lui revient, il n'escroquera pas les gens — explosa-t-elle énergiquement.

— Alors vous pouvez aller le voir tout de suite et ne plus vous pointer chez moi — s'exclama-t-il avec colère, rendu furieux par l'allusion à Topolski.

— Directeur, écoutez-donc, nom d'un chien ! — commença Glas, mais Janka avait cessé d'écouter et, se frayant un chemin à travers la cohue, sortit.

— Gagnez-le, votre argent...

Elle marchait dans les rues presque désertes. La lumière des réverbères était d'un jaune blafard rappelant celle, lugubre, des cierges, et éclairait la vacuité et le silence qui emplissaient rues et impasses.

Le bleu marine profond du ciel s'étirait au-dessus de la ville comme un dais immense, piqueté d'étoiles qui scintillaient vivement. Un vent frais soufflait par les rues et la transperçait jusqu'à la moelle des os.

— Gagnez-le, votre argent... — répéta-t-elle devant le Grand Théâtre, en s'arrêtant. Elle était arrivée ici sans s'en rendre compte. L'édifice plongé dans l'obscurité, comme s'endormant dans le silence de la nuit, se dressait, solide, ses rangées de colonnes se découpant lugubrement dans l'ombre.

Elle lui jeta un regard et s'en retourna.

Une douleur insupportable lui enserrait la tête comme dans un bandage chauffé à blanc ; elle était si déprimée qu'il lui venait par moments l'irrésistible envie de s'asseoir quelque part au bord d'un caniveau et de rester là. Ou alors elle prenait conscience de sa misère avec un tel désespoir qu'elle était prête à se donner au premier venu qui l'eût exigé, pourvu seulement qu'elle pût se débarrasser de ce douloureux tremblement intérieur, de ce quasi-dépérissement qu'elle ressentait.

Elle se traînait pesamment par les rues, ne sachant plus que faire de sa personne, et cette fraîcheur de la nuit, ce silence et cette mortelle fatigue lui procuraient un certain plaisir de souffrir. Devant ses yeux ne faisaient que défiler des fantômes, des éclairs, et elle ne savait où elle était, ce qui lui arrivait. Elle ne sentait qu'une seule chose, qu'elle ne tiendrait pas plus longtemps.

— Et maintenant ? — se demanda-t-elle, regardant devant elle, la tête vide.

Le silence de la ville qui s'endormait, le silence de l'espace bleu marine lui furent comme une réponse.

Elle se sentit rouler sur une pente, de plus en plus vite, de plus en plus vite, elle vole, et là-bas, au bout de sa route, se profile devant elle le cadavre de Niedzielska, les bras en croix.

— La mort ! — se répond-elle — La mort !... contemplant ce visage sévère, mais déjà froid, avec des larmes figées sur les joues, et ce n'était pas l'épouvante qui l'envahissait, mais un grand silence.

Elle regarda à l'entour, comme cherchant autour d'elle les raisons de ce profond silence.

Elle pensa encore à son père, au théâtre, à elle-même, mais comme à des choses qu'elle avait pu voir un jour, lire un jour.

— Et maintenant ? — se demanda-t-elle tout haut, lorsqu'elle se retrouva à la maison ; elle ne pouvait tout simplement pas voir, ni s'imaginer ce lendemain.

— Je ne peux dans cet état être au théâtre, ni nulle part ; et maintenant ? — cette question, qui s'arrachait inconsciemment de son être, lui martelait la tête de ses coups répétés.

Il se fit jour et une lumière lugubre envahit la chambre, alors qu'elle était toujours assise à sa place et, les yeux profondément enfoncés, les lèvres noires de fièvre, murmurait, regardant hébétée par la fenêtre :
— Et maintenant ? Et maintenant ?

XI

La saison était terminée.
Cabiński partait pour Płock, avec une troupe complètement renouvelée, car Topolski lui avait pris ses meilleurs éléments, et les autres se dispersèrent dans différentes troupes.
Au salon de thé du Nowy Świat Krzykiewicz, qui avait rompu avec Ciepiszewski, fondait sa troupe.
Stanisławski lui aussi organisait sa petite *działówka*[172].
Topolski montait déjà sa troupe à Lublin.
Les jardins-théâtres étaient mortellement silencieux.
Les scènes étaient obturées par des planches, les loges des acteurs et les entrées condamnées, des chaises cassées et du vieux mobilier étaient stockés sous les vérandas.
Les feuilles des arbres tombaient par terre, et les lambeaux déchirés des dernières affiches bruissaient tristement au souffle du vent.
La saison était terminée.
Plus personne ne passait ici, car les oiseaux migrateurs s'apprêtaient à migrer, seule Janka venait encore par la force de l'habitude, regardait ces solitudes pendant un moment et s'en retournait.
Cabińska lui écrivit une lettre très amicale, l'invitant chez elle.
Elle vint.
On faisait déjà les bagages pour le départ.
D'énormes malles et des mannes se trouvaient au milieu de la danse, quantité d'accessoires scéniques les plus divers ainsi que des sommiers et des matelas encombraient le plancher, tout ce fourbi d'une vie nomade la frappa à son entrée.
Dans la pièce de Cabińska elle ne trouva plus ni couronnes, ni meubles, ni le baldaquin avec son lit ; les parois nues exhibaient leurs plâtres dégradés à la place des tableaux qu'on avait enlevés à la hâte en arrachant leurs fixations. Une longue manne se trouvait au milieu et la nounou, tout en sueur, y emballait la garde-robe de Pepa. Cabińska, la cigarette aux lèvres, dirigeait les opérations et criait sans arrêt sur les enfants, qui se vautraient à plaisir sur les sommiers et la paille jonchant les abords des colis.

---

[172] La *działówka* est une petite troupe fonctionnant sur le principe du partage des bénéfices entre tous les acteurs, en fonction de leur part dans la compagnie.

Elle accueillit Janka avec une excessive amabilité.
— Il y a une poussière ici, que ça en est insupportable. Nounou, faites attention à l'emballage des robes pour ne pas trop les froisser. Sortons — dit-elle, en se mettant un pardessus et un chapeau.
Elle attira Janka à son salon de thé et là, autour d'un chocolat, elle commença à lui demander pardon pour son mari.
— Croyez-moi, mademoiselle, le directeur était tellement contrarié à ce moment qu'il ne savait tout simplement pas ce qu'il disait. Rien d'étonnant, il se démène, engage ses propres affaires pour que la troupe ne manque de rien et voilà qu'un Topolski lui joue des tours et démolit la troupe. Un saint y perdrait sa patience et d'ailleurs Topolski en personne lui avait dit que vous partiez avec eux.
Janka ne répondit rien, car cela lui était complètement indifférent, mais quand Cabińska lui dit qu'ils partaient pour Płock dès cet après-midi et qu'il fallait qu'elle aille immédiatement préparer ses affaires car les fourgons allaient arriver tout de suite chez elle pour la prendre, elle répondit résolument :
— Merci de votre amabilité, mais je ne partirai pas.
Cabińska n'en croyait presque pas ses oreilles et s'exclama stupéfaite :
— Vous vous êtes déjà engagée ? chez qui ?
— Nulle part, je ne compte pas m'engager.
— Comment ! vous quittez la scène ? vous, qui avez l'avenir devant vous !
— J'en ai déjà assez joué — répondit-elle amèrement.
— Ne m'en veuillez pas, c'est votre première année à la scène, nulle part on ne vous aurait donné de rôles importants du premier coup.
— Oh, je ne vais plus tenter d'en avoir.
— Et moi je m'étais dit qu'à Płock vous habiteriez avec nous, cela serait plus facile pour vous et en même temps ma petite fille pourrait en profiter davantage. Réfléchissez, et je vous garantis dès à présent que vous aurez aussi des rôles.
— Non, non ! J'en ai assez de la misère, et je n'ai plus du tout la force de la supporter plus longtemps et du reste je ne peux pas, je ne peux pas — répondit-elle doucement, les larmes aux yeux, car cette proposition avait fait jaillir devant elle l'éclair d'un avenir meilleur, et réveillé, l'espace d'un instant, son ancien enthousiasme et ses rêves de triomphes ; mais son état actuel lui revint immédiatement à l'esprit, avec ces souffrances qui étaient censées en résulter pour elle, et donc elle ajouta encore plus fermement :

— Je ne peux pas, je ne peux pas ! — Mais elle ne put contenir ses larmes, elles coulèrent en un flot silencieux sur son visage, au point que Cabińska se rapprocha d'elle et chuchota avec une sincère compassion :
— Pour l'amour de Dieu ! qu'avez-vous ? Dites-le-moi, on pourra peut-être faire quelque chose.

Pour toute réponse Janka rougit légèrement, lui serra fortement la main et sortit précipitamment du salon.

Les larmes l'étouffaient, l'existence l'étouffait.

Stanisławski vint la voir juste après et l'encouragea à partir avec lui pour la petite province. Il fondait une troupe de huit à dix personnes, fonctionnant sur le principe des parts. Il donnait à Janka les premiers rôles d'amantes et discourait avec ardeur du succès assuré dans les villes de district. Il énumérait ceux qu'il avait engagés, tous des jeunes, débutants et débutantes, pleins d'énergie, d'enthousiasme et de talent et se promettait de les conduire sur les chemins de l'art authentique, que ce serait pratiquement une école d'art dramatique et que lui serait leur professeur et véritable père, qui ferait de ces gens de véritables artistes, dignes du théâtre et de ses traditions.

Elle lui refusa catégoriquement.

Elle le remercia de tout cœur pour la bienveillance qu'il lui avait témoignée pendant l'été, lui fit chaudement ses adieux, comme si c'était pour toujours.

Lorsqu'il sortit, tomba en elle la décision d'en finir avec tout cela.

Elle ne s'était pas encore dit résolument — je vais mourir ! elle aurait encore sincèrement démenti quiconque lui eût dit qu'elle y pensait, mais cette pensée et cette envie couvaient déjà dans son subconscient.

Elle savait quand les Cabiński partaient et se rendit à l'embarcadère des vapeurs.

Elle était debout sur le pont et les regardait s'éloigner sur les vagues grises de la Vistule qui clapotaient contre les culées, regardait l'espace embrumé par les brouillards d'automne, et fut pénétrée d'une tristesse et d'un chagrin si atroces qu'elle était incapable de bouger et de s'arracher à l'eau.

La nuit tombait et elle était toujours là à regarder devant elle ; les rangées de réverbères sur les rives sortaient de l'ombre comme des fleurs dorées et posaient des taches lumineuses et tremblantes sur la surface mouvante et verdâtre de l'eau, les bruits et clameurs de la ville résonnaient sourdement derrière elle, les fiacres traversaient le pont avec fracas, les sonnettes des tramways retentissaient sans arrêt, les foules de passants défilaient en riant ; par moments lui parvenaient l'écho d'une chansonnette, ou les bribes d'un air entraînant d'orgue de barbarie, ou encore le souffle chaud du vent ou l'odeur crue du fleuve, et tout cela la percutait et se réfléchissait sur elle comme sur un galet poli.

L'eau dans ses profondeurs prenait des couleurs de plus en plus étranges, noircissait, mais de cette noirceur s'extirpaient par moments des éclairs, des flammes rouges, des raies violettes et jaunâtres, comme des rayonnements de douleur. L'existence là-bas devait être meilleure et plus remplie, car les vagues clapotaient si gaîment, s'éclataient contre les culées et les jetées de pierre et semblaient se reconstituer aussitôt en riant comme des folles, se mélangeant, montant l'une sur l'autre, et poursuivant leur cours. Elle entendait presque leur rire insouciant, leur appel et leurs voix remplies d'une formidable allégresse.

— Que faites-vous ici ?

Elle frémit, se retournant lentement. Wolska se tenait devant elle et la regardait avec curiosité, mais aussi inquiétude.

— Rien, je regardais — répondit-elle doucement.

— Venez, l'air est malsain ici — dit-elle, la prenant par le bras, car lisant dans ses yeux éteints une pensée suicidaire.

Janka se laissa emmener et ce n'est que sur le Zjazd[173] qu'elle demanda doucement :

— Vous n'êtes pas partie ?

— Je n'ai pas pu. Mon Janek, voyez-vous, a fait une rechute. Le docteur m'a interdit de le bouger de son petit lit et je veux bien le croire, car cela pourrait l'achever — murmura-t-elle tristement. Il m'a fallu rester, je ne vais tout de même pas l'envoyer à l'hôpital. S'il n'y a pas d'autre issue, nous mourrons ensemble, mais je ne l'abandonnerai pas. Le docteur me laisse encore l'espoir que ça va passer.

Janka regardait bizarrement ce visage fané, mais irradiant un profond amour. Elle avait l'air d'une misérable dans son petit manteau sombre, taché, dans sa robe grise, effilochée dans le bas ; elle portait un chapeau de paille et des gants noirs reprisés, une ombrelle roussie par les pluies, mais au travers de cette misère, comme un soleil, brillait son amour pour l'enfant. Elle ne voyait rien et ne prêtait attention à rien, car rien n'avait d'importance pour elle en dehors de ce qui concernait son enfant.

Janka marchait à ses côtés, observant cette femme avec admiration. Elle connaissait son histoire.

---

[173] Accès à l'ancien pont Kierbedź (remplacé aujourd'hui par le pont Śląsko-Dąbrowski), à proximité duquel se trouvait l'embarcadère des vapeurs.

C'était une fille de famille aisée et cultivée, elle était tombée amoureuse d'un acteur ou du théâtre, vint à la scène et bien que son amant l'eût ensuite abandonnée, bien que dévorée par la misère et la déchéance, ne put s'arracher au théâtre, et à présent concentrait tout son amour et tous ses espoirs sur son enfant, qui depuis le printemps était gravement malade.

— Où puise-t-elle ses forces ? — pensait-elle.

— Que faites-vous à présent ?

Wolska tressaillit, une discrète rougeur parcourut son visage émacié et ses lèvres tremblèrent douloureusement.

— Je chante... que devais-je faire, il faut bien que je vive et que je soigne Janek, il le faut... bien que j'aie affreusement honte, mais il le faut. Ah ! mon destin, mon destin ! — gémit-elle sur un ton accusateur.

— Je n'étais pas au courant... — Elle ne comprenait pas pourquoi elle avait honte de chanter.

— Car voyez-vous, mademoiselle Janina, vous le garderez pour vous, n'est-ce pas ? — implorait-elle les larmes aux yeux.

— Mais oui, je vous donne ma parole, du reste à qui le dirais-je, ne suis-je pas toute seule ?

— Je chante dans un restaurant sur le Podwale — dit rapidement et à voix basse Wolska.

— Dans un restaurant ! — chuchota Janka, s'arrêtant sur le trottoir tellement elle était étonnée.

— Que devais-je faire. Dites-le-moi ! Il faut bien manger et habiter quelque part... Comment devais-je gagner ma vie, je ne sais même pas coudre. A la maison, je savais jouer un peu de piano, parler un peu de français, mais cela ne me fera pas gagner un sou. J'ai trouvé dans le « Courrier » une annonce demandant une chanteuse — j'y suis allée et je chante. On me paie un rouble par jour, la nourriture et... mais... les pleurs étouffèrent sa voix, elle saisit la main de Janka et la serra fiévreusement. Janka lui rendit la pareille et elles marchèrent en silence.

— Venez avec moi, je me sentirai un peu soulagée, d'accord ?

Janka accepta volontiers.

Elles entrèrent dans le restaurant « Au Pont » sur le Podwale.

C'était un jardin tout en longueur avec une dizaine d'arbustes chétifs. A l'entrée on tombait tout de suite sur un puits. Une palissade sur la gauche, badigeonnée à la chaux, faisait la séparation avec la parcelle voisine, sur laquelle on devait stocker du bois, car à travers la clôture apparaissaient des tas de poutres et de planches. Quelques lampes à pétrole éclairaient faiblement la petite place.

Plusieurs dizaines de petites tables blanches aux dessus en bois verni, avec autour trois fois autant de chaises à peines dégrossies, constituaient le mobilier de ce restaurant d'été. Une petite annexe de plain-pied et le pignon de la maison voisine fermaient le côté droit ; et en face, des murs sans crépi, percés de petites fenêtres barreaudées, sales, dominaient de toute leur hauteur. C'était l'arrière du palais, autrefois propriété des Kochanowski, situé au coin des rues Miodowa et Kapitulna[174].

Près de la palissade une minuscule estrade protégée par un petit auvent de toile, donnant sur le public des deux côtés, formait une espèce de niche revêtue d'un papier grossier de couleur bleue troué d'étoiles d'argent.

Sur le côté, des quinquets à pétrole éclairaient d'une lumière fuligineuse un musicien en redingote graisseuse et à la barbe blanche en bataille, qui tapait sur le clavier d'un pauvre piano, s'accompagnant de mouvements mécaniques des épaules et de la tête.

Le petit jardin était rempli d'un public d'autochtones et d'artisans.

Elles se frayèrent un chemin à travers la presse jusqu'à cette petite annexe où se trouvait une pièce permettant à ceux qui se produisaient de s'habiller, pièce qu'un tissu de cretonne rouge partageait en deux vestiaires, un pour les hommes et un pour les femmes.

— Je vous attends ! — brailla de derrière le rideau une voix enrouée d'ivrogne.

— Vous pouvez commencer, j'arrive tout de suite ! — répondit Wolska, tout en revêtant fébrilement une tenue rouge, extravagante.

En quelques minutes elle était prête pour le spectacle.

Janka sortit à sa suite et s'assit face à l'estrade. Wolska, tout énervée de s'être ainsi pressée, finissant de se boutonner et de s'agrafer, apparut sur l'estrade, saluant bien bas le public. Le musicien frappa sur les touches jaunâtres et simultanément retentit la chanson :

> Un jour sur une souche entre des chênes,
> Se tenaient des tourterelles
> Et je ne sais en vue de quel amusement
> Elles se bécotaient tendrement.

C'était cette vieille, sentimentale, chansonnette tirée des *Cracoviens*

---

[174] Palais de la famille des Chodkiewicz, ayant appartenu à Jan Kochanowski de 1827 à 1851 ; il est situé aux abords immédiats de la Vieille Ville.

et Montagnards[175] ; seuls l'interrompaient les fréquents bravos, les chopes qui s'entrechoquaient, le bruit des assiettes, le claquement de la porte et les tirs sur le stand de tir. Les lanternes diffusaient une lumière trouble, sordide ; les serveuses en tabliers blancs, les mains pleines de chopes, circulaient entre les petites tables, faisaient les additions à haute voix, rendaient bruyamment la monnaie, badinaient avec les consommateurs, et lançaient des remarques et réponses cyniques à ceux qui les draguaient... Des rires gras, des plaisanteries grivoises, des blagues de ruisseau jaillissaient comme des pétards et un rire général, spontané, leur répondait aussitôt.

Le public manifestait sa satisfaction en criant, battant la mesure avec les cannes et les chopes. Par moments le vent rendait la chanson inaudible, ou courbait bruyamment les chétifs arbustes, dispersant leurs feuilles jaunies sur les têtes et sur l'estrade.

Un jour notre vachette a fait une fugue.

Wolska continuait à chanter. Son excentrique tenue rouge, profondément décolletée, se découpait en une tache criarde sur le fond bleu et soulignait singulièrement son visage maigre, grossièrement maquillé, aux yeux renfoncés et cernés, aux traits anguleux, pareil au visage cadavérique d'un meurt-de-faim. Elle se balançait lourdement au rythme de la chanson :

Un tel amour m'a submergée —
Que j'ai tendrement étreint Stanis.

Sa voix se répandait sourdement et déversait comme un gargouillis dans ce brouhaha bachique de la taverne.

Des rires brutaux jaillissaient en gammes aiguës, stridentes, ces bravos lancés par les gosiers alcoolisés d'un public du dimanche, interrompus de hoquets, bombardaient l'estrade d'un vacarme sourd et rauque, en même temps que les sanglantes railleries qui n'épargnaient pas la chanteuse.

Mais elle n'entendait rien et chantait, indifférente à tout et insensible ; elle expulsait de soi la mélodie, les paroles, les mimiques, avec un

---

[175] Vaudeville sur une musique de Jan Stefani (1746-1829) et un livret de Wojciech Bogusławski (1757-1829), créé en 1794 au Théâtre National de Varsovie.

automatisme d'hypnotisée, se contentant parfois de chercher Janka du regard, comme implorant sa pitié.

Janka pâlissait et bleuissait alternativement, ne pouvant plus tenir dans cette atmosphère éthylique et dans ce tumulte d'ivrognes qui lui était abject et la dégoûtait.

Plutôt mourir — pensait-elle. — Oh non, elle ne saurait amuser ce public, elle lui cracherait au visage, se souffletterait, et ensuite — il y a toujours la Vistule !

Wolska finit sa chanson, et son partenaire habillé en tenue cracovienne passait parmi les consommateurs avec la partition à la main. On lui jetait à la figure des remarques qui vous glaçaient par leur cynisme et leur brutale sincérité ; il souriait du sourire crétin d'un ivrogne invétéré, pinçait les lèvres nerveusement, s'inclinait humblement pour ces dix kopecks qu'on lui jetait sur sa partition.

Wolska, les yeux mi-clos, se tenait à côté du piano, tripotant nerveusement le galon doré de son corset et dans un gémissement de douloureuse tension comptait dans son âme la quantité de pièces de cuivre qu'il avait déposées à côté d'elle avec la partition. Le croque-note tapa à nouveau sur son clavier et ils recommencèrent à chanter, cette fois en duo, des couplets comiques, entremêlés d'une espèce de danse cracovienne qu'ils dansaient presque en somnambules.

Janka eut peine à patienter jusqu'à la fin, et sans rien dire de l'impression qu'elle retirait de cette taverne, prit congé de Wolska et presque s'enfuit de ce jardin, de ce public, et de cette déchéance.

De toute la journée suivante elle ne quitta sa chambre, ne mangeant rien et ne pensant pratiquement à rien ; elle était étendue sur son lit et regardait le plafond avec hébétude, suivant des yeux la dernière mouche, qui se traînait somnolente et à demi morte.

Sowińska vint le soir, s'assit sur la malle et sans prendre de gants dit :

— La chambre est déjà louée, et donc demain quittez les lieux, le Seigneur vous accompagne, et comme vous nous devez quinze roubles, je retiens toutes les frusques, je vous les rendrai quand vous me rembourserez.

— Bien — répondit Janka, la regardant avec indifférence, comme si c'était la plus normale des choses. — Bien, je m'en irai avec le Seigneur ! — ajouta-t-elle plus bas et se leva de son lit.

— Vous allez vous débrouiller, pas vrai ? Vous viendrez me voir en carrosse, n'est-ce pas ? — disait Sowińska avec, tremblant dans ses yeux ronds, une affreuse flamme de haine.

— Bien — répéta encore une fois Janka en commençant à marcher dans la chambre.

Sowińska, désespérant de pouvoir obtenir une quelconque réponse, sortit.

— C'est bien fini ! — murmura sourdement Janka et l'idée de la mort émergea dans sa conscience et lui fit briller ses attraits.

— Qu'est-ce que la mort ? L'oubli, l'oubli ! — se répondit-elle à voix haute, acquiesçant et noyant son regard dans les profondes ténèbres qui s'ouvraient devant elle.

— Oui, l'oubli ! Oui, l'oubli — répétait-elle lentement, restant longtemps assise, immobile, le regard plongé dans la flamme de la lampe.

La nuit s'installait lentement, la maison s'apaisait, les lumières s'éteignaient les unes après les autres dans les longues enfilades de fenêtres, un silence de plus en plus profond envahissait les lieux, jusqu'à ce que tout tombât dans une espèce d'assoupissement ; seule de temps à autre une sonnette tintait à la porte cochère et de la rue parvenait le bruit des fiacres.

La nuit grisonnait déjà et l'aube commençait à blanchir petit à petit l'horizon, faisant émerger les contours légers des toits, quand elle se réveilla, regarda autour d'elle dans la chambre, et se sentit pleinement déterminée, se leva d'un bond de sa chaise, et poussée par une pensée qui illumina ses yeux d'un feu étrange, se dirigea rapidement vers la porte, mais le bruit de la poignée qu'elle avait pressée la pénétra d'une peur si inhabituelle, si aiguë, qu'elle tressaillit, s'adossa au chambranle et haleta fortement pendant un moment avant d'enlever ses bottines et alors sans hésiter, mais avec les plus grandes précautions, traversa l'entrée, et se retrouva dans la grande pièce attenante à la cuisine, servant de salle à manger, d'atelier le jour et de dortoir pour les apprenties la nuit. Une atmosphère étouffante, affreusement lourde, l'enveloppa. Les mains tendues et en retenant sa respiration elle se déplaça vers la cuisine avec une telle lenteur que ce temps lui parut une éternité. Elle s'arrêtait régulièrement et maîtrisant son tremblement, cet affreux tremblement, elle écoutait les respirations sonores et les reniflements des dormeuses, et repartait, serrant les dents avec une force désespérée. L'effort et la peur inondaient ses yeux de sueur, tandis qu'elle ressentait presque dans sa gorge le lent et infiniment douloureux battement de son cœur. La porte de la cuisine était entrouverte, elle se faufila comme une ombre et heurta le lit de la servante qui se trouvait juste à l'entrée. Elle se figea de terreur et resta longtemps sans bouger et sans respirer, la vie presque en suspens, le regard hébété rivé sur le contour du lit, à peine deviné dans l'obscurité, mais rassemblant tout ce qui lui restait de forces et de courage, elle se dirigea sans hésiter vers les étagères sur lesquelles se trouvaient toutes sortes d'ustensiles de cuisine — les tâta avec la plus grande prudence les uns après les autres, jusqu'à tomber finalement sur un flacon rectangulaire et plat d'essence de vinaigre[176] ; elle l'avait vu ici il y a quelques heures, et l'ayant retrouvé à présent, elle le sortit avec une telle énergie qu'un couvercle en fer-blanc tomba bruyamment sur le plancher. Janka baissa la tête inconsciemment, terrorisée, car ce bruit métallique avait retenti avec un tel écho dans son cerveau qu'il lui sembla que le monde entier s'écroulait sur elle.

— Qui est là ? — cria la servante, réveillée par ce vacarme — qui est là ? — répéta-t-elle plus fort.

— C'est moi... je suis venue boire un peu d'eau... — répondit Janka après un long moment, d'une voix étranglée, serrant nerveusement le flacon contre sa poitrine. La servante marmonna quelque chose d'indistinct et ne se manifesta plus. Janka, comme poussée par une folie furieuse, ne se préoccupant plus d'être entendue, de réveiller quelqu'un, courut dans sa chambre, s'enferma à clé, et alors seulement s'écroula, à moitié morte d'épuisement, tremblant tellement qu'il lui sembla qu'elle allait se désintégrer ; des larmes, qu'elle ne sentait même pas, se mirent à ruisseler sur son visage. Cela lui procura un tel apaisement qu'elle s'endormit. Le matin Sowińska à nouveau lui rappela son déménagement et, ouvrant la porte devant elle sans le moindre ménagement, lui intima l'ordre de décamper. Janka s'habilla en vitesse et sans répondre un mot sortit en ville.

Elle marchait par les rues, ne ressentant que sa situation de sans-logis et une espèce de tourbillon dans lequel son cerveau s'enfonçait de plus en plus profondément. Elle passa le Nowy Świat, les Aleje Ujazdowskie, et ne s'arrêta qu'aux Łazienki, au bord de la pièce d'eau.

Les arbres se mouraient et leurs feuilles jaunies recouvraient les allées d'un tapis doré. Le calme d'un jour d'automne flottait dans l'air, seul par moment un vol de moineaux passait en piaillant, ou bien des cygnes poussaient leur cri plaintif et battaient longuement des ailes dans l'eau verte et sale, pareille à un velours élimé.

L'automne, jaune et décomposant toute vie, était visible partout ; partout où il effleurait les arbres, ceux-ci voyaient leurs feuilles se dessécher et tomber, les herbes noircissaient et les derniers asters d'automne penchaient leurs têtes inertes et dégoulinaient de rosée, comme de larmes posthumes.

---

[176] L'essence de vinaigre a parfois été utilisée comme substance abortive.

— La mort — murmurait-elle, serrant ce flacon, sa conquête de la nuit, et elle s'assit, peut-être sur ce même banc qu'au printemps, et il lui sembla qu'elle s'endormait petit à petit, que ses pensées s'enlisaient, car sa conscience commençait à se diluer et elle cessait de sentir et discerner.

Tout se détachait d'elle et elle se mourait, comme cette nature tout autour, qui elle aussi semblait s'éteindre et haleter de son dernier souffle.

Une sereine et silencieuse volupté remplissait son cœur, car tout s'effaçait de sa mémoire ; toutes les misères, toutes les déceptions et toutes ses luttes s'estompaient, pâlissaient et s'évaporaient, comme absorbées par ce soleil d'automne blafard qui flottait au-dessus du parc ; non, elle ne les avait jamais vécues, elle n'avait jamais rien senti ni souffert... Il lui sembla devenir aussi petite, aussi fugace que ce tourbillon dans l'eau que désintégrait la poitrine d'un cygne, remous qui ne tarderait pas à s'étaler, qui déjà disparaissait dans un imperceptible frémissement, au point qu'elle se recroquevilla en elle-même et rapetissait, se contractait, pareille à cette feuille pendant au fil barbelé de la clôture, émettant un inaudible murmure, tremblant avant de basculer et d'être aussitôt précipitée par le souffle léger du vent, là-bas... dans l'abîme... dans la mort... Ou encore il lui semblait se déchirer comme cette toile d'araignée qui s'était prise dans l'herbe des pelouses, dont les lambeaux brillants flottaient dans les airs ; s'étirer en des trames, des filaments de plus en plus subtils et cesser de sentir, s'effilochant dans les espaces infinis. Elle en éprouva un immense attendrissement, une étrange tendresse pour elle-même remplit son cœur de larmes de chagrin.

— Quelle malheureuse !... quelle infortunée !... — murmurait-elle, comme à propos de quelqu'un d'autre, dont elle ressentait les souffrances, souffrances qui lui faisaient affreusement mal ; un spasme d'indicible douleur lui serrait le cœur et la broyait comme un supplice quasi impersonnel.

Son âme en son agonie se décomposait tellement qu'elle n'avait plus la pleine compréhension des misères qui l'avaient vaincue, des malheurs qui l'avaient démolie, des raisons de ses pleurs, de sa personnalité.

— La mort ! — répète-t-elle machinalement, et ce mot trouve une résonance inconsciente mais profonde dans son cerveau et ses nerfs, et exprime à peine quelques larmes de ses yeux.

Elle s'arrêta sans savoir pourquoi devant le Faune dansant.

Les pluies avaient assombri sa peau de pierre, les boucles de ses cheveux, enroulées comme des fleurs de jacinthe, s'étaient colorées de rouille, son visage souillé par l'écoulement de l'eau, s'était comme allongé depuis le printemps, mais dans ses yeux se cachait et brûlait cette même flamme railleuse et ses jambes torses dansaient toujours sans désemparer.

— Io ! Io ! Io !... Il semblait chanter et agiter sa flûte et rire et se moquer de tout et lever crânement vers le soleil sa tête que couronnaient, telles une couronne bacchique, les feuilles tombées sur elle.

Elle le contempla, mais incapable de se rappeler ni comprendre quoi que ce soit, elle s'en alla.

Sur le Nowy Świat, dans un des *Chambres-Garnies*[177], elle demanda une chambre, de l'encre, du papier à lettre avec enveloppe. Lorsqu'on lui eut apporté le tout, elle ferma la porte à clé et écrivit deux lettres : l'une brève, sèche et comme douloureusement ironique à son père, et l'autre, longue et parfaitement sereine à Głogowski. Elle les informait tous les deux de son suicide.

Elle libella les adresses avec la plus grande exactitude, avec même une certaine minutie, et posa les lettres bien en évidence.

Puis, très tranquillement, elle sortit le flacon de sa poche, le déboucha, regarda le liquide à la lumière du jour, et sans penser, ni hésiter — but jusqu'à la lie...

Elle mit soudain ses bras en croix, son visage d'une pâleur bleuâtre s'illumina d'un éclair de terreur, ses yeux, comme éblouis par le vide incommensurable qui s'ouvrait devant elle, se fermèrent à moitié et elle tomba à la renverse, en proie à d'horribles douleurs.

Quelques jours plus tard Kotlicki, rentré de Lublin où il avait apparemment installé la troupe de Topolski, parcourait la presse dans un salon de thé et par une singulière coïncidence lut dans la rubrique des faits divers l'information suivante :

Suicide d'une actrice

Mardi dans un Chambres garnies du Nowy Świat le personnel, entendant des gémissements provenant d'une chambre qui venait d'être occupée une heure auparavant par une femme inconnue, enfonça la porte et une vision horrible se découvrit à lui.

Par terre une jeune et belle femme se tordait de douleur. Grâce à deux lettres laissées par la désespérée, on sut qu'il s'agissait d'une certaine Janina Orłowska, choriste dans une troupe qui la saison passée se produisait sous la

---

[177] En français dans le texte.

direction de Cabiński au jardin-théâtre NN.

On appela un médecin, et la victime fut transportée sans connaissance à l'hôpital de l'Enfant Jésus[178]. L'état de la victime est sérieux, mais suscite cependant des espoirs... Orłowska s'est empoisonnée à l'essence de vinaigre, dont un flacon a été retrouvé dans la chambre. On ignore les raisons de cet acte désespéré. Une enquête est en cours...

Kotlicki lut cette information plusieurs fois d'affilée, fronça les sourcils, pâlit, se tira les moustaches, lut encore une fois, et pour finir froissa le « Courrier » et le jeta par terre avec colère.

— Comédienne ! Comédienne !... — murmura-t-il avec mépris, se mordillant les lèvres.

Wolbórka[179], le 15 novembre 1894.

---

[178] Hôpital situé à l'époque sur l'ancienne place Warecki (aujourd'hui Place des Insurgés de Varsovie), en centre-ville. Il avait pour vocation de soigner les personnes pauvres, âgées ou handicapées et aussi les femmes enceintes.
[179] Village (aujourd'hui Prażki) à proximité de Łódź, où la famille de l'auteur déménagea quand il avait 13 ans. Reymont venait souvent y chercher l'inspiration et se ressourcer.

GRAND THÉÂTRE NATIONAL
À VARSOVIE.

WIELKI TEATR NARODOWY
W WARSZAWIE.

© 2021, Richard Wojnarowski

Editeur : BoD – Books on Demand
12/14 rond-point des Champs Elysées
75008 Paris, France
Impression : BoD – Books on Demand, Norderstedt, Allemagne
ISBN : 978-2-322-15571-2
Dépôt légal : mai 2021